Les Cercles de la Création

La mythologie oubliée

ISBN : 978-2-492847-77-6

Design de couverture : © Clément Sibé
Illustrations de l'intérieur : © Marie Barriere

info@guytredaniel.fr
www.editions-tredaniel.com
www.facebook.com/tredanieleso
@tredaniel_eso

PAULINE MARIE D'ELBÉE

LES CERCLES DE LA CRÉATION

LA MYTHOLOGIE OUBLIÉE

GOOD MOOD DEALER
By EXERGUE
27, rue des Grands-Augustins,
75006, Paris

ARC 1

— Je viens t'apporter une nouvelle. Comme nous en avions convenu tous les deux, j'ai placé les derniers indices avant le passage au nouveau millénaire et, aujourd'hui, elle s'est enfin réincarnée dans le corps d'un humain.

— C'est une bonne chose ! Toi qui avais peur que son énergie prenne trop de temps à choisir une nouvelle enveloppe... Te voilà soulagé.

— Cela faisait quatre ans que sa précédente vie s'était achevée... Et tu sais qu'il ne nous reste plus beaucoup de temps avant son départ.

— Nous sommes d'accord. Il faut l'extraire de Terre au cours cette vie. Ils ressentent son énergie.

— Tu ne m'apprends rien ! Je sais parfaitement que sa présence met Terre, ainsi que tous ses occupants, en danger.

— Intéressante, ta réaction... Toi qui es habituellement étranger à l'anxiété et à la colère, te voilà possédé par ces deux émotions. Être humain a des effets surprenants sur toi.

— Comprends-moi ! Je n'ai plus que quelques années pour la faire revenir à la Connaissance. C'est très court ! Trop court. Et je ne peux pas échouer comme lors de sa dernière existence. Cette fois, il me faut réussir.

— Rassure-toi, tu seras aidé. Dis simplement comment tu comptes agir.

— Je vais la mettre en colère.

— Encore ? Elle s'est donné la mort en 1996, car tu l'avais mise dans une colère incontrôlable.

— Oui, mais j'ai eu quatre ans pour méditer sur chacune de mes erreurs. Cette fois, je suis résolu ! Je compte exploiter chaque ressource à ma portée. À chaque nouveau chemin emprunté, j'agirai pour la guider. Les éléments, les signes, les êtres humains, toi… Tout me servira.

— Même si cette idée est dangereuse, ta décision a l'air prise…

— Elle l'est ! Et c'est pour ça que je suis venu te voir. Il me faut la date de la dernière éclipse solaire avant leur arrivée.

— Tu auras jusqu'au 20 avril de l'année 2023 pour l'extraire de Terre. Si tu attends l'éclipse solaire du 14 octobre, il sera trop tard…

Chapitre I

Dans l'obscurité, une forme funèbre se profilait, drapée d'une cape nébuleuse s'enroulant tel un serpent autour de sa proie. Des plis de cette sombre étoffe suintait une substance gluante et opaque, saturant l'air d'une brume poisseuse et suffocante.

Au sommet de cette sinistre cape trônait une forme ovale d'une noirceur abominable. Entremêlées telle une cage, des tiges acérées comme des lames de rasoir recouvraient cette face cauchemardesque. De cette prison, une multitude de petits tentacules visqueux s'agitaient avidement, cherchant désespérément à s'échapper.

Une obscurité lugubre entourait la mystérieuse créature. L'air, quasiment inexistant, semblait mourir lentement. D'imposants murs de brume opaque s'étendaient et s'étiraient sans fin.

Soudain, cette forme s'anima. Ses tiges se contorsionnèrent et s'écartèrent, déchirant l'air dans un grincement strident. Puis, tout se figea à nouveau, plongé dans un silence morne. Une inquiétante sensation imprégnait l'atmosphère alors que le temps, lui-même, semblait suspendu. Brusquement, les tentacules jaillirent avec une férocité déchaînée, se précipitant vers...

Lola se réveille en sursaut. Nous sommes le mardi 20 septembre 2022. Sa fenêtre laisse entrer les voix des passants. Dehors, les terrasses parisiennes sont encore bondées malgré l'heure tardive. Un courant d'air vient plaquer ses longs cheveux de jais sur son cou en sueur. Son souffle est saccadé, sa mâchoire, crispée, et tout son corps reste pétrifié par ce nouveau cauchemar.

Après plusieurs profondes inspirations, Lola finit par s'asseoir sur le bord de son lit. Elle allume sa lampe de chevet et pose ses pieds sur le parquet frais. La tête baissée, les épaules arrondies, elle peine à retrouver son calme et à revenir à la réalité.

Péniblement, elle se lève et saisit de ses mains tremblantes un vieux pull en maille crème posé sur une chaise. Elle l'enfile avec difficulté et se traîne jusqu'au salon. Là, elle attrape son paquet de cigarettes et son carnet à dessin, puis se dirige d'un pas chancelant sur le balcon. Elle s'assoit sur la marche de la porte-fenêtre, tire une longue bouffée de nicotine et commence à reproduire, au crayon gras, la repoussante créature qui vient de hanter son sommeil...

— Souvenez-vous qu'une civilisation ancienne reste toujours un mystère pour notre ère. Même si nous détenons des informations grâce à des écrits, à des œuvres ou encore à des monuments, une part d'ombre demeure.

Lola, la tête appuyée sur sa paume, ferme les yeux, écoutant d'une oreille la voix lointaine du professeur d'anthropologie de l'art. Quand soudain :

— Lola, t'endors pas ! la secoue Hugo en chuchotant. T'es encore sortie hier soir pour avoir de tels cernes ?

En guise de réponse, Lola esquisse un simple sourire.

S'il savait, pense-t-elle en triturant la manche de son épais pull en laine.

Encore dans les vapes, elle se redresse, se frottant les yeux de sa main.

— C'est quoi ce dessin ? lui demande alors son amie Sarah. Il est assez... flippant.

Sous la main gauche de Lola, un petit carnet noir est ouvert, et la créature tentaculaire, qu'elle a passé la nuit à dessiner, y est représentée.

Et merde ! pense-t-elle, crispée.

Refermant le carnet, Lola tente de dissimuler son malaise en arborant un sourire forcé, et lance le premier mensonge qui lui vient à l'esprit :

— C'est un projet pour Solal. Il est déjà en train de bosser sur sa publication d'Halloween.

Depuis plusieurs années, son ami d'enfance Solal réalise des vidéos qu'il poste sur les réseaux sociaux, utilisant les nombreux dessins de Lola pour illustrer ses histoires.

— J'adore ! s'enthousiasme alors Sarah, en essayant de parler le moins fort possible.

— J'ai trop aimé celle avec Bosh. Je suis trop impatient de découvrir la prochaine, se réjouit Hugo.

Ravie que sa stratégie fonctionne, Lola écoute silencieusement Sarah et Hugo s'extasier sur les vidéos de son ami.

Merci, Solal, pense-t-elle, soulagée.

M. Maidet fait cesser les chuchotements en déclarant :

— Le cours est terminé. Pour la semaine prochaine, je vous conseille de vous renseigner sur les différentes revues de référence que je vous ai envoyé par e-mail ce matin.

Dans le brouhaha habituel des fins de cours, les élèves s'empressent de ranger leurs affaires et de quitter la salle. Voyant Lola se lever en laissant son iPad et son sac sur la table, Hugo lui demande :

— Qu'est-ce que tu fais ?

— Je pense prendre Maidet comme directeur de recherche pour mon mémoire, répond-elle en attrapant son carnet et un stylo. Je vais voir ce qu'il pense de mon idée.

En entendant cela, il arrête de ranger ses affaires.

— T'es maso ! C'est le prof le plus exigeant et le plus pointilleux, s'exclame Hugo.

— Oui, mais tous ceux qui l'ont eu ont réussi, déclare Sarah. Il y en a même deux qui enseignent à Harvard, et un autre qui conseille des réalisateurs pour des films hollywoodiens.

— Ça, ce sont les élèves choisis pour LE sujet mystère, dit Hugo en appuyant le mot « le ». Tu veux le sujet mystère ? demande-t-il en la regardant.

— Je vais tenter, dit-elle avec un haussement d'épaules. On sait jamais, si je trouve le truc pour me démarquer des autres.

— Si tu lui montres la liste que tu m'as envoyée hier, tu as toutes tes chances, rétorque Sarah. Tu nous diras ce soir si tu as passé la première étape ?

Lola acquiesce d'un signe de tête et, d'un pas souple, s'approche du bureau où son professeur ramasse ses affaires.

— Avez-vous quelques minutes à m'accorder ? demande-t-elle, tout en triturant le trou dans la manche de son pull. J'aimerais discuter avec vous d'un éventuel sujet de mémoire.

— Allez-y ! lui dit-il de sa voix rocailleuse, tout en débranchant l'ordinateur qu'il s'apprête à mettre dans sa besace.

— Je souhaiterais m'intéresser à la représentation des civilisations antiques dans l'art du XXe siècle.

M. Maidet passe sa main dans son imposante barbe poivre et sel et répond :

— C'est très vague... Avez-vous déjà songé à certains artistes ?

— Je pensais me concentrer sur les surréalistes comme Kay Sage, ou sur les membres du mouvement dadaïste. Tenez, j'ai fait une liste, lui dit-elle en posant son carnet sur le bureau.

M. Maidet survole la page du bout du doigt et la tourne machinalement, tombant sur le dessin de la créature tentaculaire. Prise de court, Lola n'a qu'un réflexe. Elle tire le carnet vers elle et revient, d'un geste rapide, sur la page précédente.

— Ma sélection s'arrête là pour l'instant, se justifie-t-elle avec un sourire forcé.

Gardant le silence pendant quelques secondes, un air pensif sur le visage, M. Maidet finit par déclarer :

— Votre liste est intéressante.

Comprenant que son professeur ne parlera pas du dessin, Lola décontracte ses épaules.

— Pourtant, je vois déjà des choses qui ne conviennent pas ! déclare-t-il en appuyant son index sur la page. Ce genre de travail nécessite une approche plus conceptuelle. Vous devez trouver le lien qui se dégage entre civilisation et art. Par exemple, si vous sélectionnez Valentine Hugo, vous ne pouvez pas parler de civilisation identifiable au premier coup d'œil, mais plutôt de mise en scène, d'appropriation d'une idée...

Après avoir recensé chaque artiste et chaque piège à éviter, M. Maidet s'arrête un instant, fixe le carnet de Lola avec attention, et ajoute :

— Prenez la semaine pour réfléchir à de nouveaux artistes, et présentez-les-moi mercredi prochain autour d'un café. Je vous laisse une chance de me prouver que Mme Rodriguez avait raison à votre sujet. Car pour l'instant, je vous ai surtout vue bavarder.

Embarrassée, Lola s'excuse platement, puis récupère ses affaires avant de quitter la salle.

À peine a-t-elle posé le pied hors du bâtiment qu'elle se saisit de son portable et appelle Solal.

— Tu fais quoi ? lui demande-t-elle dès qu'il décroche, surexcitée.

— Je viens de terminer les cours et je pensais rentrer à l'appart pour préparer ma valise pour Barcelone. Pourquoi ? Tu veux passer pour boire un verre ?

— Ça te dit de m'aider à trouver les artistes pour mon mémoire ? lui propose-t-elle.

Lorsqu'il s'agit d'art, son ami est une véritable encyclopédie vivante. Il l'était déjà avant même de suivre son cursus en histoire de l'art à l'École du Louvre.

— Tu as passé la première étape ? se réjouit-il de sa drôle de voix grave.

— Il m'a proposé d'en rediscuter autour d'un café. Et quand il propose un café, c'est qu'on a réussi à éveiller son intérêt.

— Super ! On se retrouve chez mon père pour fouiller sa bibliothèque ? Ma valise attendra.

— Flemme de voir Victor, aujourd'hui...

— Depuis quand mon père est à la maison le mercredi ? l'interroge-t-il. On sera tranquilles, avec la moitié de la BNF à notre disposition.

— Ben voyons ! se moque-t-elle. On se retrouve dans quarante minutes, je vais prendre le métro.

— Ça marche ! À toute !

Après un long trajet étouffant dans les transports parisiens, Lola descend enfin à la station Michel-Ange Molitor. D'un pas rapide, elle se dirige vers le hameau Boileau, où Victor possède une magnifique maison de style Art nouveau. Ce dernier, d'origine grecque, a réussi à échapper à la pauvreté de son enfance grâce à son travail acharné. Il a gravi tous les échelons et est maintenant à la tête de plusieurs sociétés dans les domaines de la mode et du luxe.

Lorsque Lola arrive devant la grande grille en fer forgé, aucune trace de son ami, seulement le gardien qui s'affaire à nettoyer le trottoir.

— Solal est encore en retard ? lui demande-t-il de sa voix bourrue.

— Comme d'habitude, Bruno, répond-elle en levant les yeux au ciel.

L'homme esquisse un sourire moqueur avant de reprendre ses occupations. Jetant un rapide coup d'œil autour d'elle, Lola s'impatiente. Ne voyant toujours pas Solal arriver, elle fouille dans son sac à la recherche de ses cigarettes. Elle soulève son pull roulé en boule, et se saisit enfin de son paquet. Mais à peine l'a-t-elle sorti qu'une voix retentit de l'autre côté de la rue :

— Salut Bruno, ma petite chose n'a pas trop râlé en m'attendant ?

Reconnaissant Solal, Lola plaque d'un geste vif son pull au fond de son sac, et fait semblant de chercher un briquet dans les poches de son jean.

— Pourquoi tu essayes de cacher le pull de ton père ? lui demande-t-il avec une pointe de reproche en arrivant à sa hauteur.

Et merde, il l'a vu, constate-t-elle, contrariée.

Sa tentative de diversion ayant échoué, Lola rouvre son sac pour prendre son briquet.

— Pour rien, t'inquiète, essaye-t-elle de le rassurer en allumant une cigarette.

— J'ai des raisons de m'inquiéter lorsque je te vois avec ce pull..., lui fait-il remarquer en croisant les bras.

À la mort de ses parents, les cauchemars effrayants étaient devenus récurrents. Cette situation était devenue si préoccupante que sa tante Rosa, désignée comme tutrice, lui avait fait suivre une thérapie. Durant son adolescence, elle avait retrouvé, par hasard, un large pull en maille qui appartenait à son père. Lorsqu'elle se sentait triste ou déprimée, elle l'enfilait, été comme hiver, et passait sa journée à le triturer. À l'âge de quinze ans, les mauvais rêves avaient finalement cessé, et elle avait pu ranger la laine au fond de son armoire. Or, depuis presque deux ans, les cauchemars étaient revenus la hanter, l'obligeant à ressortir le vêtement de temps en temps.

— Sol, ça va faire dix-huit ans lundi, et j'avais juste envie de sentir la présence de mon père, ment-elle encore, en tentant maladroitement de remettre en place la manche qui dépasse.

— Je comprends. Tu préfères qu'on aille boire un verre ? Ça te changera les idées, lui propose-t-il alors. On n'est pas obligés de choisir les artistes pour ton mémoire dans la seconde. Ou sinon, on appelle Antoine ?

Depuis plus d'un an et demi, Lola entretient une relation avec Antoine. C'est la première fois qu'elle s'engage aussi sérieusement et se sent aussi épanouie avec quelqu'un. Le seul inconvénient est la distance, car Antoine réside à Londres. C'est d'ailleurs dans la capitale britannique qu'ils se sont rencontrés. Solal, qui avait décidé de prendre une année sabbatique pour travailler dans une galerie d'art londonienne, les avait présentés lors d'un week-end. Pendant un certain temps, ils avaient entretenu une amitié ambiguë avant que leur relation n'évolue.

— Pas maintenant, il est en réunion, répond-elle. Et on ira prendre un verre plus tard. Comme on part demain, il vaut mieux qu'on commence déjà les recherches.

— OK ! Mais promets-moi d'arrêter de jouer avec cette manche, alors ! râle-t-il en sortant le vêtement du cabas. Regarde, tu l'as encore trouée. Si tu continues à malmener ce pauvre pull, plus aucun couturier du monde ne pourra le raccommoder.

Écoutant Solal la mettre en garde sur le manque de soin qu'elle porte à ses vêtements, ils pénètrent dans la petite impasse privée, se dirigent vers la maison de Victor et montent directement au dernier étage… Le bureau-loft où prend place une imposante bibliothèque.

— J'ai écouté un extrait de la dernière interview de ton prof sur le trajet, et j'ai eu quelques idées, lance Solal en sortant plusieurs livres et en les déposant sur le parquet. Tu peux déjà jeter un coup d'œil à tous ces bouquins, tu trouveras peut-être des pistes.

De son côté, Lola scrute minutieusement chaque étagère. Sur l'une d'entre elles, un ouvrage assez imposant sur l'art du XXe siècle attire son attention. Elle se hisse alors sur la pointe des pieds pour l'attraper, et tente de l'extirper. Mais le livre résiste.

— Au fait, faut que je te raconte ! s'exclame d'un coup Solal. Hier soir, après que tu nous as lâchement abandonnés pour ta visio avec ton mec, tu as loupé un moment mémorable de la part d'Axel et Clément !

Ne parvenant pas à sortir le livre de l'étagère, Lola prend appui sur le bord de la bibliothèque et le tire un peu plus fort en disant :

— Qu'est-ce qu'ils nous ont encore fait ces deux-là, après l'histoire de la Garo… Et merde ! s'écrie-t-elle.

En entendant le fracas provoqué par son amie, Solal se retourne et part aussitôt dans un fou rire. Figée dans une position étrange, Lola a les deux mains plaquées contre l'étagère, essayant d'empêcher des livres de tomber. À ses pieds, plusieurs d'entre eux sont ouverts et jonchent le parquet. Sa jambe droite est levée, et un recueil sur le Parnasse y est posé en équilibre.

— Viens m'aider ! grogne-t-elle, toujours dressée sur la pointe du pied gauche.

— Voilà à quoi sert l'échelle, petite chose ! lance-t-il, hilare, en remettant de l'ordre dans la bibliothèque.

Un des passe-temps favoris de Solal est de se moquer gentiment du mètre soixante et un de Lola. Lui et son père se rapprochent des deux mètres, et Rosa, mannequin durant sa jeunesse, a toujours été l'une des plus grandes de sa classe. En comparaison, Lola semble minuscule au milieu de ces trois géants.

Après avoir rangé les étagères, Lola se baisse et commence à ramasser les livres éparpillés sur le sol.

— Si j'avais pu te filmer, ça aurait fait le buzz, continue-t-il de se moquer en attrapant un ouvrage sur les mondes lointains et imaginaires dans l'art. Tu es si maladroi…

Surprise par le silence soudain de Solal, Lola se tourne et découvre son ami à genoux, livide, fixant de ses yeux noirs un objet rectangulaire en cuir granuleux.

Je les avais oubliés…, songe-t-elle, reconnaissant le carnet de son père.

Elle range alors le livre qu'elle tenait entre ses mains et ramasse l'une des photographies, légèrement jaunie, qui était tombée d'un des carnets.

— On était vraiment minuscules dans les bras de ton père ! sourit-elle en lui montrant une photo d'eux, encore bébés, blottis dans les bras d'un homme brun aux larges épaules vêtu du maillot de l'équipe de Grèce. C'était en quelle année ? « France-Grèce, Euro 2004 », lit-elle au verso.

— Donne-la-moi ! Je vais la ranger avec les autres, dit-il en regroupant précipitamment les clichés éparpillés sur le parquet.

— Hé, Sol, tout va bien, essaye-t-elle de le rassurer. Tu sais, ça fait longtemps maintenant.

— Ouais, mais on va éviter de faire remonter les mauvais souvenirs. Déjà que tu as ressorti le pull.

Sans attendre, il attrape le vieux carnet pour y ranger les tirages, mais s'arrête net. Sur la première page, la photographie d'une magnifique brune, aux yeux verts scintillants, est scotchée à côté d'un texte manuscrit.

— Anna est tellement belle sur cette photo ! ne peut-il s'empêcher de commenter.

D'un geste rapide, Lola la détache de la feuille, prenant Solal par surprise. En voyant sa mère, postée devant une toile du peintre symboliste Gustave Moreau, son cœur se serre. Par réflexe, ses doigts saisissent sa médaille, représentant un arbre de vie entouré de la lune et du soleil. Sur l'image, ce même bijou pend au cou d'Anna, juste au-dessus de son ventre arrondi.

— Allez, on la range et on va prendre un verre ! lui propose Solal en passant ses doigts dans ses cheveux bruns aux boucles bien définies.

En le voyant exécuter ce geste, qu'il ne fait que lorsque quelque chose le préoccupe, Lola esquisse un sourire et répond :

— Après ! Je veux juste lire le message que mon père a laissé.

Alessandro, le père de Lola, avait pour habitude d'écrire des mots, des poèmes, ou toute autre idée qui lui traversait l'esprit, derrière chaque photo qu'il prenait. Sur celle-ci, il y avait inscrit :

« *Les Chimères* inachevées de Moreau,
le jeudi 22/06/2000.
"C'est vraiment dommage que l'artiste n'ait pas fini
de peindre ses monstres drolatiques.
On s'ennuierait presque devant cette œuvre..."

Anna Chamlav, 32 ans, astrophysicienne talentueuse
et future maman délurée.
Mon futur bébé, je t'en conjure, deviens aussi anormal
que ta mère ! Le monde s'ennuierait sans elle ! »

La gorge de Lola se noue, lui faisant prononcer les derniers mots dans un murmure.

— Ça va aller ? lui demande doucement Solal en la prenant dans ses bras.

Lola acquiesce d'un mouvement de tête.

— Je ne me souvenais plus du tout de cette photo..., dit-elle en inspirant profondément, tentant de surmonter ses émotions. Est-ce que tu peux me lire la page d'à côté ?

— Tu es certaine de vouloir relire ça maintenant ?

— Sol, c'était une belle période ces moments avec mes parents, lui fait-elle remarquer en se libérant de son étreinte. Et même si j'ai peu de souvenirs, je sais que j'adorais quand ils me montraient leurs albums photo.

— Et eux, ils adoraient tes réactions, c'est sûr ! Sinon, ton père ne se serait pas embêté à les retranscrire dans son carnet.

— Tu vois que t'as pas de raison de t'inquiéter. Tu peux me lire le mot sans soucis.

— OK, ma petite chose ! Alors, qu'est-ce que tu nous as raconté ? dit-il en levant le carnet devant son visage.

« *Les Chimères* inachevées de Moreau,
le mercredi 08/09/2004.
Joyeux anniversaire ma LDMV[1] !
Lorsque je t'ai montré cette photo de ta mère, enceinte de toi,
ta première réaction a été de faire les gros yeux.
Puis tu as crié en montrant le tableau :
"Un caramère !" (Peut-être était-ce "caramaire" ou "caramel".)
Anna est immédiatement partie en fou rire

1. « *Luce della mia vita :* Lumière de ma vie ».

et a bien sûr souhaité savoir ce qu'était un "caramère".
Voici ce que tu nous as décrit :
"Il crache beaucoup, beaucoup de feu. Plus que chez Abella !
Mais pas du feu jaune ! Du feu d'eau, efubria
(tu as encore inventé une nouvelle couleur).
Il a une grande queue de dauphin,
plein de cornes toutes bizarres
avec beaucoup de poils et une grande bouche qui fait très peur.
Mais il est très gentil !"
Décidément, je crois que mes prières sont exaucées !
Tu es aussi anormale que ta mère ! »

À la fin de sa lecture, Solal tourne machinalement la page et tombe sur un dessin de la créature qu'Alessandro avait tenté de reproduire d'après la description de sa fille.

— Comment tu as pu voir ça dans *Les Chimères* de Moreau ? s'étonne-t-il en lui montrant le croquis.

— Aucune idée ! Mais mon père aurait galéré s'il avait dû représenter tous les monstres qu'on inventait pour nos histoires quand on était petits, dit-elle avec un sourire en coin.

— Me reparle pas de ça ! Tu n'arrêtais pas de tricher pour gagner nos combats imaginaires. Je me faisais clairement avoir. Et tu inventais tout le temps de nouveaux mots pour m'embrouiller, se remémore-t-il en tournant de nouveau la page. Tiens ! Qu'est-ce que je disais ! Regarde, là, tes foutus mots, avec les définitions qu'Alessandro notait...

— Attends, je les disais déjà avant leur mort ?! s'exclame-t-elle en attrapant le bord du carnet.

— Oui ! Et c'est les mêmes, en plus. « Agoïatre : planète accueillant des êtres vivants. Éluni : astre tournant autour d'une agoïatre et brillant la nuit, comme la Lune. Atsol : astre illuminant une agoïatre, comme le Soleil. » Tu as juste ajouté « at » devant le *sol* espagnol, la charrie gentiment Solal.

— J'étais une enfant, je parlais avec mes mots, lui rappelle-t-elle. Mais je me demande pourquoi papa notait mes définitions ?

— Peut-être pour ta mère ? Elle aurait pu faire des recherches dessus, comme elle était astrophysicienne. Elle pensait peut-être qu'il y avait un sens à...

Solal n'a pas le temps de finir sa phrase. Dans leur dos, une voix froide et sévère l'interrompt brusquement :

— Je peux savoir ce que vous faites ?

Chapitre II

Surpris, les deux amis font volte-face. Debout, dans l'encadrement de la porte, se tient un homme de grande taille, les bras croisés sur son imposante poitrine. Il est la parfaite copie de Solal, la barbe stricte en plus.

Oh non, qu'est-ce qu'il fout là ? se demande Lola en se raidissant.

— Tu es déjà là ? s'étonne Solal. Nous cherchons des idées pour le mémoire de Lola.

— Un de mes rendez-vous a été annulé et je suis venu récupérer des dossiers, indique Victor en se dirigeant vers son bureau. Qu'est-ce que vous faites avec les carnets d'Alessandro ?

— Ils sont tombés, et on les a simplement feuilletés, explique Solal.

— Remettez-les à leur place ! ordonne Victor d'une voix amère. Et, Lola, sache qu'Alessandro listait les mots que tu inventais et leur sens pour s'en souvenir. Sinon, tes parents ne comprenaient rien à ton charabia.

Merde, il nous a entendus...

— Je dîne avec Rosa ce soir, continue Victor en attrapant un épais dossier. Dois-je lui dire de faire attention à toi ?

— Pourquoi ? demande-t-elle, légèrement sur la défensive, en rangeant les derniers livres traînant encore sur le parquet.

— Parce que tu as très mauvaise mine et que tes cernes sont marqués. Nous savons tous que cela ne présage jamais rien de bon.

— J'ai mal dormi, c'est tout, se justifie-t-elle d'un ton un peu trop tranchant.

L'homme d'affaires cesse de feuilleter son dossier et lui lance un regard soupçonneux. Il sait pertinemment que Lola est capable de mentir pour dissimuler son mal-être, et se méfie de chaque parole qu'elle prononce.

— S'il te plaît, Victor, dit-elle alors avec exaspération, je n'ai vraiment pas envie de me prendre la tête avec toi aujourd'hui. Tu viens, Sol, on va boire un verre et laisser ton père tranquille, ajoute-t-elle en direction de son ami. Mais avant, tu peux me passer les carnets ? Je vais les embarquer à l'appart.

En l'entendant, Victor relève brusquement la tête et lui demande sèchement :

— Qu'est-ce que tu fais ?

— Je récupère les carnets de mon père pour les feuilleter chez moi, répond-elle comme si c'était une évidence.

À ces mots, les traits de Victor se durcissent.

— Non ! Tu les laisses ici ! ordonne-t-il d'un ton incisif. Ils ne quitteront pas cette maison.

— Victor, tu ne peux pas m'empêcher de les récupérer, indique Lola, essayant tant bien que mal de rester calme.

— Si Rosa me les a confiés, c'est pour que tes délires ne recommencent pas, grince-t-il, ses yeux aussi noirs que du charbon s'assombrissant. D'ailleurs, elle aurait dû les jeter après ce qu'il s'est passé.

— Ils m'appartiennent, Victor ! s'insurge Lola en prenant les carnets des mains de Solal. Alors, lâche-moi !

D'un geste vif, elle saisit son sac et y enfonce les carnets.

Oh non... Le pull..., se fige-t-elle.

— Tu ne pourras donc jamais t'empêcher d'être cette gamine égoïste ! fulmine Victor en apercevant le vêtement crème. Quel délire as-tu encore inventé pour ressortir le pull de ton père ?

Lola ouvre la bouche pour lui répondre, mais se ravise au dernier moment. Si elle s'emporte, la discussion prendra une tournure plus que désagréable. Et le résultat sera le même qu'à chaque dispute. Victor parlera à Rosa, qui s'inquiétera, ce que

Lola souhaite éviter à tout prix. Elle décide alors d'utiliser la seule parade qui fonctionne : rester silencieuse.

— Papa, ça fera dix-huit ans lundi, intervient Solal pour venir en aide à son amie. Tu peux au moins la laisser respirer jusque-là...

À ces mots, les épaules de Victor se contractent aussitôt et comme seule réponse, il émet un grognement rauque.

— Regarde plutôt la photo qu'Alessandro avait prise d'Anna lorsqu'elle était enceinte, dit son fils en lui tendant le papier glacé.

Victor s'en saisit, lui arrachant presque des mains. Instantanément, ses yeux sombres se radoucissent, et un air nostalgique s'affiche sur son visage sévère. Il caresse la photographie du bout des doigts.

— Anna était rayonnante à cette époque, se rappelle-t-il avec mélancolie. La grossesse illuminait son visage.

Il lève la tête vers Lola, une lueur de tristesse dans le regard.

— Dix-huit ans que cet ouragan de malheur a frappé les Bahamas... Ça passe tellement vite. Je vois encore ton père te préparer un biberon à la va-vite, pour ne pas rater le coup d'envoi du quart de finale contre la Grèce, et y mettre de la farine à la place du lait en poudre, raconte-t-il. Ta mère ne l'avait pas loupé, ce jour-là. Voir Anna lui crier dessus en espagnol était hilarant.

L'agacement de Lola s'envole dès qu'elle entend Victor évoquer ses parents. Après le décès d'Alessandro, qu'il considérait comme un frère, Victor a choisi de soutenir Rosa et de veiller sur Lola. Par pudeur ou à cause du chagrin, il parle rarement d'Alessandro et d'Anna. Le peu de fois où il le fait, sa carapace d'homme sûr de lui se fend, révélant une vulnérabilité touchante.

— Vendredi, vous partez chez Abella ? demande-t-il, reprenant son allure fière et stricte. Ou chez Nonna et Nopinno ?

Depuis quelques années, Lola avait instauré une tradition. Afin de lier la date anniversaire du décès de ses parents à des souvenirs positifs, elle partait rendre visite à sa grand-mère maternelle en Espagne ou à ses grands-parents à Rome.

— On part demain chez Abella pour la Mercè de Barcelone. Et Antoine nous rejoint vendredi soir, ajoute-t-elle.

Quand elle prononce le nom d'Antoine, un sourire satisfait se dessine sur les lèvres de Victor. Il apprécie particulièrement le copain de Lola, bien plus sain que ses précédentes relations. Cet avocat, spécialisé en droit commercial, a grandi dans un foyer où l'argent manquait, tout comme lui. Il voit en Antoine un modèle positif pour Lola, espérant que cette relation saine et équilibrée l'aidera enfin à s'ancrer dans la réalité.

— Mais ce sont les carnets de maman ! s'exclame d'un coup Lola, sortant brusquement Victor de ses pensées. Tu peux m'en passer un comme tu es sur l'échelle ? demande-t-elle à son ami.

— Non, pas ceux d'Anna ! hurle-t-il en voyant son fils tendre la main vers la dernière étagère.

Pris par surprise, Solal sursaute et vacille. Il se rattrape, au dernier moment, aux barreaux de l'échelle.

— Mais qu'est-ce qui te prend ? crie-t-il, les doigts crispés sur le bois. Tu as failli me faire tomber !

— Les carnets d'Anna restent à leur place !

Lola le dévisage, déconcertée par sa réaction démesurée.

— Mais pourquoi ? veut-elle savoir en serrant les dents. J'ai envie de savoir si certaines de ses théories ont trouvé une réponse.

— Je ne veux pas que tu lises ces carnets ! articule-t-il d'une voix caverneuse. Arrête de toujours vouloir remuer le passé. Tu nous en as suffisamment fait baver.

— Victor, je...

— Lola, tu m'emmerdes aujourd'hui ! Entre le pull et les carnets de ton père, j'ai de quoi parler à Rosa. Alors, n'aggrave pas ton cas.

Lola a envie d'exploser.

Enfoiré ! s'insurge-t-elle en pensée.

— Papa, pourquoi elle ne peut pas feuilleter les carnets d'Anna ? demande Solal, confus. Ce sont juste des recherches.

Un long silence s'installe alors. Victor est sur le point d'exploser, et les boutons de sa chemise menacent de céder tant son buste est bombé.

— Victor, ce ne sont que des notes, tente de le raisonner Lola. Si tu n'as pas envie de me voir les lire ici, je les emporte à l'appart pour les feuilleter tranquillement.

— Lola, si tu continues à me prendre la tête avec ça, ils termineront à la poubelle ! Rosa m'a demandé de les conserver, et c'est l'unique raison pour laquelle ils sont encore là.

— J'appelle Rosa, alors. Elle te dira de me les rendre, certifie Lola en attrapant son portable.

Avant même que Victor ne puisse intervenir, elle a déjà le téléphone contre l'oreille.

— *Micetta*[1], je vais entrer en réunion avec un client. Que se passe-t-il ? demande sa tante en décrochant.

Mais Lola n'a pas le temps de dire un mot que Victor lui arrache le téléphone des mains et répond à sa place :

— Rosa, ta nièce veut récupérer les carnets d'Alessandro et d'Anna... Oui, nous sommes d'accord... Oui, oui, je sais... Attends, je m'isole.

Victor sort de la pièce, laissant les deux amis dans la plus grande confusion.

— Mais qu'est-ce qui lui prend ? se demande Lola.

— Aucune idée. Je vais jeter un coup d'œil aux carnets, dit Solal en attrapant le premier qui lui tombe sous la main. Alors, là, elle parle de Brahmā et de l'inflation cosmique. Il n'y a que des équations et des notes sur sa théorie, observe-t-il en survolant la page des yeux.

Il tourne la page et fronce les sourcils.

— Là, elle parle du tao et du vide médian, puis... du yin et yang et la complémentarité matière-lumière, lit-il. Je ne comprends rien, c'est que des chiffres et des hypothèses. Pourquoi papa ne...

— Repose-le, il revient ! le presse-t-elle en entendant les pas de Victor se rapprocher.

Solal a à peine le temps de ranger le carnet que son père entre dans le bureau, le visage plus sombre encore qu'auparavant.

---

1. Mot italien affectueux, signifiant « petit chat ».

— Ta tante veut te parler, lâche-t-il avec froideur en tendant le téléphone à Lola.

Cette dernière s'en saisit, ne pouvant s'empêcher de lui lancer un regard noir.

— *Micetta*, tu peux récupérer les carnets de ton père, lui dit Rosa. Ses dessins et les photos sont des souvenirs. Mais ceux de ta mère restent chez Victor. Il a peur que te replonger dans les vieilles théories d'Anna ne te perturbe. Rassure-toi, ajoute-t-elle avant que sa nièce ne puisse dire quoi que ce soit, tu les récupéreras, mais pas maintenant !

Un flot d'incompréhension submerge alors Lola qui se demande, intriguée :

Mais pourquoi ?

Chapitre III

Tout autour d'elle, une intense lumière se diffusait. Devant elle, un paysage féerique, aux multiples couleurs harmonieuses, se déployait. Ce décor, d'une beauté surnaturelle, semblait tout droit sorti d'un tableau de Paul Signac, qui aurait mêlé la douceur de ses points à la fougue de William Turner. Elle contemplait ce lieu avec de la hauteur, comme si sa tête avait été posée au sommet d'une montagne alors que le bas de son corps effleurait à peine le sol. Tout avait l'air paisible, comme encore endormi.

Au loin, deux silhouettes, semblables à de jeunes enfants, se dessinèrent. À mesure qu'ils s'approchaient, leur démarche singulière attira son attention. Leurs pieds semblaient s'enfoncer dans le sol, telles les racines d'une plante, pour les propulser avec légèreté dans sa direction. Étonnamment, leur apparence singulière ne suscitait aucune appréhension en elle. Les deux enfants ne ressemblaient en rien aux créatures angoissantes qu'elle avait l'habitude de voir dans ses cauchemars. Au contraire !

Lorsqu'ils arrivèrent à sa hauteur, elle posa doucement son regard sur eux. Elle se sentait immense à leurs côtés, comme si un arbre comparait sa taille à celle d'écureuillons. En observant ces deux petits êtres, quelque chose la troubla. Leurs yeux !

Leurs yeux étaient voilés, comme si quelqu'un y avait déposé un brouillard cotonneux. Elle se pencha alors en avant, essayant de voir si cette étrange brume se dissipait. Et au moment où elle fut enfin à leur niveau, elle...

Des vibrations sourdes tirent Lola de son doux rêve. Depuis le cauchemar de la semaine passée, c'était la première fois qu'elle se sentait apaisée en dormant. Elle ouvre lentement les paupières et attrape son téléphone, sans même regarder le nom qui s'affiche à l'écran.

— Allô, répond-elle encore endormie.

— Allô, mon Sunshine ! Je rentre de mon verre ! Je te réveille ? demande une voix chaude. Comme tu ne m'as pas appelé pour me dire que tu allais te coucher, j'ai cru que tu étais encore debout...

Lola se redresse immédiatement. Elle s'était endormie sur son canapé en feuilletant les carnets de son père.

— Hello, mon cœur ! Oui, je me suis endormie comme une masse, dit-elle à Antoine. Je regardais les dessins de m...

Elle s'arrête net. Même s'il partage sa vie, Antoine n'est absolument pas au courant de son passé compliqué, de ses cauchemars, et encore moins des événements survenus l'année de ses quinze ans.

— Je regardais des œuvres de Joan Miró pour mon rendez-vous de demain avec Maidet, ment-elle alors. La semaine est passée à une vitesse folle, je n'ai même pas eu le temps de regarder les surréalistes d'Amérique Latine.

— OK ! Je vais te laisser te rendormir, tu as une petite voix. On s'appelle demain soir, après le dîner avec ta tante ?

— *Yes !* Je t'aime.

— Moi aussi, je t'aime. À demain.

Le lendemain, Lola arrive à 8 h 30 devant le café situé à côté de la Sorbonne. Après l'appel d'Antoine, elle n'a pas réussi à retrouver le sommeil et a passé une partie de la nuit à parcourir les carnets de son père.

Étant la première sur les lieux, elle s'installe en terrasse, allume une cigarette, commande un café allongé et attend patiemment son professeur. Ce dernier ne devrait plus tarder. Pour passer le temps, elle ouvre son carnet sur une page vierge et commence à dessiner, au crayon à papier, plusieurs cercles qui s'entremêlent.

— Bonjour, Lola ! Vous allez bien ? la surprend une voix rocailleuse.

Par réflexe, Lola ferme son carnet d'un geste vif et sourit à son enseignant.

— Bonjour, monsieur Maidet ! Très bien, et vous ?

Le professeur s'installe en face d'elle, commande un ristretto et allume un cigarillo.

— Alors, Lola, quels artistes allez-vous me présenter ?

La jeune femme agite son stylo entre ses doigts, légèrement nerveuse. Elle feuillette son carnet pour retrouver sa liste, mais ne tombe que sur des pages recouvertes de ses dessins.

Oh non ! Elle est où cette putain de liste ? s'énerve-t-elle, le cœur battant à tout rompre. *J'espère que j'ai pris le bon carnet...*

M. Maidet fronce ses sourcils broussailleux, plisse les yeux et demande :

— Ce sont des dessins de Redon ?

— Non, je les ai faits comme ça, répond-elle avec un rire gêné.

Avec soulagement, Lola trouve enfin sa liste. Elle explique alors à son professeur vouloir se concentrer sur les représentations des oiseaux dans les différentes civilisations, et lui énumère les artistes surréalistes qu'elle a sélectionnés avec l'aide de Solal. M. Maidet l'écoute attentivement, hochant la tête de temps en temps, et laissant échapper un bruit d'approbation entre deux bouffées de cigarillo. À la fin de son monologue, elle l'entend dire :

— Je suis un peu déçu. Je pensais que vous me présenteriez une idée plus audacieuse.

Cette phrase lui fait l'effet d'une douche froide.

— Pourtant, le dessin que j'avais aperçu lors de notre entrevue m'avait interpellé, enchaîne-t-il. C'est d'ailleurs pour cette raison que je vous avais laissé la semaine pour me convaincre. Les artistes m'ont toujours fasciné. Leur cerveau est différent.

La plupart des élèves avec qui je collabore possèdent cette fibre artistique si particulière.

Déstabilisée par ce qu'elle entend, Lola commence à s'agiter sur sa chaise.

— Mes dessins, c'est compliqué..., dit-elle, embarrassée.

— Cela ne le devrait pas ! la coupe-t-il d'un ton ferme. La créativité vous permet toujours de vous démarquer des autres. Elle vous rend unique. Et je pensais que ce serait votre atout pour sortir du lot. Il faut croire que je me suis trompé...

Les lèvres pincées, Lola fixe son carnet, en proie à un dilemme.

Si je lui montre mes dessins, j'aurai peut-être une chance d'avoir le sujet mystère. Mais... s'il me pose trop de questions, qu'est-ce que je lui dis ?

— Je pense que nous avons fini pour aujourd'hui. Vous pouvez me donner l'addition, s'il vous plaît ? demande M. Maidet au serveur.

Oh, et puis merde !

Sans réfléchir, Lola rouvre son carnet et le feuillette jusqu'à tomber sur deux créatures cauchemardesques. L'une est une sorte de triangle inversé évidé, recouvert intégralement d'épines où deux cubes, creusés par de sombres rectangles, sont posés. L'autre est représentée par trois cercles entrelacés. Le premier d'entre eux est entouré de piques aiguisées, le deuxième orné de dents cornues, et le troisième transpercé par des sabres ensanglantés. Elle s'y arrête, hésite un instant, et tend finalement le cahier à son professeur.

— Vous voulez les voir ? propose-t-elle d'une voix incertaine.

Surpris, M. Maidet recule légèrement sa tête, puis affiche un large sourire, dévoilant ses dents qui se chevauchent.

Durant un moment, il observe minutieusement les deux dessins, passant la main dans sa barbe. Puis il tourne la page et découvre d'autres croquis, plus complexes encore. Sans expression, il les décortique, et, pour en examiner les détails, fait parfois pivoter le carnet sur le côté. Nerveuse, Lola triture la manche en maille de son gros pull, élargissant un peu plus le trou qui s'y est formé.

— Vos dessins sont stupéfiants ! assure-t-il d'un coup, la prenant totalement au dépourvu. Ils contiennent des détails incroyables, qui me rappellent le style de nombreux artistes. Vous mixez plusieurs époques avec différents courants. Je dois avouer que c'est assez déroutant.

Il se tait un instant, affichant soudain un air sérieux.

— Lola, finalement, je pense que nous tenons quelque chose.

Elle lève un sourcil, intriguée et excitée à la fois.

— Connaissez-vous Gustave Moreau ? demande-t-il en lui rendant son carnet.

— Je connais ses plus grandes œuvres, répond-elle en effleurant du bout des doigts la médaille de sa mère. Pourquoi ?

— Vos êtres surnaturels, dans leurs détails, ont des similitudes avec les siens.

Pensive, Lola fixe ses dessins, penchant la tête d'un côté à l'autre, cherchant une quelconque ressemblance.

— Comme vous le savez, chaque année je choisis un élève et l'oriente sur un sujet inédit.

En entendant sa phrase, les yeux de Lola se mettent à briller.

— J'ai été récemment contacté par un ami, et nous avons convenu qu'un élève pourrait travailler avec lui sur une découverte liée à l'une des toiles de Moreau, précise-t-il avec une pointe d'excitation dans la voix.

Quoi ? Quelle toile ? Il y a eu une découverte sur Moreau ?

Pour tenter de calmer son excitation grandissante, elle allume une cigarette et inhale une longue bouffée.

— Je pense que vous seriez parfaite pour cette tâche ! déclare-t-il après un instant.

Lola est si surprise qu'elle manque de s'étouffer.

Il me donne le sujet mystère ? s'exclame-t-elle en pensée, n'en croyant pas ses oreilles.

— Est-ce que vous vous sentez capable de collaborer avec nous sur cette découverte ? veut-il alors savoir.

Pendant un instant, Lola reste sans voix. Puis, réalisant qu'il lui a posé une question, elle ouvre la bouche et laisse échapper la seule phrase qui lui vient à l'esprit :

— Quelle toile ?

— Je vais prendre votre question pour un « oui », dit M. Maidet, amusé par sa réaction. M. Guillaume Aupuduy vous expliquera tout directement. Mais je tiens à clarifier un point important. C'est un travail de chercheuse qui vous est offert. Nous attendrons de vous une véritable implication et des propositions constructives. Si je constate que vous n'êtes pas à la hauteur, vous pourriez être retirée du projet.

Ces derniers mots font immédiatement retomber l'enthousiasme de Lola.

— Nous devons y aller, les cours vont bientôt commencer, indique-t-il en regardant sa montre. Je vais l'appeler pour fixer un rendez-vous le plus rapidement possible. Je vous tiens au courant.

Lola hoche la tête, ayant toujours du mal à croire que M. Maidet lui offre une telle opportunité.

— Une dernière chose, ajoute-t-il après avoir réglé l'addition. Il est préférable que cette discussion reste entre vous et moi. En tout cas, jusqu'à ce que M. Aupuduy vous expose toute la situation...

Chapitre IV

Le lendemain, arrivée au 68, avenue Bosquet, dans le 7e arrondissement de Paris, Lola sonne au nom Aupuduy.

— Cinquième étage, porte à gauche de l'ascenseur, dit une voix grésillant à travers l'interphone.

Au moment où Lola pose le pied sur le palier, elle se rend compte que deux portes fermées se font face.

Il a dit quelle porte, déjà ? se demande-t-elle, perdue, regardant tour à tour de chaque côté de l'ascenseur. *Cerveau de Dory pourri...*

À peine a-t-elle pensé ces mots qu'un homme d'âge mûr ouvre la porte située à sa gauche. Son allure d'une élégance rare l'impressionne, mais son regard dur et froid, accentué par son visage osseux, la trouble. Perturbée par l'attitude dénuée d'expression de son hôte, Lola lui tend, un peu gauchement, une bouteille de vin qu'elle a achetée chez un caviste afin de le remercier.

— Bonjour Lola ! Je suis Guillaume. Entrez donc ! la presse-t-il chaleureusement. Merci beaucoup pour cette délicate attention.

Sa voix mielleuse et affectueuse la surprend. La silhouette de l'homme est si stricte qu'elle s'attendait à un timbre de voix bien plus grave et cassant.

— Bonjour, monsieur ! Merci à vous de me recevoir et de m'accorder un peu de votre temps, dit-elle en s'introduisant timidement dans le couloir de l'entrée, orné de deux imposantes toiles abstraites.

Lola les balaye rapidement du regard quand, soudain, elle réalise :

Je les ai déjà vues, ces toiles… Mais où ? Ah, mais oui ! Dans l'article que j'avais lu sur les plus grands chefs-d'œuvre d'art du XXe siècle dans les collections privées…

À cette pensée, elle se fige sur place.

Ce Guillaume doit être important pour posséder des œuvres comme ça, siffle-t-elle en pensée, impressionnée.

— Ne perdons pas de temps. Venez vous installer dans le salon, lui dit Guillaume.

En pénétrant dans la pièce, Lola s'arrête net, complètement ébahie. De nombreux tableaux ornent les imposants murs couleur crème. Tous les meubles vintage ont été conçus par de grands designers, et des sculptures anciennes décorent la cheminée en marbre ainsi que le buffet imposant. Elle parcourt la pièce du regard et ses yeux se posent sur une immense bibliothèque encastrée sur toute la longueur du salon. Parmi les objets d'art et la multitude de livres qui y prennent place, un ouvrage se distingue, attirant immédiatement son attention.

The Goldschmidts *d'Anthony Allfrey !* lit-elle en plissant les yeux. *Maintenant, c'est sûr, c'est de cette œuvre qu'on va parler.*

Guillaume s'installe dans un fauteuil et invite Lola à prendre place sur l'iconique canapé LC3 de Le Corbusier, habillé d'un cuir noir lisse. Sur la table basse, trois photocopies sont disposées à côté d'un large plateau d'argent, sur lequel sont posés deux verres d'eau ainsi qu'une carafe en cristal.

— Pour vous remettre dans le contexte, ma famille a beaucoup investi dans les œuvres des artistes symbolistes à la fin du XIXe siècle, commence Guillaume avec sérieux. Nous avons une importante collection, et nous faisons des dons régulièrement.

— Seriez-vous par hasard lié à la famille Goldschmidt ? l'interrompt-elle.

À cette question, un léger sourire se dessine sur les lèvres extrêmement fines du vieil homme, accentuant les rides au coin de ses yeux.

— C'est une branche de la famille, en effet, déclare-t-il avec une pointe de fierté. C'est aussi pour cela que nous avons certains privilèges. Que vous a dit Jean à ce sujet ?

— Juste qu'une découverte avait été faite à propos d'une toile de Moreau, sans me préciser laquelle. Mais j'ai fait quelques recherches de mon côté, et je pense l'avoir identifiée.

— Voyons voir, s'intéresse Guillaume, les yeux brillants. Dites-moi tout.

— J'ai lu une série d'articles expliquant que l'œuvre *Jupiter et Sémélé* avait subi la maladresse d'un touriste en juillet dernier, et qu'elle avait donc dû passer entre les mains d'un restaurateur. C'est la seule toile qui ait été enlevée au cours des derniers mois. En poussant plus loin, j'ai appris que cette peinture était une commande, puis un don de Léopold Goldschmidt, avec lequel vous venez de me confirmer avoir un lien de parenté. En tant que membre de sa famille, il est logique que vous ayez certains avantages. Surtout lorsqu'on sait que Léopold était l'un des plus importants mécènes de Moreau.

— Je suis impressionné, avoue Guillaume. C'est en effet *Jupiter et Sémélé* qui a été examinée récemment, et sa radiographie aux rayons X a révélé une chose incroyable… Un texte écrit par l'artiste sur la première couche de la toile !

— Un texte ? s'étonne Lola, à la fois intriguée par ces révélations et ravie d'avoir trouvé la peinture.

D'un geste lent, il saisit les trois photocopies entre ses doigts.

— J'ai missionné quelques chercheurs, comme votre professeur, pour en découvrir l'origine, explique-t-il. Mais jusqu'à présent, nous n'avons rien trouvé. Nous ignorons si ce texte est tiré d'un livre ou si c'est Moreau lui-même qui l'a imaginé. Mais, personnellement, je suis certain qu'il ne l'a pas inventé !

— Il n'a laissé aucune information pouvant nous orienter sur une civilisation ou une période historique en particulier ? demande-t-elle, sentant l'excitation monter.

— Aucune. Comme vous le savez sûrement, Moreau rassemble une multitude de civilisations, d'histoires, de monuments, de paysages et de mythes dans ses toiles. Mais aucune ne semble évoquer ce qui est écrit dans ce texte.

Lola fixe les feuilles, impatiente d'en découvrir le contenu.

— Avant de vous présenter le mystérieux texte, je me suis permis de vous imprimer la description de l'œuvre retrouvée dans les carnets de Moreau. Tenez, lisez-le.

Lola se saisit de la feuille que l'homme lui tend, où est imprimé un texte manuscrit, d'une écriture penchée et fine. Dès les premiers mots, Lola le reconnaît. Ayant fait des recherches sur la toile avant le rendez-vous, elle l'a déjà étudié dans l'après-midi. Mais elle le relit tout de même, afin d'être certaine de ne rien laisser de côté.

« Au centre d'architectures aériennes, colossales, sans base ni faîtes,
couvertes de végétations animées et frémissantes,
flore sacrée se découpant sur les sombres azurs des voûtes étoilées,
le Dieu, tant de fois évoqué, se manifeste dans sa splendeur encore voilée :
Sémélé pénétrée des effluves divins, régénérée,
purifiée par le sacre, meurt foudroyée
et avec le génie de l'amour terrestre, le génie au pied de bouc.
[...]
Au pied du trône, la Mort et la Douleur formant la base tragique
de la vie et non loin d'elles, sous l'égide de l'aigle de Jupiter,
le grand Pan, symbole de la Terre, courbe son front attristé
dans un regret d'esclavage et d'exil, tandis qu'à ses pieds
s'entasse la sombre phalange des monstres de l'Érèbe[1]
et de la Nuit... »

Lola a la même impression que celle éprouvée lorsqu'elle a lu cet extrait la première fois. Étrangement, elle a le sentiment que quelque chose d'important lui échappe. Pourtant, elle n'arrive

1. Dieu primordial associé aux ténèbres et au royaume des morts dans la mythologie grecque.

pas à mettre le doigt dessus. D'une voix hésitante, elle se permet de donner son avis à Guillaume.

— Même si ce texte décrit l'œuvre, à mon sens, il n'est pas complètement en accord avec le tableau… On dirait que Moreau cherche à nous tromper, à nous induire en erreur.

— C'est ce que je pense aussi. Regardez cet extrait d'une correspondance entre mon arrière-grand-oncle Léopold et Moreau, datant du 15 août 1897, dit-il en lui tendant la deuxième photocopie. Personne n'avait compris, jusqu'à maintenant, pourquoi il lui avait tenu de tels propos. Mais je pense que cela pourrait être lié à la découverte que je vous exposerai dans quelques instants.

Curieuse, Lola lit alors la lettre.

« Ce cher Zola aura beau dire, je n'en démordrai pas !
Une mythologie peut découler uniquement de l'imagination de l'Homme.
Ce n'est pas à exclure. Toutefois, à mon sens, il est plus excitant
qu'elle nous soit parvenue dans un seul but :
nous révéler notre obscur passé aujourd'hui oublié !
Pensez à cela, mon très cher Léopold !
Les mystères d'une Connaissance ancestrale, d'une Science Infuse perdue
par l'Homme, mais conservée dans les gènes d'un monde énigmatique.
Un lien qui nous unit à toute particule vivante, à la création de la vie
et à la destruction de celle-ci, nous offrant ainsi des réponses
à toutes nos questions. La compréhension de ce que nous sommes
et de ce qui nous entoure pourra, peut-être, nous être enfin dévoilée.
Ainsi, le Tout pourra nous apparaître dans sa totalité. »

Lola relève la tête vers Guillaume, perdue.

— C'est à cause de cette lettre que je suis sûr que Moreau n'a pas inventé le texte de la toile, indique-t-il aussitôt. Il a toujours laissé entendre qu'il avait un secret. J'ai passé une bonne partie de ma jeunesse à essayer de le trouver, mais sans résultat. Alors j'ai abandonné cette quête. Mais aujourd'hui, avec ce nouveau texte, je pense que nous sommes enfin sur une piste.

Il lui tend alors la troisième feuille. Lola l'attrape avec un peu trop d'enthousiasme, lui arrachant presque des mains.

Enfin ! se dit-elle en voyant le texte, tracé au pinceau par Gustave Moreau, distinctement lisible.

« Le déséquilibre de la Grande Source.

En conséquence du déséquilibre engendré par l'Ombre,
L'Entité et ses créations se détournèrent
de leur fonction première :
Détruire ce qui était juste et nécessaire !
Ainsi, des vies furent inutilement anéanties par ces sangs d'ombre.

Dans la mesure où cette Entité ne pouvait détruire
ses propres créations,
Les Cinq Impartiaux durent prendre une décision.
À la Lumière fut alors confiée une nouvelle fonction :
Se confronter à ces inexplicables créations
jusqu'à leur destruction.

Pour cela, un groupe d'êtres vivants dotés de forces
et de capacités amplifiées
s'unit pour les affronter.
À la recherche du retour de l'équité,
Leur alliance avec la Lumière put commencer.

Pour lors, les sangs d'ombre durent réagir !
De nouvelles créations en nombre se mirent à surgir.
Ces néombres ne cessèrent de grandir.
Et, peu à peu, le désordre vint s'établir.

Le Chaos que la Grande Source avait réussi
à maîtriser se répétait.
Au sein d'un Tout recherchant l'équité,
l'harmonie fut alors brisée. »

Lola n'en revient pas.

C'est quoi ce texte ? explose-t-elle. *Où Moreau est-il allé chercher une telle chose ?*

Tentant de trouver une réponse, elle le relit une seconde fois, décortiquant chaque phrase.

L'Ombre. Le déséquilibre. Les Impartiaux. La Lumière. Les sangs d'ombre...

Elle s'arrête sur ces derniers mots. Une incompréhensible tristesse s'empare d'elle, comme une sorte de vide lui creusant l'estomac. Elle sent tout son être se laisser emporter par un lourd chagrin dont elle ignore l'origine. Par réflexe, elle agrippe la médaille de sa mère autour de son cou et la serre fort entre ses doigts.

— C'est captivant, n'est-ce pas ? dit Guillaume, la ramenant à la réalité.

— En effet ! tâche-t-elle de s'enthousiasmer afin de masquer son malaise. C'est tellement fou. Sincèrement, je n'ai jamais entendu parler de cette histoire. Comment savez-vous que Moreau ne l'a pas inventée ?

— Moreau avait une imagination débordante, répond-il, un grand sourire illuminant son visage. Mais il avait la particularité de s'inspirer d'événements issus de l'histoire, de la mythologie ou de la Bible. Donc je pense qu'il a trouvé cet extrait quelque part. Différentes théories ont déjà été élaborées sur son origine, en prenant comme point de départ celles trouvées dans *Jupiter et Sémélé*...

Pendant de longues minutes, Guillaume lui expose les nombreuses pistes axées sur les civilisations grecques, romaines ou égyptiennes. Tout au long de son monologue, Lola n'a qu'une envie : le contredire. L'impression que quelque chose lui échappe s'amplifie à mesure qu'il lui présente tel ou tel recueil de sa bibliothèque pour appuyer ses arguments.

— J'ai demandé qu'on oriente les recherches vers l'hindouisme, lui explique Guillaume en rangeant *The Bhagavad Gita* de Stephen Mitchell. Certains récits décrivent une époque lointaine où les dieux et les démons se livraient une lutte acharnée pour le contrôle de l'Univers. Ce conflit opposait les forces de l'ombre et de la lumière.

Non ! pense-t-elle fermement.

Mais elle s'abstient d'exprimer cette opinion et lui dit plutôt :

— Vous avez envisagé de considérer ce texte comme une parabole s'inspirant de celles de la Bible, mais romancée comme les mythologies antiques ? Avec ces...

Elle se tait un court instant.

— Ces sangs d'ombre et ces néombres, reprend-elle finalement avec un léger tremblement dans la voix. Vous savez ce qu'ils sont ?

— Aucun écrit connu ne fait référence à de telles choses, assure Guillaume. Du moins, pas dans les bases de données que nous avons consultées. Pour ne négliger aucune piste, j'ai fait appel à quelques contacts à Bruxelles et à Londres afin de vérifier si un autre artiste aurait rédigé des textes similaires. Pour l'instant, nous n'avons pas obtenu de résultats.

— Et vous avez exploré des mythologies moins connues ? s'aventure-t-elle. Peut-être une mythologie japonaise, ou même celle des aborigènes australiens ?

— C'est une idée intéressante, mais il n'y a pas de manifestation aussi évidente d'un affrontement entre l'ombre et la lumière comme celui qui est décrit dans le texte, lui assure-t-il.

— C'est vrai. Mais on peut observer l'ombre et la lumière traitées d'autres manières, s'obstine Lola. Je suis sûre que ce sont des pistes à explorer.

— Cela peut-être une idée à envisager pour plus tard. Pour l'instant, concentrons-nous sur des pistes plus classiques, propose-t-il. Jean m'a demandé si vous pouviez écrire votre mémoire en effectuant des recherches sur ce texte, et je pense que ce serait intéressant de vous impliquer dans cette quête.

Un bruit de carillon, produit par la vieille horloge trônant sur la cheminée en marbre, sonne 19 heures.

— Veuillez m'excuser, mais nous allons devoir nous quitter, dit Guillaume en plissant le front. J'ai un vernissage, et je suis déjà en retard. Je ne pensais pas que nous aurions une si longue conversation.

Lola range les feuilles dans son sac et rejoint Guillaume, qui est déjà dans le couloir. Après l'avoir chaleureusement remercié, elle s'apprête à entrer dans l'ascenseur lorsque celui-ci lui dit :

— Je préfère que vous n'ébruitiez pas le contenu de ce texte pour l'instant. Vous savez, de nos jours, tous les chercheurs dans le domaine de l'art souhaitent voir leur nom associé à une découverte majeure.

En bas de l'immeuble, Lola est en proie à des sentiments mitigés. Elle a envie d'exploser de joie, mais le creux dans son estomac la ramène aux sensations étranges éprouvées à la lecture du texte. Ayant besoin de réconfort, elle attrape son portable pour tenter de joindre Antoine. Mais, au moment de lancer l'appel, elle s'arrête.

Merde, s'énerve-t-elle en levant précipitamment le doigt de son écran, *je n'ai pas le droit de lui parler de tout ça... Je vais devoir inventer un nouveau mensonge pour ce week-end.*

Pour se changer les idées, elle décide de rentrer chez elle à pied et lance la playlist « Le rock, c'était mieux avant » dans ses écouteurs.

Perdue dans ses pensées, Lola aperçoit Andreï en train de terminer une salade sous vide. C'est un SDF d'une trentaine d'années qui dort souvent près de son immeuble, à proximité de la place de la Contrescarpe. Le croisant régulièrement, elle a commencé à lui parler, à fumer des cigarettes avec lui et à lui rendre quelques services. Ils se sont vraiment rapprochés le jour où Andreï s'est confié sur son passé. Étrangement, il a vécu plusieurs traumatismes similaires à ceux que Lola a connus.

— *Bună seara, frumoasa Lola*[1] ! la salue-t-il en roumain, sa langue natale.

— Bonsoir, Andreï ! répond-elle en s'asseyant à côté de lui. *Poftă bună*[2].

1. « Bonjour, belle Lola ! »
2. « Bon appétit. »

— *Mulțumesc mult*[1] ! Et aussi pour la veste de ton papa ! la remercie-t-il de sa voix nasillarde.

— Je t'en prie. Et en parlant de veste, je t'ai trouvé un bon logement pour cet hiver, je te donnerai l'adresse pour…

— Nu merci ! répond-il avec son fort accent. Pas pour moi.

En voyant Andreï se refermer, Lola se pince les lèvres. Ce n'est pas la première fois qu'il refuse son aide en adoptant une attitude hermétique. Au début, ce comportement la contrariait, mais elle avait finalement appris la véritable raison derrière ces refus. Désormais, lorsque cela se produit, elle n'insiste jamais.

— J'ai compris, tu n'as pas envie de parler, le rassure-t-elle en se levant. Je vais te laisser tranquille.

— J'ai…, l'arrête-t-il en lui attrapant le bras. J'ai problème avec ma carte séjour.

— Toujours ? s'étonne-t-elle se rasseyant près de lui. Je te rappelle qu'Antoine est avocat, il a des contacts avec des gens qui pourraient t'aider.

— J'attends réponses de l'assistante so… sociale.

— D'accord, tu me diras, et on verra comment on peut t'aider avec Antoine. Tu veux une cigarette ?

Un menu sourire se dessine sur le visage d'Andreï et elle ouvre son cabas. Cherchant son paquet, elle sort les feuilles de Guillaume et les pose à côté d'elle.

— C'est quoi ? lui demande Andreï en les attrapant et en lui tendant.

Lola se raidit. Elle sort ses cigarettes et récupère les papiers froissés pour les ranger dans son sac.

— Un texte découvert sous la peinture d'un peintre français, Gustave Moreau, répond-elle finalement.

— Je peux le lire ? demande-t-il, une étincelle dans le regard.

Lola se gratte la tête, embarrassée.

— Je n'ai pas le droit de te le montrer, lui avoue-t-elle. À personne, d'ailleurs.

1. « Merci beaucoup ! »

— Pourquoi ? À qui tu veux que je parle ? lui fait-il remarquer.

De plus en plus mal à l'aise, Lola ne sait pas quoi répondre. Lui qui ne lui demande jamais rien la fixe à présent de ses grands yeux globuleux, empreints d'une candeur si touchante qu'elle ne peut s'empêcher de penser :

On s'en fout, personne ne le saura.

Aussitôt, elle ressort les feuilles de son sac et lui tend.

— Allez, vas-y, lis-le ! cède-t-elle. Mais il y a plusieurs mots compliqués, donc n'hésite pas si tu ne comprends pas.

Avec un grand sourire, Andreï déplie la première feuille et commence à déchiffrer le texte.

— Désé… qui… libré ? demande-t-il dès le départ. Ça veut dire quoi ?

— C'est lorsque quelque chose n'est plus équilibré, n'est plus égal, n'est plus stable, essaye-t-elle de lui expliquer, mimant une sorte de balance avec ses mains.

— Ah ! répond-il, pas forcément convaincu. Déséqui… libré, répète-t-il pour s'en souvenir avant de reprendre sa lecture. L'Ombre ? lui demande-t-il au bout de quelques instants.

— Ça doit être un nom pour définir un dieu ou une sorte de méchant issu d'une mythologie, s'aventure Lola, sans réellement y croire.

— Ah ! répète-t-il, dubitatif. Comme le Diable ! Et c'est quoi les sangs d'ombre ?

Ces simples mots provoquent en elle une réaction inattendue. L'incompréhensible tristesse qu'elle avait ressentie chez Guillaume refait surface. Sans qu'elle s'y attende, les larmes lui montent aux yeux et, brusquement, elle éclate en sanglots.

— Des sangs d'ombre ? C'est quoi ? C'est méchant ? demande-t-il, démuni face aux pleurs de Lola. Ça t'a fait du mal ? Il faut appeler Solal ?

— Non, t'inquiète. Je ne sais pas pourquoi je réagis comme ça…, hoquette-t-elle, essayant de contrôler ses émotions.

Elle frappe du poing sur le trottoir, faisant légèrement sursauter Andreï.

— Je n'ai aucune foutue raison de pleurer, s'énerve-t-elle. Je ne comprends pas ce que j'ai... Regarde, ça me met dans des états pas possibles ! dit-elle en levant sa main qui tremble.

— Mais c'est quoi ? insiste-t-il.

— Ça doit être des démons ou quelque chose comme ça. En fait, j'en ai aucune idée ! Et c'est ça le pire, je n'ai jamais lu ou entendu ces mots avant, lui dit-elle en essuyant ses joues du revers de la main. Je ne sais pas du tout ce que sont ces sangs d'ombre...

— C'est comme les strigoï[1] ?

— Possible, répond-elle, avec un haussement d'épaules.

Pour se changer les idées, Lola sort une cigarette et en tend une à Andreï. Pendant un moment, ils restent silencieux, observant les passants défiler devant eux. Une fois qu'elle a retrouvé son calme, elle repose son regard sur les feuilles qu'Andreï tient fermement, comme s'il craignait qu'elles s'envolent. Touchée par son attitude si prévenante, Lola les récupère avec délicatesse et les parcourt du regard.

— Andreï, je suis sûre que ce texte est plus qu'une réinterprétation d'un texte emprunté à une mythologie quelconque, affirme-t-elle en reniflant. Ce Guillaume l'a bien dit, Moreau cache un secret. Mais je ne sais pas comment le trouver.

— Parle avec Solal !

— Je n'ai pas le droit de parler du texte, lui rappelle-t-elle en balayant du revers de la main la fumée qu'elle vient de souffler.

— Tu m'as dit que Solal connaissait tout, lui fait-il remarquer. Si crois que Moreau cache un secret, Solal doit aider. Et il aidera peut-être à trouver ces sangs d'ombre...

---

1. Créature maléfique de la mythologie roumaine, semblable à un vampire.

Chapitre V

— Antoine, tu bouges ? On va finir par être en retard, hurle Solal, assis sur le canapé de Lola.

Une semaine sur deux, Antoine fait le voyage depuis Londres pour passer le week-end avec Lola, profitant de cette occasion pour assister aux matchs du Stade français.

— C'est toi qui dis ça ! rétorque ce dernier, dont la masse de cheveux châtains déstructurés passe par l'encadrement de la porte. Et toi, tu ne réagis pas ? lance-t-il à l'intention de Lola, qui est postée sur la marche de sa porte-fenêtre, occupée à fumer une cigarette.

— Il a raison ! On va louper le début du match si tu ne te bouges pas, le raille-t-elle.

À ces mots, Antoine repart dans la chambre en grommelant.

— Alors, t'en penses quoi ? demande Lola à Solal. Tu comprends quelque chose à ces textes, toi ?

Entre ses mains, son ami tient les trois feuilles que Guillaume lui a confiées.

— Non, rien de rien. Par contre, cette histoire de Science Infuse conservée dans les gènes des hommes, ça me dit quelque chose. Mais je n'arrive pas à me rappeler où je l'ai déjà entendu.

— Lola ? l'interrompt la voix étouffée d'Antoine depuis la chambre. Où tu as rangé mon maillot, s'il te plaît ? Je ne trouve rien dans ta montagne de fringues.

— Pourquoi tu ne m'as pas demandé avant ? s'écrie-t-elle en se levant d'un bond. Tu vas encore mettre le bordel dans mon armoire.

Solal entend Lola râler dans la pièce d'à côté, mais n'y prête pas attention. Il fouille désespérément dans sa mémoire, essayant de se souvenir où il a entendu parler de cette Connaissance innée. Puis, en relisant une énième fois l'extrait de la lettre de Gustave Moreau adressée à Léopold Goldschmidt, une discussion entre Anna et Victor lui revient…

— Mais arrête tes conneries, Anna ! s'agaça Victor d'un ton rêche. Ce que raconte ta fille est totalement irrationnel.

— Le monde de Lola est bien trop vaste pour que ce soit une simple coïncidence ! s'énerva alors Anna de sa voix forte, avec son accent espagnol prononcé. Victor, ma fille a quelque chose en plus.

— Tout parent normalement constitué pense que son enfant est extraordinaire, s'exaspéra-t-il. L'univers de Lola montre simplement qu'elle a une riche imagination et un esprit créatif.

— Arrête, je sais parfaitement ce que je dis ! s'irrita Anna. Elle sait des choses que nous ignorons…

— Non, mais tu dérailles complètement ! s'emporta Victor en levant les bras au ciel.

— *¡Dios mío!* Ses amis imaginaires sont extrêmement complexes, et tous développés à partir d'éléments comme l'Eau ou le Feu. Ses forces et ses super-forces, dont elle nous parle sans arrêt depuis plusieurs semaines, reprennent des lois de la physique qu'une enfant est incapable de connaître. Elle est connectée à quelque chose…

— Anna, l'interrompit-il, elle répète simplement ce qu'elle entend. Lola est un véritable perroquet !

— Hier encore, elle m'a dit qu'on pouvait communiquer avec des ondes, s'obstina Anna, dont l'accent ressortait de plus en plus à mesure que sa colère grandissait. Des ondes, Victor ! Comment une enfant de quatre ans pourrait savoir ça ?

— Elle t'a entendu en parler et elle les a juste réutilisés dans son monde imaginaire !

— Je n'ai jamais parlé d'ondes devant elle, s'égosilla Anna. Elle détient un Savoir que nous n'avons pas !

— Là, ça devient grave ! éclata Victor en faisant les cent pas. Il faut qu'Alessandro arrête ses reportages, qu'il ne te laisse plus seule avec ta fille. Cette situation te monte à la tête, et tu en perds la raison. Ça devient vraiment dangereux. Pour Lola, mais aussi, et surtout, pour toi !

— Je sais ce que je dis, Victor, s'insurgea Anna. Je ne suis pas folle, je suis seulement...

— Qu'est-ce qu'il se passe ici ? demanda alors Rosa en entrant dans la pièce, tenant la petite main de Lola. Attendez, ne me dites pas que vous vous disputez devant Solal, leur fit-elle remarquer en leur jetant un regard glacial. Vous devriez avoir honte de hurler ainsi devant un enfant d'à peine cinq ans. Viens, mon cœur, dit-elle d'une voix maternelle en tendant son autre main vers Solal. On va aller se faire un chocolat chaud, avec une montagne de chantilly.

Les souvenirs de Solal s'arrêtent net à sa sortie de la pièce.

— Elle faisait vraiment des recherches sur le monde de Lola..., souffle-t-il d'une voix à peine audible, estomaqué. Pourquoi je me souviens de ça maintenant ?

— Se rappeler quoi ? demande Antoine qui sort de la chambre, vêtu de son maillot, suivi de Lola.

Pris de court, Solal repose d'un geste les photocopies sur la table et se lève d'un bond pour mettre son blouson en disant :

— Rien, rien, je parle tout seul.

Et se retournant vers Lola, il ajoute :

— Cette semaine, ça te dit qu'on aille au musée Gustave Moreau et qu'on regarde les toiles de l'artiste ? En plus, il y a une nouvelle expo que tu vas adorer.

Solal sait que parler de musées ou d'expositions est le meilleur moyen de faire fuir Antoine. Ce dernier n'est pas à l'aise avec le monde de l'art et ne s'y intéresse que pour faire plaisir à Lola.

— *Yes*, je comptais y aller jeudi, lui répond-elle en enfilant une veste.

Le jour venu, Lola attend Solal devant le musée quand, soudain, son portable se met à sonner.

— Hello, mon Sunshine ! dit la voix chaude d'Antoine.

— Hello, mon cœur ! Tu ne travailles pas ? s'étonne-t-elle.

— Je suis dans un taxi. Mon rendez-vous client est à l'autre bout de Londres et tous les métros et bus sont arrêtés. Je comprends qu'ils célèbrent le premier mois de la disparition de la reine, mais ils n'ont pas besoin de tout bloquer trois jours avant, râle-t-il. Et toi, tu es au Musée ?

— Je suis devant, répond Lola. Et devine qui est encore en retard...

— Pourquoi crois-tu que je t'appelle ? se moque Antoine. Ça avance, les recherches pour ton mémoire ?

Pour éviter les questions gênantes, Lola a raconté à Antoine et à son entourage que son mémoire portait sur les civilisations représentées dans les œuvres de Moreau.

— Je suis en train de faire le tri dans les œuvres, ment-elle. Pour la Grèce, je vais choisir celle de *Jupiter et Sémélé*. Pour l'Égypte, je ne sais pas encore.

Un texto s'affiche en haut de son écran et l'interrompt.

— Sunshine ?

— *Yes!* Désolée, c'est Léa qui me propose de prendre un verre dans la soirée. Mais j'ai la flemme d'aller dans le 10ᵉ. En plus, je vois Rosa ce soir, elle veut qu'on aille en Italie pour les vacances d'octobre.

Un blanc s'installe.

— Dory a encore frappé ! la raille-t-il. Heureusement que je t'aime et que je ne me vexe pas lorsque tu m'oublies.

Lola tape son front avec le plat de sa main en levant les yeux au ciel, agacée de sa propre étourderie.

— Pardon, pardon, pardon ! répète-t-elle, embarrassée. J'avais totalement zappé notre semaine à Londres. Parfois, je suis vraiment…

— Hé, petite chose !

Surprise par la voix de Solal dans son dos, Lola sursaute et laisse tomber son portable sur les pavés.

— Tu vois, j'ai fait vite ! plaisante-t-il en arrivant à sa hauteur.

— Pardon ?! Nous avions rendez-vous à trente, je te rappelle ! lâche-t-elle d'une voix légèrement tendue en ramassant son téléphone. Tu as intérêt à avoir une excuse en béton pour avoir encore vingt minutes de retard. Antoine, je te mets sur haut-parleur, le prévient-elle.

— Je discutais avec Nour, explique Solal en passant sa main dans ses boucles noires, se rapprochant du micro pour qu'Antoine entende aussi.

— Tu quoi ?! s'exclame-t-elle en écarquillant les yeux, oubliant instantanément son irritation. J'ai bien entendu « Nour » ?

— C'est plus fort que moi…, dit-il. Même si elle est en couple, j'ai vraiment eu un coup de cœur pour elle. Et quand je lui ai dit que je venais ici, elle m'a parlé d'une œuvre de Moreau conservée dans le département des arts graphiques du Louvre, qui reprend le thème de Cléopâtre. Toi qui fais des recherches sur l'Égypte antique en ce moment, c'est parfait. Je me suis déjà renseigné pour qu'on aille la voir. Sauf qu'il y a des listes d'attente monstres pour l'accès aux archives. Je vais être obligé de demander à papa de faire jouer ses relations…

— Quand on mêle art et boulot, Victor répond toujours présent, précise Lola. Donc ça ne devrait pas poser de problème.

— Attends, tu as bien dit au Louvre ? s'étonne Antoine. Mais les œuvres de Moreau ne sont pas de la fin du XIXe siècle ? Sol, tu ne m'as pas dit que le Louvre n'exposait aucune œuvre de la seconde moitié du XIXe siècle ?

— Si, mais elle est conservée dans les réserves, précise Solal. Les archives d'Orsay sont au Louvre.

— Je ne comprends rien à votre organisation dans le monde de l'art, souffle Antoine. Le Louvre, c'est le Louvre. Orsay, c'est Orsay. Ne me mélangez pas les deux ! Sincèrement, ça ne pourrait pas être plus simple ?

— Il va nous faire une syncope quand il va apprendre le titre de la toile ! rit Solal en lançant un regard complice à Lola.

— Balance ! grince Antoine.

— Alors, c'est *Cléopâtre, assise, demi nue, de face sur un trône très élevé*, articule Solal en prenant une voix haut perchée.

— Allez, je vous laisse dans votre monde de fous ! On se rappelle ce soir Sunshine, je t'aime, dit-il à Lola. Bye, Sol.

Après avoir raccroché, Lola se tourne vers Solal en riant :

— Sérieux, tu vas vraiment le dégoûter de l'art avec tes conneries. Comment tu as fait pour inventer un tel titre ?

— Pas besoin de l'inventer, c'est le vrai, lui assure Solal. Allez, on y va !

À peine ont-ils pris leurs billets que Solal croise une connaissance de son père. Lola, n'ayant pas envie de faire des mondanités, le salue poliment et glisse discrètement à l'oreille de son ami :

— Je vais à l'atelier du troisième étage, rejoins-moi quand tu auras terminé.

Sans même attendre sa réponse, elle monte, d'un pas rapide, l'escalier. Dès qu'elle entre dans la grande salle du deuxième étage, elle s'immobilise en souriant. Au milieu des imposantes toiles de l'artiste qui ornent les murs, elle a l'impression d'être minuscule.

C'est incroyable ! pense-t-elle. *Les peintures de Moreau sont folles ! Il mériterait d'être beaucoup plus connu.*

Au moment où elle s'apprête à monter au troisième étage, ses yeux se posent sur un de ses tableaux préférés. *Léda*. D'une voix monotone, un guide explique l'histoire de l'œuvre à un groupe de touristes.

J'irai voir Jupiter et Sémélé *dans cinq minutes*, se fait-elle la réflexion. *Là, j'ai envie de voir* Léda.

En attendant de pouvoir l'admirer tranquillement, Lola balaye la pièce du regard et tombe sur une autre peinture de Moreau. *Les Prétendants*. Captivée, elle s'en approche, ses yeux fixés sur Minerve qui trône majestueusement au-dessus d'une profusion chaotique de corps sans vie.

C'est le retour d'Ulysse à Ithaque, avec le massacre des prétendants de Pénélope. Oh ! Mais cette histoire de massacre, ça pourrait peut-être marcher avec le texte. Moreau parle des affrontements, donc il pourrait laisser un indice ici, songe-t-elle en s'approchant un peu plus.

En examinant la toile, ses yeux sont attirés par un détail... Une épée. Placé derrière un homme allongé, cet objet au pommeau richement orné baigne dans une lumière blanche. Elle se détache nettement du reste de la composition.

Bizarre, s'étonne-t-elle. *Elle ressemble un peu à celle que j'ai vue dans* Jupiter et Sémélé. *Mais ici, la lame est entièrement rouge. Comme si elle était pleine de sang. D'ailleurs, maintenant que j'y pense, dans* Jupiter et Sémélé, *on dirait que cette épée a servi à blesser Sémélé. Mais, ce n'est pas logique, puisqu'elle est censée mourir foudroyée, pas transpercée...*

— Ah ! Tu es là ! s'exclame Solal d'une voix enjouée qui la fait de nouveau sursauter.

— La prochaine fois, préviens quand tu débarques..., grince-t-elle.

— Désolé, mais je te cherchais au troisième étage. Pourquoi tu regardes *Les Prétendants* ?

— Je me suis dit que le massacre pouvait faire écho aux affrontements du texte.

— Ah, ouais. Je n'aurai pas pensé à ça en premier, mais ça se tient.

— Allez, mon encyclopédie, balance-moi des anecdotes sur cette œuvre, s'amuse Lola avec un sourire en coin.

Solal se redresse, prend un air pincé et lui explique en reprenant sa voix haut perchée :

— Même si cette toile date de 1852, Moreau y a principalement travaillé après son deuxième voyage en Italie en 1859. C'est pour ça qu'il a placé la déesse Minerve dans une représentation de l'histoire grecque. Et même si ce tableau a été peint presque quarante ans avant *Jupiter et Sémélé*, Moreau y a apporté des retouches jusqu'à sa mort.

— Mais comment tu sais tout ça chaque fois ? s'étonne-t-elle avec une certaine fascination.

— C'est comme ça, que veux-tu, je suis un génie ! la taquine-t-il en bombant le torse.

— Ouais, monsieur le génie, cette toile pourrait être pas mal comme sujet pour une nouvelle vidéo. Toi qui es en manque d'inspi en ce moment, tu pourrais utiliser cette peinture et Minerve.

— Ah, c'est vrai, je ne t'ai pas dit. Grâce à Nour, j'ai trouvé ma prochaine idée. Ce sera la suite de l'histoire sur Jérôme Bosch. Elle est inspirée par Séraphine De Senlis. Tu penses que tu pourras me faire trois ou quatre dessins pour le fond ? Je suis sûr que tu arriveras à associer les deux atmosphères.

— Je vais vraiment finir par te demander des droits d'auteur, plaisante-t-elle.

— Ma communauté les adore ! assure-t-il. Mes abonnés veulent tous voir tes prochains dessins.

— Si ce sont tes abonnés qui les réclament, alors je ne peux pas leur refuser, répond-elle en rougissant légèrement. Mais promets-moi de réfléchir pour *Les Prétendants*. Je suis sûre que tu peux créer une dizaine d'histoires.

Cherchant un exemple, Lola pointe du doigt le coin supérieur gauche du tableau en disant :

— Regarde ce cheval, avec ses sabots en forme de grandes griffes et qui semble avoir la crinière enflammée. Il serait parfait pour Halloween !

— Ouais, pourquoi pas..., répond Solal, pensif. On dirait un peu celui que tu avais inventé. Tu sais, la créature de feu totalement flippante que je devais détruire avec ton fleuret bizarre.

— Ah, oui ! Celle qu'on imaginait quand on jouait à la princesse et au chevalier, et qui m'attaquait tout le temps. C'est vrai qu'elle y ressemble, songe-t-elle en penchant sa tête de gauche à droite. C'est curieux quand même qu'elle soit aussi similaire.

— Elle fait probablement partie d'un bestiaire étranger que tu as dû voir avec ta tante, ou que mon père nous a montré pendant nos voyages, murmure Solal pour ne pas déranger le guide qui s'est rapproché d'eux. Et c'est assez drôle qu'il l'ait placée à côté du Christ.

— Attends, c'est vraiment le Christ, là ? s'étonne-t-elle en parlant un peu trop fort. Qu'est-ce qu'il fout au milieu des mythologies polythéistes ?

— Moreau place toujours des symboles en rapport avec la religion chrétienne dans ses toiles, je te rappelle.

— Oui, mais d'habitude, ils sont dissimulés, c'est comme un jeu de piste. Il nous fait chercher les différentes religions ou civilisations grâce à des indices ou à des symboles. Je ne comprends pas trop pourquoi il place le Christ de manière si visible ici. À moins que...

Elle se tait et plisse le front, réfléchissant.

— Que ? lui demande Solal.

— Depuis que j'ai lu ce texte, une idée m'obsède. Et si ce n'était pas un extrait d'une mythologie connue, mais plutôt une mythologie oubliée ? Imagine que Moreau, en la découvrant, ait adhéré à ces idées, remettant en question sa foi chrétienne... Et si *Les Prétendants* étaient liés au texte de Guillaume, il peut très bien avoir créé une diversion en mettant Jésus, afin de nous détourner du véritable sujet.

— Tu imagines, c'est ça, son grand secret ? Moreau aurait perdu sa foi en découvrant une autre mythologie et nous aurait tous bernés ? s'amuse-t-il en plaçant ses mains sur ses joues et en faisant semblant d'être choqué.

— Tu déconnes, mais c'est peut-être vrai, dit Lola en photographiant la toile. Il a quand même caché un texte sous *Jupiter et Sémélé*, et les deux toiles sont gorgées de détails. Ça ne doit pas être un hasard.

Après avoir pris plusieurs clichés de la peinture, les deux amis décident de monter au troisième étage. Lorsque Lola pénètre dans la première pièce, ses yeux se posent directement sur le fameux tableau réalisé par Gustave Moreau à la fin de sa vie. Cette œuvre monumentale, de deux mètres de hauteur, dégage une puissance qui l'attire instantanément. La force du bleu capte son regard en premier, mais c'est la profusion de détails qui l'émerveille pardessus tout.

— Tu as pris le texte avec toi ? lui demande Solal en scrutant l'œuvre.

Lola sort de son sac la photocopie pliée et la lui tend.

— Il a l'air d'être placé sous Jupiter, fait-il remarquer en examinant tour à tour la toile et le texte. Ça expliquerait pourquoi c'est le seul personnage à regarder droit devant lui.

Pendant que Solal le relit attentivement, Lola examine d'abord Jupiter, personnage le plus imposant, au centre du tableau. Mais elle ne s'éternise pas sur lui et scrute l'ensemble de la toile, à la recherche d'autres indices.

Il y a un truc pas logique... Pourquoi les anges ont tous l'air tristes, comme peinés ou horrifiés par cette scène ? On dirait presque qu'ils sont directement affectés par la mort de Sémélé. Des anges chrétiens qui sont touchés par le sort d'un personnage mythologique, ça n'a aucun sens. Est-ce que Moreau ferait comme pour Les Prétendants *? Il transmettrait un message avec des symboles chrétiens ?*

— J'adore Moreau ! s'exclame Solal, la sortant de ses pensées. Le mec, il te place Jupiter accoudé sur la lyre, comme si c'était normal. Alors que c'est l'un des symboles de son fils, Apollon.

— Le père qui ne respecte pas son fils, c'est un classique dans les mythologies. Après, il y a aussi une lyre dans *Les Prétendants*, en dessous de Minerve, se fait-elle la réflexion. Ça pourrait avoir un lien avec sa lettre à Goldschmidt, là où il évoque une lumière qui nous éblouira.

— Tu penses que c'est un nouvel indice ?

— Possible ! On peut supposer que la lyre serait la Lumière, et donc que l'Érèbe, qui représente les ténèbres, en bas, serait l'Ombre..., interprète Lola, à moitié convaincue.

— Tu crois que c'est ça, son fameux déséquilibre ? demande Solal en lui rendant la feuille.

— Peut-être, car si tu regardes le haut de la composition, tout est équilibré, harmonieux, alors qu'en bas, c'est un véritable fouillis. Et... Je viens de me rendre compte que pour *Les Prétendants*, c'est la même chose. On a le chaos et le désordre en bas, alors qu'en haut, tout est net et structuré.

— Donc, dans l'Érèbe, il y aurait ces sangs d'ombre et ces néombres, puisque ce sont les créations de l'Ombre ?

À ces mots, Lola frissonne et se frotte les bras avec ses mains, comme pour se réchauffer.

— Je n'en sais strictement rien, mais c'est sûrement ça, reprend-elle après un instant, car Ombre et Érèbe, ça va ensemble, non ?

— Ça paraît logique. Mais on n'aura pas de vraies réponses tant qu'on ne connaîtra pas l'origine de ces mots. Tes recherches avancent de ce côté-là ? Tu as une piste ?

— Non, pas du tout..., souffle-t-elle en rangeant la photocopie dans son cabas. J'ai tenté de les traduire et de les relier à la mythologie grecque en les comparant à tous les monstres connus, comme la Gorgone ou le Cerbère par exemple. Mais aucun résultat...

— Alors, on part sur l'idée que ce sont des monstres mythologiques ?

— À part ça, je ne vois pas ce que ça pourrait être.

— Si tu veux mon avis, c'est autre chose...

— Comment ça ?

Solal hésite. Depuis qu'il s'est remémoré la discussion entre Anna et son père, un détail l'obsède. Mais il ne peut pas en parler à Lola avant d'en être certain.

— Je ne sais pas trop… On ne sait même pas à quoi ressemble cette Ombre ni la nature précise de ce déséquilibre. Alors, ne tirons pas de conclusions sur leur apparence. Continue tes recherches, et moi, je vais creuser une autre piste.

Chapitre VI

Le mercredi précédant les vacances d'octobre, Lola est assise sur la marche de sa porte-fenêtre, plongée dans des recherches sur les civilisations disparues. Depuis deux semaines, l'idée de la perte de foi de Moreau au profit d'une nouvelle façon de penser l'obsède. Elle est plus convaincue que jamais que l'artiste a emprunté le texte à une civilisation aujourd'hui disparue. Soudain, un chat noir, avec une tache blanche en forme de cœur, passe sa tête entre les jardinières de la voisine. Il s'approche à pas feutrés, monte sur les genoux de Lola et dépose un sphinx du chèvrefeuille sur son jean.

— Oh non, Gratouille ! s'écrie-t-elle en balayant du revers de la main le gros papillon mort. C'est dégueulasse.

Gratouille appartient à Colette, la voisine sexagénaire de Lola à la vie bien remplie. L'animal s'appelle en réalité Robert. Mais Lola a préféré lui donner ce surnom pour une raison particulière. C'était celui qu'elle avait choisi pour son animal de compagnie. Celui que son père avait promis de lui offrir après son voyage aux Bahamas. Lola se souvient avoir attendu avec impatience le retour de ses parents en cherchant, avec sa tante, un nom pour le futur chat. Mais ses parents ne sont jamais rentrés. Et lorsque Rosa lui avait expliqué qu'Alessandro ne pourrait pas lui offrir de Gratouille, elle avait compris qu'elle ne les reverrait jamais.

Le chat confortablement installé sur ses cuisses, Lola se replonge dans son livre. Mais après avoir minutieusement répertorié toutes les civilisations primitives du bassin méditerranéen, son cerveau semble sur le point d'exploser.

— Gratouille, j'ai besoin d'une pause, indique-t-elle.

Elle repose le chat à terre, qui émet quelques réticences en agrippant ses griffes à son jean, prend son paquet de cigarettes et sort de son appartement. Comme elle l'espère, Andreï est assis non loin de son immeuble, son petit gobelet en carton devant lui, essayant d'accrocher l'attention d'un passant ou deux.

— *Bună ziua, frumoasa* Lola, tu vas bien ? demande-t-il.

— Oui, et toi ? lui répond-elle en arrivant à sa hauteur. Tiens, une cigarette !

L'homme s'en saisit doucement et fronce aussitôt ses sourcils en bataille.

— Tu as l'air fatiguée ! souligne-t-il. Nouvel cauchemar ?

— Non, pas du tout. Juste mes recherches qui me prennent la tête. J'essaye de trouver une civilisation qui aurait pu parler du déséquilibre, des sangs d'ombre et des néombres. Mais rien... Ça me soûle ! Pourquoi ça ne peut pas être plus simple ? J'aimerais vraiment savoir ce que sont ces... choses. Depuis que j'ai le texte, j'ai toujours la chair de poule lorsque j'en parle.

Andreï prend un air sérieux tout en soufflant des ronds avec la fumée de sa cigarette.

— Tu as toujours pas parlé à Antoine ?

Lola se tourne vers lui, perdue.

— De Mo... reau et cauchemars, lui précise-t-il en la voyant arquer un sourcil.

— Non, répond-elle en secouant sa longue chevelure noire.

— Il est bien, Antoine. Et tous les gens font cauchemars.

— Oui, mais pas aussi tordus. Je ne pense pas qu'il comprenne réellement. Il est très terre à terre quand il veut. Et toi, tu n'as pas eu ça quand...

Voyant Andreï se recroqueviller sur lui-même, elle se tait et tire une longue bouffée sur sa cigarette. Lui aussi est orphelin, ayant perdu ses parents à l'âge de quatorze ans. Cependant, il n'a pas eu la même chance qu'elle...

— Antoine doit continuer à ignorer ce qui m'est arrivé, reprend-elle. Si je lui parle de mes cauchemars, il posera de plus en plus de questions, et il finira par tout découvrir. Je ne suis pas prête pour ça, dit-elle avec une certaine tension dans la voix.

Andreï secoue la tête en signe de désaccord, mais avant qu'il ne puisse dire quoi que ce soit, la sonnerie du téléphone de Lola retentit.

— *Micetta*, je te dérange ? demande Rosa quand Lola décroche.

Lola a toujours aimé entendre la voix de sa tante. Son timbre mélodieux, plus grave qu'il ne l'est d'ordinaire chez les femmes, a un effet apaisant sur elle. La langueur que Rosa apporte à sa voix ne fait qu'accentuer cet effet.

— Je suis avec Andreï, répond-elle, enjouée.

— Embrasse-le de ma part. Je suis désolée, mais j'ai une réunion qui s'éternise. Peut-on repousser notre dîner à demain ?

— Pas de souci ! J'étais censée faire une visio avec Antoine, mais je vais la décaler à ce soir, s'il peut. Et ça m'arrange, je pourrai te raconter en direct ma visite aux archives du Louvre avec Solal.

— C'est déjà demain ?! Le temps passe à une vitesse en ce moment, note Rosa. Donc, nous sommes d'accord, je repousse la réservation. Propose à Solal de venir, et de mon côté, je vais voir si Victor souhaite se joindre à nous. À demain, *micetta* ! Embrasse Antoine de ma part.

— Je lui transmettrai le message. À demain, Rosa !

À peine a-t-elle raccroché qu'Andreï la questionne :

— T'as pas dit à Rosa que tu recommences tes cauchemars ?

Aussitôt, le visage de Lola s'assombrit. Andreï est au courant de tout ce qu'elle a fait vivre à Rosa juste après le décès de ses parents. Déjà, à cette époque, les terrifiantes créatures venaient envahir ses nuits. Lorsque cela arrivait, elle réveillait sa douce tante par des hurlements.

— Aaaaaaaaah ! Rosa, ROSA !

Affolée, Rosa débarqua dans la chambre en ouvrant la porte d'un grand geste brusque et en hurlant :

— QUOI ? QU'EST-CE QU'IL SE PASSE ?

Paniquée, elle alluma les lampes, inondant la pièce de lumière. Rosa observa la chambre d'enfant. Le matelas avait été mouillé, et la couette, jetée par terre. Cependant, aucune trace de Lola. Elle finit par poser ses yeux anxieux sur deux petits pieds dépassant de sous le lit. Rosa s'allongea sur le sol et trouva la fillette de quatre ans recroquevillée, terrifiée. La jeune femme comprit immédiatement ce qu'il se passait. Depuis quelques semaines, elle était régulièrement réveillée en sursaut par les hurlements de sa nièce.

— *Micetta*, tu as fait un nouveau cauchemar ? demanda-t-elle d'une voix apaisante et maternelle.

En guise de réponse, l'enfant laissa échapper un gémissement à peine audiblc.

— Dis-moi, qu'est-ce que tu as vu, cette fois ? l'interrogea Rosa.

Lola se recroquevilla un peu plus, serrant fort sa peluche délavée de ses petits poings. Elle était transie de peur. Sa respiration était haletante. Ses cheveux de jais étaient trempés de sueur, et de grosses larmes roulaient sur ses joues rondes. Elle continuait de gémir comme si quelque chose d'horrible venait de se produire. Rosa, n'obtenant aucune réponse, reprit d'un ton encore plus doux et maternel :

— *Micetta*, c'est fini. Tout va bien, maintenant. Raconte-moi.

L'enfant, apeurée, remua la tête tout en mordant ses lèvres roses. Sa tante posa alors sa main gracieuse près d'elle.

— Viens, *micetta*, sors de là ! Tu ne crains plus rien. Nous allons te changer, lui murmura-t-elle. Puis nous irons nous préparer un chocolat chaud, et tu m'expliqueras ce qui s'est passé.

Lola secoua la tête à plusieurs reprises et regarda tout autour d'elle, terrorisée. Devant son refus, Rosa comprit qu'une seule chose pourrait faire sortir sa nièce de sa cachette. Elle se leva et cria d'une voix menaçante :

— Si un monstre est là, pars immédiatement ! Si je te vois, je t'enfonce mon épée dans le cœur ! Allez, oust, vilaine créature ! Tu as fini de torturer ma magnifique Lola. Va-t'en !

Rosa s'allongea de nouveau sur le plancher et tendit la main à Lola. Cette fois-ci, la petite la saisit directement. Ses doigts potelés étaient gelés, comme si toute vie s'en était envolée. Cette sensation inquiéta légèrement Rosa, mais cette dernière ne laissa rien paraître. Lorsque Lola fut enfin debout, elle la souleva dans ses bras, l'amena près de l'armoire pour la changer, puis la conduisit dans la cuisine.

Après avoir posé, sur l'îlot central, un grand mug rempli de chocolat chaud, Rosa souhaita en apprendre davantage sur le cauchemar qui avait tant effrayé sa nièce.

— Ma *micetta*, quel monstre est venu te voir cette nuit ? lui demanda-t-elle doucement, tout en lui caressant les cheveux.

— Il... il... il avait..., bafouilla Lola.

Elle n'arrêtait pas de pleurer. Rosa la serra contre elle pour la calmer.

— *Micetta*, c'est terminé. Il ne te fera plus de mal, je te le promets, la rassura-t-elle. Dis-moi, comment était-il, ce vilain monstre ?

— Il avait..., expliqua Lola d'une voix saccadée. Il avait des ailes énormes... groupres et... et...

Rosa continuait de l'enlacer, tandis que son petit corps était secoué par de nombreux tremblements.

— Et des yeux... vretomis, qui m'ont fait vraiment très, très peur, sanglota la fillette.

— Et qu'a-t-il fait ? l'interrogea Rosa.

— Je... je voulais pas... pas qu'il me prenne. Je... je lui ai dit de partir..., gémit Lola.

— *Micetta*, il est parti. C'est fini. Est-ce que tu as utilisé les Flots d'Écume, comme nous en avions parlé la dernière fois ? Tu as essayé de le chasser avec ? lui demanda Rosa.

— Oui, je te promets, je l'ai fait ! répondit Lola en pleurant encore plus fort. Mais il ne voulait pas me laisser. Il s'est jeté sur moi et...

Elle s'interrompit et s'agrippa au bras de sa tante, comme si quelqu'un allait l'attaquer. Immédiatement, Rosa caressa son visage couvert de larmes.

— Il... il voulait me découper avec ses griffes, reprit Lola, terrifiée. J'ai eu très, très peur, il était méchant.

— C'est fini, ma *micetta*, je te le promets. Il ne te découpera pas avec ses horribles griffes. Il ne te fera plus jamais de mal, la rassura Rosa.

— Je veux ma maman..., murmura Lola d'une voix brisée.

— Oh, ma petite puce, lui répondit sa tante, meurtrie. Je suis là, je suis avec toi. Promis, ce monstre ne te fera plus rien. Il est parti.

Elle continua de serrer Lola dans ses bras, la consolant comme elle le pouvait, le chocolat chaud fumant devant elles.

Après de longues minutes, Rosa sentit que Lola s'était légèrement apaisée. Elle reprit alors doucement :

— Ce monstre t'a fait vraiment très peur ! Mais je t'assure que c'était la dernière fois. On va inventer une nouvelle technique pour celui-là. Il ne viendra plus t'embêter, d'accord ?

Lola acquiesça de sa petite bouille triste.

— Comment tu vas le battre ? demanda Rosa en lui souriant tendrement.

Pendant quelques secondes, Lola fixa son chocolat chaud de ses grands yeux ronds rougis par les larmes. Finalement, elle lui répondit d'une voix plus confiante :

— Je vais détruire ce vilain monstre avec le Feu Explosif. C'est un anukrato très puissant, tu sais !

— Je ne le connaissais pas, répliqua Rosa, enthousiaste, entrant dans le jeu de sa nièce. Explique-moi comment il s'utilise.

— J'avancerai mes mains devant moi, comme ça.

Lola étendit ses petits bras en avant, s'extirpant de l'étreinte de sa tante.

— Et hop ! Des flammes sortiront de mes mains, continua l'enfant en bougeant rapidement ses petits poignets potelés. Elles seront aussi grandes que le feu qu'on avait vu chez Abella avec papa, sur la plage. Et le monstre sera détruit !

Rosa rit doucement et embrassa sa nièce.

— Très bien, le Feu Explosif le détruira, répéta-t-elle d'une voix maternelle. Donc, dès que tu le verras dans tes rêves, tu mettras tes mains comme tu viens de me le montrer, et tu réduiras en cendres ce méchant monstre.

La petite hocha la tête et but une grande gorgée de son chocolat, rassurée.

— Ma *micetta*, dis-moi, qu'est-ce donc « groupre » et « vretomi » ? l'interrogea tendrement Rosa en essuyant les lèvres de Lola avec son pouce.

— Ben, c'est un rouge qui fait vraiment très, très peur, précisa l'enfant. Et un vert qui ressemble à du vomi, comme celui de Solal quand on regardait *Bambi*.

— D'accord, *micetta*, répondit Rosa, un peu sceptique. La prochaine fois, tu pourras me les expliquer avant, comme ça je saurai de quoi tu me parles.

— Mais je te donne le nom des couleurs, moi, se défendit Lola, étonnée que sa tante ne saisisse pas le sens de ses paroles du premier coup.

— Je sais, *micetta*, continua Rosa calmement. C'est que je ne les visualise pas toujours, il faut me les expliquer.

— Mais tu sais tout, toi. Tu devrais les connaître ! observa la fillette.

— Merci, ma Lola, répliqua Rosa, attendrie. Mais parfois, ton petit cerveau d'enfant imagine des choses que je n'arrive pas bien à saisir.

— Tu n'as qu'à couper ton cerveau d'adulte. C'est facile ! conseilla Lola avec un certain aplomb, tout en fixant Rosa de ses grands yeux.

— Nous verrons ça un autre jour. Tu m'expliqueras comment couper mon cerveau d'adulte, déclara Rosa d'un ton amusé. Il est tard. Finis ton chocolat, et après, nous irons nous coucher.

Lola s'exécuta et but d'une traite le reste de sa tasse, manquant de s'étouffer. Rosa nettoya son visage barbouillé avec une serviette et la fit descendre de sa chaise.

— Vu l'état de ton lit, tu vas dormir avec moi cette nuit, dit-elle. Et demain, je t'emmènerai à mon travail, tu n'iras pas à l'école. Mais c'est exceptionnel, Lola, répéta Rosa d'une voix appuyée. Ça ne se reproduira pas chaque fois, nous sommes bien d'accord ?

Lola afficha une mine réjouie et, avec la manche de son pyjama, frotta ses yeux.

— Tu sais, Rosa, un jour, j'arrêterai ces cauchemars. Je tuerai tous ces monstres vilains toute seule, et je ne te réveillerai plus la nuit. Tu pourras dormir. Je te protégerai comme une grande avec tous mes anukrati.

— Merci, ma *micetta*, lui répondit sa tante, attendrie. Tu seras la plus grande tueuse de monstres au monde, et tu utiliseras tes anutrati pour me sauver.

— On dit anuKRAti ! rectifia Lola en appuyant sur la syllabe « kra » pour que Rosa en comprenne bien la prononciation.

— D'accord, *micetta*. Des anuKRAti. Au dodo, maintenant.

— Tu penses tu vas faire découvertes demain ?

Lola sort brusquement de ses pensées. Comme elle n'a pas répondu à sa question, Andreï préfère réorienter la conversation vers un autre sujet. Avec un sourire, Lola attrape son téléphone et fouille dedans en disant :

— J'espère ! J'en ai déjà fait une qui m'intrigue.

— Intrigue ?

— Qui attire mon attention, qui... qui éveille ma curiosité, essaye-t-elle d'expliquer en lui tendant son portable. Tiens, tu vois cette épée ?

Andreï hoche la tête.

— Elle apparaît dans *Jupiter et Sémélé*, mais aussi dans *Les Prétendants*. Et on la retrouve dans le tableau de Cléopâtre que je vais voir demain, lui apprend-elle en faisant défiler les photographies.

— Et c'est que cette épée ?

— Justement, aucune idée... On a cherché et cherché avec Solal, mais rien. Mais quand il a vu l'épée, il a tout de suite pensé au fleuret bizarre que j'avais inventé petite.

— C'était quoi ce fleuret ?

Elle lui explique alors que c'était une arme utilisée par Solal, normalement destinée à détruire ses monstres. Mais, lorsqu'ils jouaient au jeu des voleurs et policiers, version Lola, il ne devait la toucher qu'avec cette épée. Pour s'assurer de sa victoire, Lola avait imaginé une astuce pour invoquer cet objet. Solal devait prétendre la sortir de son ventre avant de l'utiliser. Ce stratagème ralentissait son mouvement, permettant à la jeune fille de contrer toutes ses attaques. Ce petit côté perfide lui avait valu quelques remontrances salées de la part de Rosa ou de Victor durant de son enfance.

— Pourquoi Solal a pensé que c'était la même ?

— Car, dans notre jeu, lorsque l'épée était normale, elle était grise, comme dans *Jupiter et Sémélé*. Mais lorsqu'elle tuait, la lame devenait entièrement rouge, comme dans *Les Prétendants*.

— Tu penses que elle est aussi dans la mythogie ?

— MythoLOgie, le reprend-elle. Je n'en sais rien, mais je le découvrirai peut-être demain...

Chapitre VII

Le lendemain, Lola retrouve Solal pour étudier avec lui la toile représentant Cléopâtre, conservée dans les réserves du Louvre. Victor, en tant que donateur des musées de la ville de Paris, a facilement accès à certains passes. À la demande de Lola, il a contacté la présidente-directrice du Louvre. Les deux amis ont ainsi obtenu un rendez-vous avec l'un des conservateurs.

Ce jour-là, le musée est noir de monde, plus qu'à l'accoutumée, et parmi la foule, ils ont du mal à trouver l'homme qu'ils recherchent. Ce dernier les attend à l'accueil, sous la pyramide, visiblement excédé de se retrouver dans la masse des touristes. Lola remarque instantanément son apparence disgracieuse, avec son costume trop petit pour son embonpoint. Ses cheveux poivre et sel, très courts, surmontent une tête qui ressemble à une balle de golf posée sur un corps rond. En le voyant, Solal blêmit.

— Ce mec, c'est un connard de première, murmure-t-il à Lola. Il avait humilié Nour devant toute sa classe pendant son grand oral l'année dernière. Et c'est lui qui me fait passer les oraux de fin d'année. Si je dis un truc de travers, il ne va pas me louper...

Après avoir fait les présentations, plus que froides, le conservateur les entraîne en direction des réserves. Ses talonnettes en bois claquent sur le parquet, révélant son envie pressante de sortir de la foule étouffante. Enfin arrivés dans une salle spacieuse, Lola et Solal s'arrêtent, émerveillés. Mais leur enthousiasme disparaît aussi vite qu'il est apparu en entendant les mots rêches du conservateur :

— C'est une des salles annexes aux grandes archives. Comme vous n'êtes que deux étudiants, l'œuvre a dû être déplacée ici. Tout le monde ne peut pas accéder aux plus grands chefs-d'œuvre du musée, précise-t-il avec condescendance.

Solal et Lola échangent un regard embarrassé.

— Au fait, quelles recherches effectuez-vous pour avoir besoin de voir l'aquarelle *Cléopâtre, assise, demi nue, de face sur un trône très élevé* de Gustave Moreau ? continue-t-il de sa voix solennelle et creuse.

Lola jette un coup d'œil à Solal, qui semble aussi mal à l'aise qu'elle.

— J'écris un mémoire qui met en relation plusieurs œuvres de cet artiste, ment-elle en faisant tourner la médaille de sa mère entre ses doigts. J'essaye de trouver des indices me permettant d'établir un lien entre les toiles. Moreau met souvent un personnage en lumière, alors que le reste du tableau est tapi dans l'ombre. Mais c'est dans l'ombre que sont cachés les détails les plus intéressants. Ici, il a minutieusement placé au second plan des monuments comme le Sphinx ou les pyramides. Pourtant, ces derniers étaient ensablés lors du règne de Cléopâtre, précise-t-elle, un sourire crispé sur le visage.

— Je vois que vous avez effectué des recherches sur l'aquarelle avant cet entretien, constate le conservateur sans pour autant décontracter les traits de son visage. Très bien ! Je vous demanderai simplement de ne pas toucher l'œuvre. Si vous souhaitez prendre des photographies, vous le pouvez. Mais sans flash, s'il vous plaît, prévient-il gravement.

Il s'approche ensuite d'une boîte noire posée sur une grande table au fond de la pièce, et s'en saisit délicatement comme s'il s'agissait d'un objet en porcelaine. Il en sort une feuille épaisse protégée par un cadre en verre. Les deux amis attendent avec impatience que l'homme s'écarte de l'aquarelle. Prenant tout son temps, ce dernier s'assure qu'elle est correctement installée sur le chevalet. Il finit par s'éloigner, laissant enfin Lola et Solal la contempler.

— J'adore la composition de cette œuvre ! s'exclame Solal, fasciné. On sent presque la spiritualité de Moreau à travers la représentation de la reine. On est sur un mélange entre une déesse grecque et la pureté de la Vierge.

— J'avoue. Par contre, il ne met jamais d'auréole aux personnages historiques, constate Lola en photographiant l'aquarelle avec son portable. Il aurait pu lui donner un caractère divin.

— Ouais... Ça n'aurait pas changé grand-chose, car Cléopâtre est suffisamment mise en avant ici. Le fait que l'aquarelle soit divisée en deux plans distincts est plus intéressant, fait remarquer Solal en s'approchant un peu plus. Ce que j'aime, c'est que le premier plan est rigoureusement préparé, dessiné et peint. Très lumineux. Alors que le reste de la composition baigne dans un flou total. Il est presque indécelable au premier regard. Comme si le chaos commençait doucement à s'emparer du paysage.

Ils avaient convenu de ne pas évoquer directement le texte devant le conservateur. Ils devaient utiliser des mots-clés comme chaos, ombre ou lumière lorsqu'un détail les interpellait.

— Un élément peut la relier aux *Prétendants*, continue Solal, en plus de l'épée, c'est...

— Lier ces deux œuvres me semble fantaisiste, l'interrompt soudain le conservateur en plissant les yeux. Elles n'ont rien à voir. Ni dans le thème, ni dans la composition, ni dans l'histoire.

Solal se raidit et passe la main dans ses cheveux à plusieurs reprises, n'osant plus prononcer le moindre mot.

— Je vais faire le lien grâce aux détails que Moreau a insérés, improvise Lola. Vous voyez cette épée ? lui dit-elle en désignant l'objet de l'index. Elle est aussi présente dans *Les Prétendants*. Et le serpent qui monte dangereusement sous sa main droite ? Si vous regardez *Les Prétendants*, Minerve a un serpent menaçant du même côté. Pour les Égyptiens, il faisait souvent écho au dieu Apophis, à l'obscurité cherchant à anéantir la création divine, donc la lumière anéantie par... l'Ombre, réalise-t-elle brusquement.

Un coup de coude discret de Solal lui fait prendre conscience qu'elle va trop loin.

— Et quoi d'autre ? lui demande le conservateur d'une voix sifflante.

Encouragée par sa question, Lola sent son cerveau s'activer et enchaîne :

— La déesse Minerve représente la sagesse et la guerre stratégique. Cléopâtre peut nous rappeler Minerve et les nombreuses guerres que la reine a menées tout en faisant des alliances stratégiques.

— Je n'avais pas vu ça sous cet angle..., avoue l'homme, les lèvres tellement pincées qu'il semble les avoir avalées.

Solal détourne la tête pour cacher un sourire de satisfaction en voyant Lola prendre l'avantage.

— Et à quelle autre œuvre allez-vous lier cette aquarelle de Cléopâtre ? veut savoir le conservateur, montrant finalement un certain intérêt.

— *Jupiter et Sémélé*, répond-elle sans se démonter. Le fond peut représenter la chute de la reine, notamment avec cette lune qui...

— Non ! Cette fois, vous faites fausse route, l'interrompt-il d'une voix sèche, ravi de pouvoir la corriger. Pour Moreau, la lune symbolisait l'intelligence humaine permettant de transcender le monde terrestre. L'associer à un déclin est une ineptie !

Volant au secours de son amie, Solal lance d'une voix forte :

— Si vous visualisez l'œuvre de *Jupiter et Sémélé*, vous remarquerez que Moreau a placé la lune dans l'Érèbe. C'est peut-être un moyen déguisé de contrebalancer les ténèbres. Comme ici ! La lune se situe dans un décor obscur. Si je me souviens bien, le deuxième prénom de la fille de Cléopâtre et de Marc Antoine était Séléné, se remémore Solal. Et en Grèce antique, Séléné était la déesse de la Lune.

Grâce à ses connaissances, Solal a réussi à surprendre le conservateur, qui lui accorde à présent toute son attention. Lola profite de ce répit pour chercher d'autres indices pouvant l'aider à mettre l'aquarelle en relation avec *Jupiter et Sémélé*. Remarquant que Cléopâtre est tournée vers le côté droit du tableau, elle suit son regard et tombe sur une tache rouge, ressemblant à deux ailes. Juste devant se présente une espèce d'animal fantastique que Lola associe à une gargouille à tête de lion. Elle plisse les yeux pour mieux l'observer quand, d'un coup, une légère silhouette se détache, juste entre la créature et les ailes.

Cette forme ressemble à un personnage sortant de la pénombre, comme... comme une silhouette cachée, pense-t-elle. *Est-ce que Moreau a voulu représenter ça ? Est-ce que c'est ça, un néombre ? Ou bien, un sang d'ombre ? Une forme qui se cache dans l'ombre ?*

Un acouphène strident retentit subitement dans les oreilles de Lola, ses yeux se crispant sous la violence du son. Pour essayer de l'arrêter, elle presse fortement sur ses tympans et ouvre grand la bouche, comme pour bâiller. Cependant, ces actions n'ont aucun effet.

Presque aussitôt, une curieuse sensation se loge dans son ventre, et une désagréable inquiétude l'envahit. Sa respiration s'accélère brusquement. Tout son corps semble s'agiter, pris de panique face à une menace invisible.

Solal est toujours en train de parler au conservateur, mais elle est incapable de l'écouter. Commençant à angoisser, elle rouvre ses paupières. L'image du tableau en face d'elle se met alors à s'allonger. Affolée, elle cligne plusieurs fois des yeux pour rétablir sa vision. Mais sans résultat.

Devant elle, les ailes rouges du tableau se mettent à bouger et se mêlent à la tête de gargouille, formant une créature effrayante. Son sang se fige dans ses veines. Puis, comme si elle était propulsée dans un cauchemar, le monstre s'anime et bondit dans sa direction. Épouvantée, elle se recule d'un pas et se retient, au dernier moment, de pousser un cri en se mordant l'intérieur des joues.

Non, pas ça ! Laisse-moi tranquille !

Chapitre VIII

— Et selon une légende, la fille de Cléopâtre serait morte durant une éclipse lunaire. On est donc dans le thème. T'en penses quoi, Lola ? Hé, réponds-moi ! Tu es dans...

Solal s'interrompt soudain en voyant son amie courbée, le visage crispé, tremblant de tous ses membres.

— Lola, ça va ? s'inquiète-t-il.

— Mademoiselle, vous allez bien ? demande le conservateur en s'approchant d'elle.

Elle sent une pression sur son bras gauche. Prise de panique, elle recule en poussant un cri.

— Lola, c'est moi ! lui dit Solal en retirant précipitamment sa main. Mais qu'est-ce que tu as ?

— Je vais appeler un médecin, dit le conservateur.

Cette phrase lui fait l'effet d'une douche froide. Revenant à la réalité, Lola ouvre grand les yeux et se redresse en secouant la tête, puis elle bégaye d'une voix blanche :

— Non, non, pas de médecin. Je n'en ai pas besoin, je vous le promets. Tout va bien. Je vais bien.

Le conservateur la dévisage, sceptique.

— Est-ce que vous auriez un verre d'eau à lui apporter, s'il vous plaît ? demande Solal en se tournant vers l'homme.

Ce dernier acquiesce et sort d'un pas précipité.

— Maintenant qu'il est loin, raconte-moi, s'enquiert Solal. Qu'est-ce qui s'est passé ?

— Pas maintenant, répond-elle.

— Lola, je...

— J'ai dit « pas maintenant », Solal ! le coupe-t-elle.

Son ami se fige, sous le choc. La voix de Lola a changé. Habituellement, elle est haute et claire, et part parfois un peu trop dans les aigus. Mais à cet instant, elle est totalement différente, éraillée et glaciale, comme possédée. Il ne l'avait jamais entendue parler de cette façon.

Lola, quant à elle, n'a qu'une envie : hurler ! Hurler le plus fort possible afin que son cerveau efface ce qu'il vient de se passer. Mais ce qui l'inquiète par-dessus tout, c'est que la vision ne s'est pas produite durant son sommeil... Elle était bel et bien éveillée !

Pour éviter de laisser la panique l'envahir, elle se met à faire les cent pas.

Tout va bien ! Tout va bien ! Tout va bien ! se répète-t-elle inlassablement en se tordant les mains dans tous les sens.

— Tu as intérêt à te ressaisir avant que le conservateur ne revienne, lui conseille Solal d'un ton froid, en serrant les dents. Sinon, il finira par appeler un médecin...

Lola s'immobilise, les yeux rivés sur le parquet.

— J'ai... Une créature m'est apparue, avoue-t-elle à voix basse, sans oser le regarder.

— Quoi ?! s'affole-t-il, oubliant aussitôt son agacement. Tu as eu une hallucination ? Ça se...

Il s'interrompt au milieu de sa phrase. Un bruit de talonnettes claquant sur le parquet se fait à présent entendre.

— On en discutera dehors, chuchote-t-il.

Lola acquiesce d'un léger signe de tête et se tourne vers le conservateur, qui s'approche d'eux d'un pas rapide, le visage en sueur. Il tient entre ses doigts potelés un gobelet en plastique, une petite bouteille d'eau, des sachets de sucre et un paquet de biscuits secs. Lola le remercie d'une voix frêle, boit d'une traite le verre d'eau sucrée qu'il lui a servi, mais ne touche pas aux gâteaux, l'estomac encore secoué par ce qu'elle vient de vivre.

— Nous allons partir, monsieur, indique Solal. Nous vous remercions pour votre accueil et le temps que vous nous avez accordé.

— C'est dommage que vous ayez eu cet ennui, mademoiselle. Après ces échanges... surprenants, j'avais prévu de vous présenter d'autres œuvres, précise-t-il en désignant de la main les étagères.

Lola se tourne alors vers Solal, qui affiche une mine dépitée. Voir son expression la fait culpabiliser, et, sans réfléchir, elle lance d'une voix forte :

— Je me sens mieux ! Nous pouvons rester un peu plus longtemps. J'aimerais juste me passer de l'eau sur le visage, ajoute-t-elle, ignorant le regard réprobateur que lui jette son ami.

— Je ne pense pas que ce soit une bonne idée, Lola ! dit Solal avec un air grave.

— Mais si, t'inquiète. Où sont vos toilettes ? demande-t-elle en se tournant vers le conservateur, avec un sourire un peu trop forcé.

Ce dernier lui indique le chemin et, sans laisser le temps à Solal d'intervenir, Lola sort de la salle et se précipite jusqu'à la pièce au fond du couloir. À peine a-t-elle fermé la porte que son estomac se contracte. Dans un mouvement, elle se retourne, ouvre la cuvette et se met à vomir. Elle a l'impression que son estomac s'acharne à cracher, le plus violemment possible, tout le liquide hors de son organisme. Ses jambes lâchent d'un coup, et ses genoux s'entrechoquent brutalement sur le carrelage.

Après un moment, son corps finit enfin par se calmer. Le visage baigné de sueur, elle agrippe le petit lavabo et se remet sur ses deux jambes. Des reflux acides lui brûlent encore l'œsophage, lui laissant un goût âcre dans la bouche. Elle se la rince à plusieurs reprises, en s'encourageant.

Allez, Lola ! Reprends-toi ! Cette vision est due à ton stress. Ton cerveau l'extériorise, tout simplement. Tout va bien ! Tout va très bien ! tente-t-elle de se convaincre en s'aspergeant le visage d'eau froide.

De retour dans la salle, Lola retrouve Solal en grande conversation avec le conservateur.

— Vous vous sentez mieux ? lui demande l'homme, laissant transparaître une pointe d'inquiétude.

— Oui, merci. Montrez-nous vos trésors cachés, lui dit-elle d'une voix faussement enthousiaste.

Il esquisse alors un mince sourire, à peine perceptible, range la boîte contenant l'aquarelle de Moreau et part en chercher une autre. Profitant du fait qu'ils sont seuls, Solal ouvre la bouche pour donner son avis, mais Lola l'en empêche en posant délicatement sa main sur son épaule.

— On a déjà laissé mon esprit nous gâcher la vie. Ne recommençons pas. Tu as réussi à mettre ce mec dans ta poche, profites-en, au lieu de t'inquiéter pour moi. Montre-lui à qui il a affaire.

Même si l'attitude déraisonnable de Lola lui déplaît, Solal n'a pas le temps de répondre. Le conservateur revient déjà, tenant une nouvelle boîte mystérieuse. Il demande alors :

— Que pensez-vous d'un pastel d'Odilon Redon ?

À ces mots, toutes les réticences de Solal s'envolent. Soulagée de voir son ami retrouver sa joie habituelle, Lola reporte son attention sur la nouvelle œuvre. Toutefois, elle ne peut s'empêcher d'éprouver une certaine crainte quant à un éventuel retour de son hallucination...

Lorsqu'ils posent le pied dans la cour pavée du Louvre, après plus de deux heures passées à observer dessins et aquarelles, la fraîcheur de la fin d'après-midi fait frissonner Lola. Après les émotions vécues, elle a besoin de se changer les idées, et se dirige alors vers les quais.

— Maintenant, tu peux m'expliquer ce qui s'est passé dans les réserves ? exige Solal en la rattrapant.

Cette dernière ne lui répond pas, préférant se murer dans le silence.

— Lola ! s'irrite Solal. T'as pas le droit de me laisser sans explication !

Il ne va pas me lâcher... Mais je ne vais pas lui dire que ce truc m'a sauté dessus, il va flipper.

Lola allume une cigarette et ralentit sa marche.

— Mon cerveau a créé une nouvelle créature à partir de l'aquarelle, raconte-t-elle finalement en broyant son filtre entre son index et son majeur.

— Tu peux être plus précise ? Comment ça, « il a créé » ?

Elle attrape son téléphone et fait défiler les images jusqu'à retrouver les photos de l'aquarelle prises un peu plus tôt.

— Regarde. J'ai mélangé ces ailes rouges et cette sorte de gargouille.

Solal s'arrête au milieu du pont du Carrousel, examinant l'écran avec attention. Lola s'accoude aux grosses pierres de taille, observant un bateau-mouche passer sous l'une des arches. Elle se surprend à envier l'insouciance des touristes, les yeux émerveillés par la magie de Paris.

— Tu avais déjà rêvé d'une créature similaire avant ? Ou même de cette créature-là, précisément ? lui demande son ami en s'accoudant lui aussi au pont.

— Pas dans mes souvenirs...

— Et dans les carnets de ton père, cette chose n'était pas décrite ou dessinée ?

— Non, je ne pense pas, répond-elle, les lèvres pincées. Mais tu ne veux pas qu'on aille prendre un verre plutôt ? J'ai besoin d'alcool pour encaisser toute cette histoire.

À peine sont-ils installés à la terrasse d'un bar que Solal revient à la charge :

— C'est pas normal, cette sorte de vision... Sincèrement, je n'ai pas envie qu'on replonge dans cette mauvaise période...

— On peut arrêter d'en parler ? souffle-t-elle. Sur le coup, j'ai flippé. Mais maintenant, ça me paraît carrément absurde. On essaye de trouver plein d'indices sur cette histoire, et mon cerveau s'est pris au jeu. Et puis, ce conservateur coincé n'a pas aidé à me déstresser.

— Lola, tu sais parfaitement pourquoi je m'inquiète...

Oui, je sais, s'exaspère-t-elle.

Elle sent l'énervement monter et, pour éviter de s'en prendre à Solal, préfère rester silencieuse, entraînant une nouvelle réflexion de sa part :

— Lola ! Je n'ai vraiment pas envie de revenir au même point qu'à tes quinze ans... Tu m'avais promis de me parler.

Merde, il ne va vraiment pas me lâcher !

— Je regarderai dans les carnets de mon père et dans les miens en rentrant pour voir si j'ai déjà imaginé une créature similaire, lui dit-elle. Ça te rassure, si je fais ça ?

— Quand tu t'y mets, tu es vraiment...

— Moi aussi, je t'aime ! le coupe-t-elle. Allez, c'est bon, Sol. Je te promets de regarder les carnets. On peut se concentrer sur quelque chose de plus intéressant, maintenant ? Genre, sur l'épée ? Car je suis toujours dans le flou total, et j'aurais bien besoin de toi.

— Putain, que tu es têtue, capitule-t-il finalement. Remontre-moi la photo de ton épée.

Lola fait défiler les images jusqu'à celle qui l'intéresse. À peine Solal a-t-il saisi le téléphone qu'un détail l'interpelle. Il zoome dessus en fronçant les sourcils.

— C'est un phénix, à côté ? lui demande-t-il en désignant un oiseau rouge.

— Oui, et il apparaît aussi dans *Les Prétendants*, se souvient Lola. Il est en vol, en haut à gauche du tableau.

Faisant défiler les photographies, Solal s'arrête sur *Jupiter et Sémélé*, reste silencieux un moment, concentré sur l'image, puis s'écrie :

— J'en étais sûr, il y est aussi. Regarde ! Dissimulée entre les fleurs, une tache rouge pourrait faire penser à ce même oiseau. Si le phénix est dans les trois œuvres, c'est que Moreau a voulu cacher un message.

Lola attrape son téléphone pour faire une capture d'écran, réfléchissant à voix haute :

— Un affrontement ? Pour *Cléopâtre*, Moreau aurait représenté le calme avant la tempête ? L'Ombre prendrait petit à petit possession du paysage en fond, et c'est pour ça que l'oiseau apparaît au premier plan, posé tranquillement à côté du trône.

— Ouais… Vu comme ça, je ne suis…

— Mais oui, c'est ça ! le coupe-t-elle, ayant soudain une idée. Pour *Jupiter et Sémélé*, on serait au moment du déséquilibre de cette Grande Source, et le phénix peut se cacher, comme apeuré par ce qu'il voit. Et le massacre dans *Les Prétendants* représenterait une sorte de guerre chaotique après le déséquilibre, et le phénix s'en éloigne.

— Je n'en sais rien, il y a un truc qui me dérange, souffle-t-il. On dirait que l'histoire est montée à l'envers.

— À l'envers ?

— Si on suit ton idée pour le phénix, Moreau montre d'abord les affrontements dans *Les Prétendants*, qui est la toile la plus ancienne. Puis, il revient au déséquilibre avec *Jupiter et Sémélé*. Et dans *Cléopâtre*, on serait avant tout ça ? Alors que c'est l'œuvre la plus récente des trois…

Lola hausse les épaules.

— Soit Moreau remonte l'histoire en sens inverse avec ces toiles, soit on fait fausse route, poursuit Solal. On voit peut-être des trucs qui n'existent pas, comme les profs de français qui interprètent les textes des grands écrivains à leur sauce.

— Plus j'y pense et plus je me dis que ça a forcément un rapport, songe Lola en faisant tourner les glaçons dans son verre que le serveur vient de poser sur la table. Dans ces trois œuvres, tu trouves l'épée, le serpent et le phénix. Je ne crois pas que ce soit un hasard.

— Comme si c'était un fil conducteur ? Des indices que Moreau aurait laissés ?

— Possible ! Mais dans quel but ?

Pianotant sur la table, elle prend quelques secondes avant de proposer :

— Et s'il voulait vraiment nous montrer une nouvelle mythologie ?

Solal fixe son regard sur son verre, perplexe.

— Si ces symboles avaient une autre signification pour un peuple qu'on ne connaît pas, continue Lola, et qu'il les mettait là pour nous en parler. Et imagine qu'il ne soit pas le seul et que d'autres peintres en parlent.

— D'autres peintres ? Comme qui ?

— Pas idée pour l'instant, soupire-t-elle en s'enfonçant sur sa chaise. Mais je pense que c'est une piste non négligeable.

— Celui qui serait capable de trouver ça, c'est papa. Il a le don pour repérer les hommages que les peintres dissimulent dans leurs œuvres.

— Ouais, mais je te rappelle qu'on doit rien dire, lui fait-elle remarquer. D'ailleurs, pour ce soir, on fait comme d'hab, on parle uniquement des civilisations et pas du texte.

— OK ! répond Solal en buvant une gorgée.

— Par contre, évite d'être en retard ! le sermonne-t-elle après un instant. Je n'ai pas envie de manger à 22 heures comme la dernière fois...

Après avoir fini leurs verres, ils rentrent chacun de leur côté pour se préparer. Lola décide de marcher, musique à fond dans les oreilles, pour éviter de cogiter.

— *Bună seara*, Lola, tu vas bien ? demande Andreï de sa voix nasillarde lorsqu'elle arrive à sa hauteur.

— Bonsoir, Andreï ! dit-elle en retirant ses écouteurs. Oui, et toi ?

Lola connaît déjà sa réponse. Les yeux d'Andreï parlent pour lui. D'habitude, son regard est d'une grande douceur, c'est l'une des choses que la jeune femme préfère chez lui. Cependant, si la journée a été plus difficile, ses larges yeux bruns globuleux se ternissent, et la douceur disparaît pour laisser place à la tristesse.

— Ça va..., lui répond-il d'une voix lente.

Lola ne supporte pas de voir Andreï ainsi. Cet abattement est généralement lié à deux raisons. Soit les passants ne lui ont pas accordé la moindre attention, soit certains n'ont fait preuve d'aucune sympathie et ont déchargé leur colère sur lui. Lola ne sait pas ce qu'elle déteste le plus... L'indifférence ou l'acharnement.

— Tu as eu de l'argent pour manger aujourd'hui ? le questionne-t-elle, sentant une boule grossir à l'intérieur de sa poitrine.

Andreï fait « non » de la tête.

— Quelqu'un a parlé avec toi ? continue-t-elle, essayant de maîtriser le mieux possible les émotions dans sa voix.

Andreï baisse son regard sur le trottoir gris. Lola se mord fortement l'intérieur des joues en inspirant bruyamment.

— Tu as le temps pour une cigarette ? demande-t-il dans un murmure.

— Oui, toujours, avec toi ! dit-elle en s'asseyant sur le muret. Mais raconte-moi ce qui t'est arrivé.

Elle sort deux cigarettes de son cabas et écoute Andreï lui raconter l'histoire du passant qui s'est défoulé sur lui en fin de matinée. Après la mort de ses parents, une succession d'événements malheureux ont conduit Andreï à se retrouver dans les rues de la capitale sans un sou. Et, aujourd'hui, il est la victime idéale pour des Parisiens stressés en manque d'un punching-ball.

— Les gens sont vraiment..., s'énerve Lola en frappant sa cuisse avec son poing. S'ils savaient pourquoi tu en es là aujourd'hui, ils oseraient moins ouvrir leur gueule... Ils m'écœurent.

— Je veux pas qu'ils sachent, répond Andreï, se recroquevillant sur lui-même.

— Personne ne saura, promis, le rassure-t-elle en se radoucissant. J'en ai même pas parlé à Solal ni Antoine.

— Merci... Et toi, visage fatigué aussi. Ta journée était pas bon non plus ? se soucie-t-il.

— Si ! Mais tout à l'heure, j'ai eu une expérience qui m'a chamboulée..., lui explique Lola.

— Chamboulée ? demande-t-il, intrigué par ce nouveau mot.

— Oui, qui m'a fait un peu peur et m'a inquiétée. Mais je te raconterai plus tard. Est-ce que tu veux que je te fasse des courses ? lui propose-t-elle d'une voix maternelle.

Un mince sourire s'affiche sur le visage gris d'Andreï, et ce dernier hoche la tête. Sans attendre, Lola se dresse sur ses jambes, se précipite dans le Franprix d'en face, et lui achète de quoi manger. Puis elle rentre à son appartement afin de se préparer pour le dîner.

En redescendant, elle fume une dernière cigarette avec Andreï avant de rejoindre Rosa. Elle profite de ce moment pour lui raconter son après-midi au Louvre, ainsi que son hallucination.

— Ce Moreau te fait vivre émotions ! conclut Andreï.

— Oui, c'est vrai. Il…

La sonnerie de son portable l'interrompt.

— Bonsoir, Lola. Guillaume Aupuduy à l'appareil, entend-elle en décrochant. J'ai besoin de vous parler urgemment. C'est au sujet du texte découvert sous la toile de Moreau…

Chapitre IX

Lola retrouve sa tante devant le restaurant. Pour l'occasion, Rosa a revêtu le cadeau de sa nièce, ramené le week-end précédent de Londres. Une robe en velours noir élégante et décontractée, dont le drapé tombe harmonieusement sur ses épaules et sur son buste élancé. Elle a relevé ses longs cheveux châtains épais en une natte sophistiquée. Lola admire l'allure gracieuse de sa tante. Mais ce qu'elle préfère par-dessus tout, c'est la douceur qui émane d'elle.

— Bonsoir, *micetta* ! dit Rosa de sa voix mélodieuse. Tu as mis la robe de ta mère, tu es superbe dedans. Tu ressembles tellement à Anna... Même si tu as hérité des magnifiques traits fins de ton père, souligne-t-elle en affichant un air mélancolique dans ses grands yeux bleu glacé.

Tous les membres de la famille de son père ont les yeux bleus. Ceux de sa tante sont les plus cristallins, entourés par un anneau bleu marine qui leur confèrent cet aspect glacé si fascinant. Pour Lola, la génétique a pioché du côté maternel. Ses yeux noisette aux reflets dorés, ou miel, comme le dit Solal, lui viennent directement de son grand-père.

— Merci, Rosa, répond Lola, touchée. Je viens d'avoir Sol, ils sont en route, ils ne vont pas tarder.

— Parfait. Allons nous installer en les attendant.

Elles s'asseyent au fond du restaurant et commandent une bouteille de bordeaux.

— Tu as l'air pensive, *micetta*. Il s'est passé quelque chose ? demande Rosa, soucieuse. Tout va bien avec Antoine ?

Depuis l'appel de Guillaume, Lola est plongée dans la plus grande confusion. Pour ne rien arranger, elle va devoir annoncer à Antoine qu'elle annule une partie de sa semaine à Londres, sans pouvoir lui donner la véritable raison de ce changement de programme.

— Oui, tout va très bien, rassure-toi. On a même prévu un voyage à Dublin la semaine avant Noël.

— J'allais te proposer de m'accompagner en Égypte avant qu'on aille en Espagne pour Noël.

— Ah bon ? s'étonne Lola. Pourquoi tu vas en Égypte ?

— Tu te souviens de mon client américain Léo ?

— Celui qui a la fondation Nature Is Us et que j'avais rencontré quand tu avais participé à la conception de la réserve pour la préservation des rhinocéros en Zambie ?

— C'est bien lui. Il crée une nouvelle réserve naturelle, mais, cette fois, en faveur de la préservation du papillon bâton bleu du Sinaï, lui explique Rosa en buvant, d'un geste lent, une gorgée de vin.

— Tu t'investis dans un nouveau programme de la fondation ?! s'exclame-t-elle les yeux brillants. Mais comment tu fais pour gérer ta carrière d'architecte d'intérieur, tes missions humanitaires, en plus de t'occuper de moi ? Rien qu'avec un mémoire, je suis sous l'eau, dit-elle, contrariée.

— J'ai échappé au cerveau de Dory que ton père et toi avez hérité de Nonna, la charrie gentiment Rosa. D'ailleurs, ton mémoire avance comme tu veux ? J'ai hâte de lire ton travail, et surtout, je suis impatiente d'en savoir plus sur votre après-midi au Louvre. Vous devez avoir énormément de choses à nous raconter.

— Je vais attendre Solal pour ça. Mais si tu avais vu toutes les œuvres que nous avons pu observer, dit Lola. Mon Dieu ! Tous ces trésors sortis de petites boîtes noires, c'était incroyable ! Et pour mon mémoire, j'ai quelques pistes que je dois encore approfondir.

— Excellent, tout ça. Ah, les voilà enfin ! se réjouit Rosa en regardant vers la porte d'entrée du restaurant.

Victor s'avance d'un pas décidé, suivi de son fils. L'homme d'affaires a revêtu un costume bleu marine, et affiche un air confiant sur son visage. Ils se dirigent vers la table, prennent place, et la conversation s'anime aussitôt autour de l'après-midi passé dans les réserves du Louvre. Sentant que Victor analyse la moindre de ses paroles, Lola préfère se mettre en retrait, laissant à Solal le soin de raconter leur journée. Au moment où son fils mentionne le dessin préparatoire de Giovanni Boldini, Victor ne peut s'empêcher de dire :

— Rosa, vous devriez aller à Rome à Noël pour que Lola s'inspire des voyages de Moreau. Aller en Italie était pour lui une véritable mission pour le renouvellement de la peinture d'histoire de son époque. Ta nièce y découvrira certainement des œuvres qui l'ont influencé.

— J'ai prévu d'aller en Égypte, mais on pourrait aller chez tes grands-parents à Rome le 26 décembre, propose Rosa en se tournant vers sa nièce.

Cette dernière déglutit.

Rome…

— Oui, c'est très bien, répond Victor de sa voix rauque et directe à la place de Lola. Moreau était un amoureux de ce pays. Pour lui, il symbolisait la source de l'art. Il y a séjourné à deux reprises et a passé une année à Rome pour étudier la chapelle Sixtine ou encore la Villa Médicis et…

— Rosa, vous êtes dans les Pouilles ou à Rome la semaine prochaine avec Nonna et Nopinno ? l'interrompt Lola.

— Dans les Pouilles. Pourquoi, tu veux venir ? lui demande Rosa.

— Monsieur Maidet m'a conseillé d'aller en Italie rapidement. Et Victor a raison, je dois m'inspirer des voyages de Moreau. Il vaut mieux que je fasse ce voyage en Italie dès maintenant si je veux réellement comprendre son art.

En l'entendant, Victor redresse fièrement le torse. C'est la première fois que Lola accepte une de ses idées sans se braquer.

Si tu connaissais la vraie raison de ma demande, tu ferais moins le fier !

— Mais tu ne viens pas à Londres avec moi ? s'étonne Solal.

— Si ! Je vais diviser ma semaine en deux. Je pars à Rome jusqu'à lundi, et après je vous rejoins à Londres avec Antoine.

— Bonne idée, assure Rosa. Je préviendrai Nonna et Nopinno de ton programme.

— Merci, Rosa ! Sol, tu m'accompagnes fumer une clope dehors ? dit-elle en se levant.

À peine ont-ils posé le pied dans la rue, que Lola se retourne vers lui.

— Guillaume Aupuduy m'a appelée tout à l'heure...

— Bonsoir, Lola. Guillaume Aupuduy à l'appareil, entendit-elle en décrochant. J'ai besoin de vous parler urgemment. C'est au sujet du texte découvert sous la toile de Moreau.

Lola sentit l'excitation monter et se mit à trépigner sur place.

— Les recherches ont été élargies, dit-il avec un enthousiasme qui fit trembler sa voix. Et il y a eu une découverte du côté italien ! Il semblerait que Moreau ait emprunté son texte à Botticelli.

— Botticelli ?! s'étonna-t-elle, médusée.

— Oui, j'ai été tout aussi surpris que vous, reconnut-il. Et c'est la raison de mon appel, j'ai une autre nouvelle pour vous, ajouta-t-il en ayant des difficultés à cacher sa joie. Vous partez à Rome !

Lola manqua de s'étrangler.

— À Rome ?

— J'ai fait jouer mes relations et j'ai obtenu que le gardien des clés du Vatican me montre en personne ce texte. Mais, hélas, quelques soucis de santé m'obligent à rester à Paris pour un moment, continua-t-il, sa déception palpable dans sa voix. J'ai immédiatement pensé à vous pour me remplacer. Jean n'était pas pour, mais comme c'est moi qui finance, je choisis la personne qui me représente.

Sur le moment, elle pensa à une blague. Rencontrer le gardien des clés du Vatican en personne lui semblait surréaliste.

— C'est votre dernier e-mail qui m'a convaincu de vous choisir. J'apprécie grandement vos idées, et je trouve votre théorie selon la perspective stoïcienne, où le dieu Pan pourrait symboliser le Tout évoqué dans la lettre de Moreau, très pertinente. Le rendez-vous avec monsieur Pinetti est prévu pour lundi prochain à 14 heures. Êtes-vous d'accord pour me remplacer ?

— Et tu as dit quoi, toi ? veut savoir Solal d'une voix forte, scotché par la nouvelle.

— Que j'y allais, dit-elle sur un ton d'évidence. Il m'a laissé des consignes et m'a donné l'e-mail du gardien des clés pour que je m'organise avec lui directement.

— Lola, tu réalises l'opportunité ? s'exclame Solal. Le gardien des clés ? Ce Guillaume a le bras long pour obtenir une telle faveur. Antoine ne va pas en revenir lorsque tu vas lui dire que tu vas à Rome pour ça.

— Il ne faut rien lui dire, lui apprend-elle en agitant les bras dans les airs. Maintenant, je dois inventer une excuse potable pour cette histoire...

« Tout sera détruit ! Tu seras détruite ! Tout autour de toi sera détruit ! La mer engloutira la surface des agoïatres[1] *! Le vent*

1. Voir la définition dans le glossaire en fin d'ouvrage.

décimera les êtres ! Un brasier ardent réduira tout en cendres ! Le sol avalera ses occupants sans retenue ! Les astres exploseront en mille morceaux ! Les êtres vivants seront anéantis jusqu'à la moindre source de vie ! Le Chaos sera de retour ! »

Lola se réveille en sursaut, épouvantée et baignée de sueur. Elle n'arrive plus à réfléchir et tremble comme une feuille. Son souffle est saccadé, sa mâchoire, crispée, et tout son corps reste pétrifié par ce nouveau cauchemar. Le monstre ailé de l'aquarelle de *Cléopâtre* s'est de nouveau manifesté. Ses paroles glaçantes résonnent dans son crâne, comme un écho sans fin, lui donnant la nausée.

Après de longues minutes assise sur son lit, elle ne parvient pas à se calmer. Péniblement, elle se lève, enfile son pull et se traîne jusqu'au salon. Là, elle attrape son paquet de cigarettes et son carnet à dessin, puis se dirige d'un pas chancelant vers la porte-fenêtre.

Dans le vent frais de cette fin de mois d'octobre, elle entend la rue s'agiter en dessous d'elle. Cependant, les bruits de la ville n'apaisent pas ses angoisses. Après avoir dessiné la funeste créature et fumé plusieurs cigarettes, elle se résigne à appeler Solal.

— Lola, lui répond ce dernier d'une voix endormie, il est...

Il marque un silence pour regarder l'heure sur son écran.

— Pratiquement 2 heures du matin, et j'ai cours demain.

— Je... Je...

Elle est incapable de lui parler, tétanisée.

— Qu'est-ce que tu as ? demande-t-il en se réveillant d'un coup, comprenant que quelque chose ne va pas. Lola ?

— Ça recommence..., lâche-t-elle dans un murmure.

— Quoi ? Qu'est-ce qui recommence ? s'enquiert-il, affolé.

— Il... était tellement réel..., réussit-elle enfin à articuler.

Un blanc s'installe.

— Tu ne bouges pas de ton appart, dit-il finalement d'un ton calme et ferme. Surtout, tu y restes. J'arrive dans vingt minutes, le temps de prendre un taxi.

— OK, dit Lola d'une petite voix.

Une vingtaine de minutes plus tard, Solal entre chez elle en trombe.

— Lola ? crie-t-il en allumant la lampe halogène du salon.

Ses yeux se posent alors sur son amie, recroquevillée contre la porte-fenêtre, un stylo à la main. Sans prononcer un mot, il la prend dans ses bras et caresse ses cheveux trempés de sueur. Pendant un moment, Lola reste silencieuse, agrippant le sweat-shirt en coton de Solal d'une main, triturant la manche de son pull de l'autre. Aucune larme ne coule de ses yeux. Aucun son ne sort de sa bouche. Elle est comme éteinte. Et pourtant, à l'intérieur d'elle, tout est sens dessus dessous.

— Tu as envie qu'on fasse quelque chose ? lui murmure Solal, rompant le long silence. Tu veux que je te serve un verre ? Qu'on regarde un film ? Qu'on appelle Rosa ? propose-t-il après une hésitation.

— Mais ça va pas ! répond-elle d'un ton catégorique, en se dégageant de son étreinte. Surtout pas.

— Lola, je...

— Tu veux vraiment qu'elle voie ça ? s'énerve-t-elle en attrapant d'un geste brusque le carnet posé à côté d'elle et en le mettant sous le nez de Solal.

Le sang de ce dernier se fige dans ses veines. Sur la double page, une créature abominable se déploie. Cette vaste forme ailée se dresse sur ses deux pattes arrière hérissées de poils et aux griffes ensanglantées. La tête, pouvant vaguement faire penser à un lion tout droit sorti d'un film d'horreur, prend place entre une paire d'ailes rouges gigantesques. Celles-ci entourent une tache sombre, opaque, formant un immense trou noir, qui semble avoir aspiré le centre de la page. Lola a dessiné cette créature sordide avec une telle précision qu'elle a l'air réelle.

Malgré les gouttes de sueur qui perlent maintenant sur son front, Solal reste de marbre. Et, pour ne pas céder lui-même à la panique, il repose le carnet par terre, se dirige vers le frigo et sort deux bières qu'il vient déposer à côté de Lola. Puis, il part dans la chambre et revient les mains pleines de carnets. En voyant certains d'entre eux, datant de l'année de ses quinze ans, Lola se remet à trembler.

— Je sais que ça fait remonter de mauvais souvenirs, souffle-t-il en s'asseyant en face d'elle. Mais, là, on n'a pas le choix… Il faut tous les parcourir pour voir si tu as déjà décrit cette… chose. Et on va éplucher l'ensemble des œuvres de Moreau pour vérifier si une créature similaire y est représentée. Ton imagination l'a forcément trouvée quelque part ! Elle est trop précise pour être simplement un mix fait à partir de l'œuvre de Cléopâtre. Je reste avec toi cette nuit, mon train pour Londres n'est qu'en fin d'aprèm. Elle existe autre part et on va la trouver !

— Et si elle était dans ceux de ma mère ? propose-t-elle.

À sa question, Solal se raidit.

— Pourquoi tu dis ça ? demande-t-il, gêné et agité.

— Dans ceux de mon père, j'ai remarqué qu'il n'y avait que des créatures gentilles, lui répond-elle sans noter son changement d'attitude. Et je ne me rappelle pas avoir fait de cauchemars à cette époque. Mais je les ai peut-être oubliés, et il est possible qu'ils soient dessinés dans les carnets de ma mère. Ça expliquerait pourquoi Victor nous a hurlé dessus la dernière fois.

Solal pianote nerveusement sur son jogging.

— D'ailleurs, je vais avoir besoin de toi pour les récupérer, ajoute-t-elle.

— Ce n'est pas une bonne idée, dit-il d'une voix trahissant une certaine tension.

Surprise, Lola le fixe en plissant les yeux.

— Mais pourquoi ?

Solal avale une grande gorgée de bière sans répondre.

— Qu'est-ce que tu me caches ? veut-elle savoir.

Il se passe la main dans les cheveux et prend encore une gorgée.

— Sol ?

Devant son silence, Lola ouvre grand les yeux et s'exclame :

— Tu les as lus et tu as trouvé un truc ? Ça parle de quoi ? Il y a d'autres mots ? Des dessins ? Maman avait découvert quelque chose ?

Solal lui fait « non » de la tête, en lâchant d'une voix gênée :

— Lola, je suis désolé, mais...

Il se tait et passe à plusieurs reprises sa main dans ses cheveux. Aussitôt, Lola comprend.

— Sol ? s'emporte-t-elle. Putain, qu'est-ce que ton père a fait des carnets de ma mère ?

ARC 2

— Maintenant qu'elle a découvert le premier texte, je dois l'aider à se souvenir.

— Comment ?

— D'autres écrits seront mis sur sa route. Nous utiliserons les artistes du passé pour ça.

— Fais attention. En impliquant plusieurs humains, tu mets Al Merf en danger. Les textes évoquant la Connaissance doivent être dissimulés pour l'instant. Jusqu'à présent, ceux qui ont pu les lire ont réussi à les garder secrets.

— Rassure-toi, j'ai déjà tout prévu. Les humains continueront de penser qu'elle découvre une mythologie oubliée. Les êtres Espace y veillent. Mais si nous voulons que la Connaissance lui revienne, elle doit y avoir accès.

— Les textes seront insuffisants pour qu'elle croie à la Connaissance et au monde qui s'ouvre à elle. Sans les carnets d'Anna, il lui manque des pièces du puzzle.

— Je l'ai pris en compte. J'ai décidé d'accélérer son retour en augmentant la fréquence des cauchemars et en la mettant sur la voie des Âmes Lumière. Pour ce qui est des carnets, Victor les a simplement déplacés, elle les retrouvera plus tard. Elle n'est pas encore prête à lire les découvertes de sa mère.

— Est-ce vraiment une bonne idée ? Les notes d'Anna pourraient être une aide précieuse. Depuis quelque temps, tu mets son corps et son esprit à rude épreuve. Son enveloppe charnelle aura de plus en plus de mal à faire la différence entre le rêve et la réalité.

— C'est un risque à prendre. Le temps presse ! Elle doit revenir dans la Connaissance. Les cauchemars et les visions sont le meilleur moyen pour qu'elle se remémore son passé. Son être-lumière doit être à un stade d'éveil avancé au moment où nous l'éloignerons de Terre, c'est impératif. Ils se rapprochent...

— Si tu souhaites qu'elle retrouve la Connaissance, elle doit venir jusqu'à nous.

— Je m'en assurerai. J'ai regardé ses futurs chemins, et je sais déjà lequel elle empruntera. Je dois y aller étape par étape. Pour la mettre sur la bonne voie, le voyage à Rome sera décisif.

Chapitre I

En cette période automnale, Lola profite du temps idéal pour déambuler dans les rues animées de la capitale italienne. Cela fait maintenant trois jours qu'elle est à Rome. En raison de la visite du président français au Vatican, les archives ont été mises à sa disposition à la dernière minute. Le gardien des clés a donc dû reporter leur rendez-vous initial au jeudi de la même semaine.

Comme chaque matin depuis son arrivée, elle part visiter la chapelle Sixtine, essayant désespérément de trouver le lien entre Botticelli et Moreau. Elle flâne d'abord le long du Corso Vittorio Emanuele II, et dans le vacarme des voitures, elle lance une musique de Fabrizio Paterlini. En regardant les bâtiments défiler, Lola s'amuse à se projeter dans la Rome de la fin du XIXe siècle, tentant de reproduire la même vision que celle de Moreau en son temps. Puis elle emprunte le pont Vittorio Emanuele II, arrive sur la Via della Conciliazone, passe en vitesse devant le Museo Leonardo da Vinci Experience, qui vient à l'instant d'ouvrir ses portes, et s'oriente vers la place Saint-Pierre. Au loin, l'obélisque du Vatican se détache entre les colonnes blanches de la basilique. Malgré l'heure matinale, l'endroit est déjà pris d'assaut par la foule de touristes.

Enfin dans la chapelle, Lola se dirige vers *La Punition des rebelles*. Lundi, lors de sa première visite, elle a décortiqué la fresque de *La Tentation du Christ*, représentée sur le mur latéral droit. Mais les touristes, de plus en plus nombreux à mesure que les minutes passaient, l'ont empêchée d'analyser le reste des œuvres. La veille, elle est donc revenue pour chercher des indices dans *Les*

Épisodes de la vie de Moïse, l'une des deux fresques du côté gauche. Encore une fois, l'attroupement de visiteurs s'agglutinant autour d'elle ne lui a pas laissé le temps d'examiner la dernière fresque. Jusqu'à maintenant, son enquête n'a pas été aussi palpitante qu'elle l'aurait pensé. Comme pour Moreau, elle s'attendait à des symboles dissimulés, à des créatures tapies dans l'ombre ou à des références subtiles au texte. Mais rien de tout cela... Simplement des épisodes de la Bible minutieusement reproduits par Botticelli. *La Punition des rebelles* est donc son dernier espoir de trouver un lien concret entre le peintre italien et le texte.

Alors qu'elle est en train d'étudier le côté droit de la fresque, une voix grave, légèrement voilée, lance dans son dos :

— *Nemo sibi assummat honorem nisi avocatus adel tanquam Aron.*

Surprise, Lola se retourne et tombe nez à nez avec un homme proche de la quarantaine, à en juger par les petites rides qui perlent au coin de ses yeux. Il est grand, et sa silhouette, athlétique et élégante, est soulignée par un costume de facture italienne, impeccablement coupé. Son visage est d'une éminente beauté, et ses yeux noirs flamboyants respirent la vie. Une cicatrice fend son sourcil droit, lui conférant un côté mystérieux. Sa bouche, ni trop pulpeuse ni trop fine, laisse apparaître un sourire qui illumine son visage. Ses cheveux châtains, épais et soyeux, naturellement ondulés, sont parsemés de miroitants reflets chauffés par le soleil. En l'observant, un tressaillement dans son abdomen surprend Lola.

Dans un mouvement lent, l'homme tourne son visage vers la fresque et, de son index, désigne un message inscrit sur la représentation de l'arc de Constantin, au deuxième plan.

— Qu'est-ce que cela signifie ? bégaye-t-elle en italien.

Elle passe sa main dans ses cheveux pour tenter de les discipliner, tout en se maudissant intérieurement de ne pas s'être un peu plus apprêtée.

— « Ne laisse aucun homme s'approprier l'honneur pour lui-même, excepté celui qui a été appelé par Dieu comme Aaron l'a été », traduit le mystérieux inconnu.

Il pose chaque mot, donnant un rythme lent et profond à chacune de ses phrases, ce qui le rend plus désirable encore.

— Merci, balbutie-t-elle.

Cet homme la déstabilise. Mais elle remarque rapidement qu'elle n'est pas la seule. Les touristes, qui d'ordinaire regardent en l'air, jettent des coups d'œil dans sa direction. Cependant, il semble n'y prêter aucune attention. Ses yeux sont rivés sur Lola.

— Vous aimez Botticelli ? lui demande-t-il, toujours en italien. D'habitude, les visiteurs sont plus intéressés par Michel-Ange.

— Je l'ai toujours préféré à Michel-Ange, mais aujourd'hui, c'est pour d'autres raisons que je suis venue voir ses œuvres, lance-t-elle, surprise par son propre enthousiasme.

— Lesquelles ?

Heureuse qu'il lui pose la question, elle lui explique rapidement son projet de mémoire et lui raconte les voyages réalisés par Moreau, qui l'ont amenée jusqu'à la chapelle Sixtine, en évitant toute référence au texte ou à son futur rendez-vous avec le gardien des clés.

— C'est étrange..., dit-il en fronçant les sourcils. Excusez-moi, mais seriez-vous Mlle Chamlav ?

Hein ? Mais comment connaît-il mon nom ? se demande-t-elle, confuse.

— Je suis Pietro Pinetti, se présente-t-il en voyant l'étonnement sur son visage. J'ai rendez-vous avec une chercheuse demain, Lola Chamlav.

Son cœur bondit dans sa poitrine. Jamais elle n'aurait pensé que cet homme puisse être le fameux gardien des clés.

— Oui, je suis bien Lola Chamlav, réussit-elle à articuler, le choc passé. C'est drôle que je tombe sur vous. Nous nous retrouvons bien demain, à 14 heures, à côté de la basilique Saint-Pierre ?

— Oui, pour discuter de l'énigmatique texte de Botticelli ! D'ailleurs, je suis heureux de vous rencontrer avant notre entretien. J'allais vous envoyer un e-mail pour savoir plus précisément ce que M. Aupuduy vous avait expliqué, mais vous allez pouvoir m'en faire part maintenant.

— Il a simplement dit que Moreau aurait emprunté à Botticelli l'extrait trouvé sous la toile de *Jupiter et Sémélé*.

— Rien de plus ?

Lola secoue la tête de gauche à droite.

— Curieux. Très curieux…, souffle-t-il.

L'Italien croise les bras sur sa poitrine et demande avec sérieux :

— Personne ne vous a parlé des changements ?

— Des changements ? Quels changements ? répète-t-elle en ouvrant grand les yeux.

Après avoir jeté un coup d'œil autour de lui, Pietro se rapproche d'un pas en chuchotant :

— Ceux opérés par Moreau sur le texte de Botticelli.

Sous le choc, Lola reste clouée sur place.

C'est quoi, cette histoire ? s'exclame-t-elle intérieurement en plissant le front. *Pourquoi Guillaume ne m'a rien dit ?*

— Si on ne vous en a pas parlé, je suppose qu'il y a une raison, poursuit Pietro comme s'il lisait dans ses pensées. J'en suis cependant le premier étonné, car M. Aupuduy n'a pas tari d'éloges sur vous lors de nos échanges.

Lola détourne la tête, espérant cacher le rougissement de ses joues.

— J'étais persuadé qu'il vous en parlerait… Mais il faut croire que je me suis trompé. Je vais vous laisser à votre visite. Je vous dis à demain, mademoiselle Chamlav, la salue-t-il en tournant les talons.

Il ne va pas me laisser comme ça ? s'exclame-t-elle, sidérée par son étrange attitude.

Maintenant qu'il a piqué au vif sa curiosité, Lola est déterminée à ne pas le laisser partir sans qu'il lui révèle les changements opérés par Moreau.

— Vous ne pouvez vraiment pas m'en dire plus ? l'interpelle-t-elle tandis qu'il s'éloigne. Si M. Aupuduy nous a mis en relation, c'est pour que nous travaillions ensemble et que les informations me soient transmises. Il ne voulait peut-être pas me les révéler par téléphone, suppose-t-elle en faisant un pas vers lui. Mais maintenant que nous nous sommes rencontrés, vous pouvez m'en parler de vive voix.

— Vous avez raison, admet-il. Il souhaitait peut-être rester discret… Avez-vous déjà entendu parler des « deskhiombrales » ou des « deskhiombralons » ?

En entendant ces mots, un frisson d'effroi traverse le corps de Lola, lui donnant la désagréable sensation d'être glacée et brûlante en même temps. Sans s'apercevoir de son malaise soudain, Pietro poursuit :

— Ces deux termes sont liés aux sangs d'ombre et aux néombres cités par Moreau.

Sur le coup, l'information la surprend tellement qu'elle en oublie la désagréable sensation.

Aux sangs d'ombre et néombres ? s'étonne-t-elle.

— Moreau a traduit les deux mots antiques dans un langage plus courant, continue Pietro. Pour les rendre plus modernes, peut-être.

— Est-ce qu'on sait pourquoi ? le questionne-t-elle, abasourdie. Avez-vous des pistes ?

— Aucune. Mais nous en trouverons peut-être ensemble demain.

— J'espère bien !

Elle se rend compte que le revoir la réjouit presque autant que les découvertes sur le texte.

— J'ai une réunion, je vais donc devoir vous laisser, dit-il, semblant déçu de devoir prendre congé d'elle.

Dommage…, s'entend-elle penser.

— Je vous souhaite une belle visite. À demain, la salue-t-il d'une intonation plus suave.

Lola retient une grimace de frustration et esquisse un sourire avant qu'il ne s'éloigne. Pour penser à autre chose, ses yeux se perdent sur les fresques. Cependant, la rencontre avec l'Italien continue de hanter ses pensées, presque autant que les termes étranges qu'il lui a dévoilés. Et au bout d'un moment, elle se laisse emporter par la masse de touristes et sort finalement de la chapelle.

Le reste de la journée, Lola poursuit sa visite des musées du Vatican. Mais les chefs-d'œuvre de la Renaissance italienne ne sont plus aussi captivants. Les changements opérés par Moreau sur le texte de Botticelli la perturbent, et elle ne cesse de se demander pourquoi Guillaume lui a caché cette information. Mais quelque chose d'autre la trouble… À de nombreuses reprises, elle se surprend à chercher Pietro des yeux. Ses pensées bouillonnent jusqu'à son retour chez ses grands-parents pour sa visio avec Antoine et Solal.

Alors qu'elle s'assure que Solal a bien lu son dernier SMS mentionnant les nouveaux détails de son mensonge, un appel d'Antoine s'affiche sur son ordinateur.

— Hello, mon Sunshine ! dit-il de sa voix chaude.

Son large sourire fait ressortir les fossettes sur ses joues. Chaque fois qu'elle voit ces deux petits traits se creuser sur le visage d'Antoine, Lola ne peut s'empêcher de sourire à son tour.

— Hello, mon cœur, répond-elle. Ton amant est dans les parages ?

— Chéri ! crie Antoine en regardant au-dessus de l'ordinateur. Ma femme nous a démasqués. Il arrive même à être en retard pour les visios, se moque-t-il en s'adressant de nouveau à Lola. Il m'en a fait une tout à l'heu…

Solal débarque en sautant sur le canapé.

— Hé, petite chose ! Tu as enfin remarqué, s'amuse son ami, interrompant Antoine. Nous allons pouvoir vivre notre relation au grand jour.

— Pas touche, toi ! grommelle Lola en faisant la moue.

— Ton grand-père va mieux ? lui demande Antoine. Il a pu rentrer aujourd'hui ?

— Toujours pas, ment-elle. Le médecin lui a encore demandé d'attendre demain avant de prendre l'avion. Rosa me tient au courant.

À l'écran, Lola voit Solal blêmir.

Sois naturel, lui fait-elle comprendre des yeux, sachant pertinemment qu'Antoine sera incapable de déchiffrer cet échange de regards.

Mais Solal ne se décontracte pas.

— Donc j'occupe mes journées en bossant mon mémoire, ajoute-t-elle pour changer de sujet.

— Encore ? Tu bosses trop, lui fait remarquer Antoine, qui n'a pas l'air de se rendre compte de ce qui se passe. Va profiter de Rome plutôt.

— C'est le mec le plus accro à son taf qui dit ça ? le raille Solal en relâchant la tension dans ses épaules.

— Toi, tu ne devrais pas trop me chercher ! grince Antoine. J'avais un déj client, et devine qui avait oublié les clés de l'appart..., explique-t-il à Lola. Je lui ai donné rendez-vous à midi pour lui filer les miennes, mais monsieur s'est pointé à 12 h 20. Heureusement que je connais bien le client.

— J'étais au British Museum et je n'ai pas vu l'heure, se justifie Solal en se passant la main dans les cheveux. Ces papyrus. Ces pierres. Tout est d'une finesse ! L'Égypte antique me fascine. Et il fallait que je récupère un maximum d'infos pour mes podcasts. D'ailleurs, quand est-ce que tu m'envoies ton dernier dessin pour Halloween ? demande-t-il à Lola. Je dois poster la vidéo lundi, grand max.

— Demain matin.

— Parfait, je n'aurai pas à faire le montage dans l'urgence.

— Au fait, de quoi tu t'es inspirée pour les autres ? veut savoir Antoine. Ils sont incroyables !

Solal se raidit, sachant pertinemment que Lola lui a envoyé les croquis de ses créatures. Il fixe son amie avec anxiété, ignorant comment elle va se sortir de cette impasse.

— De Füssli, de Goya, Franz von Stuck et Alfred Kubin, ment-elle encore avec un tel naturel que Solal serait presque disposé à la croire. Et pour celui de demain, je pense que je vais ajouter des touches de Duvocelle et d'Ivan Le Lorraine Albright.

— OK ! À part Goya, tu m'as parlé chinois, dit Antoine. Mais vu tes dessins, leurs œuvres doivent être assez flippantes.

Un sourire satisfait s'affiche alors sur le visage de Lola.

— Je vous abandonne deux minutes, dit Antoine en regardant son portable. J'ai un appel d'un client.

— Qu'est-ce que je disais ? le charrie Solal. Un accro au boulot !

Antoine se lève en marmonnant une phrase incompréhensible et disparaît de l'écran de Lola.

— Bien joué pour les artistes, chuchote Solal dès qu'Antoine a fermé la porte. Mais il va falloir que tu arrêtes avec ton grand-père...

— Demain, c'est fini, murmure-t-elle. Tiens encore vingt-quatre heures, s'il te plaît.

— Ça m'emmerde de lui faire croire qu'il est malade...

— Je sais, mais je n'ai rien trouvé de mieux.

— Et quand il verra Rosa ?

— J'improviserai, lance-t-elle. Mais on s'en fout. Faut que je te parle d'un truc.

Agacé, Solal souffle fort.

— Arrête de râler ! C'est à propos du texte, lui apprend-elle en baissant la voix le plus possible pour être sûre qu'Antoine n'entende pas leur conversation.

— Raconte ! s'exclame Solal, oubliant instantanément son agacement.

— J'ai rencontré par hasard le fameux Pietro Pinetti, et il m'a expliqué qu'un changement avait été fait par Moreau, lié aux sangs d'ombre et aux néombres.

— Quoi ? ne peut s'empêcher de crier Solal en haussant la voix. C'est quoi comme change...

Il s'interrompt aussitôt en se crispant, regardant au-dessus de l'écran.

— Dans le texte de Botticelli, ce ne sont pas les mêmes termes, murmure-t-elle après s'être assurée qu'Antoine ne revenait pas. Moreau a écrit « sangs d'ombre » et « néombres » au lieu de...

Lola s'arrête, incapable de prononcer correctement les deux mots, comme si sa bouche refusait catégoriquement de les répéter.

Mais qu'est-ce que j'ai ? se demande-t-elle, perturbée.

— De ? s'impatiente Solal, qui gesticule sur le canapé.

— J'ai oublié..., ment-elle en tordant la bouche.

— Foutue Dory, la raille-t-il, une pointe de frustration dans la voix.

— Si tu les avais entendus, tu les aurais oubliés aussi, se justifie-t-elle. C'est des trucs longs et imprononçables qui glacent le sang.

— C'est un peu con que tu ne les aies pas retenus, car tu aurais pu faire des recherches dessus avant ton rendez-vous de demain. Mais bon... De mon côté, j'ai réfléchi sur un point. Il faudra absolument qu'on parle de...

Solal se tait subitement en entendant Antoine se rapprocher de la porte et raccrocher avec son client.

— Je te dirai plus tard. Tu me tiens au courant.

« Aide-moi, s'il te plaît ! Arrête-le ! Il... »

Des hurlements déchiraient l'air. Devant elle, l'obscurité totale régnait. Sa gorge était nouée. Elle semblait s'étouffer. Quelque chose de pâteux lui inondait la bouche. Comme si elle avait avalé un pot entier de cendres. Un liquide plasmatique se mêlait à ce mélange, créant une mixture ignoble à l'intérieur de sa bouche. Cette substance semblait durcir dans son œsophage comme du béton. Elle ne parvenait pas à l'avaler ni à l'expulser. Elle était forcée de l'endurer.

« S'il te plaît, arrête-le ! Ne le laisse pas me détruire, ce n'est pas mon moment... », supplia une voix meurtrie.

Lola se réveille en sursaut, paniquée. Son cauchemar semble s'être incarné dans la réalité. Son corps la brûle, comme si elle avait subi elle-même la torture de cette hallucination. Sa gorge est en feu, laissant croire que de la cendre est véritablement descendue le long de son œsophage. Écœurée par le goût abject qui lui recouvre la langue, elle se précipite dans la salle de bains, saisit sa brosse à dents et se lave la bouche le plus fort possible. Cependant, malgré un brossage énergique, le goût persiste...

De rage, elle jette sa brosse dans le lavabo, ouvre la cuvette des toilettes et enfonce ses doigts à l'intérieur de sa gorge. Mais malgré les douloureuses contractions, rien ne sort de son estomac.

Il faut que j'arrête ! s'ordonne-t-elle, dépitée, en prenant conscience que le liquide reste coincé à l'intérieur d'elle. *Je ne dois pas recommencer à me faire du mal...*

De ses mains tremblantes, elle s'accroche au lavabo et se hisse comme elle peut sur ses jambes. D'un pas vacillant, elle retourne dans sa chambre et fouille son armoire à la recherche du pull de son père.

— Où est-il ? s'agace-t-elle en envoyant valser ses vêtements sur le plancher. Je suis sûre de l'avoir pris !

Malgré ses recherches, aucune trace du pull.

— Putain, mais il est où ? s'exaspère-t-elle en empoignant sa valise et en vidant son contenu.

Comprenant qu'elle a oublié le vêtement à Paris, elle se fige.

— Je n'ai pas pu être aussi conne ! explose-t-elle, d'un coup, en donnant un coup de pied dans la pile de vêtements étalés sur le sol.

De violentes bouffées d'angoisse la saisissent. À cet instant, l'unique protection dont elle dispose contre ses cauchemars se trouve à des centaines de kilomètres.

— Mais quelle conne ! hurle-t-elle en serrant dans sa paume la médaille de sa mère.

Soudain, un détail lui revient en mémoire. À son arrivée, une boîte de somnifères a attiré son attention. D'habitude, ses grands-parents prennent soin de dissimuler les petites pilules blanches. Mais cette fois, ils ont été négligents. En désespoir de cause, elle repart dans la salle de bains et ouvre en grand tous les tiroirs. Elle se saisit de la boîte, qui contient encore un cachet. Sans réfléchir, elle l'avale, se penche sous le robinet pour boire goulûment, essuie sa bouche avec la paume de sa main et repart s'allonger.

Elle s'étale de tout son long sur le lit, attendant que le comprimé fasse enfin effet.

Rapidement, sa tête se met à tourner. Son estomac se tord. Les murs tourbillonnent autour d'elle. Tout son corps grelotte, alors que son crâne est en feu. Des larmes coulent de ses yeux. Elle avait fait une promesse à Rosa. Mais aujourd'hui, elle ne l'a pas tenue. Elle a rechuté…

Chapitre II

Lola arrive sur le lieu de rendez-vous un peu avant 14 heures. Sa nuit agitée a laissé des marques sur son visage. Ses traits sont tirés et son regard, éteint. De gros cernes se sont incrustés sur le haut de ses joues, et elle a eu toutes les peines du monde à les camoufler.

Toutes les dix secondes, elle regarde l'écran de son portable, espérant voir apparaître un message de Solal. Mais ni texto ni appel manqué. Pourtant, elle a impérativement besoin de lui parler.

Toujours devant la basilique, à l'écart de la foule, elle lui envoie « ? ». La mention « Vu » s'affiche immédiatement sous le message, mais aucune réponse ne suit. Perdant patience, elle décide de l'appeler directement.

— Attends, je vais sortir du pub pour qu'on discute tranquillement, dit Solal avec sérieux.

Lola l'entend s'éloigner de l'agitation.

— J'ai eu ton SMS, mais je ne pouvais pas t'appeler avant, je déjeune avec Antoine et des potes… Est-ce que tu vas mieux ? se renseigne-t-il, inquiet.

Dans son message, elle lui raconte le cauchemar qui a provoqué ses vomissements et maux de tête, passant sous silence l'épisode avec le somnifère.

— Oui, ça va, répond-elle d'une voix pâteuse.

— Lola, qu'est-ce qu'il se passe ?

— Je n'étais pas au top de ma forme et j'avais envie de te parler. Mais maintenant que j'entends ta voix, ça va mieux.

— Ça va mieux juste en entendant ma voix ?! Lola, arrête tes salades ! Tu as fait deux cauchemars en une semaine…

— Oui, mais ce n'est rien, c'est juste une mauvaise passe. Ça arrive à tout le monde.

— Non, ça n'arrive pas à tout le monde, s'énerve-t-il. Tes quinze ans, ça n'arrive pas à tout le monde !

Solal se tait, regrettant ses propos.

— Je sais qu'aujourd'hui, c'est différent, reprend-il après un instant. Que tes cauchemars ne sont plus déclenchés par tout ça. Mais il faut qu'on trouve pourquoi ils reviennent, car deux en une semaine, c'est pas bon signe.

Sentant la nervosité la gagner, Lola ouvre son sac et y cherche son paquet de cigarettes.

Mais quelle idiote, j'ai oublié d'en acheter un, se rend-elle compte avec agacement.

— Et tu ne peux pas me reprocher de m'inquiéter, continue la voix de Solal dans ses écouteurs. Pas après ton texto. Lola, tu recommences à ne plus faire la différence entre…

Il se tait de nouveau. Lola déglutit, comprenant soudain pourquoi il ne l'a pas appelée plus tôt.

— Tu penses que ça recommence ? dit-elle dans un murmure. Que je ne sais plus faire la différence entre le rêve et la réalité, c'est ça ?

— Je… Je n'ai pas dit ça. J'ai dit que c'était différent de tes quinze ans, essaye-t-il de se rattraper.

Sachant pertinemment qu'il ment pour la protéger, Lola insiste, ne pouvant dissimuler le tremblement dans sa voix.

— Sol, parle-moi franchement.

— Tu…, hésite-t-il. Tu n'es plus simplement attaquée. Tu regardes des gens se faire torturer. Tu as carrément eu un goût dans la bouche. Ce ne sont plus de simples visions, ton corps les vit carrément. On sait ce qui les déclenchait à l'époque de tes quinze ans. Là, j'ai beau retourner le problème dans tous les sens, je suis dans une impasse.

Lola blêmit. Elle a encore plus envie de fumer une cigarette, mais l'arrivée imminente de Pietro l'empêche de se rendre dans un bureau de tabac pour s'en procurer. Afin d'éviter de trop y penser, elle se met à faire tourner la médaille de sa mère entre ses doigts.

— Je rentre à Paris ce soir pour voir Nour, poursuit Solal. Demain, je viens te chercher à l'aéroport avec la voiture de papa. On va passer la soirée à démêler cette histoire ensemble.

— Merci, Sol, répond-elle d'une petite voix. Je vais dire à Klara qu'on ne viendra pas à sa soirée Halloween. De toute façon, je n'avais pas trouvé de costume sur le thème magyar[1].

L'alarme de son téléphone sonne dans ses écouteurs, lui indiquant 14 heures.

— Il faut que j'y aille, Pietro ne va pas tarder, dit-elle en l'éteignant. Et vraiment, merci pour ton aide. Je ne sais pas ce que je ferais sans toi…

— Tu galérerais, la charrie-t-il avec gentillesse.

Après avoir raccroché, Lola cherche Pietro au milieu des touristes qui se pressent devant la chapelle.

— Ah, mademoiselle Chamlav ! l'interpelle une voix derrière elle.

À peine entend-elle ce timbre légèrement voilé qu'elle se tourne vers lui.

— Vous ne pouvez pas savoir à quel point vous illuminez ma journée, lance-t-il en plongeant son regard dans le sien.

Et vous, la mienne, s'entend-elle penser.

— Les gardes suisses sont sur les dents à l'approche de la Toussaint, explique-t-il. Heureusement que nous avions rendez-vous, sinon ils ne m'auraient pas lâché. Sincèrement, mademoiselle Chamlav, vous êtes ma bouffée d'air frais, ajoute-t-il en commençant à marcher.

---

1. Ensemble des croyances traditionnelles des Hongrois, incluant divinités, créatures mythologiques et légendes héroïques

Sans rien dire, Lola lui emboîte le pas. Ils contournent alors le Vatican, franchissent une porte et empruntent plusieurs couloirs. Durant leur périple, elle ne peut s'empêcher de l'observer.

C'est dingue, l'effet qu'il me fait...

Elle laisse alors son regard se perdre sur sa nuque, descendre sur ses épaules, le long de sa veste de costume, et s'arrêter au niveau de son pantalon parfaitement coupé. Des vibrations parcourent son corps et se logent de nouveau dans son bas-ventre, lui faisant oublier son envie de fumer et sa nuit mouvementée.

Mais ce n'est pas vrai, se crispe-t-elle en croisant les bras sur son ventre.

Après un moment, il s'arrête enfin devant une immense porte.

— L'entrée dans les archives du Vatican est réservée à un nombre très restreint de personnes, dit-il en introduisant la clé dans la serrure. Vous n'avez pas encore le statut nécessaire, mademoiselle Chamlav. Mais peut-être bientôt ! ajoute-t-il en poussant la lourde porte.

Ils s'engouffrent alors dans une vaste salle. Les yeux de Lola s'acclimatent difficilement à la pénombre. Le parfum des vieux livres se mêlant à une douce odeur de peinture fraîche vient chatouiller ses narines. Après quelques instants, elle distingue enfin, sur les étagères en bois clair, d'innombrables livres et boîtes. Elle rattrape le gardien des clés, qui arpente déjà les grandes allées en marmonnant inlassablement :

— *Corridoio* 31, *mensola* 12, *numero* 21.

Quand ils atteignent l'emplacement exact, Pietro s'approche d'un petit lavabo et se lave les mains. Puis, pendant que Lola fait de même, il fouille dans la poche de son costume, en sort une clé en fer, ouvre un tiroir, et se saisit du petit livre à l'intérieur de la boîte. Il se dirige ensuite au bout de l'allée et pose le carnet sur un petit présentoir noir. La couverture brune délavée est bordée de fils gris ternis par le temps. Le cuir est vieux, et le grain lissé par l'usure. Des lettres en relief forment les mots « *Botticelli,*

Cappella Sistina, schizzo ». Pietro l'ouvre à la première page avec beaucoup de précaution.

— Normalement, je ne devrais pas vous dévoiler ce passage, dit-il. Il avait été convenu que je vous montre uniquement le texte en lien avec celui de Moreau. Mais, comme vous l'avez suggéré hier, nous travaillons ensemble sur cette découverte. J'ai donc trouvé pertinent de vous laisser lire sa préface.

— Qu'est-ce que c'est ? demande-t-elle, intriguée, en s'approchant du présentoir.

— Un texte manuscrit de Botticelli. Lisez-le.

Émerveillée, Lola se place en face du livre et plonge son regard sur les quelques lignes écrites de la main de Botticelli, qu'elle traduit mentalement au fur et à mesure :

« Hommes et Femmes qui connaîtront l'Ombre et la Lumière,
n'ayez crainte ! Dans la Grande Source, tout est lié.
L'équilibre se situe entre ces deux Entités. Et pour le retrouver,
nous devons aller chercher, comme Pandore, le fond de la boîte
où la Connaissance est cachée. Il faut tout reprendre depuis le Début
pour que le Tout nous soit de nouveau révélé. »

Mais c'est quoi encore, ce charabia ? est la première réflexion de Lola.

— Tournez la page, dit Pietro comme s'il lisait dans ses pensées. Vous aurez le temps de vous poser des questions ensuite.

Elle acquiesce d'un mouvement de tête et tourne la feuille jaunie.

« Le déséquilibre de la Grande Source.

Sur tous les êtres vivants, la Création rayonnait.
Son énergie apportait la vie dans tous les lieux que l'Entité visitait.
La Destruction avait une fonction contraire :
Celle d'une fin nécessaire.

Les êtres vivants, eux aussi, prenaient part à ces missions.
Créant ou détruisant, ils apportaient leurs contributions.

Durant plusieurs millénaires, les deux Entités primordiales
travaillèrent en parfaite équité,
À chaque création, une expression de destruction se composait.

Après la fin nécessaire d'un astre,
la Destruction eut un geste incognoscible.
Cette Entité dissocia son essence pourtant indivisible,
Et trente-six sphères pleines se matérialisèrent.
Adoptant des aspects et des facultés qui les différencièrent.

En elles, aucune forme de vide n'existait.
L'Ombre les avait créées à son image, totalement pleines
et sans aucune pensée.
Ainsi, ces trente-six nouvelles énergies avaient la même fonction :
Répandre sa destruction dans cette Grande Source,
désormais déséquilibrée.

Dans les Cercles de la Grande Source,
une vibration transmit l'information.
Quelque chose avait été bouleversé.
Et le Tout en fut alerté.
La Destruction avait réalisé un geste de création.

L'Ombre, dénuée de conscience,
Continua à créer des deskhiombrales jusqu'à atteindre un total de 666.
Son énergie de création s'arrêta à ce nombre.
En conséquence du déséquilibre engendré par l'Ombre,
... »

Lola s'arrête de lire.

Deskhiom... brales ! pense-t-elle en se raidissant. *Le voilà, le premier terme imprononçable. Où est l'autre, maintenant ?*

Un frisson parcourt son corps, la faisant se contracter involontairement. N'y prêtant pas attention, ses yeux parcourent le reste du texte sans même chercher à le traduire, l'ayant lu et relu depuis sa découverte chez Guillaume. Quelques lignes plus bas, ses yeux se posent enfin sur le second mot.

Ah, le voilà, à la place de « néombres » ! « Deskhiombra... lons ».

Un second frisson, plus désagréable que le précédent, parcourt son corps de haut en bas.

Mais c'est trop fou ! souffle-t-elle en se frictionnant les bras. *C'est parce que cette Ombre a créé ces deskhiomblabla qu'il y a eu un déséquilibre dans cette Grande Source. Ils sont à l'origine de tout ce désordre.*

À peine a-t-elle prononcé ce mot que des frissons glacés parcourent son corps. Curieusement, le bout de ses doigts s'engourdit, et ses mains se mettent à trembler. Une douleur s'installe dans sa poitrine et parcourt l'ensemble de son buste. Son sang se fige dans ses veines lorsqu'elle comprend ce qui est en train de lui arriver.

Non, non, non ! Pas maintenant !

Chapitre III

— Alors, qu'en pensez-vous ? demande une voix en italien.

Essayant de faire abstraction de son malaise, Lola ouvre la bouche pour lui répondre, mais s'arrête net. Sa vision est en train de se troubler.

Non, non, non ! Pas de créature ! prie-t-elle mentalement. *Arrête ça, cerveau de merde ! Arrête !*

— Mademoiselle Chamlav, vous allez bien ? s'inquiète Pietro en voyant son visage se crisper.

Lola l'entend, mais elle est incapable de prononcer le moindre mot. Elle tourne la tête vers lui, mais elle est soudain prise de vertige. Déstabilisée, elle titube et se retient à la table d'une main.

Pas maintenant ! ordonne-t-elle comme si son esprit allait l'écouter. *Il ne faut pas me faire ça !*

— Mademoiselle Chamlav, est-ce que tout va bien ? redemande le gardien des clés en s'approchant.

Surprise par sa proximité soudaine, Lola se raidit. La chaleur qui émane de lui est bien plus forte qu'elle ne l'aurait pensé.

— Est-ce que tout va bien ? insiste-t-il en posant sa main sur son épaule.

Lorsque ses doigts entrent en contact avec elle, une décharge électrique lui traverse le buste et descend le long de son dos. Sous l'effet du choc, elle se crispe, ressentant une sensation profonde au plus profond de ses entrailles. Soudain, une agréable chaleur se répand à l'intérieur d'elle, dissipant les sensations désagréables.

C'est quoi, ce truc ? s'étonne-t-elle, le cœur battant.

Troublée par ce qui est en train de se passer, elle s'écarte brusquement de Pietro. Ce dernier la scrute, interloqué, puis lui redemande :

— Que se passe-t-il ? Vous ne vous sentez pas bien ?

Elle cligne des yeux plusieurs fois, se rendant compte que sa vue est redevenue claire.

C'est lui qui a fait ça ? se demande-t-elle, sidérée. *Mais comment ?*

Elle pose son regard sur Pietro, qui affiche une mine inquiète. La sensation chaude toujours logée dans sa poitrine, elle décontracte ses épaules et lui répond d'une voix qui se veut la plus rassurante possible :

— Ce n'était qu'un étourdissement. Ça m'arrive de temps en temps, mais ce n'est pas grave.

— Vous êtes sûre ? Souhaitez-vous que j'appelle un médecin pour qu'il vous examine ?

À ces mots, le visage de Lola perd toutes ses couleurs.

— Absolument pas ! certifie-t-elle d'une voix forte. Ça m'arrive depuis toute petite, et personne n'a jamais rien trouvé. Je ne sais pas gérer mes émotions et ça me provoque des étourdissements.

Pietro lui lance un regard soupçonneux, en arquant un sourcil.

— Je suis tellement surprise par ce texte que je n'ai pas su me contrôler, enchaîne-t-elle, essayant de réorienter la conversation. Je ne m'attendais pas du tout à ça. C'est vraiment... incroyable ! Il complète parfaitement celui qui a été découvert sous *Jupiter et Sémélé.*

Un air grave s'affiche sur le visage de Pietro. Il ne semble pas la croire, et Lola s'attend à ce qu'il revienne sur son malaise. Or, à son grand soulagement, elle l'entend dire :

— Oui, Moreau était au courant de l'existence de ce document et a choisi d'en sélectionner la dernière partie pour la retranscrire sur sa toile. Mais les chercheurs travaillant avec M. Audupuy, ainsi que certains chercheurs du Vatican, estiment que c'est une erreur de sa part d'avoir placé le texte dans un contexte mythologique plutôt que biblique.

— Comment ça ? s'étonne-t-elle.

— Les références à la religion chrétienne sont flagrantes dans le texte, et la plus parlante est l'évocation du nombre 666. Donc toute cette histoire doit être postérieure au christianisme.

Non, pense-t-elle immédiatement.

— Botticelli a inscrit ce texte au début de son carnet de dessins préparatoires pour la chapelle Sixtine, poursuit-il. Si le peintre a choisi les figures de Moïse et du Christ, c'est pour une raison précise. Dans les trois fresques, il y a cette idée de Lumière et d'Ombre. Le Christ et Moïse sont des références directes à la Lumière. Alors que le diable dans *La Tentation du Christ*, les Égyptiens dans *Les Épreuves de Moïse*, ou les prêtres hébreux dans *La Punition des rebelles* font écho à l'Ombre, à la noirceur de l'homme. Pour ce qui est des deskhiombrales et des deskhiombralons, ils représenteraient soit les péchés des hommes, soit ceux dont le cœur a été corrompu par le mal.

Mais pas du tout, le contredit-elle intérieurement, sans vraiment savoir pourquoi.

Elle ouvre la bouche dans l'intention de lui livrer le fond de sa pensée, mais se ravise au dernier moment.

— Nous croyons que tout cela est une idée philosophique développée vers la fin du Moyen Âge, continue-t-il, lorsque la religion chrétienne a commencé à perdre son autorité. Peut-être pendant le grand schisme du XIVe siècle. Des penseurs auraient repris l'idée de l'affrontement entre le bien et le mal en mettant en scène l'Ombre et la Lumière. Et cette histoire de guerre impliquant les êtres vivants et les deskhiombrales ainsi que les deskhiombralons serait une métaphore pour nous, les hommes, mis à l'épreuve face à nos péchés et aux tentations auxquelles le diable nous soumet.

Mais c'est faux ! s'entend-elle crier comme si c'était une évidence.

Cette fois, c'est plus fort qu'elle, elle ne peut s'empêcher de donner son avis.

— Je ne pense pas que ce texte soit inspiré du christianisme, et je crois même qu'il y est plutôt antérieur. Pour moi, l'Ombre est bien différente du diable.

Malgré l'étonnement qui se lit à présent sur son visage, Pietro reste silencieux.

— Regardez, dans le texte, on dirait que cette Ombre n'a rien fait de mal, explique-t-elle alors en pointant du doigt le carnet. Elle a simplement fait un choix. Celui de créer ! On dirait qu'elle n'a pas réfléchi et que son acte a finalement engendré des conséquences malheureuses et inattendues.

— Précisez…

— À mon avis, ce texte n'est pas simplement le récit d'une guerre, comme on peut en voir dans d'autres mythologies tels la Titanomachie[1] ou le conflit entre les Ases et les Vanes[2], par exemple. Ça a l'air d'être plus complexe et plus profond. Et…

Elle s'interrompt soudain et fronce les sourcils.

— Qu'est-ce qui vous dérange ? lui demande Pietro en la voyant relire le texte.

— C'est bien ce qu'il me semblait ! dit-elle en faisant tourner machinalement la médaille de sa mère entre ses doigts. Le mot « Destruction » est devenu « Ombre ». Comme si elle avait changé de personnalité juste après avoir créé ces deskhiombr…

Un nouveau frisson l'empêche de finir sa phrase.

— « Deskhiombrales » et « deskhiombralons », articule-t-il. Ces mots sont durs à prononcer.

Pour lui donner raison, Lola acquiesce de plusieurs hochements de tête et poursuit :

— En tout cas, si Moreau les a modifiés, ce n'est pas une simple coïncidence.

— Expliquez-vous, dit-il en la fixant avec intérêt.

— Comme vous me l'avez dit hier, le reste du texte sous *Jupiter et Sémélé* est la traduction exacte de celui de Botticelli. Ce n'est pas un hasard. Il est possible que Moreau n'ait jamais

1. Bataille mythique entre les Titans et les dieux de l'Olympe dans la mythologie grecque.

2. Conflit dans la mythologie nordique entre deux groupes de dieux qui finissent par faire la paix et fusionner leurs panthéons.

eu connaissance de l'existence du texte de Botticelli. Peut-être a-t-il copié cet extrait chez un autre artiste qui aurait modifié les termes « sangs d'ombre » et « néombres », suppose-t-elle.

— Nous n'avons rien trouvé de similaire dans nos archives, malgré nos recherches.

— Peut-être que d'autres sources émergeront, maintenant que le lien Moreau-Botticelli a été fait.

— C'est possible… En tout cas, si je comprends bien votre propos, cela pourrait signifier que Moreau aurait emprunté ce texte à un autre artiste. Et c'est pour cela qu'il n'aurait pas représenté d'épisodes bibliques, contrairement à Botticelli, conclut-il avec un intérêt non dissimulé.

— Ce n'est qu'une supposition. De toute façon, Botticelli était forcé de reprendre des épisodes de la Bible pour décorer la chapelle Sixtine. Moreau n'avait pas cette contrainte et a pu jouer avec les symboles d'autres mythologies.

— Votre esprit de déduction est impressionnant, admet-il en appuyant sur chaque syllabe du dernier mot.

En entendant cette phrase, Lola ne peut s'empêcher de rougir.

— Et pour tout vous avouer, je ne partage pas les théories de mes confrères sur la religion chrétienne et sur la pensée philosophique, dit-il en se dirigeant vers un ordinateur un peu plus loin. Je pense comme vous. Ce texte provient d'une mythologie ancestrale, oubliée de nos jours, mais connue de Botticelli, et sûrement d'autres artistes de la Renaissance. À mon sens, elle reprend une manière de penser unique, et se veut détachée des réflexions religieuses. Ayant étudié de nombreux textes entre ces murs, je reconnais lorsque quelque chose dépasse la simple pensée philosophique.

En voyant Pietro partager ses idées, Lola sent son cœur battre fort dans sa poitrine.

— Je suis d'accord, acquiesce-t-elle en replongeant son regard dans le carnet. Ce qui est assez passionnant, c'est que cette mythologie a l'air d'avoir été gardée secrète.

— En effet. Aucun document ne mentionne une telle histoire. Aucun écrit n'en reprend l'idée.

Elle se rapproche de la table et revient sur la première page.

— Avez-vous des pistes pour prouver que ce n'est pas une pensée philosophique ? demande-t-elle en relisant le mot de Botticelli.

— Malheureusement, aucune pour l'instant... Et nous commençons à peine nos recherches. Nous ne comprenons pas encore comment cela a pu nous échapper si longtemps... Tenez ! Je vous ai imprimé le texte en version originale et en français, lui dit-il en revenant avec deux copies.

En les saisissant, Lola frôle ses doigts. De nouveau, la chaleur se ranime, se logeant directement dans sa poitrine.

Ça recommence ! C'est quoi, ça ?

Par réflexe, Lola baisse la tête et pose sa main sur son ventre.

Est-ce qu'il l'a ressenti, lui aussi ?

En relevant la tête, elle tombe sur le regard pénétrant de Pietro, qu'elle ne parvient pas à lâcher malgré sa gêne. Quelque chose d'inexplicable est en train de se passer et les attire inexorablement l'un vers l'autre. Mais quand ils sont près de se frôler, Pietro se ressaisit.

— Notre rendez-vous va bientôt se terminer, dit-il alors.

Il a parlé lentement, presque dans un souffle, mais ses mots résonnent dans la tête de Lola. La déception l'envahit.

— Mais... si vous le souhaitez, nous pourrions continuer notre discussion ce soir. Je connais l'endroit parfait pour boire un des meilleurs Spritz de Rome, balbutie-t-il, ne pouvant cacher son trouble.

Cette invitation, qui laisse peu de place au doute, la prend totalement au dépourvu. L'idée d'accepter sa proposition lui traverse l'esprit. Mais elle se reprend presque aussitôt.

Mais ça ne va pas, moi ! Je ne vais pas accepter... se raisonne-t-elle, surprise par sa propre fébrilité. *Ça serait bêtement jouer avec le feu. Mais... après tout, je ne le reverrai sûrement jamais,* songe-t-elle. *Un verre, ça ne coûte rien. Je peux le rejoindre après le dîner avec Rosa, Nonna et Nopinno. Juste pour un verre...*

La sonnerie du portable de Pietro la tire de ses pensées. Contrarié, il regarde son écran et décroche en s'éloignant. Un nom s'affiche alors dans la tête de Lola. La culpabilité l'envahit aussitôt. Elle se retourne, s'éventant le visage avec les photocopies, se répétant en boucle :

Antoine, Antoine, Antoine, Antoine, Antoine, Antoine...

Mais soudain, une main se pose sur son bras et le presse doucement. Au contact des doigts chauds sur son chemisier, sa peau s'électrise. Tous ses efforts pour se maîtriser sont balayés en un instant. Son corps redevient fiévreux, des vibrations le traversent.

D'un geste lent, mais assuré, il l'amène à se retourner. Elle s'arrête de penser, le souffle coupé. Lorsqu'elle se retrouve face à lui, il maintient sa main sur son épaule pendant un instant, puis décale doucement les longs cheveux de Lola et place ses doigts au milieu de son dos.

Il attend qu'elle l'arrête. Elle aurait dû le faire depuis plusieurs secondes déjà. Mais son corps n'a plus envie de résister. Elle le laisse continuer. Sa main descend le long de sa colonne vertébrale, jusqu'au bas de son dos. À son contact, une chaleur enivrante se diffuse comme un torrent, et se place entre ses cuisses. Il rapproche son visage d'elle. Elle sent son souffle chaud sur sa peau. Il s'approche un peu plus. Elle est sur le point de céder.

Mais qu'est-ce que je fous ? se hurle-t-elle d'un coup, en sursautant comme si on l'arrachait d'un rêve.

D'un geste, elle se dégage du bras de Pietro et se recule de quelques pas, le corps en feu. Décontenancée par sa propre réaction, elle n'ose plus le regarder dans les yeux. Elle fixe le parquet, la respiration haletante.

— Vous n'avez pas répondu à mon invitation, lui rappelle-t-il.

Face à la multitude de sentiments qui s'entrechoquent en elle, Lola se sent perdue. Elle aurait souhaité faire une pause afin de mettre de l'ordre dans ses pensées. Mais cela lui est impossible...

— Je suis déjà prise ce soir. Et je repars en France demain, ajoute-t-elle précipitamment pour couper court à toute autre proposition.

Les yeux noirs de l'Italien s'éteignent aussitôt.

— Très bien, je vais vous raccompagner jusqu'à la sortie, dit-il avec une déception qu'il n'essaye même pas de cacher. Les gardes suisses ont encore besoin de me voir.

L'estomac de Lola se tord. Le magnétisme qu'il dégage lui retourne le cerveau. Et le contact qu'ils ont eu, il y a quelques instants, n'a fait qu'amplifier cette sensation.

Sans un mot de plus, Pietro part ranger le petit carnet, et, d'un signe de tête, lui indique de le suivre. En silence, elle lui emboîte le pas, les copies froissées dans sa main.

Pourquoi j'ai refusé de boire un verre avec lui ? regrette-t-elle en marchant le long du couloir. *Ça ne m'engage à rien*, essaye-t-elle de se convaincre. *Qui le saura ? Personne ! Si je dis à Rosa, Nonna et Nopinno que je vais prendre un verre avec une amie après le dîner, je pourrai rentrer à 1 ou 2 heures du matin sans que ça se sache...*

En s'entendant penser, elle secoue la tête.

Arrête tes conneries, Lola ! s'ordonne-t-elle avec fermeté. *La vérité finit toujours par se savoir et Antoine ne te le pardonnera jamais. Une nuit n'en vaut pas la peine.*

En apercevant la porte de sortie, elle accélère le pas et dépasse Pietro.

— Merci, et au revoir, lui lance-t-elle sans même se retourner, de peur de revenir sur sa décision.

Elle sort des archives, essoufflée, et se retrouve propulsée au milieu d'une foule effervescente. Son cœur tambourine sous sa poitrine. Elle ne s'attendait pas à ressentir ce désir. Si euphorique. Si dévorant...

Les touristes qui s'agglutinent autour d'elle la font aussitôt suffoquer. Elle doit fuir ce lieu le plus vite possible. D'un pas vif, elle s'extirpe de l'attroupement et s'engouffre dans le premier taxi.

Enfin chez ses grands-parents, Lola se précipite dans la salle de bains et ouvre le robinet d'eau froide de la douche. Sans attendre, elle ôte ses vêtements et saute sous le jet glacial. Elle pousse un cri lorsque l'eau entre en contact avec sa peau en feu.

C'est absurde, s'énerve-t-elle, déchirée entre la colère et le fantasme. *Ça n'a pas de sens. Pourquoi suis-je dans cet état ? Pourquoi mon mec n'habite pas dans la même putain de ville que moi ? Pourquoi il n'est jamais là ?*

Elle pense à Antoine, essayant de faire de lui un rempart contre ses pulsions, mais en vain. Quelque chose à l'intérieur de son ventre brûle pour ce Pietro. L'eau froide n'ayant aucun effet, elle se met à se caresser pour se calmer.

Enfin détendue, elle sort de la douche. Malgré tout, Pietro n'a toujours pas quitté ses pensées, et elle attrape son portable pour retrouver son numéro dans l'e-mail de Guillaume.

C'est une connerie... Et je ne sais même pas à quelle heure va se terminer le dîner ce soir. Oh, mais qu'est-ce que je fais ? Je l'appelle ? Je ne l'appelle pas ?

Le doigt en suspens au-dessus des dix chiffres alignés, elle hésite à appuyer, lorsqu'un message de sa tante s'affiche à l'écran.

« Micetta, *nous ne rentrons pas ce soir. Notre avion a été annulé. Tes grands-parents sont désolés de ne pas te voir, mais ils viendront à Paris au Nouvel An. On se voit la semaine prochaine pour notre dîner. Je t'embrasse.* »

Lola n'en revient pas. Sa dernière excuse vient de sauter. Elle est seule ce soir. Plus rien ne la retient désormais. Sans plus réfléchir, elle clique sur le numéro de Pietro en se disant :

Et puis merde, on n'a qu'une vie !

Chapitre IV

Juste avant d'entrer dans le bar, Lola vérifie son maquillage et remet un peu de rouge sur ses lèvres charnues. Elle porte une robe blanche en voile de coton et une veste en jean qui couvre son dos nu.

À peine a-t-elle passé la porte qu'elle le voit, là, dans son pantalon en lin et sa chemise, accoudé au bar, seul. La boule de stress, qui l'avait saisie à la sortie du taxi, disparaît aussitôt pour laisser la place à un désir brûlant. Dès cet instant, elle le sait, elle ne tiendra pas. Elle devrait partir, il ne l'a pas encore vue. Mais elle a aussi conscience que si elle ne va pas jusqu'au bout, elle le regrettera. Elle s'avance alors vers lui, déterminée à vivre pleinement cette nuit.

Pendant tout le verre, la température du corps de Lola ne cesse d'augmenter. Le désir se faufile de plus en plus profondément en elle. Elle a beau avaler de grandes gorgées de son cocktail pour se calmer, rien n'y fait. La tension ne redescend pas. La chaleur dans son ventre ne faiblit pas. Elle peine à écouter Pietro, même lorsqu'il lui raconte des anecdotes sur le Vatican.

Enfin, il prononce les mots qu'elle attendait tant :

— On va prendre un autre verre chez moi ?

Il est à peine 22 heures lorsqu'ils sortent du bar, et la nuit s'est doucement installée sur la capitale italienne. Pietro vit seulement deux rues plus loin.

— Mets-toi à l'aise, lui dit-il en se dirigeant vers la cuisine.

La tête légèrement étourdie par l'alcool, elle balaye l'appartement des yeux. Un grand salon-cuisine, très épuré, dont les imposantes fenêtres laissent une vue dégagée sur un parc aux arbres feuillus. Les livres éparpillés un peu partout et les œuvres d'art aux murs apportent une touche de chaleur à la pièce.

Un appartement-vitrine pour la couverture d'un magazine de design, pense Lola. *Ça va avec la personnalité de Pietro... Parfaitement réfléchie.*

Le bruit d'une bouteille que l'on débouche attire son attention. Elle n'a plus envie de boire. Elle n'est pas venue pour ça. Il lui fait un tel effet qu'elle ne peut pas attendre plus longtemps.

Poussée par un désir presque incontrôlable, elle se dirige vers lui, l'attrape par les épaules, le fait se retourner et attire brusquement sa bouche contre la sienne. Surpris par son initiative, il reste confus un instant, les bras en croix, tenant un verre plein d'un côté, la bouteille de l'autre. Puis il se laisse totalement aller...

Leurs corps sont rapidement proches. Lola le pousse d'une main vers le plan de travail. L'autre, tremblante, heurte l'acier froid. Elle serre ses doigts dessus. Pietro effleure son bras, caresse ses épaules, puis remonte jusqu'à sa nuque. Sa manière de l'embrasser lui fait perdre la tête. Elle ne s'attendait pas à être transportée ainsi en quelques secondes. Un gémissement incontrôlable s'échappe de sa bouche.

Puis, dans un mouvement assuré, Pietro l'agrippe par la taille, la soulève et la pose sur le plan de travail. L'inox glacé qu'elle sent à travers le tissu de sa robe contraste avec sa peau brûlante. La main toujours sur sa nuque, il fait doucement glisser ses doigts le long de son dos, jusqu'à entrer en contact avec le voile de sa robe. Là, il la soulève et relève le vêtement. Ses cuisses se retrouvent en contact direct avec l'acier, lui faisant pousser un nouveau gémissement.

De ses doigts, il parcourt son corps et remonte un peu plus sa robe. Son avant-bras l'entraîne encore davantage contre son buste. Sa main effleure l'élastique de sa culotte en dentelle. Lola se sent transportée. Elle fond littéralement, brûlante. Cependant, comme pour garder une certaine distance, elle mord ses lèvres, se refusant à lâcher prise.

Ses mains remontent sur ses côtes, puis jusqu'à sa poitrine. Il sait parfaitement ce qu'il fait. Ses yeux rivés dans les siens, il tremble de désir. Elle aussi. Elle ne peut se contenir. Son cœur s'emballe.

— Tu es très attirante, lui murmure-t-il à l'oreille.

Sa voix est si chaude, si différente. Pour seule réponse, Lola lui mordille l'épaule et appuie ses mains sur sa poitrine dessinée. Ses doigts frémissent. Tout son corps frissonne.

De plus en plus déstabilisée face à l'intensité de ses émotions, Lola se sent dépassée. À présent, elle ignore si c'est ce qu'elle veut réellement. D'un geste, elle le repousse. Il s'arrête. Elle hésite soudain à mettre fin à ce moment... Ou bien espère-t-elle seulement le provoquer. Le vexer. Pour qu'il arrête tout. Qu'il fasse ce choix à sa place ! Mais sa réaction n'est pas celle attendue.

Comme s'il lisait dans ses pensées, sentait son hésitation, il plante son regard dans le sien, l'embrasse et lui offre ce qu'elle attendait depuis sa sortie du taxi. Il a de l'expérience. Chacun de ses gestes le révèle. Lola tente de se contenir, comme elle le faisait avec ses anciens coups d'un soir. Mais cette fois, son corps la trahit. Une pulsion incontrôlable la saisit. Elle veut encore plus de lui.

Pietro l'étreint alors dans un mélange de tendresse et de force qui la surprend plus encore. Sa poitrine monte et descend.

Sa respiration est rauque. Leurs corps semblent fusionner. Elle plonge son visage dans sa nuque pour ne pas crier.

Elle s'interdit encore de se laisser aller complètement. Elle appréhendait ce moment où le plaisir serait remplacé par une forme de désillusion. Il arrive. Ce moment qu'elle ressentait à chaque aventure d'un soir. Il est là. Cet instant où elle cesse d'être elle-même, où elle prend conscience qu'elle ne retrouvera jamais cette chose qu'on lui a arrachée. Mais, pour la première fois, cette désillusion ne perdure pas.

Dès qu'elle s'en aperçoit, quelque chose se met à fondre à l'intérieur de son ventre. C'est comme si le bouclier qu'elle y avait placé il y a des années se fendait, pour finalement se rompre… Enfin ! C'est comme si elle n'avait plus besoin d'être protégée, comme si elle était enfin en sécurité.

Chaque parcelle d'elle est consumée par le désir. Elle ne peut s'empêcher de trembler. Elle a l'impression de ne plus avoir ni corps ni esprit. De ne ressentir qu'un délicieux sentiment de liberté. Elle profite de celui-ci, oubliant tout le reste. Cette sensation de reprendre conscience de son corps. De retrouver cette chose qu'elle avait désespérément cherchée en multipliant les hommes dans sa vie. Cette chose lui est désormais rendue !

Elle revient alors à la réalité. Elle ignore combien de temps son esprit s'est envolé, mais elle est de retour. Elle se sent bien. Mieux que bien.

Après quelques secondes d'extase, où elle a l'impression que son cœur bat au même rythme que celui de Pietro, elle pousse finalement un long soupir satisfait, consciente d'avoir vécu un moment unique.

C'est la première fois qu'elle se laisse totalement emporter avec un homme d'une nuit. Avec Antoine, c'est différent. Ça l'a toujours été. Antoine n'est pas de passage. Il a brisé sa carapace au fur et à mesure. Mais ce que Pietro lui a fait vivre est tout autre. Elle sait, au fond d'elle, qu'elle aurait dû connaître cette sensation il y a bien longtemps...

Il embrasse chaque centimètre de ses épaules, de sa nuque, de sa bouche. Il ne la lâche pas. Il pose son regard dans le sien. Il a perdu de son assurance. Elle perçoit une forme d'apaisement dans ses yeux et dans ses gestes, comme s'il planait. Il est touchant.

— Viens, on va se doucher, lui dit-il dans un susurrement qui la fait vibrer.

Elle hésite un instant. Elle n'avait pas envisagé cette suite. Elle pensait qu'elle partirait juste après comme elle l'avait toujours fait. Mais son corps en a décidé autrement. Et lui aussi. Il la soulève sans un mot, l'enlaçant un peu plus fort. Elle se laisse faire.

Autant en profiter jusqu'au bout, se dit-elle avant de l'embrasser de nouveau.

CHAPITRE V

Lola, posée sur la marche de sa porte-fenêtre, son carnet sur les genoux, se remémore une fois de plus les derniers mots adressés à Pietro.

— Ce moment nous appartient, mais il ne se reproduira jamais, lui avait-elle murmuré à l'oreille après s'être rhabillée.

Une lueur de tristesse et de déception avait brillé au fond de ses yeux, mais son orgueil lui avait fait hocher la tête. Elle l'avait embrassé une dernière fois. Il avait tenté de l'attirer encore à lui. Mais elle avait posé sa main sur sa poitrine, s'était dégagée de son étreinte et s'était dirigée vers la porte, qu'elle avait fermée sans se retourner.

Pietro fait désormais partie du passé. Elle est de retour à Paris. La parenthèse est terminée. À présent, elle attend patiemment Solal, qui devrait arriver d'une minute à l'autre. Ce dernier n'a pas pu venir la récupérer à l'aéroport, étant occupé par les demandes d'amour de Nour.

Tout en dessinant, Lola essaye de chercher la culpabilité en elle. Cette boule qui, généralement, se loge dans l'estomac et le creuse. Celle qui apparaissait habituellement après un coup d'un soir. Mais, étrangement, elle ne la trouve pas. Dans son ventre, des palpitations lui donnent envie de sourire. Tout son corps vibre et diffuse quelque chose de doux.

Il aurait dû rester un fantasme…, pense-t-elle en allumant une cigarette.

Une clé tournant dans la serrure la sort de ses pensées. La porte s'ouvre et Solal apparaît, le visage comblé par les attentions de Nour, mais légèrement inquiet à l'idée de trouver Lola dans un état désastreux. À sa plus grande surprise, cette dernière est tranquillement installée à fumer et à dessiner.

Heureux de la revoir, il la serre fort dans ses bras. Puis il desserre son étreinte et plonge son regard noir dans le sien. Étrangement, elle n'a l'air ni déprimée ni anéantie. Au contraire ! Une lueur de bonheur brille dans ses yeux miel, accentuant leurs reflets dorés.

— Tu prépares l'apéro, s'il te plaît ? lui demande-t-elle d'une voix légère.

Confus, Solal fronce les sourcils, mais ne fait aucune réflexion. Il se dirige alors vers l'un des placards en bois de teck au-dessus de l'évier. Là, il attrape de quoi grignoter ainsi qu'une bouteille de rouge, et s'installe sur le canapé. Lola le fixe avec un sourire en coin.

— Allez, montre-moi ce fameux texte ! s'exclame-t-il en débouchant le vin.

Lola lui tend la feuille posée à côté d'elle et, au même moment, la sonnerie de son portable résonne.

— C'est qui ? demande Solal en voyant Lola reposer son téléphone sur le sol.

— Antoine.

— Pourquoi tu ne lui réponds pas ? s'étonne-t-il en lui tendant un verre.

Lola le dépose à côté d'elle sans le boire, et se replonge dans son dessin. Face à son attitude plus qu'étrange, Solal fronce les sourcils, dans le flou le plus total.

— Donc, si tu ne lui réponds pas, c'est qu'il y a autre chose, suppose-t-il après un instant, se rappelant l'étincelle qu'il a vue au fond de ses yeux à son arrivée.

Lola reste silencieuse, tirant une grande bouffée sur sa cigarette.

— Tu as trompé Antoine ? lui demande-t-il après un moment.

Lola se raidit, stoppant net son crayon en plein milieu d'un trait.

Il me connaît vraiment par cœur, pense-t-elle, légèrement agacée.

Elle hoche alors la tête en se pinçant les lèvres. Son aveu surprend Solal, qui digère la nouvelle en buvant une longue gorgée de vin.

— Avec le mec du Vatican ? lui demande-t-il de la voix la plus neutre possible.

Lola acquiesce d'un nouveau hochement de tête.

— Je croyais que tu voulais vraiment te poser, cette fois-ci. Ça a changé ?

— Non, je veux être avec Antoine, lui assure-t-elle en soufflant bruyamment sa fumée.

— C'est à cause de la distance ?

Lola fait encore « non » de la tête.

— OK, mais tu culpabilises à ce point, pour ne pas pouvoir lui parler ?

En entendant sa phrase, Lola ne peut se contenir et explose de rire. Un rire nerveux. Incontrôlable. Son ami la dévisage, sidéré.

— Solal ! Mais qu'est-ce qui cloche chez moi ? veut-elle savoir entre deux éclats de rire. Je ne ressens aucune culpabilité. J'ai vécu un moment incroyable, et je me sens juste… bien. Ce n'est pas logique. Je devrais m'en vouloir terriblement. Mais j'y arrive pas.

À peine a-t-elle fait cette confession que Gratouille bondit sur son balcon et vient immédiatement se blottir sur ses cuisses.

— Pour la première fois, j'ai couché avec un homme sans chercher à retrouver ma féminité ou à garder le contrôle de mon corps, se confie-t-elle.

— Avec Antoine, tu cherches encore à retrouver ta féminité ? s'étonne Solal.

— Non, je me suis mal exprimée, se corrige-t-elle en balayant l'air d'un geste de la main. Avec Antoine, niveau sexe, je n'ai absolument rien à redire. Il a tout à fait réussi à me réconcilier avec mon corps. Il est merveilleux, mais… Je ne sais pas. Il manquait une chose au fond de moi. Et on dirait que cette nuit me l'a redonnée. Qu'un vide a été comblé, ajoute-t-elle d'une voix pensive.

Solal, dépassé par cet aveu, se passe la main dans les cheveux et finit son verre d'une traite.

— Je comprends, petite chose. Mais tu sais, j'adore Antoine, et je ne veux pas qu'il souffre. Si tu me le demandes, je garderai ce nouveau secret, même si ça commence à faire beaucoup...

Lola le regarde tendrement, un sourire apaisé sur ses lèvres.

— Quoi ? lui demande-t-il, intrigué, en se resservant un verre de rouge.

— J'ai bien réfléchi, et je ne peux pas lui mentir, lui confie-t-elle avec détermination. Je vais lui dire. Je sais que je prends le risque qu'il me quitte, mais je veux qu'il connaisse enfin mon passé.

Surpris, Solal relève instantanément la tête vers elle et s'écrie :

— Tu vas enfin lui parler de tes quinze ans ?

Elle acquiesce avec un sourire exprimant un certain soulagement.

— Sincèrement, je ne pensais pas que tu le ferais un jour, avoue-t-il.

— Il vient le week-end prochain, je lui raconterai tout à ce moment-là. Je n'ai pas envie de lui dire au tél... Tu pourras garder le secret en attendant ? lui demande-t-elle en attrapant son portable pour rappeler Antoine.

Solal pose son index sur sa bouche et le presse sur ses lèvres fines.

— Tu n'en parles pas non plus à Nour, précise-t-elle en arquant un sourcil.

— Promis !

Pendant que Lola discute avec Antoine, Solal lit attentivement le texte de Botticelli. D'un coup, il se fige, se retenant de justesse de recracher son vin.

— Putain, Lola, on s'en fout de tes cauchemars et on s'en fout de ta nuit avec l'Italien ! lance-t-il d'une voix pressée dès qu'elle a raccroché.

Lola écarquille les yeux, ne comprenant pas quelle mouche l'a piqué.

— C'est pas croyable ! s'écrie-t-il en se levant d'un bond. Est-ce que tu réalises la chance que tu as ? Tu as touché un carnet datant de la Renaissance, dit-il en agitant la feuille dans les airs.

Tes découvertes sont dingues. Toute cette histoire est dingue. Jamais personne n'avait fait de rapprochement entre Botticelli et Moreau. Et toi, tu as la chance d'être aux premières loges pour voir des liens se créer. Des milliers de chercheurs seront tellement jaloux. Je suis jaloux.

Les lèvres de Lola s'étirent alors en un grand sourire. Elle écrase sa cigarette et, Gratouille dans les bras, va s'asseoir sur le canapé.

— C'est vrai que je ne me rends pas encore vraiment compte..., dit-elle en saisissant la feuille froissée entre les doigts de Solal toujours debout. Même si je t'avais dit que ce n'était pas qu'un simple texte, ça me dépasse. Et, ça va te paraître étrange, mais...

Elle se tait, hésitant à lui confier une pensée qu'elle n'ose pas s'avouer à elle-même.

— Tu vas me prendre pour une tarée, mais toute cette histoire me semble si familière que je n'ai pas l'impression de découvrir quelque chose, se livre-t-elle finalement. Et je suis même frustrée de n'avoir lu que ça. J'ai envie de plus. Je veux comprendre où cette mythologie nous mène.

Solal l'attrape par les épaules, l'attire vers lui et se met à frotter ses phalanges dans sa longue chevelure en la taquinant :

— Les nœuds au cerveau, ce n'est pas bon pour la santé. Quand est-ce que tu vas t'enfoncer ça dans le crâne ?

Lola se dégage de son emprise en le poussant sur le canapé et en râlant.

— Toutes ces découvertes sont déjà tellement géniales, continue-t-il. En plus, tu as une nouvelle piste pour ta recherche sur les sangs d'ombre et les néombres. Il faudrait qu'on trouve ce que sont...

Il reprend le texte des mains de Lola.

— Les « deskhiombrales » et les « deskhiombralons », articule-t-il en déchiffrant les deux termes comme il peut.

À peine Solal a-t-il prononcé ces mots que Gratouille se met à grogner et à hérisser ses poils. Les deux amis le regardent, stupéfaits.

— Même Gratouille les déteste, fait remarquer Lola en caressant le chat pour le rassurer. On va plutôt les appeler comme

Moreau : les sangs d'ombre et les néombres. S'il a réellement copié le texte de Botticelli, je comprends pourquoi il a décidé de les changer. Les mots d'origine sont imprononçables. J'ai même pas envie de les lire tellement ils me glacent le sang. La personne qui les a inventés devait être assez dérangée.

— Après, si tu regardes les noms des rois de Mésopotamie, nous sommes sur un record de mots imprononçables, précise Solal en tordant la bouche. Ils datent peut-être de cette époque.

— Je suis en train de reprendre toutes mes recherches depuis le début, dit Lola en attrapant son carnet près de la porte-fenêtre. Tiens, regarde. J'ai commencé avec les créatures mythologiques grecques, ce matin. Mais pour l'instant, pas de résultat.

Solal se passe plusieurs fois la main dans les cheveux.

— Qu'est-ce qui ne va pas ? lui demande-t-elle en voyant son tic nerveux.

— J'ai une idée qui ne te fera pas forcément plaisir, dit-il en se raidissant. C'est... C'est lié à ton monde imaginaire.

Cette fois, c'est Lola qui se raidit.

— Tu sais, les mots bizarres et compliqués que tu inventais petite, poursuit-il. Quand j'y repense, ils ont une étymologie assez ancienne. Et maintenant que je vois ce texte, avec ces deux mots, je me demande si..., hésite-t-il en la voyant se lever pour rejoindre la marche de la porte-fenêtre.

— Si quoi ? demande-t-elle en recommençant à dessiner.

— Tu sais, on dit souvent que certaines personnes peuvent se souvenir de choses qui ont disparu. C'est peut-être ton cas...

Lola le regarde avec de grands yeux, stupéfaite, le crayon en l'air. Soudain, elle explose de rire.

— Mais oui, c'est évident ! se moque-t-elle en se replongeant dans son dessin. J'ai vécu dans cette mythologie, dans une vie antérieure. T'en as d'autres, des conneries comme celle-là ?

— Tu viens de dire toi-même que cette mythologie te semblait familière, lui rappelle-t-il. Est-ce qu'on ne pourrait pas faire un lien entre elle et tout ce que tu inventais quand tu étais petite ?

Comme si ton cerveau se souvenait inconsciemment de quelque chose.

— Et par miracle, je me rappelle une mythologie perdue, le raille-t-elle avec ironie. Appelle le Vatican, je suis l'élue ! s'écrie-t-elle en levant les deux mains au ciel.

Solal boit une gorgée de vin, préférant ignorer les sarcasmes de son amie.

— J'aurais plutôt dit connectée à une mythologie perdue, la corrige-t-il avec détachement.

— C'est quoi, ce délire ? Et là, tu vas me dire que ce n'est pas un hasard si ces textes sont redécouverts maintenant, et si je suis mêlée à cela, continue-t-elle. Et que les mots que j'inventais petite ne venaient pas de mon esprit tordu, mais de souvenirs d'une vie antérieure ?

En guise de réponse, Solal hausse les épaules.

— Depuis le début de ton mémoire, cette partie de ta vie resurgit, lui fait-il remarquer. On se croirait revenus à tes quinze ans.

Lola est si surprise par sa dernière phrase qu'elle crispe involontairement ses doigts, faisant un faux mouvement.

Putain ! s'énerve-t-elle intérieurement lorsqu'elle aperçoit un long trait au milieu de son dessin.

— Regarde, tes cauchemars se multiplient ! poursuit-il. Ça ne peut pas être une simple coïncidence.

— Arrête, Solal ! dit-elle sèchement, les yeux rivés sur la page. Je viens à peine de découvrir cette mythologie. Mes cauchemars, ça fait dix-huit ans qu'ils me pourrissent la vie.

— Oui, mais en ce moment, ton esprit te projette des rêves de plus en plus violents.

Tais-toi ! crie-t-elle dans sa tête en focalisant de plus en plus son regard sur le trait au centre de la feuille. *T'as foutu en l'air mon dessin, alors tais-toi !* a-t-elle envie de lui hurler.

Elle se retient toutefois de dire quoi que ce soit.

— Tes cauchemars deviennent de plus en plus réels, continue Solal, ne remarquant pas l'énervement grandir chez Lola.

Tais-toi ! se répète-t-elle. *Tu as foutu en l'air mon dessin ! Tu m'as fait raturer Noti,* siffle-t-elle, excédée, comme si c'était la pire chose qui soit à cet instant.

— On sait ce qui les déclenchait quand tu avais quinze ans. Mais là, on est dans le flou total. Donc on peut explorer cette piste, propose-t-il en attrapant un des carnets d'Alessandro. Ça ne coûte rien.

Tais-toi ! répète-t-elle encore dans sa tête, sentant la colère prendre possession d'elle.

— Je suis sûr que c'est lié, s'obstine-t-il en feuilletant le carnet. Il faut juste comprendre pourquoi...

— TAIS-TOI ! s'époumone-t-elle soudain, tremblant de tous ses membres.

Comme au Louvre, sa voix a changé. Elle est devenue éraillée et glaciale. Son visage est déformé par la fureur. Apeuré, Gratouille crache en direction de Lola, les griffes sorties, et part se réfugier derrière Solal. Ce dernier est figé, le souffle coupé. Il fixe son amie, partagé entre la peur et l'incompréhension.

Cette fois, Lola a distinctement entendu son timbre de voix. Elle a ressenti sa gorge vibrer et ses cordes vocales s'alourdir. Elle a entendu les sons sortir de sa bouche, dans un hurlement qui la pétrifie d'horreur. Elle a senti la vague de colère déferler dans sa poitrine. Elle s'est sentie possédée...

Qu'est-ce qui va pas chez moi ?

Chapitre VI

— Tu as encore eu cette voix…, finit par dire Solal d'un ton aussi glacial qu'impersonnel.

Lola, qui n'a pas fait le moindre geste jusqu'à présent, se lève d'un bond et ouvre complètement la porte-fenêtre.

Mais qu'est-ce qui m'arrive ? s'affole-t-elle.

La bouche grande ouverte, les mains appuyées sur le verre, elle aspire l'air frais à pleins poumons. Elle a envie de hurler, mais le regard froid de Solal qu'elle sent dans son dos l'en empêche.

Esprit pourri ! hurle-t-elle alors dans sa tête. *Cerveau de merde ! Mais pourquoi je ne suis pas normale ?*

Solal se lève, part dans la chambre de Lola, et revient quelques instants après, son pull à la main.

— Va faire un tour, lui lance-t-il d'une voix raide en lui tendant le vêtement. Va te calmer dehors. On discutera de tout ça quand tu reviendras.

Embarrassée, elle se retourne vers lui, le regard bas. Elle enfile docilement le pull crème et se frotte vigoureusement les bras, comme pour se réchauffer. Puis elle s'avance vers son sac tel un robot, met son manteau et lui dit, avant de refermer la porte derrière elle :

— Je vais faire des courses. J'ai faim.

À présent seul, Solal fixe la porte d'entrée, hésitant à rejoindre Lola. Habituellement, lorsqu'elle perd le contrôle, elle réagit de deux manières. Soit elle se mure dans un silence hermétique, soit elle fait comme si de rien n'était. Avec le temps, il a appris à la laisser s'apaiser seule. Mais cette fois, c'est différent. Sa réaction était disproportionnée. Il se lève pour attraper son manteau, mais se ravise au dernier moment.

— Elle va se calmer avec Andreï, songe-t-il.

Il se sert finalement un verre de vin et saisit l'un des carnets sur la table basse.

— Allez, Gratouille, dit-il en se tournant vers le chat, toujours recroquevillé au fond du canapé, on va trouver comment aider notre Lola. Car, même si elle ne me croit pas, c'est trop gros pour être une simple coïncidence.

Durant l'absence de son amie, Solal décortique scrupuleusement les carnets. Il regarde avec attention tous les croquis d'Alessandro, les commentaires sous les photos, et les termes inventés par Lola. Petite, cette dernière a imaginé tout un univers. Elle a catégorisé chaque être vivant, a créé des planètes, des manières de fonctionner, des « super-forces » qui ressemblent à des pouvoirs, et encore un nombre incalculable de choses pour décrire son monde. Même si Lola a toujours été brillante, ce qui lui a d'ailleurs permis de sauter une classe au primaire, tout cela est décidément trop élaboré pour une enfant...

En feuilletant l'un des carnets, Solal tombe sur des dessins représentant plusieurs amis imaginaires qu'avait inventés Lola aux alentours de ses trois ans, et croqués par Alessandro d'après les descriptions de sa fille. Cette page lui rappelle aussitôt un souvenir de leur enfance.

— Pourquoi j'ai pas le droit d'être le Feu ? demanda Solal, alors âgé de six ans.

— Parce que tu es l'Air et le Sol ! lui répondit sur un ton assuré la Lola de cinq ans.

— C'est toujours toi qui décides ! rouspéta-t-il. T'as trop de chance d'être l'Esprit et l'Espace, c'est injuste ! Tu as les meilleurs.

Solal croisa les bras sur sa poitrine, et un air boudeur s'afficha sur son visage.

— Puis d'abord, Papa m'a dit que ça n'existait pas les six éléments ! Il n'y en a que quatre : l'Eau, le Feu, la Terre et l'Air, énuméra Solal en les comptant sur ses doigts. L'Espace et l'Esprit, c'est pas des éléments. Il m'a dit que tu avais tout inventé.

Avec défi, Lola regarda dans le vide, sur sa droite, et partit soudain dans un fou rire.

— Victor dit des bêtises. Et Mat n'arrête pas de se moquer de toi ! rit Lola avec un air de chipie. Et il dit que les mélanges d'éléments comme toi ne sont jamais contents. C'est comme mélanger le Feu et l'Esprit, ça marche pas.

Lola tira sa petite langue rose, ce qui agaça encore plus le garçon.

— Dis-lui d'arrêter ! cria Solal, énervé, les poings appuyés sur les hanches. Si c'est comme ça, je joue plus avec toi.

— Mais t'as quand même tous les anukrati de l'Air et du Sol, c'est trop bien, dit-elle, le voyant sur le point de partir. Tu es l'Air, comme Stella. Et tu peux être son amoureux si tu veux ! Elle aime autant les garçons que les filles, donc je peux lui demander.

— Non, j'veux pas de Stella comme amoureuse ! J'veux jouer avec quelqu'un d'autre.

— D'accord, dit Lola en haussant les épaules. Tu préfères Riri ? C'est une être Sol.

— On dit UN être ! la reprend Solal en levant son index en l'air. Et elle est du Sol, comme Mat, donc elle va tout le temps se moquer de moi...

— Elle est beaucoup plus gentille que Mat. Attends, je vais lui demander si elle veut jouer avec toi. Tourne-toi, Solal ! lui ordonna-t-elle sur un ton de reproche. Elle est timide, elle ne veut pas parler devant toi.

Solal souffla fort et se retourna en bougonnant. Il entendit Lola parler avec des mots totalement incompréhensibles.

— C'est bon ! s'enthousiasma-t-elle après un moment. Elle m'a tout dit ! Elle est très douce et aime bien les êtres mixtes comme toi. Elle vit sur l'agoïatre Itulas. Alors, tu veux jouer avec elle ? demanda Lola, les yeux brillants.

— Mouais, grommela Solal. Mais Sta n'est pas là, hein ? Lui, je l'aime pas !

Lola explosa de rire.

— Non, il est avec son amoureux. Et tu devrais l'aimer, Sta. Il est comme toi ! Il me protège beaucoup contre les monstres. Il est toujours là pour m'aider, précisa-t-elle.

— C'est pas une raison. Je l'aime pas, c'est tout ! Il est méchant quand il parle.

— Je t'ai déjà dit. Il est comme ça, car il a les trois éléments les plus durs.

— T'es bien de l'Espace, comme lui, et t'es pas méchante, lui fit remarquer Solal. Et moi, j'ai le Sol, et je suis pas méchant non plus !

— Mais on n'a qu'un élément dur. Et il est pas là pour jouer, il est avec Casi. Aujourd'hui, il y a Mat, Phyphy, Sam, Riri et Toss.

— OK, j'veux bien qu'on joue avec tous tes amis. Mais si tu triches, j'arrête ! D'accord ?

Un bruit de clé dans la serrure sort Solal à ses souvenirs. Lola entre dans l'appartement, les bras chargés. Gratouille, curieux, s'avance vers elle et monte sur le bar pour renifler le poisson enfermé dans la boîte en bambou.

— J'ai dévalisé le resto de sushis et j'ai fait des courses, explique Lola en vidant le contenu d'un cabas en lin, comme si de rien n'était. Tu as le bonjour d'Andreï. Ça m'emmerde qu'il ne veuille pas de mon aide. Je comprends pourquoi, mais l'hiver arrive.

Solal l'écoute se plaindre de l'entêtement d'Andreï pendant qu'elle range les courses dans ses placards. Elle ne s'est pas totalement calmée. Il le voit bien à ses gestes précipités et maladroits. Elle ne sait pas comment s'excuser. Sinon, elle l'aurait déjà fait. En le constatant, un sourire se dessine sur les lèvres fines de Solal.

— J'étais en train de regarder tes amis imaginaires..., commence-t-il alors.

Lola continue de ranger les affaires dans les placards sans se retourner.

— Il y avait combien d'éléments dans ton monde, déjà ? Cinq ? lui dit-il en sachant pertinemment qu'elle ne pourra pas s'empêcher de le reprendre.

— Six ! répond-elle du tac au tac.

Il voit ses épaules se contracter.

— Ah oui, j'oublie toujours l'Esprit, fait-il semblant d'avouer. Pourtant, je devrais m'en souvenir, car Toss était un être Esprit, et il t'aidait souvent à détruire les monstres quand tu faisais des cauchemars...

En entendant sa phrase, elle arrête net son activité et se retourne dans un mouvement lent, un paquet de riz dans une main, un récipient en verre vide dans l'autre.

— Où tu veux en venir ? demande-t-elle, une tension dans la voix.

— À quoi ils servaient ? l'interroge-t-il, ignorant sa question.

Sans lui répondre, Lola verse le contenu du sachet dans le bocal. Puis elle range le récipient, se saisit des boîtes de sushis et les pose sur la table basse en bois.

— Au début, c'étaient juste des amis, des présences, lui dit-elle en s'asseyant suivie de Gratouille qui saute sur le canapé en se léchant les babines. Après le décès de mes parents, ils ont pris une autre place. Ils me protégeaient contre les créatures dans mes cauchemars lorsque je n'arrivais pas à utiliser mes anukrati.

— Nous y voilà, s'écrie Solal en tapant sur le carnet comme s'il s'agissait d'une évidence. Anukrati. Lola, regarde tes mots !

lui dit-il en lui mettant le carnet sous le nez. Qui invente ça ? Qui peut inventer de tels termes à quatre ans ?

— Petits, on parle tous avec notre charabia, se défend-elle en repoussant le carnet du revers de la main. C'est banal.

— Oui, mais dire « anukrati » pour parler de super-pouvoirs, on ne le voit pas tous les jours, lui fait-il remarquer.

Ce sont des forces augmentées, le reprend-elle en pensée. *Pas des super-pouvoirs.*

— Ou « alebsuncia ». Lola ! A-leb-sun-cia ! répète-t-il en détachant chaque syllabe. Quel enfant invente un mot aussi complexe pour expliquer que l'esprit d'un être vivant a été tué par un monstre ?

L'âme, pas l'esprit, le reprend-elle encore machinalement. *C'est l'âme qui est détruite.*

Agacée, Lola repart se poser sur la marche de la porte-fenêtre et boit cul sec le verre de vin qui était resté sur le parquet.

— Lola, poursuit Solal, déterminé à lui livrer le fond de sa pensée. Inventer un tel mot, ce n'est pas banal. Classer chaque être vivant en fonction d'un élément, ce n'est pas banal !

Et diviser chaque élément en six branches, ce n'est pas banal non plus, souffle-t-elle pour elle-même.

En réaction à sa propre réflexion, Lola se pince les lèvres et tourne la tête vers les immeubles en face. Mais elle sursaute, n'ayant pas vu le chat s'approcher à pas feutrés et lui sauter sur les cuisses.

— Tu as inventé des manières de communiquer pour chaque élément, continue Solal en brandissant un carnet dans les airs. Et ici, tu expliques comment parler avec des ondes, dit-il en feuilletant un autre cahier.

— C'est sûrement parce que j'entendais maman en parler, suppose-t-elle.

Sachant pertinemment qu'elle avait tort, Solal souffle fort en faisant « non » de la tête, attrape la bouteille de vin et les sushis, puis vient se poser en face d'elle sur la marche de la porte-fenêtre.

— Ta mère ne t'a jamais parlé d'ondes, lui assure-t-il avec aplomb. Justement, c'est ce qui l'a poussée à...

Il s'arrête net.

— À quoi ? veut savoir Lola en allumant une cigarette.

Voyant que son ami reste silencieux, elle sent la colère monter.

— Sol, c'est pas le meilleur moment pour me cacher des infos, grince-t-elle en serrant les dents.

— Je dois t'avouer un truc qui ne va pas te plaire...

En l'entendant, Lola ne peut s'empêcher de lâcher un rire jaune.

— Tu es en train d'essayer de relier mon monde imaginaire à une mythologie oubliée, je ne vois pas ce que tu pourrais dire de plus qui me déplairait.

— C'est à propos des recherches de ta mère, confesse Solal, presque dans un murmure.

Lola se crispe tellement que le filtre de sa cigarette est totalement écrasé entre ses doigts.

— Je te rappelle que ton foutu père a jeté ses carnets ! dit-elle, ses yeux lançant des éclairs.

Comme si Gratouille sentait son énervement, il s'étire et vient poser sa patte sur le nez de Lola. Cette dernière, attendrie par ce geste, se détend instantanément.

— Je sais, et c'est pour ça que tu ne veux plus le voir..., répond-il en se passant la main dans les cheveux. Mais, il y a quelque temps, je me suis souvenu d'une dispute entre ta mère et mon père. Ils parlaient de toi et de ton monde imaginaire.

Lola se mord l'intérieur des joues. Chaque nouvelle phrase de Solal met sa patience à rude épreuve.

— Et ils disaient quoi ? veut-elle savoir en tirant une grande bouffée sur sa cigarette.

Solal prend une profonde inspiration et finit par lui confier :

— Ta mère faisait des recherches sur ton univers, elle pensait qu'il pouvait révéler des choses...

Sous le choc de cet aveu, Lola se pétrifie.

Elle y croyait, est sa seule pensée.

D'un geste vif, elle écrase son mégot, attrape le carnet posé sur le parquet et recommence à dessiner. Si elle ne s'occupe pas l'esprit, sa colère va exploser. Dessiner devient alors son unique échappatoire.

— Plus on avance dans cette histoire de mythologie, plus je me dis qu'elle avait raison, poursuit Solal en prenant Gratouille dans ses bras pour le caresser. Je commence à croire que les gens qui pensent être connectés à d'autres choses sont peut-être dans le vrai… Qu'il y a autre chose, et qu'eux et toi, vous le sentez…

En entendant ses paroles, Lola lève son crayon. Un tic nerveux lui tord la bouche, puis, sans s'y attendre, elle relâche toute la pression accumulée et part dans un fou rire nerveux.

— Sol, ça existe peut-être, les gens qui captent des énergies, mais tu crois vraiment que c'est mon cas ?

— Je sais que tu préfères ne pas y croire, concède-t-il en fourrant un nouveau sushi dans sa bouche. Mais si ton monde imaginaire peut être expliqué par une mythologie oubliée, je ferai tout pour t'aider à te souvenir.

Cette fois, Lola ne cherche pas à le contredire et se reconcentre sur son dessin, essayant tant bien que mal d'y intégrer la rature.

— Tu dessines quoi ? lui demande-t-il après avoir englouti le dernier sushi de sa boîte. Ça n'a pas l'air d'un monstre…

— C'est Noti, l'être Espace, répond-elle d'une voix pensive.

— Ah oui, celui que tu avais inventé après la mort de tes parents… Il devait t'emmener loin de Terre pour que tu puisses les rejoindre, se remémore Solal. J'avais oublié qu'il avait la forme d'un donut avec plein de faisceaux. Oh, mais oui ! C'est ça ! s'écrie-t-il d'un coup.

Lola sursaute, manquant de faire une nouvelle rature sur son dessin.

— Mais faut vraiment que t'arrêtes de me faire peur comme ça ! s'agace-t-elle en inspirant fort.

— Arrête de râler ! la charrie-t-il. J'ai une idée pour tes cauchemars. Pourquoi ne pas réutiliser tes amis imaginaires pour les chasser, comme avant ?

En entendant sa proposition, Lola lève les yeux au ciel.

— J'ai passé l'âge d'avoir des amis imaginaires ! rétorque-t-elle.

Solal lui lance un regard contrarié tout en jouant avec ses doigts sur le pelage de Gratouille.

— Et d'avoir peur de monstres, lance-t-il. Mais pourtant, tes cauchemars te terrorisent encore… Pourquoi ces créatures auraient-elles plus de crédit dans ton esprit que tes amis imaginaires ?

Lola le dévisage, bouche bée.

— Tu me soûles à avoir raison..., peste-t-elle.

À cet aveu, Solal ne peut retenir un sourire satisfait.

— Lesquels étaient les plus puissants ? veut-il alors savoir.

— Casi et Sta, répond-elle sans hésitation. Ils étaient presque inarrêtables, car à eux deux, ils réunissaient les six éléments.

— C'est bien eux ? demande Solal après s'être levé pour attraper un des carnets d'Alessandro.

Lola hoche la tête en voyant les personnages croqués, se souvenant d'avoir demandé à son père de dessiner Casi avec un blanc plus lumineux que celui des étoiles, et Sta avec un noir plus sombre que le fond des océans. Solal revient alors avec le carnet en main et attrape une autre boîte de sushis, la tirant de son souvenir.

— OK pour Casi et Sta, dit-il en tendant une paire de baguettes à Lola, qui pique un maki dans la boîte. C'est eux que tu vas utiliser contre tes créatures, comme des énergies de protection. Un peu comme s'ils étaient tes superhéros et qu'ils te défendaient, lui suggère-t-il.

— Et comment je fais ça ?

— Une musique, une méditation, une prière, une danse, propose Solal. Lance un sort ou prépare une potion. Comme tu le sens ! Mais fais marcher ton imagination. Ça, je ne peux pas le faire à ta place, paresseuse.

— Et pour... ma voix ? murmure-t-elle.

— Chaque chose en son temps, indique Solal en repoussant d'un geste tendre Gratouille, qui essaye de voler un rouleau garni de saumon. D'abord, voyons si cette méthode fonctionne. Si les cauchemars diminuent, peut-être que ça aura un effet sur ta voix...

Chapitre VII

Lola sort de la salle de bains, une serviette-éponge autour d'elle, et pousse un cri de terreur. Antoine est assis sur son canapé, la tête baissée, les coudes appuyés sur les genoux, les poings serrés.

— Tu m'as fait peur, lui dit-elle en soufflant, soulagée. Je croyais que tu n'arrivais que ce soir.

Antoine ayant annulé leur week-end de retrouvailles à deux reprises, ils ne se sont toujours pas vus depuis que Lola est rentrée de Rome.

— Tu étais si impatient de me voir ? lui demande-t-elle d'une voix plus suave.

Antoine lève la tête dans un geste lent. Elle s'attend à ce qu'il la dévore du regard. Mais, à son grand étonnement, ses yeux, d'ordinaire si expressifs, se sont assombris.

— Tu vas devoir t'expliquer, lui dit-il d'une voix étrangement basse et rauque.

Lola se fige lorsqu'elle aperçoit, sur la table, un carnet ouvert sur des dessins de ses amis imaginaires.

Oh non ! pense-t-elle avec effroi.

Bien que son visage reste impassible, elle sent la peur lui retourner l'estomac.

— Ton comportement était vraiment étrange ces derniers temps, continue-t-il avec une tension dans la voix qui surprend Lola. Quelque chose avait changé, tu n'étais plus comme avant.

Il se tait quelques secondes, l'air sérieux.

— Et les messages que tu viens de recevoir confirment mes soupçons, lui lance-t-il sombrement en désignant d'un signe de tête le téléphone laissé sur la table basse.

Dans l'incompréhension la plus totale, elle se saisit de son portable. Son écran s'allume. S'affichent alors trois messages. Tous du même correspondant. En lisant le nom de celui-ci, Lola se pétrifie.

C'est une blague ! hurle-t-elle dans sa tête.

En découvrant les textos écrits dans un français approximatif, sa gorge se noue, et une boule de fureur se loge dans son estomac.

« Je n'arrive pas à t'oublier... »

« Tu m'as dit que c'était un écart, mais c'était plus qu'un écart, c'était une évidence ! »

« Reviens à Rome ou je viendrai à Paris, mais je dois te revoir. »

Lola fixe l'écran, désemparée. Pietro vient de tout détruire.

Son visage pâlit. Des gouttes de sueur perlent sur son front. Elle relève la tête. Antoine n'a pas bougé. Ses yeux bleu nuit sont éteints. Vidés.

L'atmosphère semble soudain étouffante. Lola suffoque. Elle est incapable de parler, de lui donner une raison valable, ou même de lui mentir. Sa bouche est entrouverte, mais aucun son ne veut en sortir. Tout est coincé au fond de sa gorge.

Antoine reste immobile, lui aussi silencieux, attendant que Lola s'explique. Mais rien ne vient...

Alors, au bout d'interminables secondes, il finit par lâcher d'une voix glaciale :

— Tu n'essayes même pas de te défendre...

Lola déglutit, mais sa salive reste bloquée en plein milieu de sa gorge sèche.

— Pourquoi tu as fait ça ? s'insurge-t-il d'un coup en se levant.

Allez, parle ! s'ordonne-t-elle. *Vas-y, donne-lui des explications !*

Mais rien. Aucun son ne sort.

— Quoi ? Tu pensais que j'allais jamais le découvrir ? veut-il savoir d'une voix en colère et brisée.

Putain, mais parle ! se crie-t-elle, exaspérée de ne pas parvenir à lui donner une explication.

Sa bouche est incapable de prononcer le moindre mot.

— C'est pas le seul, c'est ça ? siffle-t-il, la mâchoire serrée.

Lola secoue vigoureusement la tête. Sur le moment, elle se hait. La montagne de mensonges sous laquelle elle s'est protégée est en train de se retourner contre elle. Elle l'écrase de tout son poids.

— Ouais, c'est ça, tu parles ! Bien sûr qu'il y en a eu d'autres ! crie-t-il d'un ton blasé. Va bien te faire voir, Lola ! Et j'espère que tu as bien pris ton pied avec cet enfoiré ! ajoute-t-il avec écœurement. Putain, tu t'es bien foutue de ma gueule.

Dans un geste plein de rage, il empoigne sa valise et se dirige vers la sortie.

Au moment où Lola le voit poser ses doigts sur la poignée de la porte, une décharge électrique la traverse de bas en haut et, sans pouvoir se contrôler, elle hurle :

— Attends !

Antoine s'arrête net, mais ne se retourne pas. À cet instant, le cerveau de Lola tourne à mille à l'heure. Tout s'est déroulé trop vite. Elle a envie de lui dire la vérité. Mais, à son plus grand désespoir, elle en est incapable. Comme si lui révéler son passé n'avait désormais plus aucun intérêt. Elle aurait dû commencer par ce passé. Et non l'utiliser comme excuse… Comme dédouanement… Face à son nouveau silence, il tourne la poignée et ouvre la porte.

— Je suis désolée… J'ai déconné, et j'en prends conscience seulement maintenant, lance-t-elle d'une voix étonnamment posée.

Antoine lâche un rire sarcastique.

— Tu ne mérites pas ça ! poursuit-elle. Je t'ai blessé, et j'en suis profondément désolée. Je n'ai aucune excuse. Je ne cherche même pas à en avoir. J'ai merdé.

Elle se tait. Ses yeux s'embuent de larmes, mais dans un effort surhumain, elle les refoule. Antoine est toujours à l'entrée, les doigts posés sur la poignée, immobile, telle une statue.

— Je voulais te l'apprendre de vive voix, continue-t-elle. Je voulais te l'avouer. J'allais tout te raconter ce soir, tout t'expliquer. Mais... Il m'a devancée...

Dans un accès de rage, Antoine donne un coup de poing dans le mur à sa droite. Surprise par son emportement, Lola se raidit.

— Donc, tu voulais me quitter ce soir ? comprend-il d'une voix cinglante. C'est moi qui me fais tromper et je dois me déplacer jusqu'à madame pour me faire larguer ! lâche-t-il avec cynisme.

Elle déglutit, consciente que ses propos l'enfoncent plus qu'autre chose.

— Non ! Non, je ne voulais pas te quitter, bégaye-t-elle. Je voulais tout t'avouer, et que tu comprennes pourquoi j'ai fait ça. Ça n'aurait pas effacé mon acte, mais tu aurais eu tous les éléments en main... Et après notre discussion, tu aurais fait ton choix.

En l'entendant, la colère qui grandissait en lui depuis quelques minutes finit par l'emporter. D'un mouvement vif, il se retourne. Son visage est déformé par l'incompréhension et la rage. Il semble possédé. Elle ne l'a jamais vu dans cet état... En le voyant s'approcher, la peur s'empare d'elle. Dans un réflexe malheureux, elle recule d'un pas en levant les mains au niveau de son visage pour se protéger. Là, Antoine s'immobilise, sidéré, et lâche :

— Non, tu ne peux pas...

Sa voix s'étouffe.

— Tu ne peux pas croire que je suis comme lui..., finit-il par articuler. Pas après tout ce qu'il m'a fait...

Sa voix est basse, à présent. Toute la rage l'a quitté. Aucune colère. Juste de la douleur. Avec effarement, elle se rend compte de son geste.

J'ai pas fait ça ?!

Sous le choc, Antoine s'éloigne de quelques pas. Le visage meurtri, Lola plaque ses doigts sur ses lèvres en bégayant :

— Je suis... Je ne voulais... Pardon, pardon, pardon !

Ébranlé par sa réaction, Antoine ne veut plus l'écouter. Les yeux humides, il lui tourne le dos et sort sa valise dans le couloir.

— Je sais que tu n'es pas comme ton père, essaye-t-elle de se rattraper d'une voix blanche. Je le sais ! Je suis désolée, crie-t-elle, effondrée, en le voyant fermer la porte.

Dans un geste désespéré, elle s'avance et la rouvre pour le retenir. Elle s'apprête à le suivre dans l'escalier, mais il freine son élan en lui disant d'une voix étouffée :

— Si tu as encore ne serait-ce qu'une once de respect pour moi, ne me suis pas.

Puis, sans un regard, il reprend sa descente.

Sous le choc, Lola a l'impression que toutes ses émotions l'ont quittée. Qu'une partie d'elle vient de lui être arrachée.

— Je suis désolée..., continue-t-elle de gémir comme si Antoine l'entendait.

D'un coup, sa voix s'éteint. Son visage se couvre de sueur. Sa respiration s'accélère. Elle suffoque. Tout en elle est en train d'exploser. Comme réveillée en sursaut, elle se met à courir jusqu'à sa chambre. Là, elle enfile le pull de son père, saisit son paquet de cigarettes et repart dans le salon. Dès qu'elle tire une bouffée, elle s'écroule en pleurs, la paume de sa main droite cognant le béton froid du minuscule balcon, le filtre de sa cigarette broyé entre ses doigts. Ses paupières crispées laissent couler ses larmes. Elle demeure dans cette position un temps interminable, répétant inlassablement :

— Mais quelle conne ! Mais quelle conne ! Mais quelle conne !

Sa vue était voilée par une sorte de brume grise, sans vie. Une odeur pestilentielle se répandait tout autour d'elle. Elle ne pouvait discerner ce qui provoquait ce brouillard funeste. La seule et unique chose qui se distinguait était l'odeur. Un parfum asphyxiant. Un parfum de mort. Tout son corps semblait aspirer cette puanteur et expirait le peu d'air frais qui se transformait immédiatement en vapeurs nauséabondes. Elle avait l'impression que l'effluve prenait possession d'elle, qu'il lui était impossible de s'en défaire. Seul l'air putride lui parvenait. Elle étouffait...

Lola se réveille sur son lit, prise d'une quinte de toux qui semble inarrêtable. Son corps est douloureux, mais elle ne s'en préoccupe pas. Quelque chose la trouble plus encore... L'odeur ! Cette odeur de froide pourriture qu'elle a sentie dans son rêve a maintenant envahi toute sa chambre. Elle se lève précipitamment et ouvre la fenêtre d'un geste brusque. L'air gelé lui transperce la peau. Mais cela lui est égal. Elle ne souhaite qu'une chose... Que l'odeur pestilentielle disparaisse !

Or, elle a beau laisser l'air extérieur entrer, la puanteur résiste. Dans son salon, Lola retrouve la même senteur ignoble. Elle ouvre aussitôt la porte-fenêtre et sort sur son minuscule balcon. Dehors, l'odeur continue de s'infiltrer dans ses narines.

Désemparée, elle court jusqu'à la chambre, attrape son pull crème et se précipite dans la salle de bains. Là, elle asperge le vêtement de parfum et plaque la laine contre ses narines, inspirant le plus fort possible. Au bout de quelques secondes, l'odeur nauséabonde s'atténue. Lola sort de la pièce, le pull pressé sur son visage.

Les fenêtres ouvertes laissent l'air gelé pénétrer à l'intérieur du salon. Lola ôte le pull de son nez et prend une petite bouffée d'air. Malheureusement, l'odeur est toujours là. Elle plaque de nouveau le pull contre son visage, balaye la pièce du regard, et s'arrête sur deux yeux verts clignotants sous son canapé. Elle pousse un cri de terreur avant de se rendre compte que ce n'est que Gratouille, qui y est recroquevillé. Elle souffle de soulagement, s'approche de lui et le prend entre ses bras.

— Gratouille..., chuchote-t-elle, la voix étouffée par la laine. Toi aussi tu la sens, cette odeur ?

Comme s'il la comprenait, le chat enfouit aussitôt son museau dans le pull de Lola. Cette dernière, un peu surprise, fronce les sourcils, puis se pince pour être sûre de ne pas rêver.

— Il faut que je fasse disparaître cette odeur épouvantable ! se lamente-t-elle après un instant.

Elle fixe l'animal comme s'il allait se mettre à parler et lui donner une solution miracle.

— Si seulement je pouvais commander au vent, il pourrait la souffler. Si Casi était là, il aurait juste à faire un geste et, comme par magie, les énergies de l'Air chasseraient avec le vent cette odeur pestilentielle qui a envahi mon salon, dit-elle en agitant sa main.

Tout à coup, une rafale s'engouffre dans la pièce. Effrayée, Lola serre Gratouille entre ses bras. Mais quelque chose d'étrange se produit... Audible à peine une seconde, une mélodie se fait entendre. Cette musique douce, aux notes scintillantes et fluides, est presque imperceptible. Pourtant, Lola est sûre de l'avoir entendue distinctement.

Elle reste sous le choc, ignorant comment réagir. Puis, rassemblant son courage, elle retire le pull de son nez et, avec appréhension, prend une petite inspiration. À sa plus grande stupéfaction, l'odeur infecte a entièrement disparu. Elle déglutit, totalement sidérée par ce qui vient de se produire.

Mais qu'est-ce qui s'est passé ?

Elle reste immobile pendant quelques secondes, ne sachant plus quoi penser. Enfant, elle croyait qu'elle pouvait parler aux éléments. Qu'avec l'aide de ses amis imaginaires, elle avait la capacité de les contrôler. À l'âge de huit ans, elle en était même persuadée. Mais, avec le temps, elle avait laissé tomber cette idée et l'avait enterrée au plus profond d'elle-même.

À cet instant, elle ne sait plus quoi penser. Les mots de Solal résonnent en écho dans son crâne.

Est-ce que... Peut-être ? Comme avant ?

Alors, d'une voix hésitante, elle répète ses mots d'enfant :

— Merci Casi, merci les énergies de l'Air !

Elle regarde vers sa porte-fenêtre, comme si Casi allait miraculeusement se matérialiser et lui répondre. Au bout d'un moment, elle secoue la tête pour se remettre les idées en place en grommelant :

— Non mais je ne vais pas bien ! Comme si le vent allait m'écouter et faire ce que je lui demande par l'intermédiaire d'un ami imaginaire. Ma pauvre Lola, ton esprit est vraiment en train de vriller. Qu'en penses-tu, Gratouille ? Je deviens tarée, on est d'accord ? Si Antoine était là, il...

Elle s'arrête subitement. Elle se souvient... Antoine l'a quittée. Elle est seule, au milieu de son appartement glacial, à croire qu'elle peut communiquer avec le vent. À cet instant, elle aimerait se réveiller de ce cauchemar...

Chapitre VIII

Rosa tourne la clé dans la serrure et entre dans l'appartement. Dès que Solal lui a appris la rupture entre Lola et Antoine, elle a annulé ses rendez-vous de la journée pour aller réconforter sa nièce, qui vit son premier vrai chagrin d'amour. Gratouille est assis sagement derrière la porte-fenêtre. Elle lui ouvre, et le chat se dirige immédiatement vers la chambre.

Rosa s'arrête dans l'embrasure de la porte. Elle s'attendait à voir Lola défaite, recroquevillée au fond de son lit, à écouter de la musique triste. Pourtant, cette dernière est assise sur sa couette, en train de travailler, comme si de rien n'était. Les écouteurs dans les oreilles, elle n'a pas remarqué la présence de sa tante. Alors que Gratouille saute sur ses genoux, Lola, surprise, lâche les feuilles qu'elle tenait dans la main et relève aussitôt la tête. Ses yeux, injectés de sang, sont secs maintenant, mais elle a pleuré. Longtemps. Ses paupières ont gonflé et ses cernes se sont creusés.

— Solal t'a dit…

La voix de Lola n'est ni éplorée ni triste. Elle est seulement éteinte, comme si toute la joie l'avait quittée. Rosa hoche la tête.

— Oui, Solal m'a dit, répète-t-elle d'un ton maternel.

Elle enlève alors son manteau et ses bottes à talons fins, et s'assoit sur le lit. Lola penche la tête et l'appuie sur l'épaule réconfortante de sa tante. Son pull en cachemire est d'une grande douceur et sent le parfum. Cette même odeur chyprée florale qu'elle porte depuis toujours. Rosa dépose un baiser sur le front de Lola et lui caresse la joue.

— Je l'ai trompé… avoue Lola après un long moment, la gorge nouée.

— Est-ce que c'est lié à ce qui s'est passé l'année de tes quinze ans ? souhaite savoir Rosa d'une voix qui se veut rassurante, mais dans laquelle une pointe d'inquiétude se fait entendre.

Lola hausse les épaules.

— Ça me donnerait l'excuse parfaite, dit-elle en se pinçant les lèvres.

Rosa redépose un baiser tendre sur les cheveux de sa nièce en la serrant un peu plus dans ses bras.

— Mais ce n'est pas le cas, poursuit Lola avec un léger tremblement dans la voix. Je me déteste pour la manière dont il l'a appris, et pour lui avoir fait du mal. Mais c'était plus fort que moi. J'avais besoin de ce moment. Si tu veux me faire une leçon de morale, tu peux.

Rosa se redresse, surprise par cette dernière phrase.

— *Micetta*, la seule chose que je souhaite, c'est de te voir heureuse, la rassure-t-elle. La fidélité est une notion propre à chacun, et non celle d'une société ou d'une religion. Si coucher avec cet homme ne t'a pas fait culpabiliser, c'est que tu es en accord avec toi-même.

En quête d'affection, Gratouille pose sa patte sur le bout du nez de Lola. Cette dernière attire le chat sur sa poitrine et enfouit son visage dans son pelage noir et, sans qu'elle puisse la retenir, une larme coule le long de sa joue.

— J'allais lui avouer, murmure-t-elle. Tout lui avouer… Mais ça ne s'est pas passé comme prévu. Et aujourd'hui, il ne veut plus me parler.

— Laisse-lui du temps pour digérer la situation…, lui conseille Rosa. Mais par respect pour lui et pour votre relation, tu lui devras des explications. Il t'a toujours traitée avec délicatesse et amour. Il ne mérite absolument pas de se torturer le cerveau pour une décision que tu as prise…

Lola acquiesce d'un air absent, faisant courir ses doigts sur le ventre de Gratouille, qui ronronne de plaisir.

— Mais c'est pas ça, le pire. Il… Il était tellement en colère qu'à un moment, j'ai cru que… Je suis vraiment conne d'avoir cru ça…, gémit Lola en enfouissant de nouveau son visage dans le pelage de Gratouille. Il a tellement souffert avec son déchet de père… Comment j'ai pu croire un instant qu'il allait reproduire ces gestes ignobles.

Rosa fait un geste de recul et saisit délicatement le menton de Lola entre ses doigts, lui relevant doucement la tête vers elle.

— Tu n'as pas à t'en vouloir, *micetta*, lui assure-t-elle. Lorsqu'on voit de la colère chez quelqu'un, on peut se sentir menacé physiquement. C'est un réflexe. Ne culpabilise pas pour ça…

Un mince sourire se dessine sur les lèvres de Lola.

— Pour te changer les idées, si tu me racontais comment avance ton mémoire, dit sa tante en attrapant une feuille volante. Oh, qu'est-ce que c'est que ce texte en italien sur « Le déséquilibre de la Grande Source » ?

À sa question, Lola déglutit.

Et merde…

— *Micetta* ? interroge sa tante en fronçant légèrement les sourcils devant le silence de Lola.

Celle-ci n'ose plus regarder Rosa dans les yeux. Mais à cet instant, elle n'a pas la force d'inventer un nouveau mensonge. Elle inspire profondément et déclare d'une voix solennelle :

— Je vais te raconter mon vrai mémoire… Mais il faudra que ça reste entre nous.

Alors, Lola se confie à Rosa, lui parlant de sa découverte qu'elle pense être une mythologie et lui révélant la véritable raison de son départ à Rome. Elle lui avoue également que seuls Solal et Andreï sont au courant de ces informations. Sa tante l'écoute attentivement, sans l'interrompre, examinant les différentes recherches qu'elle a menées.

— C'est inouï toute cette histoire qui ressort ! déclare Rosa à la fin de toutes les explications. Et si tu as raison pour cette mythologie, c'est encore plus incroyable. Quelles que soient tes découvertes, peu de personnes ont une telle chance. Encore moins à ton âge...

La sonnerie de notification sur l'ordinateur de Lola les fait toutes les deux sursauter. En haut de l'écran, le nom de Jean Maidet s'affiche.

— Lis ton e-mail, je vais te préparer notre chocolat chaud, chuchote sa tante en se levant.

Sans un mot de plus, elle sort de la chambre. Lola esquisse un léger sourire en voyant Gratouille suivre Rosa de près en se léchant les babines. Elle attrape son ordinateur et ouvre l'e-mail.

« *Ma chère Lola,*

Je vous apporte une nouvelle réjouissante. Vous trouverez, en pièce jointe, un nouveau texte dont l'histoire est assez singulière.

Geórgios Ikonómos, décédé en 1951, était un archéologue grec exerçant au début du XXe *siècle. Il y a quelques mois, son petit-fils Ionas a contacté la Sorbonne, nous informant qu'il souhaitait faire don des notes et des carnets de fouille de son grand-père. Il s'est adressé à nous, car Geórgios Ikonómos avait été fait docteur* honoris causa *de la Sorbonne en 1947. Pour Ionas, c'est notre belle université qui méritait de détenir ses recherches. Il les avait d'abord récupérées dans la maison d'Arachova, près de Delphes, au décès de son propre père en 1998. Puis il les avait précieusement conservées chez lui, à Athènes.*

Depuis trois mois, nous avons récupéré les documents, qui ont été épluchés par nos chercheurs. Je vous épargne les rebondissements et longs débats de ces deux dernières semaines, qui nous ont amenés à faire le lien avec le texte Moreau-Botticelli.

En première page, vous trouverez l'original en grec, issu des cahiers de l'archéologue. La seconde page contient la traduction anglaise.

Je vous souhaite une bonne lecture et attends avec impatience vos commentaires sur ce nouvel extrait.

Amicalement,
M. Jean Maidet,
Enseignant et directeur de recherche
à l'université Paris I,
Faculté des Lettres de Sorbonne Université. »

— *Micetta !* Tu n'as pas tous les ingrédients pour notre chocolat, lui indique Rosa en passant la tête par la porte. Je vais acheter ce qu'il manque. Que veut ton professeur ?

— Je... Je viens de recevoir un nouveau texte, bégaye Lola, dont le visage, jusque-là éteint, retrouve un peu de lumière.

— Mais c'est incroyable ! s'exclame Rosa en enfilant ses chaussures et son manteau. Que raconte-t-il ?

— Je ne l'ai pas encore lu.

— Tu m'en parleras à mon retour.

— D'accord, à tout à l'heure, répond Lola d'une voix songeuse.

Dès que sa tante a tourné les talons, elle ouvre la pièce jointe. Sur la première page s'affiche une écriture minuscule et presque illisible, en pattes de mouche. Le texte est délavé, certaines lettres ont même disparu, et des gouttes de pluie séchées ont fait couler l'encre à plusieurs endroits. En haut à droite est inscrit distinctement « *6 Ianouaríou 1922 sto Al Merf*[1] ». Lola descend pour consulter la traduction anglaise. Elle lit alors attentivement la page.

« Les deux Entités Primordiales,

La Création et la Destruction furent engendrées
par la Grande Source, dont les énergies
ne pouvaient plus être contrôlées.

1. « Le 6 janvier 1922 à Al Merf. »

La Création reprenait le destin de la Lumière Primordiale,
illuminant chaque parcelle du Tout et y apportant la vie.
Son souffle s'engouffrait en chaque être vivant.
Chaque astre s'animait dans sa chaleur.
De multiples sentiments s'installaient
et se développaient à l'intérieur de chacune de ses créations.

Pour rééquilibrer la Grande Source,
la Destruction se devait d'exister. Cette énergie pure
complétait la première Entité. Pour chaque création,
la Balance répondait par une destruction. Tantôt partielle,
afin que chaque être vivant puisse se nourrir et de se développer ;
tantôt totale, conduisant à une fin nécessaire.
Par conséquent, cet espace, libéré de son ancien occupant,
laissait place à de nouvelles créations. Et tout recommençait !
Cette combinaison apportait l'équité
au sein de la Grande Source équilibrée.

Les deux Entités travaillaient ensemble.
Chaque création détenait sa destruction. Lorsque l'une agissait,
l'autre, de concert, lui répondait.
Le Tout se réorganisait grâce à cette complémentarité.
Ainsi, la Création et la Destruction continuaient leur destinée,
sans que rien ne vienne les perturber.
Durant plusieurs milliards d'années,
les Entités Primordiales travaillèrent en parfaite équité
au sein d'un Tout de nouveau organisé. »

Lola reste sans voix. Comme réveillée en sursaut, elle fouille parmi la pile de documents étalés sur son lit. Gratouille, allongé sur le bord, la fixe de ses grands yeux verts. Elle finit par se saisir de l'extrait donné par Pietro et lit les deux chapitres à la suite.

— Waouh ! s'enthousiasme-t-elle avec un hurlement. Ça, c'est de la découverte ! Tu te rends compte, Gratouille, dit-elle en se retournant vers l'animal, lequel s'étire de tout son long, n'accordant aucune attention à l'engouement de la jeune femme.

C'est le début de la mythologie ! J'ai le début de la mythologie ! répète-t-elle dans un cri.

Surexcitée, Lola sent son cœur s'emballer et sa tête lui tourner.

Oh non, pas de visions ! s'agace-t-elle en saisissant sa médaille entre ses doigts. *Après le cauchemar de cette nuit, ça suffit. Je vais aller fumer, ça me calmera peut-être...*

Elle attrape alors un plaid, son paquet de cigarettes, et part se poser sur la marche de sa porte-fenêtre. Au même moment, le bruit d'une clé qu'on tourne se fait entendre.

— Tu as le bonjour d'Andreï, lui dit Rosa en entrant dans l'appartement.

En découvrant Lola en train de fumer, sa tante fronce légèrement les sourcils. Elle a horreur de voir sa nièce avec une cigarette au coin de la bouche. Mais aujourd'hui, elle fera une exception.

— Rosa, tu ne vas pas me croire ! s'exclame Lola, le regard pétillant. J'ai le début de la mythologie.

— Comment ça ? demande Rosa, médusée, en sortant les courses du sac. Il faut que tu me racontes tout pendant que je te prépare ton chocolat chaud !

D'un bond, Lola attrape son iPad posé sur la table basse. Après avoir lu l'e-mail de son professeur, elle passe au texte.

— Curieux, ce nom, « Al Merf », l'interrompt Rosa dès le début. Je n'en ai jamais entendu parler. Où est-ce que ça se situe ?

Lola tape le nom sur Google. La localisation indique la Jordanie.

— Tiens, étrange... Je tombe au milieu du désert du Wadi Rum, dit la nièce. Ce n'est pas loin de la ville de... Aqaba !

— Le texte a sûrement été copié durant des fouilles réalisées là-bas au début du XXᵉ siècle, en conclut Rosa. Te voilà avec un lieu mystérieux à découvrir. Tu demanderas à ton professeur si ce nom lui évoque quelque chose.

Lola hoche la tête en esquissant un sourire satisfait et se remet à lire.

— Si j'ai bien compris, les deux Entités semblaient vivre en parfaite harmonie avant ce fameux déséquilibre dont parlait le texte de Botticelli, commente Rosa au moment où Lola termine sa lecture. On peut rapprocher cette idée d'une sorte d'Éden, mais qui prendrait place dans cette Grande Source.

— Oui. Au début, il n'existait que la Création, la Destruction et les êtres vivants. Il n'y avait pas l'air d'avoir ces deskhiom...

Gratouille se redresse sur le canapé et crache.

— Pardon, Gratouille, j'avais oublié. Ces sangs d'ombre et ces néombres. Donc c'est bien à cause de ces choses qu'existe le déséquilibre.

— *Micetta*, je crois que tu fais un raccourci.

Lola dévisage sa tante en plissant le front.

— Si on analyse le texte dans son ensemble, on constate que ce n'est pas vraiment le début de l'histoire, explique alors Rosa en prenant la tablette des mains de sa nièce. Regarde ! Dès la première phrase, on parle d'une désorganisation de la Grande Source, qui a été obligée de se détacher de sa partie Création, puis de sa partie Destruction. Ça ne t'évoque rien ?

Lola hausse les épaules, ne sachant quoi répondre.

— L'Ombre, pour créer ses sangs d'ombre, a dû se détacher d'une partie d'elle-même, poursuit Rosa.

— Où veux-tu en venir ?

— Je pense que pour découvrir ce que sont les sangs d'ombre et les néombres, il te faut remonter encore plus loin. Il te faut le début de cette Grande Source.

Chapitre IX

Le mercredi avant Noël, Lola est en Égypte depuis déjà deux jours. Son voyage à Dublin avec Antoine ayant été annulé, elle a décidé de suivre sa tante au Caire. Cependant, cette dernière se trouve encore dans la région du Sinaï et ne rentrera qu'en début de soirée. Sans nouvelles d'Antoine depuis plus d'un mois, Lola a minutieusement planifié chaque minute de ses journées. Elle a eu beau se plonger dans son mémoire et dans les recherches d'Al Merf, rien n'a pu l'aider à l'oublier. Le week-end dernier, elle lui a encore envoyé des messages pour tenter de s'expliquer. Tous ont été lus, mais sont restés sans réponse.

Quand est-ce que j'arrêterai de penser à lui ? s'agace-t-elle, installée dans le taxi l'amenant au musée égyptien du Caire. *Je croyais qu'au bout d'un moment, on allait mieux... Tu parles ! Je dois absolument trouver un truc pour l'oublier.*

Enfin arrivée au musée, après quarante minutes d'embouteillage, Lola se met à déambuler parmi les œuvres de la collection, zigzaguant entre les papyrus, les statues et les objets en tout genre sans y faire véritablement attention. Antoine occupe toutes ses pensées.

Mais c'est pas vrai, s'exaspère-t-elle. *Il me faut un truc à faire.*

Elle balaye alors la pièce du regard, et dans un coin, ses yeux tombent sur un groupe de touristes.

Si Solal avait été là, on aurait pu essayer de piéger le guide... J'y vais quand même, ça va m'occuper.

À pas feutrés, elle se rapproche du groupe. D'abord en retrait, elle finit par s'intégrer complètement à la visite, se permettant même de poser une ou deux questions au guide.

— Nous voilà devant le fabuleux poignard de Toutankhamon ! s'exclame-t-il avec un fort accent. Mesdames et messieurs, vous en avez sûrement entendu parler. C'est le poignard fait d'or, de cristal de roche, de fer et… de particules célestes ! ajoute-t-il après un silence.

Lola fronce les sourcils, agacée par la dernière phrase de l'homme. *Ça s'appelle du firsalte*[1], grogne-t-elle pour elle-même. *Ce pauvre firsalte, transformé en un vulgaire poignard…*

— Oui, vous avez bien entendu ! continue-t-il entre les exclamations et les clics d'appareils photographiques. En 2016, une équipe italienne a analysé ce poignard, et a remarqué que le fer décelé dans la lame était typique de celui issu des météorites.

En l'écoutant, Lola sent son irritation s'accroître. Le guide se lance ensuite dans un monologue interminable sur la création du fer, et expose une à une les théories avancées par les chercheurs sur celui présent dans la lame. À bout, Lola a du mal à tenir en place. *C'est du firsalte !* se répète-t-elle. *Il va finir par le dire, quand même…*

Mais lorsqu'elle constate que le guide ne donne pas cette information et commence à décrire le reste du poignard, elle ne peut s'empêcher de crier :

— C'est du firsalte !

Pris au dépourvu par l'intervention soudaine de Lola, le guide interrompt son monologue.

— Pardon ?

— C'est du firsalte ! lui soutient-elle en pointant le poignard de son index. Vous n'avez pas précisé que c'est du firsalte, le fer dans la lame.

Le guide la fixe, bouche bée, puis lui répond d'une voix perplexe :

— Je n'ai jamais entendu ce mot.

Lola lève les yeux au ciel.

— Je vous dis que c'est du firsalte, insiste-t-elle avec une certaine assurance. C'est un fer qui se trouve au cœur des météorites d'élunis[2], et qui est extrait à l'aide de la dialite.

1. Voir la définition dans le glossaire en fin d'ouvrage.
2. *Idem.*

Devant les regards stupéfaits du guide et du groupe de touristes qui la dévisagent, Lola se pétrifie. Dans sa tête, la scène se rejoue au ralenti et elle prend conscience de l'incohérence de ses propos. Elle non plus n'a jamais entendu un tel terme de toute sa vie. Pourtant, « firsalte » lui est naturellement venu à l'esprit à la vue du poignard. Comme une évidence.

Oh non ! Ça recommence...

— Non, madame ! s'exclame alors le guide. Je n'ai vraiment jamais entendu parler de ce fer. Je suis désolé, mais je pense que vous faites erreur.

Lola ne sait plus où se mettre. Elle baisse les yeux et fixe le bout de ses chaussures, embarrassée. Sur le côté, deux adolescents ricanent en la montrant du doigt. Quelques membres du groupe la dévisagent avec des regards en biais.

Ne prêtant plus attention à Lola, le guide reprend ensuite son explication là où il s'était arrêté. Cette dernière, encore perturbée, se met à l'écart pour chercher le mot sur Internet. À son grand désespoir, aucun article ne parle d'un fer nommé « firsalte ».

Non, non, non ! Je l'ai forcément vu quelque part, s'agace-t-elle en retapant « firsalte » sur les réseaux sociaux. *Je dois le trouver, ça ne peut pas recommencer...*

Mais après plusieurs tentatives, toujours aucun résultat.

Putain, mais non ! Mon cerveau ne peut pas recommencer à inventer des mots..., s'énerve-t-elle en se prenant la tête entre les mains.

De son côté, le guide a terminé ses commentaires et s'éloigne déjà avec le reste du groupe. Dépassée par la situation, Lola ne les suit pas et pose de nouveau son regard sur la lame.

C'est ce poignard qui a tout déclenché..., se rend-elle compte.

À présent, elle n'a plus qu'une envie : quitter ce musée au plus vite. Sans perdre de temps, elle s'avance d'un pas décidé à la recherche de la sortie, ruminant de sombres pensées.

Putain, mais pourquoi mon cerveau me fait ça ? Pourquoi maintenant ? Ça s'était arrêté...

Agacée et troublée, elle s'engage dans une file et pénètre dans une nouvelle pièce sombre. Elle la parcourt sans prêter attention aux objets d'or qui scintillent de mille feux. Quand soudain, quelque chose attire son attention. Sur sa gauche, un bijou émerge dans le brouillard de ses pensées. Face à elle, un pectoral fait d'or et de pierres précieuses s'impose. Sans réfléchir, elle laisse ses yeux se fixer sur le scarabée qui pousse un disque solaire, et sur les deux babouins qui l'entourent. Incapable de détourner le regard du bijou, elle se sent totalement happée. Elle veut s'en approcher, mais à sa grande stupéfaction, son corps refuse de bouger.

Hein ? Qu'est-ce qu'il se passe ? se demande-t-elle, confuse.

Elle essaye alors de faire un autre pas. Mais ses jambes refusent catégoriquement d'avancer, comme si un mur invisible lui bloquait le chemin.

Puis, brusquement, l'image d'un drapeau tibétain apparaît devant elle. Par réflexe, Lola cligne des yeux, mais l'image reste fixe, flottant au-dessus de la vitrine. Stagnant dans les airs durant quelques secondes, le drapeau finit par s'éloigner et se pose juste au-dessus du pectoral, bien réel, lui. Soudain, comme si une force invisible les animait, les deux objets se mettent en mouvement, s'attirent comme des aimants, et fusionnent.

Se mélangent alors le blanc et le vert des lions de neige avec le vert et l'orange des babouins. Le disque du yin et du yang se pose sur le corps du scarabée, et les Trois Joyaux viennent se positionner sur le cercle solaire de cornaline, qui s'illumine immédiatement. À sa plus grande stupéfaction, ces deux images s'imbriquent parfaitement.

C'est alors qu'une énergie inconnue se faufile par ses pieds, remonte le long de ses jambes pour se diffuser ensuite dans l'ensemble de son corps. Arrivée au niveau de sa tête, elle se propage dans son cerveau tel un tourbillon, chassant instantanément sa contrariété. Cet état inattendu est plus fort encore que le plus grand des bonheurs. Puis, après avoir atteint son pic, l'énergie diminue progressivement et redescend jusqu'à ses pieds, donnant à Lola l'impression de flotter. Cette sensation finit par disparaître, laissant l'agitation frémissante des visiteurs reprendre place autour d'elle.

Encore sous le choc, la jeune femme se met à tapoter frénétiquement son buste, sa poitrine et ses bras, comme pour s'assurer qu'elle est toujours dans son corps.

Qu'est-ce... qu'est-ce qui s'est passé ? essaye-t-elle de comprendre, la bouche grande ouverte. *C'est ce mélange d'images qui m'a fait ça ?* se demande-t-elle en reposant les yeux sur le pectoral. *C'est impossible ! Et pourtant...*

Lola jette des coups d'œil à droite et à gauche, espérant trouver une explication rationnelle à ce qui vient de se produire. Mais tout semble normal... Subjuguée par ce qu'elle vient de vivre, elle tente d'associer une nouvelle fois les deux images dans son esprit, fixant intensément le pectoral. Mais rien. Le drapeau ne réapparaît pas. Sans se décourager, elle refait un essai. Mais toujours aucun résultat.

Il faut que je la ressente encore ! s'exclame-t-elle.

Sans attendre, elle se met à arpenter le musée, essayant de renouveler l'expérience avec différents objets. Durant plus de deux heures, elle tente d'associer tout ce qu'elle voit avec d'autres images. Mais en vain. Son cerveau n'arrive plus à reproduire la fusion ayant fait naître cette exquise sensation. Comprenant que toutes ses tentatives sont vouées à l'échec, Lola finit par quitter le musée.

Dehors, la nuit s'est doucement installée. Son estomac gargouille, et elle est impatiente de rejoindre Rosa pour le dîner. Elle prend place dans un taxi et indique au chauffeur l'adresse de son hôtel. Pendant le trajet, elle repense à son échange avec le guide. Lorsque le véhicule arrive à l'entrée du pont Qasr al-Nil, une douleur foudroyante lui transperce la tête. De robustes chaînes semblent compresser son cerveau.

— Laissez-moi sortir ! hurle-t-elle en appuyant les mains contre ses tempes.

Paniqué, le chauffeur stoppe net au milieu du pont, manquant de provoquer un accident.

Lola se précipite hors de la voiture et empoigne la rambarde du pont. La tête penchée au-dessus du vide, elle fixe les ondulations du fleuve, déclenchées par les bateaux et par le vent. Une nouvelle douleur lui transperce le crâne, la faisant crisper son visage. Mais dans un effort surhumain, elle se force à garder les yeux grands ouverts, se focalisant sur les légères oscillations de l'eau. C'est alors qu'une voix douce et mélodieuse, venue de nulle part, s'infiltre dans ses oreilles :

« Inspire, expire. Inspire, expire… »

Docilement, Lola l'écoute. Ce son limpide, qui lui rappelle celui de l'eau ruisselant le long d'une pierre, semble communiquer avec elle. Sans chercher à comprendre ce qu'il se passe, Lola accorde sa respiration au rythme soufflé par la voix.

En quelques secondes, sa migraine se calme. Les bruits de la ville reviennent lentement à ses oreilles. Elle se rend alors compte qu'à sa gauche, quelqu'un s'adresse à elle d'une voix étouffée. Elle tourne la tête et tombe nez à nez avec le chauffeur, qui affiche une mine soucieuse.

— Je suis désolée, tout va bien, le rassure-t-elle en repoussant ses cheveux de son visage transpirant. Nous pouvons repartir.

Avant de retourner vers la voiture, le conducteur grommelle quelque chose en arabe, mais Lola, l'esprit encore embrumé, n'en saisit aucun mot. S'apprêtant à remonter, elle aussi, dans le taxi, elle jette un dernier regard sur le Nil et murmure :

— Merci, les énergies de l'Eau !

Chapitre X

Dans la soirée, Rosa rejoint Lola au restaurant Le Deck, délaissant exceptionnellement les lieux imprégnés de culture qu'elle apprécie tant d'ordinaire. Elle a demandé une des tables en bordure du Nil, qui leur offre une vue dégagée sur les buildings et les habitations longeant les berges du fleuve.

Dès le début du repas, Lola la bombarde de questions sur la nouvelle réserve de Léo. Rosa lui apprend que les semences de thym sauvage et les premières intégrations du bâton bleu du Sinaï se passent mieux qu'ils ne l'auraient espéré. Elle devra revenir en juin pour voir comment cela progresse, puis une nouvelle fois en octobre.

— Rappelle-moi le nom de cette plante ? l'interroge Lola.

— *Thy-mus de-cu-ssa-tus*, articule Rosa, détachant chaque syllabe. Elle est extrêmement importante, car c'est à l'intérieur de la plante que le papillon pond ses œufs, et les larves s'en nourrissent à la naissance. Et tu vas être contente ! Nous nous sommes organisés avec Léo, tu pourras m'accompagner en juin prochain, si ça te dit.

En entendant la nouvelle, Lola affiche un large sourire.

— Maintenant, à toi. Parle-moi de ta journée, dit Rosa.

Lola lui raconte alors brièvement sa matinée, mais s'attarde sur sa visite du musée égyptien du Caire. Elle lui explique la fameuse association opérée par son cerveau devant le pectoral, passant sous silence l'épisode du poignard et sa migraine sur le pont.

— Avais-tu déjà vu ce pectoral avant ? lui demande Rosa, intriguée, en examinant la photographie du bijou sur le portable de Lola. Tu pourrais avoir entendu ou vu quelque chose dans un reportage ou lors d'un cours ?

— Non, assure sa nièce. Je suis sûre que non. Et c'était aussi la première fois que je voyais ce lien entre le Tibet et l'Égypte.

Rosa, toujours le téléphone entre les mains, analyse l'œuvre avec un air concentré.

— Je ne comprends pas vraiment ce qui t'a poussée à faire ce rapprochement, dit-elle après un moment. Ce bijou n'a rien de particulier. C'est seulement un scarabée entouré de deux représentations du dieu Thot sous sa forme animale. Alors oui, c'est une image symbolique, si on entre dans les détails. Sous les babouins, on a le sceptre Ouas, qui symbolise la puissance divine transmise au pharaon par les dieux, entourant la clé qui incarne le souffle de vie.

Rosa s'arrête un instant pour montrer à Lola le zoom qu'elle vient de faire sur les pavillons.

Comment sait-elle autant de choses ? se demande la nièce, fascinée.

— Mais il est courant d'observer ce sceptre avec la barque solaire, reprend Rosa. La bande composée de... quatorze étoiles à cinq branches, évoquant le ciel, est aussi très symbolique.

Lola relève la tête et coupe sa tante en s'exclamant :

— Quatorze ?!

— Oui, quatorze, lui confirme Rosa en les recomptant. Tu sais, comme les quatorze kaou. Ces sortes de génies ou d'énergies connus dans l'Égypte antique, précise-t-elle en voyant la bouche de Lola se tordre en une grimace. Le dieu Rê possédait ces quatorze énergies.

— J'ai entendu dire que l'Univers serait âgé de presque quatorze milliards d'années. Ça représente peut-être ça ?

— *Micetta*, je ne pense pas que ce nombre soit placé ici pour symboliser l'âge de l'Univers, la reprend alors Rosa, amusée par le nouveau lien étrange que sa nièce vient d'établir.

— Mais les Égyptiens étaient en avance sur tout, lui fait remarquer Lola en tapotant son index sur la table. La médecine, l'agriculture, l'architecture, et j'en passe. On dit même qu'ils détenaient des infos que nous avons oubliées aujourd'hui.

Sa réflexion fait rire Rosa.

— Tu regardes trop les réseaux sociaux, plaisante gentiment sa tante.

— Mais comment tu expliques que la composition du drapeau tibétain soit aussi similaire à celle de ce pectoral ? souligne-t-elle en reprenant son portable et montrant à sa tante une capture d'écran du drapeau. J'ai fait des recherches, et j'ai découvert que la tombe de Toutankhamon n'avait été retrouvée qu'en 1922, alors que la création de ce drapeau date de 1916.

— Sincèrement, *micetta*, je ne pourrai pas t'éclairer sur ce point, dit Rosa avec un petit haussement d'épaules. Il n'y a sûrement aucune explication à cette ressemblance.

— Mais pourquoi sont-elles similaires ? insiste Lola. Les créateurs de ce drapeau se sont peut-être inspirés des représentations de l'Égypte antique.

— Ou ce n'est que le fruit d'une incroyable coïncidence.

— C'est plus qu'une coïncidence, assure Lola en se redressant. Les dalaï-lamas sont connectés à quelque chose de supérieur. Ces hommes ont un lien avec une énergie particulière, une énergie qui se trouve là-haut, dit-elle, levant les yeux vers le ciel éclairé par les lumières de la ville.

— Tu aurais dû faire comme Anna, confie Rosa d'un air à la fois amusé et nostalgique. Chercher à déchiffrer le mystère des étoiles.

— Tu ne penses pas que ça serait cool de découvrir l'existence d'une vie hors de la Terre ? soutient Lola avec une pointe de provocation dans la voix. Imagine qu'il y ait quelque chose qui nous connecte tous. Ce serait... magique.

— On dirait ta mère, souffle Rosa. Elle était certaine que l'espace nous révélerait un incroyable mystère.

— Oui, je sais. C'est pour ça qu'elle pensait que mon monde avait un sens, lance Lola en se pinçant les lèvres et en tripotant le pied de son verre.

Prise de court, Rosa se pétrifie sur place, cessant de respirer pendant un instant.

— Comment sais-tu ça ? demande-t-elle d'une voix tendue qui ne lui ressemble pas.

Surprise par le ton employé par sa tante, Lola a un mouvement de recul et répond :

— C'est Solal qui s'en est souvenu.

Sentant ses doigts se crisper à chaque nouvelle parole, Rosa repose le couteau qu'elle tenait et place ses mains sur ses cuisses, à l'abri du regard de sa nièce.

— Mais je ne le saurai jamais, continue Lola en soupirant. Pourquoi Victor a été aussi stupide ?

— Que veux-tu dire ? demande Rosa, toujours avec cette tension dans la voix.

— Sol m'a dit que son père avait jeté les carnets de maman. Il fait chier ! Ils m'appartenaient.

Rosa se crispe de nouveau.

— Déjà, surveille ton langage en public. Et sache que Victor ne s'en est pas débarrassé, il les a simplement déplacés à ma demande.

À ces mots, Lola reste sans voix, les yeux écarquillés.

— Où ça ? s'écrie-t-elle d'un coup.

— Quelque part.

— Comment ça, « quelque part » ? Rosa ! Il a dit à Sol qu'il les avait jetés… Et maintenant, tu me dis que VOUS m'avez menti.

— Nous voulions éviter que vous les consultiez, répond Rosa comme si c'était une évidence.

Lola, dans la plus grande confusion, dévisage sa tante.

— Mais pourquoi ? veut-elle savoir.

— *Micetta*, s'il te plaît, ne complique pas les choses. Demain, c'est Noël, et je n'ai pas envie de parler de ça aujourd'hui.

— C'est pas compliqué, c'est très simple, au contraire ! assure Lola avec autorité. Je ne connais pas mes parents. J'ai l'impression de retrouver un peu papa à travers ses carnets. Tu ne peux pas m'empêcher de vouloir faire la même chose avec ceux de maman.

— Écoute, *micetta*. Dans ces carnets, il y a certaines notes de ta mère que nous ne souhaitons pas que tu voies. Nous ne voulons pas que tu aies cette vision d'elle.

— Je ne suis plus une enfant !

— Non, mais tu as vécu des traumatismes qu'une enfant ne devrait pas vivre.

— Justement ! Je pourrai supporter les idées noires de ma mère. On en a tous.

Devant l'entêtement de sa nièce, Rosa laisse échapper un soupir.

— Très bien ! Tu auras vingt-trois ans le 8 septembre prochain, ça pourra être ton cadeau d'anniversaire, suggère-t-elle. Mais nous devons d'abord avoir une sérieuse discussion toutes les deux. D'accord ?

Lola hoche la tête à plusieurs reprises.

— Oui, oui, tout ce que tu voudras. Mais est-ce que tu sais si ses recherches sur mon monde imaginaire avaient donné quelque chose ?

— Désolée, *micetta*. Comme tu peux t'en douter, ça n'avait pas abouti. Mais j'ai quelque chose de plus réjouissant pour toi, assure Rosa pour changer de sujet. Je voulais t'en parler à la fin du repas, mais je pense que c'est le bon moment.

Lola se redresse, curieuse de découvrir ce que sa tante lui réserve.

— Léo m'a parlé de ce fameux endroit... Al Merf.

Lola s'immobilise dans un hurlement muet, la bouche grande ouverte, puis s'écrie :

— Al Merf ?!

Rosa hoche la tête, un grand sourire aux lèvres.

— Comment... Comment connaît-il Al... Al Merf ? bégaye Lola.

— Tu te souviens de Christopher, le mari de Léo ?

— L'archéologue ?

Rosa hoche la tête en expliquant avec sa langueur habituelle :

— Et bien, il était avec moi à la réserve. Je me suis permis d'évoquer subtilement le nom d'Al Merf et j'ai appris qu'il y avait fait des fouilles à la fin des années 1980, juste avant la crise économique et la révolte de 1989.

— Donc, Al Merf existe bien ? se réjouit Lola.

Rosa acquiesce d'un mouvement délicat de la tête.

— Oui, et je sais enfin pourquoi tu ne trouvais rien dessus. Depuis ce conflit, les fouilles y sont interdites et le gouvernement a changé le nom du lieu.

— Ça s'appelle comment ? s'empresse de demander sa nièce.

— Christopher a refusé de le dire. Il m'a simplement dit que cet endroit appartenait à un Ancien Monde, sur lequel le temps n'avait pas eu d'impact. Mais je n'en sais pas plus.

— Nous ne pourrons pas y aller, alors..., se désole Lola.

— *Micetta*, tu n'as toujours pas compris qui était Léo depuis le temps ? s'amuse Rosa avec une étincelle dans les yeux.

Lola arque un sourcil, interloquée.

— Je vais t'offrir ton cadeau de Noël avec vingt-quatre heures d'avance ! Que dirais-tu que nous allions toutes les deux à Aqaba durant les vacances de février, et que Léo nous organise une expédition, disons, pas forcément légale ?

Lola ouvre grand les yeux en criant :

— Tu plaisantes ?!

Étonnées par ce cri, de nombreuses personnes se retournent vers elle. Gênée, elle enfonce la tête dans ses épaules tout en s'excusant platement.

— Je suis heureuse que cette surprise te plaise autant, lui dit Rosa en riant.

Chapitre XI

Rien n'était visible. Tout était d'un noir opaque et glacial, comme si aucune chaleur n'avait jamais existé. Le sol n'était que cendres, et son corps déchiré gisait dessus. Quelque chose lui tranchait la peau, comme si le poignard le plus aiguisé découpait couche par couche son épiderme pour atteindre ses muscles nus et vulnérables. Pourtant, aucun objet n'était présent. Seulement une force invisible qui la lacérait. Lorsque cette force atteignait ses nerfs, la déchirure s'arrêtait et sa peau commençait lentement à cicatriser. Mais dès que l'épiderme était de nouveau refermé, le supplice reprenait, devenant plus violent et plus lent encore.

Lola se réveille brusquement dans son lit, terrorisée. Ses nuits s'étaient pourtant apaisées depuis son hallucination au musée égyptien du Caire, il y a plus de trois semaines. Mais là, les douleurs sont insoutenables, comme si cette lame invisible l'avait réellement pénétrée. Sentant une vague de rage l'envahir, elle saisit avec fureur le premier objet qui tombe sous sa main et le lance violemment. Son carnet se heurte contre le mur et s'écrase lourdement au sol. Plusieurs pages s'en détachent, s'éparpillant sur le parquet.

— NON ! NON ! hurle-t-elle en donnant des coups de pied dans les pages volantes. CE NE SONT QUE DES PUTAINS DE CAUCHEMARS !

La colère déforme son visage. Sa respiration est haletante. Ses yeux exorbités lancent des éclairs, regardant fixement son carnet, comme si l'objet de son animosité se tenait dedans. Soudain, comme si son corps ne supportait plus cette tension, ses jambes vacillent. À bout de force, elle se dirige vers la salle de bains et se met sous l'eau chaude. Elle pousse la température à son maximum, laissant l'eau brûlante couler sur sa peau nue. Immobile, les paumes appuyées sur le carrelage mural, la tête baissée pour protéger son visage, elle espère que la douleur physique l'emportera sur celle qui tourmente son esprit.

Après plusieurs minutes, Lola finit par couper l'eau. La salle de bains est plongée dans un épais brouillard. Son corps tout entier semble dégager de la vapeur. En s'enveloppant dans une épaisse serviette en coton, son regard éteint se pose sur ses jambes rouges.

— Il faut que j'arrête..., gémit-elle, en effleurant du bout des doigts sa peau à vif.

— J'arrive ! crie Lola en sortant de sa chambre en pyjama.

Après sa nuit mouvementée, elle a passé la journée au fond de son lit. En apprenant son état, Solal a décidé de l'emmener prendre un verre en compagnie de Nour et d'autres amis pour lui changer les idées.

— Solal, si je t'ai donné un jeu de clés, s'agace-t-elle en ouvrant la porte, c'est pour que...

Mais ce n'est pas Solal qui se tient face à elle. L'espace d'un instant, elle croit rêver. Puis, lorsqu'elle s'aperçoit qu'elle est bel et bien réveillée, elle a l'impression que son cœur sort de sa poitrine.

Mais qu'est-ce qu'il fait ici ? se demande-t-elle, plongée dans la plus grande confusion.

— J'ai vu ma mère aujourd'hui, est la première phrase qu'Antoine prononce.

En l'entendant, le cœur de Lola se serre. Sans répondre, elle s'écarte de la porte et le laisse entrer dans l'appartement.

— Tu dois te demander ce que je fais ici, enchaîne-t-il en s'avançant. Je dois t'avouer que, moi-même, je ne sais pas trop pourquoi je suis là...

Lola reçoit ces mots comme une gifle.

— Mais quand j'étais avec ma mère, ce matin, quelque chose m'a frappé, continue-t-il en la fixant de son regard bleu nuit. J'ai besoin de savoir si ce que Solal m'a balancé au Nouvel An est vrai.

Qu'est-ce qu'il a dit ? s'affole-t-elle.

Sa bouche est ouverte, mais aucun son ne sort.

— J'étais bourré et je me suis énervé contre lui, car il m'avait caché ta... Ton truc avec ton connard d'Italien.

Lola déglutit et détourne le regard, embarrassée.

— On s'est engueulés, et il m'a balancé que j'avais eu de la chance de t'avoir rencontrée, car j'aurais pu ne jamais te connaître.

Lola se pétrifie d'horreur.

Pourquoi il a dit ça ? hurle-t-elle en pensée.

— Sur le coup, je n'ai pas compris et je suis parti de la soirée. Mais, ce matin, cette phrase m'est revenue en pleine figure. Je n'avais jamais fait le rapprochement jusqu'à aujourd'hui. Pourtant, j'aurais dû le comprendre dès le début. Certaines de tes réactions, le fait que je ne connaisse pratiquement rien de ton passé, ton comportement bizarre quand on passait devant le cabinet d'un médecin... Et le fait que tu n'aies jamais voulu m'accompagner voir ma mère.

La main de Lola se crispe et s'enfonce profondément dans sa paume.

— Si je mets ça bout à bout, tout devient évident, dit-il alors d'une voix froide. J'ai besoin de savoir, et je veux que tu sois honnête. Est-ce que tu as tenté de te suicider ?

Sa question la désarme totalement. Elle ne s'attendait pas à ce qu'il soit aussi direct. Ébranlée, elle chancelle et, sentant que ses jambes lâchent, elle s'appuie sur l'accoudoir du canapé. À cet instant, elle se sent extrêmement fragile et vulnérable. Pour éviter d'exploser en sanglots, elle lève les yeux et fixe le plafond, refoulant comme elle peut les larmes qui descendent déjà le long de ses joues.

— Je pense que j'ai vu juste, souffle-t-il, le visage blême. Et que j'ai raison pour la suite aussi... Comme ma mère après sa tentative, tu as été...

— Internée, termine-t-elle dans un murmure.

Pendant un temps qui semble interminable, ils restent figés, au milieu de la pièce, sans rien se dire. Puis d'un coup, elle se tourne et se dirige vers la porte-fenêtre pour fumer. À peine l'a-t-elle entrouverte qu'une brise glaciale s'engouffre dans l'appartement en sifflant.

— Tu vas attraper la crève, lui fait remarquer Antoine d'un ton sec en la voyant s'asseoir à sa place habituelle. Tu ne veux pas aller mettre un pull ?

Comme seule réponse, elle saisit son paquet de cigarettes et en sort une. Mais elle ne l'allume pas. Elle la fixe, nerveuse, essayant de contrôler le flot d'émotions chaotiques qui l'envahit depuis quelques instants.

— Ce n'est pas possible d'être aussi têtue, s'agace-t-il en s'approchant d'elle.

D'un geste vif, il attrape le gros plaid posé sur le canapé, et entoure Lola avec. Puis il passe une jambe sur son balcon et s'installe en face d'elle. Lola détourne la tête, laissant ses yeux s'égarer sur les immeubles d'en face. Elle se déteste de lui faire endurer son silence. Mais c'est la seule protection qu'elle connaisse.

— Est-ce que c'est parce que j'ai fait interner ma mère à cause de mon connard de père que tu n'as rien dit ? lui demande-t-il soudain.

— Non ! crie-t-elle en retrouvant sa voix et en tournant la tête vers lui. Bien sûr que non.

— Alors, pourquoi ?

— Il y a une autre raison...

— Laquelle ?

Lola ne peut s'empêcher de détourner le regard une nouvelle fois et allume sa cigarette.

— Je... Je..., finit-elle par bégayer en grelottant. Quelque chose m'a amenée à faire des cauchemars et à m'enfermer dans un monde im...

La fin de sa phrase se perd au fond de sa gorge.

Pourquoi j'arrive pas à lui parler ? s'énerve-t-elle.

— Dans un monde quoi ? Imaginaire ? demande Antoine avec une légère impatience dans la voix.

Le visage de Lola se crispe. L'entendre prononcer ces mots la paralyse totalement.

— Putain, Lola, tu ne m'aides pas ! souffle-t-il avec agacement. C'est difficile de te comprendre si tu refuses de parler. Ce n'est pas la première fois que t'en parles quand même ?

— Non... Ma famille, ma psychiatre et... Andreï sont au courant.

Antoine fronce les sourcils.

— Il a vécu des choses dans son orphelinat en Roumanie, lui explique-t-elle en se recroquevillant sur elle-même. Quand on a voulu l'aider, en lui prêtant le studio de Rosa, il a refusé catégoriquement. Et je l'ai harcelé jusqu'à qu'il me dise la vraie raison de son refus. Et... je sais pas trop pourquoi, mais je me suis confiée à lui aussi. Je crois que j'ai voulu lui montrer qu'il n'était pas seul.

Antoine affiche un air tendu.

— Et pourquoi tu ne t'es pas confiée à moi lorsque JE t'ai raconté mon histoire ? demande-t-il.

— C'est compliqué... Je crois que j'ai voulu que tu voies la personne que je suis aujourd'hui et pas celle de mon passé, avoue-t-elle en claquant des dents. Et avec ton passé, je ne voulais pas que tu fuies.

En entendant sa phrase, Antoine croise les bras sur sa poitrine et renifle avec mécontentement.

— Mon passé n'aurait pas dû entrer en ligne de compte. Et...

Il se tait.

— Va te changer, s'il te plaît ! s'exaspère-t-il en la voyant se frictionner les bras de ses paumes. Tu me donnes froid.

Ne souhaitant pas le contrarier davantage, elle écrase sa cigarette et se lève. Au même moment, Antoine la saisit par le bras et presse doucement ses doigts sur sa peau glacée.

— Je suis revenu, dit-il d'une voix éteinte qui ne lui ressemble pas. J'ai besoin que tu me parles, s'il te plaît.

Malgré la culpabilité qui la ronge, Lola ne lui répond pas et part se changer. Elle revient quelques minutes plus tard, habillée chaudement, une pile de carnets entre les bras. Elle les pose sur le parquet dans un geste maladroit, et se rassoit en face d'Antoine, qui n'a pas bougé. Sans comprendre, il se saisit du premier de la pile, le scrute, le manipule, puis l'ouvre sur une page au hasard. Là, il tombe sur un dessin qu'il observe longuement, une expression impassible sur le visage.

— Qu'est-ce que c'est ? finit-il par demander d'une voix neutre.

Au ton qu'il vient d'employer, Lola comprend qu'il s'est mis dans la peau de l'avocat. Celui qui doit cacher le fond de sa pensée pour éviter de contrarier son client. Sur le coup, elle ne sait pas si son attitude la rassure ou l'angoisse.

— Tourne la page, répond-elle simplement.

Antoine s'exécute et découvre alors un texte manuscrit d'Alessandro.

« La créature "Umapo", le dimanche 05/10/2003.

Mon excentrique LDMV !
Aujourd'hui, tu m'as décrit une Umapo (ou Humapo).
D'après tes dires de petite fille tête dans les étoiles, c'est une :
"Jolie et gentille être de l'élément Feu, avec de grands yeux ronds,
pleine de pierres qui brillent partout dedans et du feu upagla
sur tous les cheveux. C'est du feu des pierres, c'est vraiment très beau.
Et elle a une grande barre au milieu de sa tête de tigre très, très bizarre.
Elle a quatre pattes, une queue de serpent enflammée,
et elle est rusont et cotroge."

Ma LDMV, j'ai peiné à dessiner cette nouvelle créature.
J'ai finalement fait un mixte entre le qilin de la mythologie chinoise
et le Pokémon Ponyta, puis j'ai ajouté une touche de la toile
Les Licornes de Moreau. En tout cas, j'ai mis un petit moment
à comprendre tes couleurs. Trouver des tons comme de "l'orange coton"
et du "rouge qui fait mal à la tête" n'est pas une mince affaire.
Et le feu sur la crinière est un mélange de toutes les nuances de rouge.
Va colorier ça ! Mais j'ai réussi à sortir quelque chose.
Après moult efforts, tu m'as dit :
"C'est pas comme ça qu'elle est, mais t'es pardonné,
car elle est quand même jolie !"
Promets-moi, ma LDMV, de toujours dessiner
tout ce que tes yeux merveilleux observeront ! »

Antoine lève la tête, dans l'incompréhension la plus totale.

— D'aussi loin que je me souvienne, mon cerveau inventait des créatures, lui confie Lola d'une voix étouffée. J'avais des amis imaginaires, invoquais des sortes de super-pouvoirs, je voyais des monstres, je créais des…

Elle s'arrête un instant, prise de court. Elle s'attendait à ce qu'Antoine l'interrompe, à ce qu'il lui pose des questions, ou encore à ce qu'il parte. Mais rien. La situation est inversée. Cette fois, c'est lui qui reste silencieux, imperturbable.

— Des mots, des planètes, et même des êtres vivants étranges, poursuit-elle finalement avec une certaine résignation. J'étais persuadée qu'il existait six éléments et que chaque être vivant correspondait à un ou deux d'entre eux. Je classais les personnes ou les choses que je voyais. J'inventais des manières de parler, des manières de se déplacer, des façons d'évoluer.

Sa gorge est tellement sèche que les mots ont de plus en plus de mal à en sortir.

— Tout ça s'est développé en plusieurs temps, poursuit-elle en se la raclant. Avant la mort de mes parents, ça allait. Je maîtrisais mon monde. Mais c'est après que tout a dégénéré, et que mes cauchemars ont commencé, avoue-t-elle rapidement, comme pour expédier cette discussion pénible. Rosa a essayé de me suivre dans ce délire, mais, vers mes sept ans, mon monde imaginaire a pris de plus en plus de place dans ma vie. Je le dessinais et je m'y accrochais. Je m'y suis de plus en plus enfermée. Et à mes quinze ans, c'est...

Elle s'arrête net, incapable d'en dire plus. Un long silence pesant s'installe alors.

— Tu sais que tu aurais pu m'en parler, finit par dire Antoine d'une voix calme et posée, comprenant qu'elle ne pouvait plus se confier. Tu as un monde imaginaire, c'est... pas commun, ajoute-t-il comme pour rester poli. Mais on a tous besoin de s'inventer une autre vie pour oublier la réalité.

Elle préfère ne pas lui répondre, sachant pertinemment que créer un monde comme le sien n'est pas si anodin.

— Je ne comprends pas..., souffle-t-il, voyant qu'elle se renferme dans sa bulle de silence. Pourquoi tu m'as caché tout ça ? Solal invente des histoires rocambolesques à partir d'œuvres, et je te vois les dessiner depuis que nous sommes ensemble. Jamais tu ne m'as entendu dire de Sol qu'il avait un grain, ou que tu en avais un... Au contraire ! Je suis plutôt admiratif, car je ne pourrais jamais créer ce genre de choses. J'en suis totalement incapable.

Lola se redresse, surprise par ses propos.

— Je ne te l'ai jamais dit, mais c'est ça qui m'a fait vraiment tomber amoureux de toi..., continue-t-il avec un léger sourire qui laisse apparaître ses fossettes.

À ces mots, Lola sent son cœur bondir. Il cogne si fort qu'elle a l'impression qu'il va s'échapper de sa poitrine. Elle a envie de lui répondre, mais le silence a repris sa place. Alors elle tente un mouvement vers lui.

— Je ne suis pas prêt à te pardonner ce qui s'est passé entre toi et l'autre, la stoppe-t-il aussitôt d'un geste de la main en reprenant son allure stoïque.

Lola se recule, déçue.

— On verra si j'y arrive un jour. Pour l'instant, on va se concentrer sur autre chose. Tes quinze ans !

Lola se fige.

— Qu'est-ce qui s'est passé ? veut-il savoir.

Elle se mord fortement l'intérieur des joues. Même si elle a commencé à se confier sur son monde, cette partie de sa vie reste encore impossible à aborder avec lui.

— Lola, maintenant que je sais que tu as été internée, tu peux me dire pour quelle raison, souligne-t-il.

Comme seule réponse, elle lui fait « non » de la tête. En la voyant allumer une nouvelle cigarette, Antoine ne peut cacher son agacement et souffle bruyamment. Mais, conscient qu'elle ne se confiera pas davantage, il se saisit d'un autre carnet posé sur le parquet en déclarant :

— OK, je ne vais pas insister. Mais vu que tu refuses de me donner des détails sur tes quinze ans, je vais continuer ma lecture pour tenter de te comprendre un peu mieux.

Il a repris sa voix d'avocat pour lui parler… Cette voix claire et maîtrisée.

— Merci, est le seul mot que Lola réussit à articuler.

Dans un froid de plus en plus glacial, Antoine lit consciencieusement chaque mot d'Alessandro, tout en observant les photographies et les dessins correspondants. De son côté, Lola fixe les immeubles d'en face, triturant la manche de son pull crème et fumant cigarette sur cigarette. Elle n'a jamais été aussi nerveuse de toute sa vie. Une seule question tourne en boucle dans sa tête.

Qu'est-ce qu'il va penser de moi, maintenant ?

D'un coup, elle sursaute lorsqu'elle l'entend demander :

— C'est quoi, cette histoire d'éléments ? Tu m'en as parlé tout à l'heure, et ton père les décrit souvent.

Prise de court, Lola cligne des paupières, semblant totalement ailleurs. Puis, sans vraiment savoir pourquoi, sa langue se délie, et elle lui répond d'une voix posée :

— Quand j'étais petite, je pensais que tous les êtres vivants étaient divisés en six éléments : l'Eau, l'Air, le Feu, le Sol, l'Espace et l'Esprit. Chacun avait ses spécificités et ses propres forces.

À sa grande surprise, elle n'a aucun mal à se livrer lorsqu'il s'agit de son monde imaginaire.

— Comme avec les signes astrologiques ? demande-t-il, confus.

— Oui et non. C'est plus complexe..., explique-t-elle d'un ton plus assuré. Ta date de naissance n'a pas vraiment d'impact. Ce sont tes parents qui te transmettent leur élément.

— Ah.

Antoine reste quelques secondes la bouche entrouverte, ne sachant pas comment déchiffrer les explications de Lola.

— En gros, nous, les humains, nous sommes du Sol, les poissons, de l'Eau, et les oiseaux, de l'Air, ironise-t-il finalement.

Le voir faire autant d'efforts pour comprendre son monde rassure Lola. Elle ne peut empêcher un sourire de se dessiner sur ses lèvres.

— Non, chaque espèce peut détenir différents éléments, lui apprend-elle en balayant de la main la fumée qui entre dans son appartement. Par exemple, les plantes d'eau, comme les algues, sont de l'élément Eau. Les plantes liées au soleil, comme le tournesol, sont de l'élément Feu. Les oiseaux qui traversent les océans, comme les albatros, sont mi-Eau, mi-Air, etc.

— Ah, dit-il encore avec un petit hochement de tête.

— Après la mort de mes parents, j'ai commencé à diviser les éléments en branches.

Elle fouille dans sa pile de carnets et se saisit de l'un d'eux, qu'elle feuillette jusqu'à tomber sur une page précise.

— Tiens ! Par exemple, pour le Sol, tu trouves les branches : Bois, Métal, Montagne, Minéral, Terre et Végétale, énumère-t-elle en faisant défiler la liste du doigt. Et tu as la même chose pour chaque élément.

— Ah, répète Antoine presque dans un murmure. Et il y en a combien pour les autres ?

— Pareil. Six pour chaque élément.

Antoine hoche la tête, de plus en plus perdu.

— Donc, tous les êtres vivants ont un élément. Et toi, tu étais quoi comme élément ?

Il a l'air aussi surpris de la question qu'il pose que de s'entendre la formuler à haute voix.

— J'étais Espace et Esprit.

Antoine écarquille les yeux, dépassé par les réponses de Lola.

— On va s'arrêter là, dit-il en secouant la tête. Je vais avoir besoin de digérer toute cette histoire.

Comprenant la confusion d'Antoine, Lola préfère changer de sujet.

— J'ai autre chose à te raconter... Je vais te montrer mon vrai mémoire.

Antoine la regarde d'abord sans comprendre, puis s'exclame avec exaspération :

— Pour ça aussi, tu m'as menti !

— Oui, mais là, j'étais obligée...

En l'entendant, Antoine lâche un rire jaune.

— Laisse-moi deviner : Solal, Rosa, Victor et Andreï sont au courant. Ah, oui, et ta psychiatre aussi, la raille-t-il.

En voyant la gêne se dessiner sur le visage de Lola, Antoine s'écrie en levant les bras au ciel :

— Non, mais tu te fous de moi !

— Victor et ma psy ne sont pas au courant, se défend-elle maladroitement. Mais lorsque je t'aurai tout dit, tu comprendras pourquoi je te l'ai caché.

Sans lui laisser le temps de répondre, Lola lui raconte alors toutes les découvertes, en commençant par son rendez-vous avez Guillaume Aupuduy et en lui décrivant chaque étape, tout en essayant d'évoquer Pietro le moins possible. Lorsqu'elle arrive sur le sujet de l'Égypte et l'histoire du firsalte, elle s'interrompt, part dans sa chambre, fouille sa penderie et revient avec un carnet bleu entre les mains.

— Il appartenait à ma mère, explique-t-elle en le tendant à Antoine.

Ce dernier s'en saisit et le scrute avec de grands yeux, comme s'il s'attendait à ce que le cahier se mette subitement à parler.

— Quand Rosa m'a dit que Victor n'avait pas jeté les carnets de ma mère, j'ai vite compris où il les avait déplacés, dit-elle alors. Je suis donc allée en prendre un dans son bureau, la semaine dernière. Même Solal ne sait pas que je l'ai récupéré.

Antoine, silencieux, l'ouvre à la première page.

— Il est rempli d'équations compliquées, mais aussi de notes et d'idées, précise-t-elle en voyant son air perplexe. Et j'ai découvert un truc très étrange...

Elle lui arrache le carnet des mains et le feuillette rapidement, avant de s'arrêter sur une page noircie de notes.

— Tiens, regarde ! lance-t-elle en pointant du doigt le milieu de la feuille. Ma mère s'était intéressée à des objets composés de matières météoritiques.

Antoine la dévisage sans comprendre.

— Oui, c'est une liste tout ce qu'il y a de plus normal, dit-il en la parcourant des yeux.

— Justement, non ! Un peu plus haut, elle explique qu'elle avait utilisé ce que je lui disais pour constituer cette liste, lui certifie-t-elle. Et regarde en bas !

Antoine déchiffre les mots au-dessus du doigt de Lola.

— Elle y avait inscrit le poignard de Toutankhamon...

ARC 3

— Elle a fait le bon choix ! Elle vient te voir.

— Mais Rosa sera avec elle.

— Je ferai en sorte qu'elle soit seule pour que tu puisses lui livrer tous tes enseignements. Parle-lui de la Connaissance. Montre-lui comment ce Savoir inspire les humains ! Explique-lui le fonctionnement de la Création et de la Destruction. Fascine-la ! Fais-lui comprendre que son monde n'est pas imaginaire, mais réel. Et surtout, fais ressortir son être-lumière.

— Le faire ressortir ? Tu souhaites que son être-lumière s'accroisse à Al Merf ? C'est de la folie ! Cet acte les amènera à réagir plus rapidement.

— Si nous voulons que Terre soit protégée, c'est l'unique solution. Elle doit retrouver la Connaissance.

— En faisant cela, tu mets Al Merf en danger !

— Ils ne viendront pas à Al Merf.

— Qu'en sais-tu ? Leurs réactions sont imprévisibles ! Pourtant, en tant qu'ancien alebsuncia[1], tu as bien conscience que...

— Ça suffit ! Je sais mieux que quiconque que leur destruction est imprévisible. Concentre-toi sur elle, et non sur mes choix.

— Faire ressortir son être-lumière ici est irresponsable. Tu nous as déjà dangereusement exposés en déterrant les recherches de Geórgios Ikonómos. Il y a trop d'humains mêlés à cette histoire.

1. Voir la définition dans le glossaire en fin d'ouvrage.

— Est-ce que tu peux comprendre que j'en ai besoin ? Cela me servira pour la suite. Sa réaction m'indiquera quel chemin prendre pour la faire revenir dans la Connaissance. Alors, augmente ses énergies et fais ressortir son être-lumière !

Chapitre I

Dès leur arrivée à la réception du De Lara Hotel, Rosa demande à être mise en relation avec Ahmed Al-Dahaki. Sans poser de questions, le réceptionniste prend aussitôt le téléphone posé sur le bureau, parle en arabe et raccroche presque immédiatement.

Quelques minutes plus tard, un « Bonjour, mesdames » dans leurs dos attire leur attention. Un homme d'une quarantaine d'années se tient en face d'elles. Il est plutôt petit et semble assez maigre sous son pantalon de costume sable et sa chemise en lin, pourtant parfaitement taillés.

— Je suis Ahmed Al-Dahaki, le directeur de l'hôtel, se présente-t-il dans un français fluide, avec un accent chantant.

Lola est surprise. Elle ne s'attendait pas à être reçue par le directeur en personne.

— Vos bagages seront montés dans votre chambre, poursuit-il en désignant d'un geste de la main deux hommes déjà en train de s'en occuper. Allons boire un thé. Ainsi, nous pourrons parler de la raison de votre visite dans notre belle ville.

Lola et Rosa lui emboîtent le pas et le suivent jusqu'à un salon privé, caché au fond du jardin de l'hôtel.

À peine sont-elles assises qu'un serveur apporte une imposante théière brûlante, remplie de thé à la menthe, ainsi que trois tasses en porcelaine noir et rouge. Le directeur reprend alors d'une voix amicale :

— Léo m'a rapidement expliqué ce que vous faisiez et m'a demandé de contacter Ghawth. C'est un guide spécialisé dans les treks du désert Wadi Rum. Puis-je savoir sur quoi portent vos recherches ?

— Sur le site de Siq al-Barid, ment Lola. Je souhaite voir la Painted House, l'un des rares témoignages de l'art pictural de Pétra.

Rosa hoche la tête avec un léger sourire pour appuyer le mensonge de sa nièce.

— Ah ! La Petite Pétra, souffle Ahmed avec une étincelle dans les yeux. Excellent choix. En revanche, je ne comprends pas pourquoi vous avez besoin de Ghawth, je connais de très bons guides tout aussi qualifiés pour cette visite. Ghawth est normalement sollicité pour des excursions plus techniques. Je me permettrais même de dire... risquées.

— Je pense que Léo souhaitait que nous ayons quelqu'un de confiance pour les recherches de Lola, ment Rosa avec son habituelle douceur. Il la considère comme sa fille et veut le meilleur pour elle.

Pour renforcer ses paroles, elle dépose sa main sur la cuisse de sa nièce et la caresse du pouce.

— C'est vrai que Ghawth s'est occupé des excursions du mari de Léo dans le Wadi Rum, se fait-il la réflexion.

Des coups à la porte l'interrompent.

— Tiens, ce doit être lui, présume le directeur de l'hôtel en se levant pour ouvrir. Votre guide est l'un des meilleurs de la région et il a toute ma confiance, ajoute-t-il en tournant la poignée.

Un colosse de plus de deux mètres apparaît dans l'encadrement. Ses épaules larges et droites remplissent presque tout l'espace de l'ouverture de la porte et ne laissent passer qu'un rai de lumière. Ses bras croisés sur son torse bombé lui donnent une allure encore plus imposante. En le voyant, Lola déglutit, impressionnée par sa carrure. Il avance d'un pas, laissant enfin la lumière l'éclairer un peu plus. Sa barbe fournie cache le bas de sa figure aplatie, et ses boucles noires tombent devant ses yeux de la même couleur. Rosa, qui n'a l'air aucunement intimidée par cet homme, le salue poliment.

— J'espère que vous trouverez des réponses à vos questions ! dit Ahmed en sortant. Si vous avez besoin de quoi que ce soit, demandez-moi à la réception, je me ferai un plaisir de vous aider.

Après un échange de politesse avec Rosa et Lola, il referme la porte derrière lui, les laissant seules avec Ghawth, qui se tient au milieu de la pièce. Ce dernier, ne semblant pas vouloir s'asseoir, finit par prendre la parole et demande :

— Pour le voyage, je dois savoir laquelle de vous deux vient.

Sa voix gutturale et rêche crispe Lola.

— Nous venons toutes les deux, lui répond Rosa dans un anglais fluide et mélodieux.

— Je ne peux pas prendre deux personnes. Une seule d'entre vous peut venir.

Les deux parentes échangent un regard surpris, plongées dans l'incompréhension la plus totale.

— Léo et Christopher avaient bien précisé que nous étions deux, indique Rosa.

Ghawth s'avance d'un pas, ses sourcils broussailleux froncés.

— Je n'ai qu'une place pour ce périple, répond-il fermement. Vous devez choisir qui vient avec moi.

Hein ? Mais qu'est-ce qu'il dit, lui ? se demande Lola.

Avec un petit pincement de lèvres, Rosa déclare d'une voix un peu plus soutenue :

— Nous sommes deux, et je sais que Léo vous l'a bien spécifié. Expliquez-moi pourquoi nous ne pouvons pas nous rendre à Al Merf ensemble.

— Deux personnes, c'est deux fois plus de risques, leur fait-il remarquer.

De risques ? répète Lola en se raidissant.

Sentant l'inquiétude monter, elle jette un coup d'œil à sa tante. Rosa, plus droite qu'un piquet, reste malgré tout d'une élégance rare.

— Pensez-vous que je vais laisser ma nièce partir seule avec vous dans un lieu inconnu et, qui plus est, risqué ? déclare-t-elle avec dans la voix une pointe d'agacement, insoupçonnable lorsqu'on ne la connaît pas.

Elle laisse un blanc s'installer, mais le guide semble ne pas vouloir répondre à sa question. Puis, lorsqu'elle prend conscience qu'il campera sur ses positions, elle attrape son sac et demande :

— Combien dois-je vous payer pour que vous nous emmeniez toutes les deux ? Votre prix sera le mien. Et pour les risques, dites-moi comment nous pouvons les diminuer.

Ghawth sourit en entendant sa proposition.

— On m'a déjà payé avec quelque chose que vous ne pouvez pas m'offrir. Et on m'a payé pour une seule personne, précise-t-il en appuyant sur « seule ». Et les risques ne sont pas pour vous. Mais pour Al Merf.

Oh, mais qu'il est chiant, s'agace Lola en voyant que le guide reste inflexible.

— Je vous assure qu'Al Merf ne courra aucun danger si nous venons ensemble. Je souhaite simplement accompagner ma nièce pour sa sécurité.

— Elle sera en sécurité. Ça, je vous le garantis. Et j'en déduis que ce voyage est organisé pour elle. Je vais vous demander de quitter la pièce, je dois lui expliquer le déroulement de la journée, ajoute-t-il.

Comprenant qu'elle ne le fera pas changer d'avis, Rosa repose son sac et annonce d'un ton solennel :

— Je suis désolée, mais comme vous ne semblez pas disposé à nous accepter toutes les deux, je préfère que nous annulions ce voyage.

Ces mots ont l'effet d'un électrochoc pour Lola, qui s'écrie alors :

— Rosa, il faut que tu me laisses partir, s'il te plaît ! C'est important.

Rosa se tourne vers sa nièce, surprise par son intervention soudaine.

— *Micetta*, comprends-moi, souffle-t-elle d'une voix maternelle en plongeant son regard dans le sien. J'ai conscience que ce voyage compte énormément pour toi, mais nous ne connaissons pas cet homme, dit-elle en désignant Ghawth du menton, et nous ne savons rien d'Al Merf.

Ghawth inspire fort, mais se garde de faire un commentaire.

— Je dois y aller ! insiste Lola, prenant la main de sa tante dans la sienne. C'est vraiment important, Rosa, j'ai…

Sans prévenir, un sanglot lui transperce la gorge, empêchant tout son de sortir de sa bouche.

— *Micetta* ? s'inquiète alors Rosa. Qu'est-ce qu'il y a ?

Prenant conscience que le silence s'installe, Lola retire sa main de celle de sa tante et frappe sa poitrine avec le plat de sa paume, par petits coups. Rosa comprend immédiatement ce qu'il se passe, ayant vu sa nièce faire ce geste à de nombreuses reprises lors de son internement.

— Souviens-toi que tu resteras toujours ma priorité, et que, quelles que soient tes pensées, je ne te jugerai jamais, la rassure doucement Rosa.

À ces mots, les yeux de Lola se remplissent de larmes et, pour tenter de les contenir, elle se lève et se met à faire les cent pas dans la pièce.

Parle ! s'ordonne-t-elle, enfonçant ses ongles dans sa poitrine. *Il faut que tu lui parles !*

Observant son attitude de plus en plus préoccupante, Rosa se lève pour la prendre dans ses bras, mais lorsqu'elle pose ses doigts sur l'une des épaules de Lola, cette dernière sursaute et se recule précipitamment, manquant de se prendre les pieds dans la table basse. Rosa lève alors les deux mains et lui assure d'une voix paisible :

— D'accord, *micetta* ! Tu as besoin de te calmer seule, je te laisse tranquille. Regarde. Je me tiens à distance.

Voyant sa nièce, les yeux rivés sur le sol, sa paume comprimant le creux entre ses clavicules, Rosa se tourne vers Ghawth.

— Pouvez-vous nous laisser quelques minutes ?

Le guide acquiesce d'un mouvement de tête et sort sans rien dire.

— Il n'y a plus que toi et moi, lui dit alors Rosa, qui a repris sa place sur le canapé.

À son grand soulagement, son intervention a l'effet escompté. Immobile au milieu de la pièce, Lola s'est tournée vers sa tante et lui dit enfin dans un murmure :

— J'ai quelque chose à t'avouer.

À peine a-t-elle prononcé ces mots que Rosa sent son souffle se couper. À l'âge de quinze ans, Lola avait utilisé la même phrase avant de lui confier ce qui lui était arrivé. Sur le coup, la panique envahit Rosa, qui se demande quelle affreuse chose sa nièce a encore subie. Mille scénarios défilent à toute allure dans sa tête. Mais elle est arrachée à ses horribles pensées par la voix de Lola, qui s'est assise à ses côtés sur le canapé en lui disant :

— Allons-y...

Pendant de longues minutes, Lola raconte tout à Rosa. De sa rechute, le vendredi 9 octobre 2020, avec le retour de ses cauchemars, jusqu'aux carnets de sa mère. Elle n'omet aucun détail, lui décrit l'ensemble de ses mauvais rêves, de ses hallucinations, et lui parle même de la prise de somnifères en Italie, ainsi que de l'épisode avec le poignard au musée égyptien. Elle lui explique également les liens qu'elle a faits entre Al Merf et les carnets de sa mère. C'est la première fois que Lola est aussi sincère avec sa tante. De son côté, Rosa l'écoute sans l'interrompre.

— Cet endroit m'apportera sûrement des réponses, finit Lola. Mais pour ça, il faut que tu restes ici. On n'a pas d'autre choix. Est-ce que tu penses que c'est possible pour toi de me laisser y aller seule ?

Rosa est sonnée par la quantité d'informations reçues en quelques minutes. Les aveux de Lola la prennent totalement au dépourvu. À l'intérieur de sa cage thoracique, elle sent une pointe la transpercer. Comme si tout le chagrin de sa nièce venait de la poignarder. À la différence de Lola, elle sait parfaitement cacher ses émotions. Pourtant, elle sent ses yeux s'humidifier. Ils la trahissent. Elle va finir par craquer. Elle le sait.

Alors, dans un dernier effort pour dissimuler son malaise croissant, elle répond d'une voix maîtrisée :

— J'ai besoin d'une minute, ma *micetta*. Seule.

Sans un mot de plus, elle se lève et, dans un réflexe maternel, caresse la joue de Lola avec une douceur inattendue. Puis elle sort du salon privé, avance d'un pas chancelant dans l'allée bordant le jardin, et ouvre la première porte sur sa droite.

Là, elle entre dans une petite pièce où sont installés des toilettes et un lavabo en marbre moucheté. Ses jambes lâchent, et elle se rattrape comme elle peut au lavabo. De rage, elle serre ses doigts dessus le plus fort possible, étouffant un cri rauque...

Sans qu'elle puisse la retenir, une larme roule le long de ses pommettes hautes, puis une deuxième, puis une troisième. Tout à coup, Rosa explose en sanglots. Elle pleure avec une telle violence que tout son corps est traversé par des spasmes. Elle a l'impression que Lola l'a giflée de toutes ses forces pour lui faire comprendre sa situation.

Ses cauchemars, ses hallucinations, son monde imaginaire... Rosa n'a rien vu venir. Comme l'année de ses quinze ans... Toutes ses erreurs lui reviennent brutalement en pleine figure, tels des coups de poing. Ce moment où les magnifiques yeux miel de Lola se sont de nouveau éteints. Lorsque sa nièce a évité de répondre à ses questions. Sa maigreur, qui semble s'être imprimée sur les traits tristes de son visage. Sa peau dorée, comme celle d'une Espagnole, de plus en plus grise et terne ces derniers mois, malgré les voyages au soleil. Encore une fois, elle est passée à côté de la détresse de Lola. Encore une fois, elle a failli...

Chapitre 11

Toujours appuyée contre le lavabo, Rosa essaye tant bien que mal de retrouver son calme. Elle s'asperge abondamment le visage d'eau froide pour se remettre les idées en place. Elle a le sentiment d'avoir lamentablement échoué à l'éducation de Lola. À vingt-deux ans, la voilà encore en proie à des hallucinations.

Rosa relève la tête vers le plafond en pinçant les lèvres, sa chevelure souple retombant sur ses épaules toujours secouées par les sanglots.

— Alessandro, aide-moi, je t'en prie ! implore-t-elle. Je ne sais plus quoi faire. Il y a quelque chose en elle. Quelque chose qu'elle ne comprend pas. Que je ne comprends pas ! Ses cauchemars...

Sa voix se brise sur ce dernier mot.

— Qu'est-ce qu'il se passe au fond d'elle ? se lamente Rosa en baissant la tête. Alessandro, pourquoi m'as-tu laissée seule avec ta fille ? Elle n'est pas comme tout le monde, elle est différente ! Et après ce qu'elle vient de me dire, j'ai peur pour elle. Je t'en prie, aide-la.

Soudain, deux mains passent autour de sa taille pour l'enlacer. Surprise, Rosa a un mouvement de recul, mais lorsque son regard croise celui de sa nièce, elle s'immobilise. Lola a tout entendu...

— Je ne pouvais pas rêver mieux que toi pour m'élever, dit-elle en enfouissant sa tête dans le cou de sa tante.

La voix de Lola est d'un calme et d'une douceur qui étonnent Rosa.

— C'est ma rencontre avec Andreï qui m'a fait prendre conscience de ma chance, poursuit-elle. Je t'ai, toi. C'est tout ce qui compte ! La décision que tu as prise à mes quinze ans était la meilleure à cet instant. Je pense que beaucoup de parents auraient réagi comme toi. Je pense que même mes parents auraient aussi pris cette décision. Alors maintenant, toi et moi, nous devons aller de l'avant.

D'émotion, Rosa serre fort sa nièce dans ses bras, incapable de parler.

Elles restent ainsi un long moment, sans bruit, enlacées. Puis Rosa finit par desserrer son étreinte et dit d'une voix basse :

— Retournes-y, je te rejoins dans un instant.

Lola acquiesce d'un mouvement de tête et sort de la pièce. Rosa prend alors de profondes inspirations, passe de l'eau fraîche sur son visage et part retrouver sa nièce.

En entrant dans le salon privé, elle se fige un instant à la vue de Ghawth, assis en face de Lola, les bras croisés sur son torse.

— J'ai essayé de joindre Léo avec ton portable, dit Lola lorsque sa tante reprend sa place sur le canapé. Mais je suis directement tombée sur son répondeur.

— C'est normal, il fait encore nuit à San Francisco, indique Rosa. Mais il me rappellera dans la journée et je pourrai éclaircir toute cette histoire avec lui.

— Je ne pourrai pas attendre que Léo vous rappelle. J'ai une excursion cet après-midi qui se terminera tard, dit Ghawth. Je dois donc préparer la vôtre dès maintenant.

— Je comprends, mais j'aurais été rassurée si j'avais pu lui parler, soupire-t-elle.

— Mais c'est Léo qui a organisé le voyage, lui rappelle Lola. Je n'aurai rien à craindre.

— Oui, mais il l'a planifié pour deux personnes, et non pour une.

— Léo savait parfaitement qu'une seule d'entre vous aurait le droit de se rendre à Al Merf, la corrige aussitôt Ghawth.

Les deux parentes se tournent vers lui, médusées.

— Il me l'aurait précisé, assure Rosa.

— Il a essayé de négocier pour deux, mais il a échoué, explique-t-il.

— Mais pourquoi ne m'a-t-il rien dit ? s'enquiert Rosa, posant cette question autant pour le guide que pour elle-même.

— Ce voyage est unique, déclare Ghawth, adoptant cette même attitude inflexible. Il ne voulait peut-être pas que vous manquiez cette occasion. Aller à Al Merf est un véritable privilège ! J'espère pouvoir un jour avoir l'autorisation d'y conduire ma fille pour qu'elle découvre cet endroit. Vous ne vous rendez pas compte du cadeau que cela représente.

En entendant le guide parler de sa fille, Rosa relâche la pression.

— Est-ce que vous pouvez me garantir que ma nièce ne court aucun danger ?

— Ma fille a à peu près le même âge, confie-t-il d'une voix étonnamment adoucie. Je vous fais la promesse de traiter votre nièce comme si c'était ma Saba.

Soulagée, Rosa hoche délicatement la tête.

— Je veux bien la laisser partir, cède-t-elle.

Surprise, Lola, qui est en train de boire une gorgée de thé, avale de travers.

— C'est vrai ? bégaye-t-elle en toussant.

— Oui. Mais je souhaite connaître le programme de la journée, ajoute Rosa en fixant Ghawth.

— Nous partirons demain matin à 6 heures, et nous reviendrons avant 17 heures.

Il se tait. Pendant quelques secondes, seul le bruit de la fontaine dans le jardin rompt le silence dans la pièce.

— Oui, et ? demande alors Rosa, attendant qu'il lui donne des détails sur le périple.

— C'est tout ce que vous saurez, réplique-t-il, se renfermant comme une huître.

Mais il fout tout en l'air, lui ! s'énerve Lola en lui lançant un regard noir.

Perdant patience, Rosa s'apprête à dire au guide le fond de sa pensée, mais elle est coupée net dans son élan.

— Croyez-vous que cet endroit serait encore gardé secret si je répondais à toutes les questions ? leur fait-il remarquer, ne cherchant pas à cacher l'irritation dans sa voix.

— Non, c'est évident, concède Rosa. Cependant, comprenez mon inquiétude et mon désir d'avoir un peu plus d'informations.

— Vous savez tout ce qu'il y a à savoir. Vous devez me faire confiance pour le reste, qui ne concerne que votre nièce. Acceptez-vous ces conditions, ou dois-je annuler le voyage ?

Il scrute Rosa de ses yeux charbonneux, attendant sa décision avec une certaine impatience.

— J'accepte, soupire-t-elle finalement. Et je compte sur vous pour honorer votre promesse.

— Je n'ai qu'une parole ! Maintenant, j'ai besoin de discuter avec votre nièce. Veuillez sortir, s'il vous plaît.

— Je t'attends dans le jardin, précise Rosa en caressant l'épaule de Lola.

Puis elle se dirige vers la sortie, lance un dernier regard à Ghawth et referme la porte derrière elle.

— Demain matin, je vous veux devant l'hôtel à 6 heures tapantes, dit-il aussitôt. Pas d'ordinateur, pas de téléphone, pas d'appareil photo. Vous laisserez tout à la réception de l'hôtel. Je vous ramènerai à 17 heures, nous n'aurons pas une minute de retard. Je m'y engage. Avez-vous compris ?

Même si l'idée de partir sans son portable l'inquiète, Lola préfère ne pas davantage contrarier le guide, et acquiesce d'un mouvement de tête.

— Très bien. Et quoi que je dise, vous m'écouterez et me suivrez. Ce voyage sera sans danger pour vous. Ce sont eux qui prennent des risques.

En entendant sa dernière phrase, Lola se redresse, les yeux brillants.

— Il y a des gens qui vivent là-bas ? s'écrie-t-elle sans pouvoir s'en empêcher.

Le regard noir que Ghawth lui lance suffit à calmer sa joie. Elle rentre son cou dans ses épaules et fixe le tapis qui recouvre le sol en terre cuite.

Il ne doit pas être commode comme père, lui, pense-t-elle alors.

Sans rien ajouter, Ghawth récupère dans un placard un GPS et un talkie-walkie, qu'il tend ensuite à Lola. Cette dernière les attrape en le remerciant du bout des lèvres.

— C'est une simple précaution, vous n'en aurez normalement pas besoin, précise-t-il en voyant Lola manipuler les deux objets. Nous en avons fini pour aujourd'hui. Je vous revois demain, à 6 heures, répète-t-il en appuyant sur l'horaire. Avez-vous tout compris ?

— Oui, murmure-t-elle.

— Très bien. Et si je remarque que vous avez dit à votre tante que le village d'Al Merf est habité, le voyage sera annulé, prévient-il d'une voix sévère.

Lola hoche la tête, se sentant comme une enfant qui se fait gronder après avoir fait une bêtise. Ghawth la dévisage encore durant quelques secondes, puis sort de la pièce en marmonnant une phrase en arabe que Lola ne saisit pas : « Ils ont refusé la venue d'un professeur de la Sorbonne, mais ils acceptent une enfant... »

Chapitre III

Après environ deux heures de route, la poussière s'est agglutinée sur la vitre. Seuls les collines arides et le sable les entourent. Des falaises de grès animent le paysage. Mais rien n'indique la présence d'habitations dans ce désert sans fin.

Presque aucun mot n'est prononcé durant le voyage, qui semble interminable. Le visage de Ghawth ne laisse transparaître aucune émotion, seuls ses yeux perçants s'activent, guettant le moindre mouvement suspect. Ses mains rêches sont cramponnées au volant, et Lola n'ose pas lui demander si leur destination est proche.

Le guide finit par s'engager à vive allure entre deux falaises. Le chemin est si exigu que les parois menacent de s'effondrer sur eux à tout instant. Par réflexe, Lola s'agrippe au siège en cuir usé, priant pour arriver au village en un seul morceau.

Soudain, au loin, des ombres ovales semblent se dessiner derrière un couloir d'arches naturelles. En les apercevant, Lola oublie Ghawth et les falaises. Elle ne pense qu'une chose :

On y est ! On arrive enfin à Al Merf !

Elle plisse les yeux pour tenter de mieux les distinguer. Cependant, la poussière remuée par le véhicule l'empêche de bien voir jusqu'à ce que la jeep sorte du chemin. Là, une grande allée entourée de maisons et de végétation se présente à eux.

Au moment où il se gare devant ce qui semble être l'entrée d'Al Merf, Ghawth lance à Lola :

— Quelqu'un va venir vous chercher. Je ferai sonner votre talkie-walkie à 14 h 45 pour que nous partions à 15 heures sans faute. Si vous souhaitez rentrer avant, je serai dans la première maison sur la gauche. Vous n'aurez qu'à frapper. Mais surtout, n'entrez pas. Vous m'attendrez devant la voiture.

Lola acquiesce et s'engage dans le village avec prudence. Cet endroit ne ressemble en rien à ce qu'elle connaît. Le sol ocre est baigné par les rayons du soleil, créant un jeu d'ombres et de lumières qui emplit l'atmosphère d'une aura mystérieuse. De chaque côté de l'allée principale s'étend une rangée de maisons aussi hautes que des arbres, rappelant des huttes. Elles sont toutes de taille et de forme identiques, donnant l'impression qu'elles ont été façonnées à partir d'un seul et même moule.

À l'affût du moindre mouvement, Lola s'arrête au niveau de la première maison sur sa gauche et jette un coup d'œil vers Ghawth. Ce dernier est en train d'inspecter le véhicule et ne fait aucunement attention à elle.

Y a-t-il au moins quelqu'un qui vit ici ? se demande-t-elle, perplexe.

Elle se rapproche alors de l'habitation, où des plantes plus ou moins hautes poussent sur le sol sableux et rampent le long du mur couvert de bas-reliefs. D'autres jaillissent des toits, laissant leurs branches parées de fleurs multicolores se balancer doucement dans le vide. Leur parfum se mélange au vent et apporte à ce lieu étrange une odeur sucrée.

Ils n'ont pas dû nous entendre arriver, songe-t-elle.

Ne voyant toujours personne, elle s'apprête à toquer, mais interrompt son geste quand elle entend Ghawth aboyer dans son dos :

— Quelqu'un va venir vous chercher ! Ne dérangez pas les gens !

Lola se recule, la main en l'air, embarrassée. Elle sent son mollet entrer en contact avec quelque chose, et se rend compte qu'elle s'est emmêlé une jambe dans un arbuste. Elle la secoue doucement pour se dégager, faisant tomber quelques petites baies brillantes ressemblant à du raisin. Elle se baisse pour enlever les feuilles accrochées à sa combinaison crème lorsqu'une voix grave et suave l'interpelle :

— Qu'est-ce que ce pauvre *Salvadora persica* t'a fait pour que tu lui en veuilles ainsi ?

Surprise, Lola fait volte-face et se retrouve alors nez à nez avec un homme de grande taille, les mains jointes au niveau du bas-ventre, arborant un large sourire amical. Ses dents blanches illuminent son visage en cœur et sans âge. Des cheveux gris perle, attachés en un chignon haut, lui confèrent une allure de sage venu d'un temps ancien. Lola est immédiatement captivée par la couleur de ses yeux ronds. Son iris, d'un gris aussi lumineux que l'argent, est entouré d'un anneau bleu, aussi obscur que la nuit. Sa peau, brunie par le soleil et sans aucune ride, accentue cet effet. Son vêtement, une sorte de robe de la même couleur que les baies, part du bas de son cou pour finir sa chute sur le sol, le recouvrant entièrement. Lola n'a jamais rencontré une personne à l'apparence si surprenante, captivante et, en même temps, déconcertante.

Elle déglutit difficilement et lui explique d'une voix bégayante :

— Je suis désolée, je me suis pris les pieds dedans. Je me présente, je m'appelle Lola Chamlav.

Ne connaissant pas les coutumes du village, elle tend la main un peu gauchement. L'homme la serre délicatement. Sa peau est aussi douce que celle d'un bébé, alors que la sienne semble rêche en comparaison. Lorsque leurs doigts se touchent, une légère vibration la traverse. Troublée par cette sensation, elle retire aussitôt sa main et frotte sa paume avec son pouce.

— Lhu. Très heureux de faire ta connaissance, répond-il d'une voix onctueuse.

Son accent discret fait remarquer à Lola qu'il s'exprime en français depuis le début. Pourtant, son vêtement en lin ne donne aucun indice sur ses origines.

— C'est donc toi la jeune chercheuse que Christopher envoie à Al Merf.

Elle acquiesce d'un mouvement de tête en pensant :

Christopher a dû dire que j'étais française.

— Tu dois avoir une histoire passionnante pour qu'il te recommande aussi chaudement, suppose-t-il avec un large sourire. Raconte-la !

Sans perdre une seconde, Lola lui résume toutes les recherches qu'elle a menées, et les rebondissements qui l'ont conduite à Al Merf. Pour appuyer ses propos, elle sort les textes de sa sacoche et les montre à Lhu au fur et à mesure de ses explications. Celui-ci l'écoute avec attention, une lueur d'amusement au coin des yeux.

— Moreau est incontestablement un artiste des plus surprenants, déclare-t-il à la fin de son récit.

— Comment ça ? s'étonne-t-elle.

— Il aura fallu presque cent trente ans pour que quelqu'un découvre son lien avec ce village, précise-t-il. Alors qu'il a ouvertement parlé de la Connaissance dans sa lettre et dans ses œuvres. C'est un véritable exploit. Les peintres sont généralement plus discrets sur ce point, ajoute-t-il avec un petit clin d'œil.

— Les peintres ? s'exclame-t-elle, stupéfaite. Il y en a bien d'autres, à part lui et Botticelli ?

— Tu penses vraiment que Moreau est le seul artiste du XIXe siècle, et Botticelli, le seul grand maître de la Renaissance à avoir eu vent de la Connaissance ? lui demande Lhu en se baissant pour ramasser les fruits que Lola avait fait tomber quelques instants plus tôt.

— Non... Oui ! Enfin... mes recherches n'avaient donné aucun résultat, alors j'avais laissé tomber cette idée, bredouille-t-elle.

— Il est vrai que les artistes l'ont extrêmement bien dissimulée. Certaines œuvres d'Arcimboldo ou de peintres flamands auraient pu te mettre sur la voie, si tu avais eu d'autres textes sur la Connaissance en ta possession.

— D'autres... d'autres textes ? bégaye-t-elle, sous le choc de ces révélations.

— Oui. D'autres textes ont circulé parmi un cercle d'érudits dont tu connais sûrement les noms.

— Qui ça ?

— Par exemple, Bosch, Ernst, presque tous ceux appartenant aux mouvements symboliste, futuriste, et surréaliste, comme Leonora Carrington ou Kay Sage, ou encore des sculpteurs et des écrivains.

Lola n'en croit pas ses oreilles. À toute vitesse, un nombre incalculable d'œuvres lui reviennent en mémoire, et des liens inattendus avec la mythologie se créent et s'assemblent dans son cerveau comme les pièces d'un puzzle.

— Le Parnasse est le plus grand rassemblement de textes rendus publics, continue Lhu en lui tendant la poignée de baies qu'il vient de ramasser. Gaudí est l'architecte le plus connu.

— Il y a aussi des architectes ? le coupe-t-elle, tellement stupéfaite par cette nouvelle information qu'elle en lâche la baie qu'elle tenait dans sa main.

— Qui aurait donc pu construire un tel village ? dit-il en balayant l'allée de sa main. Même si cet endroit est très ancien, les architectes qui viennent nous voir laissent toujours une trace de leur passage.

Émerveillée, Lola suit du regard le mouvement de Lhu.

— Toutes les personnes qui touchent à l'art peuvent avoir un lien avec cette Connaissance, comprend-elle en récupérant la petite boule violette dans le sable et en l'époussetant de ses doigts. Il n'y a donc pas que les peintres.

— Et d'autres encore, comme des scientifiques, des chercheurs, des ingénieurs, précise aussitôt Lhu. Pour résumer, tous ceux qui ont fait des recherches sur cette Connaissance. Mais seule une minorité connaît l'existence de ce village.

— Qui ? veut-elle aussitôt savoir. Newton ? Einstein ? Pasteur ? Copernic ? Hawking ?

— Nous le verrons peut-être plus tard. Restons concentrés sur les artistes, puisque ce sont eux qui t'ont amenée ici.

Lola baisse la tête, légèrement déçue.

— Nous avons peu de temps, nous allons donc devoir bousculer ton esprit dès maintenant et mettre tes savoirs à l'épreuve ! précise-t-il d'un ton enjoué. Aimes-tu les énigmes ?

À cette question, Lola oublie sa frustration en un instant.

— Oui ! répond-elle, affichant un large sourire.

— Très bien. Voyons si tu relèves le défi des sculpteurs qui sont venus ici. Regarde les bas-reliefs sur les six premières habitations, et essaye de trouver la différence entre les maisons de gauche et celles de droite. Pour t'aider, commence par les trois premières sur ta gauche.

Amusée par cet exercice, Lola s'exécute et se tourne vers les habitations pour analyser les histoires qui y sont racontées. Sur la première se trouve le dessin d'une grande sphère encerclant quatre symboles : une vague imposante, un volcan en éruption, plusieurs flocons de neige et un rectangle scindé en plusieurs morceaux. La deuxième illustre un arbre, une barre de métal, une pierre, une plante fleurie, un amas de terre et une montagne. La troisième est ornée de quatre personnages : le premier à quatre pattes, le deuxième courbé, le troisième voûté, et le quatrième totalement droit.

Lola prend le temps d'analyser deux fois chacun des bas-reliefs avant de s'avancer vers les maisons de droite. Cette fois, la première présente un chien assis et levant une patte, un porc et un bovin, puis une chèvre laissant échapper quelques gouttelettes sous son ventre, et enfin, un âne derrière lequel se tient un cheval. Sur la deuxième apparaissent une main cueillant des baies, un objet ressemblant à une meule, un carré avec des épis de blé et une grappe de raisin à côté d'un bol contenant un liquide. La troisième montre quatre silhouettes : l'une se tient face à une pierre taillée et une sorte de lance, une autre devant une flamme, la suivante devant une habitation de forme ovale, et la dernière devant un rectangle fin troué ayant l'aspect d'une flûte.

— Ces bas-reliefs sont incroyables, souffle Lola lorsqu'elle revient près de Lhu.

— Les sculpteurs du Moyen Âge ont fait un excellent travail, confirme-t-il, un sourire ravi pendu aux lèvres.

— Du Moyen Âge ? s'exclame-t-elle, estomaquée. Les bas-reliefs sont aussi anciens ?

— Si tu veux tout savoir, ils ont été créés entre le XIe et le XIIe siècle, lui apprend-il.

Lola en reste bouche bée.

— Ils sont tellement bien conservés que je pensais qu'ils avaient cent, peut-être deux cents ans au maximum, souffle-t-elle. Dommage que les sculpteurs n'aient pas aussi reproduit ces histoires dans les églises, à côté de celles des alchimistes et des francs-maçons.

Une lueur malicieuse s'allume dans les yeux de Lhu.

— Détrompe-toi ! Ils les ont bien dissimulées dans les sculptures des monuments religieux. À ton retour à Paris, tu les verras peut-être. Mais il faut d'abord que tu comprennes les messages codés qu'ils ont laissés ici. As-tu réussi à trouver la différence entre les deux rangées ?

— Alors…, hésite-t-elle en épongeant son front transpirant. Déjà, elles ne représentent pas la même chose. Elles décrivent deux évolutions différentes. Mais je ne suis pas sûre de leur signification…

— Si leur lecture avait été facile, cet exercice aurait été inutile…

— Sûrement, lui répond-elle d'une voix pensive, concentrée sur les bas-reliefs. On dirait que, sur les maisons de gauche, ce sont d'abord les grandes catastrophes ayant touché la Terre. Pour la suite, je…

Elle marque une légère pause pour réfléchir.

— Je dirais qu'elle représente certains composants de la Terre comme le bois ou la pierre, reprend-elle. La troisième, c'est l'évolution de l'être humain. C'est certain. Pour la rangée de droite, ça ressemble à l'évolution des animaux domestiqués par l'homme, puis celle des plantes, et ensuite, de la maîtrise des éléments. Donc on a l'homme nomade d'un côté, et de l'autre, les débuts de sa vie sédentaire ? propose-t-elle en avalant la baie qu'elle tenait toujours dans sa main.

Sa bouche se tord en une grimace lorsque le jus poivré inonde son palais.

— Jolie analyse, mais la différence est ailleurs, lui indique Lhu.

— Ah bon ? À part le fait que ce sont des choses connues sur Terre et liées à l'homme, je ne vois pas, dit-elle tout en déglutissant pour essayer de faire partir le goût du fruit. Tout à l'heure, j'ai pensé à les comparer avec vos textes, mais ça n'a rien donné.

Son regard passe tour à tour sur les maisons de droite et de gauche.

— Non, vraiment, je ne vois pas, capitule-t-elle.

— Alors, nous allons devoir bousculer un peu plus ton esprit. Viens, tu vas observer le reste des habitations.

Lhu se met à cheminer dans le village, Lola lui emboîtant le pas. Celle-ci contemple les maisons les unes après les autres, tentant de décrypter chaque bas-relief.

C'est drôle... Plus l'homme avance dans le temps et plus ses capacités se développent..., se dit-elle. *Sa connaissance de ce qui l'entoure est bien meilleure. Et plus nous avançons dans ce village, plus les sculptures sont détaillées. C'est forcément lié.*

Lorsqu'ils atteignent enfin le bout de l'allée, une vaste étendue de sable ocre, complètement déserte, sépare en deux le village. De l'autre côté, les nouvelles habitations perdent leur uniformité architecturale, laissant apparaître des triangles, des rectangles, des carrés et une variété d'autres formes, toutes différentes et indépendantes les unes des autres.

Hein ? Mais pourquoi ce ne sont plus des huttes ? s'interroge-t-elle. *Il n'y a plus de bas-reliefs sur les murs, et les plantes ne sont pas les mêmes.*

— Alors, as-tu trouvé la différence ? lui demande Lhu, interrompant ses pensées.

Lola détourne son regard des étranges habitations et lui dit, peu convaincue par son idée :

— Je pense que sur la gauche, c'est l'évolution naturelle et, sur la droite, celle imposée par l'homme.

— Eh bien, nous y voilà ! répond-il en faisant claquer ses doigts, ce qui fait légèrement sursauter Lola. Tu as réussi à comprendre les deux évolutions. En effet, les maisons de gauche symbolisent l'évolution de l'être humain à travers l'Histoire ; celles de droite, les changements qu'il a apportés à son environnement. Il est important de bien faire la distinction entre ces deux notions, car l'une est un ensemble, l'autre est isolée.

Cette différence lui semble désormais évidente et, intriguée, Lola demande :

— Pourquoi les autres maisons, là-bas, n'ont pas la même forme et n'ont pas de sculptures ?

— Les habitations homogènes s'arrêtent à l'époque de la chute de l'Empire mycénien, lui explique-t-il en désignant du menton la dernière maison sur sa gauche. Cette fracture symbolise la coupure que Terre a subie.

— La coupure ? s'intéresse-t-elle. Vous voulez parler des siècles obscurs ?

— C'est à ce moment-là que Terre a perdu la Connaissance de la Grande Source.

— Excusez-moi, comment ça, la « Terre a perdu la Connaissance de la Grande Source » ?

Lhu pose son index au bas de l'arête de son nez et le fait remonter, comme s'il remettait en place des lunettes invisibles, en déclarant :

— Première information ! Terre est un lieu déserté par la Connaissance qui unit tous les êtres vivants de la Grande Source.

— Un lieu déserté par la Connaissance ? s'étonne Lola en arquant un sourcil.

— Oui, Terre est déconnectée du reste de la Grande Source.

— Houlà, attendez deux secondes ! intervient-elle en agitant ses mains dans tous les sens. Dans les textes, cette Grande Source a l'air de symboliser notre Univers, un peu comme Brahmā ou les divinités primordiales grecques, par exemple.

Lhu acquiesce d'un hochement de tête.

— Mais nous faisons toujours partie de l'Univers, lui fait-elle remarquer, donc comment on peut en être coupés ?

— Terre s'y trouve toujours physiquement, précise-t-il. Cependant, à la suite d'un événement, la Connaissance lui a été ôtée. Et depuis, les êtres vivants ont perdu la faculté de se connecter à l'ensemble de la Grande Source.

— Quel événement ?

— Nous l'ignorons, répond-il. Nous savons seulement que cet épisode s'est produit vers 1200 av. J.-C. Depuis ce moment, plusieurs savoirs, utilisés avant cette date, ont complètement disparu de la surface de Terre. L'Homme a perdu certaines connaissances et certains liens, notamment avec les animaux. C'est l'exemple le plus frappant. Avant la chute de l'Empire mycénien, les animaux tenaient une grande place dans les mythologies primitives. Mais ils ont perdu cette position et sont devenus des personnages secondaires, des allégories, et même des monstres à abattre, dans la plupart des croyances.

C'est vrai, se surprend-elle à penser.

— Mais surtout, la plus grande perte pour l'Homme dans cette histoire...

Il laisse un blanc s'installer, comme pour faire monter le suspense, puis reprend d'un ton solennel :

— C'est qu'il ignore maintenant quelle est sa place dans la Grande Source.

Les yeux de Lola s'arrondissent en entendant cela.

— On pourrait vraiment savoir quelle est notre place dans l'Univers ? s'exclame-t-elle, la voix partant dans les aigus.

Lhu acquiesce d'un mouvement de tête, une étincelle au coin des yeux.

— Oui, la Connaissance peut y répondre ! lui apprend-il avec un large sourire. Et bien plus encore.

— Et on peut retrouver cette Connaissance ? enchaîne Lola, fascinée.

Le sourire de Lhu s'étire encore un peu plus, réduisant ses yeux à deux petites fentes.

— On peut l'acquérir ? s'émerveille-t-elle. Comment ?

Il fait remonter encore une fois son doigt le long de son nez et dit :

— Deuxième information ! Il est impossible, pour un être humain, d'acquérir la Connaissance seul ou à partir d'écrits. Elle doit lui être insufflée.

— Comment ça fonctionne ? veut-elle alors savoir, surexcitée. Y a-t-il des êtres à qui la Connaissance a déjà été insufflée ? Certains artistes l'ont-ils reçue ?

Dans l'euphorie de cette découverte, elle a envie de lui demander si elle pourrait un jour la recevoir, mais se ravise aussitôt.

— Tu es vraiment pressée de tout savoir, lui fait-il remarquer avec un léger rire.

Lola rosit et rentre son cou dans ses épaules.

— La Connaissance sera insufflée à tous les êtres vivants de Terre en même temps, précise-t-il alors. Mais en attendant ce moment, tu peux en apprendre davantage et avoir un aperçu de tout ce qu'elle t'offrira lorsqu'elle reviendra ici. Est-ce qu'un nouveau texte pourrait t'intéresser ?

Lola ne peut retenir son enthousiasme et s'écrie :

— Oh oui !

Sa joie fait rire Lhu, qui lui dit :

— Très bien. Allez, viens.

Il se tourne alors vers la maison sur la gauche, la dernière avant la fracture, et y entre. Les bas-reliefs représentent d'abord une demeure fortifiée, puis un grand rectangle découpé en plusieurs autres petits rectangles, laissant penser à un plan d'architecte, et enfin, un monument ressemblant à une tholos. Immédiatement, Lola les associe à l'organisation du peuple mycénien.

Puis elle s'engouffre à l'intérieur. Plusieurs secondes sont nécessaires pour que ses yeux s'acclimatent à la pénombre de l'habitation. Mais quand elle réussit enfin à y voir clair, elle souffle, stupéfaite :

— Ça alors !

Chapitre IV

L'intérieur de l'habitation est à l'encontre des attentes de Lola, créant un contraste frappant avec l'aspect ancien de l'extérieur. Les murs en bois de sycomore gris diffusent une fraîcheur agréable tranchant avec la chaleur étouffante du dehors. Le plafond ovale, relativement haut et aplati au centre, donne à la pièce une impression d'espace et de volume généreux. Les tapis tissés à la main, dispersés sur le sol en pierres brunes sèches, et les cactus en fleurs, disposés ici et là, apportent une atmosphère chaleureuse et accueillante. Une vaste bibliothèque, s'étendant le long du mur courbe du côté droit, regorge de livres anciens que Lhu explore avec concentration. Les portes closes de l'autre côté éveillent la curiosité de Lola, ne laissant que son imagination pour combler ce vide. Toutefois, c'est en contemplant les objets technologiques placés sur un petit bureau en bois et la table basse que Lola reste véritablement bouche bée, contrastant radicalement avec l'idée qu'elle se faisait de ce village semblant pourtant isolé du monde extérieur.

— Tu sais, les habitants d'Al Merf font aussi partie de ce monde et, donc, nous avons accès à tout ce qu'il détient, fait remarquer Lhu sans la regarder. Nous possédons les mêmes objets technologiques que toi, et nous nous tenons informés grâce à Internet. Mais la différence, c'est que nous savons bien nous cacher.

À ces mots, Lola tord sa bouche de gauche à droite.

Comment arrivent-ils à rester cachés s'ils possèdent tous ces objets ? se demande-t-elle, perplexe.

Mais elle n'a pas le temps de poser la question. Lhu, les bras chargés d'ouvrages, se dirige déjà vers une ouverture au fond de la pièce, l'unique point où la lumière du soleil apparaît. Juste avant de sortir, il se retourne et lui fait signe de le suivre.

La stupeur la frappe de nouveau lorsqu'elle pose le pied dans ce jardin, encore bien différent de ce qu'elle a pu observer jusque-là. Surplombant de larges collines arides, une pelouse grasse tapisse ce carré lumineux. Des arbustes bourgeonnants courent de chaque côté, délimitant ce bout de paradis végétal au milieu du désert. S'y entremêlent des plantes grimpantes, dont les guirlandes de fleurs multicolores tombent en cascade au-dessus de l'herbe, barrant ainsi la forte lumière du soleil. Le parfum qui imprègne ce lieu est légèrement acidulé. Un large cours d'eau, zigzaguant comme un serpent, sert de frontière. Jamais Lola n'aurait pensé qu'un tel endroit, avec autant de végétation, puisse prendre place ici.

Lhu dépose les livres sur l'herbe et s'y assoit en tailleur, face aux collines baignées par le soleil déjà haut. Il tapote ensuite la place à côté de lui, invitant Lola à l'imiter. Cette dernière s'exécute, s'installe sur la pelouse et sort de sa sacoche son carnet et un stylo.

— Nous avons plusieurs recueils parlant de la Connaissance, commence Lhu d'un ton enthousiaste en éparpillant les livres devant lui.

Lola a du mal à contrôler son excitation, impatiente de découvrir leur contenu. Elle essaye tant bien que mal de ne pas remuer dans tous les sens.

— Mais voyons ce que tu penses de celui-ci, dit Lhu en saisissant le plus volumineux.

Le noir obscur de la couverture est rompu par le blanc éclatant du titre, qui semble ressortir comme une image en 3D. Les lettres, s'agençant en symboles, ne correspondent à aucun des dialectes que Lola connaît. Aucune langue, qu'elle soit alphabétique, syllabaire ou logographique, ne ressemble de près ou de loin à ces signes dont la lecture laisse apparaître un mot imprononçable. Elle observe attentivement cet enchevêtrement de formes géométriques solides, concaves et convexes qui se dessine gracieusement.

Toutes ces figures s'emmêlent, fusionnent à certains endroits et se séparent à d'autres. Un trait bleu azurin, à peine perceptible à l'œil nu, vient délimiter avec une extrême finesse les frontières de ces formes. L'envie de toucher cette couverture brûle tellement les doigts de Lola que, sans s'en rendre compte, elle avance sa main vers elle. Mais elle interrompt son geste lorsque Lhu ouvre le livre.

Durant de longues secondes, il fait défiler les pages volantes de couleur sable, dont l'aspect est similaire à celui des papyrus. L'excitation est si forte que Lola se surprend à retenir son souffle à plusieurs reprises. Lhu finit par s'arrêter et, en retirant délicatement l'une des feuilles, il annonce :

— Ce texte t'apportera quelques réponses. Lis-le attentivement, et nous en discuterons ensuite.

Lola saisit la page avec précaution. De minuscules trous laissent passer la lumière du soleil à divers endroits. L'écriture calligraphique italique ressemble fortement à celle du carnet de Botticelli, avec ces lettres rondes et longilignes tracées avec une grande légèreté. L'encre, du même blanc que celui du titre, est cernée d'une ligne fine du même noir que celui de la couverture, la faisant ressortir intensément.

À peine Lola a-t-elle lu le titre qu'un détail lui saute aux yeux. Elle relève alors la tête vers Lhu et lui demande :

— Pourquoi est-ce écrit en français ?

— Le recueil détient le même texte traduit dans toutes les langues connues sur Terre, afin que l'ensemble des êtres humains puissent le lire et le comprendre, explique-t-il.

— Est-ce que vous avez gardé la version originale ? veut-elle savoir en parcourant la page.

— Le premier texte a été rédigé dans un idiome composé de symboles, comme ceux que tu as pu observer sur la couverture, dit Lhu en touchant délicatement la feuille qui orne le haut de la pile.

Lola fixe le papier, penchant la tête de gauche à droite.

— D'où vient cette langue ? demande-t-elle, intriguée.

— Son origine exacte nous est aujourd'hui inconnue. C'est un dialecte extrêmement ancien, qui incarnait les énergies. Le terme de *l'Écriture de l'Énergie* lui a été alloué.

— « Qui incarnait les énergies » ? C'est-à-dire ? l'interroge-t-elle.

— Lorsque l'Homme a perdu la Connaissance, il a aussi perdu la possibilité de comprendre les énergies, lui confie Lhu en soufflant. Aujourd'hui, il est contraint de donner un nom à chaque chose, sinon son environnement lui est incompréhensible. Il faut que tu saches que tous les mots que tu as pu lire dans les différents extraits, ou même ceux que tu utilises au quotidien, sont uniquement la traduction d'une ou de plusieurs énergies.

— Ah... D'accord, répond-elle, n'étant pas certaine d'avoir vraiment compris les explications de Lhu. Peut-on apprendre à déchiffrer le dialecte original ?

— C'est possible. Mais comme nous l'avons dit tout à l'heure, avec la perte de la Connaissance, de nombreuses ressources ont disparu. Même en y passant toute ta vie physique, cette langue est si complexe que tu réussirais à peine à en maîtriser les bases. Heureusement pour toi, le texte est déjà rédigé en français. Lis-le, et nous en discuterons après. En attendant, est-ce que du thé te ferait plaisir ?

Lola hoche la tête et, pendant que Lhu repart dans la maison pour en préparer, elle se met à lire le texte.

« La Création De La Grande Source

Le Chaos, c'est cela qui composait le Rien.
Aucune particule, flux, cellule, aucun lien.
Le matériel ne pouvait y naître. Le plein ne pouvait se faire connaître.
L'immatériel en était le maître.

Puis, le Rien se concentra. L'immatériel se concrétisa.
Dans une explosion, la Grande Source se créa.
C'est à ce moment-là que tout commença !
Le matériel s'ordonna. L'ensemble s'activa et se décupla.
Le Tout se composa, et la vie se développa.

Chaque constituant s'organisa et s'harmonisa. L'équité y régna.
L'expansion des Cercles commença.

En son sein, la Création et la Destruction se réunissaient.
Chacune s'organisait.
Dans la première, la vie s'animait. Le Tout s'y matérialisait.
Pour l'équilibrer, la seconde surgissait.
Dans la Destruction, la Grande Source se stabilisait.
Cette dualité s'harmonisait. L'une sans l'autre n'existait.

Durant plusieurs milliards d'années,
la Première Lumière s'autosuffisait. Son fonctionnement s'égalait.
Les êtres se créaient. Pour garder l'équité,
ces derniers se détruisaient. La destinée de chacun se connaissait.
Rien ne se cachait. Tout s'assemblait.

Or, dans la Grande Source, une certaine fragilité se percevait.
Son immuabilité se désaccordait et se dispersait.
Les corpuscules se désassemblaient. Leurs évolutions déclinaient.
En elle-même, un déséquilibre se percevait. Des altérations se créaient.
Sa propre expansion se troublait. Cette défaillance lui nuisait.
Son propre chaos se déchaînait. Les Cercles se déséquilibraient.
Le Tout et le Rien, mutuellement, se menaçaient.

La Grande Source décida de se concentrer en une Entité Créatrice.
Chaque être prit place dans cette source protectrice.
De la vie, cette Création Incarnée en était la bienfaitrice.
De tous les sentiments, cette énergie pure en était la détentrice.
Sa chaleur était libératrice.
De l'équité, l'Entité Créatrice en devint la régulatrice.

Sous la forme d'une sphère, cette énergie se définit.
Dans la Grande Source, cette Entité s'épanouit.
Dans sa blancheur, les émotions s'étaient unies.
La Lumière ressentait ce qui édifiait la vie. Dans sa clarté,
l'équité était, à nouveau, nourrie. La désorganisation s'était adoucie.
Le Tout s'organisait dans l'harmonie.

Pourtant, la Grande Source ne pouvait contrôler sa destruction.
Il y eut alors des répercussions. Pour stopper son Chaos
en pleine extension, elle eut une autre initiative de création.
De sa propre obscurité jaillit la Destruction.
Cette nouvelle sphère fut la solution. Le Plein fit son apparition
et en prit possession. Aucune conscience, aucun sentiment,
aucune émotion. Cette opposée avait une mission, maintenir l'équité
sous sa protection. La destruction en était sa seule manifestation.
La balance de l'expansion reprenait sa position.

Ainsi, les Cercles pouvaient se réorganiser. Les deux Entités
devaient se compléter. L'une sans l'autre ne pouvait exister.
La Grande Source laissait ses deux nouveau-nés se réguler.

Puis, la curiosité s'empara de la Création,
qui prit la décision de devenir une matérialisation.
Une enveloppe charnelle se développa et la Lumière s'incarna.
Son choix se porta sur une association de couleurs qui s'alterna.
Son corps s'organisa d'une tête, d'un buste et de bras. Dans son buste,
son cœur de pureté se logea. La vie s'y regroupa.
Dans sa chevelure, l'air s'incarnait. Les nuages d'un orage s'élevaient.
La couleur noire s'y plaçait.
Dans sa peau, le sol terreux se fit reconnaître.
La végétation décida de disparaître.
La couleur ocre choisit d'apparaître.
Dans sa bouche, l'eau devint l'impératrice.
L'écume blanche fut séparatrice.
Autour, la couleur du fond des océans en devint la dominatrice.
Dans ses yeux, un feu ardent s'établit. Son iris se blanchit.
Son énergie pure s'y réfléchit.
Deux cercles noirs encerclèrent cet anneau établi.
Dans son drapé, la lumière de la Grande Source se laissa apprivoiser.
Les étoiles choisirent de s'y refléter.
Les couleurs blanc et violet décidèrent de s'y mêler.
Dans son aura, son esprit devint aérien. Avec son enveloppe charnelle,
elle fit le lien. Les émotions en devinrent le soutien.
De ces nouveaux composants Féminin, cette énergie fit siens ! »

Chapitre V

— La Création est une femme ?

Lola n'en revient pas.

— Cette question est donc ta première réaction, fait remarquer Lhu avec un air amusé, en lui servant le thé qu'il vient de préparer.

— Merci ! Oui, je ne sais pas pourquoi, mais je m'attendais à ce que ce soit un homme, avoue-t-elle en attrapant sa tasse. Dans les œuvres de Moreau ou de Botticelli, les femmes n'ont pas le rôle de la Lumière. Et le texte trouvé dans les carnets de Geórgios Ikonómos ne parle pas de son apparence.

— Puisque les toiles de ces artistes t'ont induite en erreur, dit Lhu en prenant une gorgée, peut-être que l'un des dictionnaires de la Grande Source t'apportera la réponse.

À peine a-t-il prononcé cette phrase que Lola relève la tête, stupéfaite.

L'un des dictionnaires ? répète-t-elle en pensée, étonnée, tout en observant Lhu ouvrir un nouveau livre.

— Alors, ce texte porte sur un autre sujet, marmonne-t-il pour lui-même en tournant rapidement les pages. Celui-ci est une définition des Cercles. Celui-là décrit les procédés de création… Ah, la voilà ! La définition de la Création.

— Vous avez des définitions ? s'exclame Lola à voix haute.

— Bien sûr, répond-il comme si cela était une évidence. Nous avons des ouvrages sur les métaux, les cristaux, les états de la matière, les cartes des Cercles, et tellement plus encore… Comment crois-tu que nous nous souvenions d'autant d'informations alors que nous avons perdu la Connaissance ? lui fait-il remarquer. Nous avons été obligés de les retranscrire. Nous avons gardé une trace de tout ce qui a pu exister dans la Grande Source. Enfin, nous avons conservé ce que nous pouvions…

Lola n'en revient pas.

Il a peut-être vraiment les informations que je cherche…

— Commençons par la Création et la Destruction. Tu as dû le comprendre, ce sont des Entités à part entière. Et nous leur avons créé leurs… propres cartes d'identité, dit-il en lui tendant le livre ouvert sur une page nommée « La Création ». Tiens ! Lis cette phrase à voix haute, indique-t-il en tenant fermement le livre entre ses mains et tapotant du doigt une ligne en haut de la feuille.

Sans attendre, Lola s'exécute.

— « Création : Première Entité primordiale créée à partir d'une particule de chaque être vivant concentré par la Grande Source. Se compose uniquement de Vide. Possède un élément uni… »

Ne lui laissant pas le temps de terminer sa lecture, Lhu lui retire le texte des yeux d'un coup sec. Surprise par son geste, Lola le dévisage, sans comprendre.

— Je…, hésite-t-elle. Je n'avais pas fini de lire.

— C'est tout ce que tu as besoin de savoir pour le moment, lui explique-t-il en tournant la page.

— Ah…, souffle-t-elle, un peu déçue.

— Rassure-toi, tu auras accès à d'autres parties de la définition, déclare-t-il avec un regard complice. Mais avant, il faut être certain que tu as bien compris ce que tu viens de lire. Alors, qu'as-tu à dire sur la Création ?

— Qu'elle a été créée à partir des êtres vivants, répond Lola avec un haussement d'épaules.

— En effet, mais c'est bien plus que cela, lui assure Lhu en approchant l'ouvrage de son visage et en survolant la définition. La Création représente et ressent tous les êtres vivants de la Grande Source. Les humains sont une espèce parmi tant d'autres. Elle ressent les animaux, mais aussi les insectes, les végétaux, les minéraux, les bactéries, etc. Tout ce qui respire, mange, boit, ressent, évolue, vit.

— Tous ? l'interroge Lola, médusée. Ça veut dire que chaque fois que son pied touche le sol, elle ressent tout ce qu'il y a en dessous ?

— Comment peux-tu affirmer que la Création a des pieds ? demande-t-il avec amusement.

— Ça me paraît logique, répond-elle en attrapant le texte qu'elle avait lu quelques minutes auparavant. Dans votre « Création de la Grande Source », il est bien dit qu'elle a des bras. Elle doit donc avoir des jambes.

— Où l'as-tu lu ?

Lola reprend le document, intriguée.

C'est vrai qu'il n'y a que le haut de son corps qui est décrit, réalise-t-elle alors.

— Parce que tu as vu le mot « bras », tu as aussitôt pensé que cette Entité ressemblait à un être humain, déclare Lhu en voyant les sourcils de Lola se froncer. Rappelle-toi ce que nous avons dit sur les traductions des énergies. Tu en as l'exemple parfait ici. Le mot « bras » peut avoir une tout autre signification dans la Grande Source. L'Homme a simplement adapté ce texte à ce qu'il connaissait.

— D'accord. Il est donc possible qu'elle ait des pieds ? s'entête Lola en déposant la feuille entre eux, sur la pelouse.

— Sa composition sous son drapé nous est inconnue. Nous savons seulement que son énergie y prend place et la fait légèrement flotter.

— Pourquoi « flotter » ? demande Lola, intriguée, en notant cette information sur son carnet.

— Vois-tu l'eau détruire les poissons ? L'air, détruire les nuages ? L'espace, détruire les astres ? Ou bien une mère détruire ses propres enfants ?

Choquée par cette dernière comparaison, les doigts de Lola se crispent sur son stylo et raturent la ligne qu'elle venait d'écrire.

— Non, non ! s'empresse-t-elle de répondre. Bien sûr que non !

— La Lumière est comme une mère. Entraîner une destruction de ses propres créations serait contradictoire avec son énergie, explique-t-il. Ainsi, les blesser ou les écraser en leur marchant dessus lui est impossible. Les traverser et les esquiver est sa solution.

Il tourne la page avec une certaine lenteur.

— Et c'est pour cela que la Destruction existe, ajoute-t-il après un silence.

Sans un mot de plus, il lui tend de nouveau le livre. Le titre de la page indique désormais « La Destruction ». Lola se penche et lit la phrase qu'il montre du doigt :

— « Destruction : Seconde Entité primordiale créée à partir des forces de destruction concentrée par la Grande Source. Se compose uniquement de Plein. »

Encore une fois, Lhu lui retire l'ouvrage des yeux et le pose sur ses cuisses.

— De « Plein » ? demande alors Lola, perplexe.

— Pour être imperméable aux pensées et aux sentiments, indique Lhu comme si cette réponse allait de soi. Être pleine lui permet de rester une énergie pure de destruction.

— Mais pourquoi est-elle imperméable aux sentiments ?

— Comment pourrait-elle accomplir sa mission de destruction si elle avait des sentiments ? Ce serait terrible pour elle. L'Homme assimile souvent la Destruction à une chose critiquable et dangereuse. C'est tout le contraire !

Lola dévisage Lhu avec de grands yeux.

— La Destruction peut être poétique, remplie de couleurs et de beauté, car ses destructions sont liées aux êtres vivants. Ce sont uniquement des réactions.

Lola ouvre un peu plus grand les yeux.

— Troisième information ! déclare-t-il en faisant remonter son index le long de son nez. Tout ce qui existe crée et détruit. Si tu te focalises sur chaque chose présente sur Terre, tu remarqueras qu'il y a toujours un mode de création et un mode de destruction.

Or, ceux-ci changent selon les espèces, leur vie et leur fonction. Il faut savoir que la destruction prend plusieurs formes. Celle chez les autres et celle chez soi. Elle est naturelle et se fait toujours au bon moment. Pour cela, la Destruction réagit aux actes des êtres vivants et détruit en conséquence.

— Elle réagit ? s'étonne Lola en arquant un sourcil.

Lhu relève le dictionnaire au niveau de sa tête et dit :

— Comme son fonctionnement a l'air de t'échapper, lis cette phrase.

En lui tendant le livre, Lhu le lâche malencontreusement. D'un geste vif, Lola parvient à le rattraper juste à temps. C'est alors que la fin d'un mot, partiellement caché par les doigts de Lhu, attire son regard.

« ... *krati* », lit-elle.

Elle se fige, sidérée.

Non, c'est impossible qu'« anukrati » soit inscrit dans la définition, se reprend-elle en secouant la tête.

— Grâce à toi, nous avons évité de justesse la catastrophe. Heureusement que tu as eu ce réflexe. Lis ce passage, à présent, dit Lhu en lui désignant le haut de la page légèrement craquelée.

Lola regarde aussitôt vers le bas, là où elle a pu lire « krati », mais la main de Lhu recouvre de nouveau toute cette partie. Elle se force alors à reporter son attention sur les lignes que l'homme pointe.

— « Procédé de destruction : Réaction instinctive face aux actions ou émotions des êtres ; Incapacité de réfléchir ou de faire preuve de discernement face à un acte ⇒ réponse immédiate et impulsive aux agissements des êtres vivants... »

Encore une fois, Lhu ôte le texte des yeux de Lola avant qu'elle n'ait eu le temps d'en parcourir la suite. Il lui demande :

— Alors, cette phrase t'a-t-elle un peu éclairée ?

— Pas vraiment..., souffle Lola.

— La Destruction est imperméable aux sentiments et aux émotions. Ainsi, penser et agir lui sont impossibles. Elle peut uniquement réagir, car si la réflexion lui était permise, ses actions de destruction l'amèneraient à avoir des regrets et des remords. Par conséquent, elle pourrait rejeter sa propre énergie.

— Elle ne peut pas penser, mais elle réagit..., l'arrête Lola d'une voix perplexe, tout en allongeant ses jambes raidies devant elle. Avouez que ça dépasse un peu tout ce que nous connaissons.

— C'est simplement une question de point de vue, répond Lhu. Si tu dois retenir une chose, c'est celle-ci : l'énergie de Création est basée sur l'esprit ; celle de la Destruction, sur l'instinct ; et c'est dans la Grande Source que tout s'équilibre.

— Mais, justement, la Grande Source n'est plus équilibrée, rebondit Lola en faisant tourner son stylo entre ses doigts. Donc les destructions de l'Ombre ne doivent plus être aussi belles...

— En effet... Aujourd'hui, elle détruit pour détruire, soupire Lhu.

À ces mots, les doigts de Lola se contractent, lui faisant lâcher son stylo.

— Comment ça, « elle détruit pour détruire » ? lui demande-t-elle en le ramassant.

Il s'arrête, songeur, puis referme le livre d'un geste brusque et se redresse comme s'il se préparait à faire un discours.

— Pour que tu comprennes la différence entre détruire équitablement et détruire pour détruire, prenons l'exemple du feu. La plupart des êtres humains voient de la beauté dans un feu de cheminée.

L'étonnement de Lola devant cet exemple le fait sourire.

— Un feu de cheminée qui consume uniquement des bûches est en équilibre, puisqu'il reste centré sur le bois qui lui est donné, continue-t-il. C'est lorsqu'il se transforme en un incendie incontrôlable qu'il détruit pour détruire.

Les yeux de Lola s'allument.

— Imagine la Destruction comme ce feu, poursuit-il. Avant le déséquilibre, elle était contenue dans la cheminée. Mais lorsqu'elle a fait un acte de création, elle s'est déséquilibrée, et elle est devenue un incendie incontrôlable.

Voyant Lola suspendue à ses lèvres, le sourire de Lhu s'élargit.

— Cet acte étant contre-nature, précise-t-il en se penchant vers elle et en baissant la voix, elle s'est elle-même déséquilibrée. Et comme il lui est impossible de réfléchir, ses destructions sont devenues chaotiques. C'est à cause de ça que la Création a maintenant deux...

Lhu s'arrête et fixe ses doigts qui tapotent dans le vide, cherchant l'ouvrage qui se trouve devant lui, dans l'herbe.

— Il faut vraiment être distrait pour fermer la page qui nous intéresse, se réprimande-t-il en tournant vivement les feuilles. Comment veux-tu voir les exemples si le livre est fermé ? Ah, voilà !

Il lui remet la page de définition de la Création sous les yeux, mais en cache une grande partie à l'aide du texte « La Création de la Grande Source » qu'il avait récupéré entre eux.

— « Fonction : Créatrice de toute chose. Reprend le rôle de la Grande Source. », lit-elle machinalement.

— Ce sera tout ! assure-t-il en retirant encore une fois l'ouvrage à peine a-t-elle fini la phrase.

Il déplace la feuille libre et tend de nouveau le livre à Lola. Le bas est caché par ses mains, ne laissant qu'une ligne apparaître nettement.

— « Fonction après le déséquilibre : Détruire les créations de la Destruction », lit-elle encore sans que Lhu lui dise quoi que ce soit.

En comprenant où Lhu souhaite l'emmener, elle relève la tête d'un coup. Ce dernier ajoute alors :

— Et si nous en venions aux sangs d'ombre et aux néombres...

Chapitre VI

Toujours assise dans l'herbe, Lola est impatiente d'obtenir des réponses. Cet homme va peut-être enfin éclaircir l'un des plus importants mystères de cette mythologie.

— Pourquoi penses-tu que Moreau a modifié les termes d'origine ? demande alors Lhu.

— Car « sangs d'ombre » et « néombres » sont plus simples à prononcer que « deskhiombrales » et « deskhiombralons » ? propose Lola, un étrange frisson lui parcourant le corps.

— Cela aurait pu être une possibilité, s'amuse Lhu. Mais crois-tu vraiment que c'est lui qui les a inventés ?

Lola le regarde, confuse.

— J'ai pensé qu'il pouvait les avoir empruntés à un autre artiste, mais aucun texte n'a été trouvé, lui apprend-elle.

— Et voilà comment bouleverser tes connaissances ! assure-t-il pendant qu'elle reprend son carnet. À cette époque, Paris était une véritable plaque tournante. Tous les artistes avant-gardistes, les intellectuels et les scientifiques les plus importants y étaient réunis. Beaucoup de révolutions ont été entreprises dans la capitale française. Et plusieurs artistes sont allés chercher l'inspiration chez les grands maîtres de la Renaissance italienne. Ils ont ainsi eu accès aux carnets de Botticelli, mais aussi aux notes d'autres grands maîtres de cette période prospère. Malheureusement, celles-ci ont été détruites. Les guerres que se mènent les Hommes les uns contre les autres font autant de dégâts que la Destruction elle-même, reconnaît-il en secouant lentement la tête de gauche à droite.

Lola se pince les lèvres, songeant à tous les mystères qui auraient pu être élucidés si ces documents avaient été sauvés.

— Pourquoi les sangs d'ombre et les néombres ? demande-t-elle alors. Qui a inventé ces mots ?

À peine a-t-elle posé ces questions que Lhu retrouve aussitôt son visage lumineux.

— Quel est, selon toi, l'artiste le plus visionnaire ? l'interroge-t-il.

Les yeux de Lola s'arrondissent, puis se mettent à briller. Lhu, en voyant son expression, comprend aussitôt qu'elle a trouvé la réponse.

— Qui, à part lui, le pouvait ? poursuit-il avec enthousiasme. Qui a révolutionné l'art, la médecine, la science, la guerre ? Qui avait l'esprit aussi inventif, ingénieux, scientifique ? Qui écoutait la nature et laissait les plaisirs et le lâcher-prise guider sa vie ? C'est dans un de ses carnets perdus que ces deux thermes étaient inscrits !

— Léonard de Vinci ! C'est incroyable ! C'est... C'est logique, maintenant que j'y pense, dit-elle en se tapant le front du plat de la main.

— Laisse ton pauvre front tranquille, dit-il en lui baissant le bras. Tout comme toi, les autres ont été incapables de repérer tous les indices qu'il a éparpillés dans ses notes et ses recherches.

— Pourquoi il les a nommés ainsi ? demande-t-elle avec impatience.

— Dans un de ses carnets, rédigé lorsqu'il était à la cour de France et caché dans le château de Chambord après sa mort, il confiait qu'entendre « deskhiombrales » et « deskhiombralons » provoquait un malaise inexplicable chez lui.

À peine Lhu a-t-il prononcé ces deux mots que les poils des bras de Lola se dressent.

Je le comprends, se dit-elle en se frictionnant de ses paumes.

— Il disait aussi que les Hommes feraient moins attention aux termes « sangs d'ombre » et « néombres », dit Lhu en faisant glisser son index le long de son nez.

Pas faux, réagit Lola, cornant nerveusement la page de son carnet.

— Maintenant que tu sais cela, comment penses-tu que ces sangs d'ombre et ces néombres fonctionnent ?

Ne s'étant jamais réellement posé la question, Lola prend quelques secondes de réflexion, essayant de trouver la réponse la plus adéquate.

— Comme la Destruction ne pense pas, je suppose qu'eux non plus. Ils doivent réagir, propose-t-elle en tordant sa bouche de gauche à droite.

— Exactement ! dit Lhu avec un claquement de doigts. Ce sont les copies réduites de la Destruction, ils sont donc également dépourvus de conscience, raconte-t-il. Ils détruisent aussi pour détruire.

— Votre fameux « détruire pour détruire », dit Lola, se frottant les cuisses comme pour se les réchauffer.

— Exactement ! dit Lhu en claquant de nouveau des doigts. C'est à cause de cela que la Création doit maintenant détruire les néombres et les sangs d'ombre.

— Mais, si je reprends vos termes, c'est contre-nature, lui fait-elle remarquer, légèrement perdue. Comme c'est la Création, elle ne doit pas détruire.

— Si elle souhaite éviter des destructions inutiles et rétablir l'équité, elle doit se résoudre à détruire les créations de l'Ombre. Mais il existe un autre acte plus difficile encore à accomplir pour elle.

Lhu baisse la tête, une lueur de tristesse dans le regard.

— Il peut arriver que les sangs d'ombre ou les néombres infligent des blessures graves à un être vivant, mais le laissent agonisant. Dans de tels cas, c'est à la Création de reprendre le rôle de sa Balance, et c'est à elle que revient la tâche de mettre fin à la souffrance de l'être en le détruisant.

Lola le regarde, choquée.

— Elle doit tuer ses propres enfants ? s'écrie-t-elle.

Comme seule réponse, Lhu fait un hochement de tête. Lola plaque ses doigts sur sa bouche.

— Mais cela reste extrêmement rare, précise Lhu en se redressant. Dans la grande majorité des cas, les néombres et les sangs d'ombre détruisent entièrement l'être.

Lola déglutit, tentant de refouler ses larmes.

— Ces choses sont ignobles, ne peut-elle s'empêcher de souffler.

— Ces choses, comme tu les nommes, ont un fonctionnement qui nous dépasse tous. Sans la Connaissance, les comprendre nous est presque impossible. L'information la plus concevable pour notre esprit déconnecté est de savoir que les sangs d'ombre et néombres sont toujours liés à un élément. Ils réagissent uniquement à leur opposé. Excepté en cas d'attaque, où ils réagissent instantanément, quel que soit l'élément utilisé contre eux.

— Leur opposé ? s'étonne Lola, qui se détend légèrement. Qu'est-ce que ça signifie ?

— Dans la Grande Source, il existe six éléments.

Elle s'arrête un instant, soufflée par cette information.

Six éléments..., se répète-t-elle.

— Pour t'aider à comprendre la réaction des sangs d'ombre et des néombres, voici une citation que nous avons ici, continue Lhu, semblant ne pas remarquer que Lola s'est subitement recroquevillée sur elle-même. « L'Eau engloutit le Feu. Le Feu incendie l'Air. L'Air souffle l'Espace. L'Espace capture l'Esprit. L'Esprit possède le Sol. Le Sol absorbe l'Eau. »

Les doigts raides, Lola finit de noter les paroles de Lhu dans son carnet.

Les éléments de mon monde imaginaire sont les mêmes que ceux présents dans la Grande Source, se rend-elle compte, choquée.

— Quelle est ton analyse, maintenant que tu sais ça ? l'interroge Lhu.

Lola ne répond pas, ses yeux fixant la phrase qu'il vient de lui dicter. Elle la relit inlassablement, repensant à ses cauchemars.

C'est pas vrai... Je tuais mes monstres avec l'élément opposé... Avec mes anukrati opposés, prend-elle conscience, se sentant soudainement nauséeuse. *Quand un monstre sortait de l'Eau, j'utilisais le Sol. Quand un autre surgissait dans l'Air, je le détruisais avec le Feu. Mais... Mais... Mais...*

— Tu sembles plongée dans une profonde réflexion, lui fait remarquer Lhu.

Est-ce que je peux lui parler de ça maintenant ?

Lola ferme les yeux.

Non, non, non ! Je ne le connais pas. Je délire. Ce n'est pas possible. Je ne peux pas avoir eu connaissance de cette mythologie durant mon enfance. Et pourtant...

Tellement absorbée par ses pensées, Lola sursaute en sentant la main de Lhu lui toucher l'épaule.

— Pardon, je... Je... réfléchissais à votre question, ment-elle, le cœur battant dans sa poitrine.

Pour se donner une contenance, elle se redresse, affichant un sourire faussement enjoué.

— Ces sangs d'ombre et ces néombres réagissent à leur opposé, enchaîne-t-elle pour éviter d'éveiller les soupçons de Lhu sur son étrange attitude. Donc, si je comprends bien, si leur élément est l'Eau, ils s'attaquent à des êtres Feu. Si leur élément est le Feu, ils s'attaquent aux êtres de l'Air, et ainsi de suite.

Lhu la regarde avec un sourire satisfait.

— C'est presque ça, nuance-t-il. Il faut que tu saches que les êtres vivants peuvent posséder plusieurs éléments. C'est l'astre qui les accueille qui détient l'élément primordial.

Des gouttes de sueur commencent à perler sur le front de Lola.

Comme dans mon monde..., se dit-elle en s'essuyant le visage du plat de la main.

— Par exemple, Terre en est à son cinquième stade, celui du Sol.

Sol..., souffle-t-elle, sentant que sa tête commence à tourner.

— Donc, si des sangs d'ombre ou des néombres devaient venir sur Terre pour la détruire, ils seraient issus de l'élément... ? lui demande-t-il en inclinant la tête vers elle.

Se rendant compte qu'il attend une réponse, Lola déglutit avec difficulté et lui dit d'une voix blanche :

— Esprit !

— Exactement, confirme Lhu avec un claquement de doigts qui la fait aussitôt se crisper. Cependant, comme elle a perdu la Connaissance, Terre est une exception dans la Grande Source, et tous les types de sangs d'ombre et de néombres peuvent tenter de la détruire.

Lola n'a pas la force de lui demander pourquoi ou de poser la moindre question. Elle se sent de plus en plus dépassée par ce qu'il est en train de lui apprendre.

— Tu es de nouveau plongée dans tes réflexions, lui fait remarquer Lhu. Toi qui posais quantité de questions dès qu'une nouvelle information t'était transmise, tu es désormais bien silencieuse.

Lola essaye encore de déglutir pour lui donner une explication, mais sa gorge sèche empêche sa salive de descendre. Elle récupère alors sa tasse de thé, toujours posée sur le plateau, et en avale le contenu d'une seule traite.

— Tu as du mal à te remettre de ces indications sur la Destruction ? lui demande-t-il avec curiosité. Ou de ce que tu as appris sur la Création ?

Il me donne des détails sur cette mythologie comme si c'était réel. Comme si cette Grande Source, cette Création et cette Destruction existaient. Comme si ces créatures existaient…, ajoute-t-elle, sentant la panique l'envahir. *Mais tout ça ne peut pas exister. Ça ne peut pas exister. Ça ne peut pas exister.*

— Est-ce que cela va trop vite pour toi ? continue de demander Lhu. Ou quelque chose d'autre te perturbe, dont tu voudrais parler ?

Ça ne peut pas exister, se répète-t-elle en boucle. *Ça ne peut pas exister. Ça ne peut pas exister.*

— Ça ne peut pas exister ! hurle-t-elle soudain à pleins poumons.

Lhu la dévisage, surpris par son cri soudain. De son côté, Lola se fige, prenant conscience qu'elle a prononcé cette phrase à haute voix.

— Que t'arrive-t-il ? veut-il savoir, dérouté par son attitude.

Merde, merde, merde..., s'énerve-t-elle en se levant d'un bond et en commençant à faire les cent pas.

À son grand étonnement, Lhu se lève aussi et se met à arpenter le jardin à ses côtés.

— Si faire de l'exercice t'aide à parler, alors autant que tu sois accompagnée, explique-t-il en voyant son air stupéfait. Il y a du monde dans le village maintenant, tu veux que nous allions y faire un tour ? Tu veux manger ? Boire ? Être seule ? Parler d'autre chose ?

Elle s'arrête net, et Lhu fait de même.

Est-ce que je lui dis ? se demande-t-elle, plongée dans la plus grande confusion. *Non, non, je ne le connais pas...*

Lola a envie de fumer. Mais elle ne peut pas, elle a laissé son paquet à l'hôtel. Elle a aussi envie d'appeler Rosa. Mais là encore, elle est coincée. Pour s'occuper l'esprit, elle recommence à marcher de long en large, accélérant le pas.

— Est-ce que cette discussion ravive des choses en toi ? l'interroge Lhu en suivant sa cadence. Est-ce qu'elle te perturbe ? Tu peux en parler librement, tu sais. Ici, nous avons vu et entendu maintes choses. Sens-toi libre.

Ces simples mots ont un effet surprenant, et elle s'entend distinctement penser :

Je dois lui dire !

Sans réfléchir plus longtemps, elle retourne d'un bond près de son sac, attrape son carnet et tourne quelques pages. Là, elle tombe sur un de ses dessins. La première créature hideuse qui l'a tourmentée au retour de ses cauchemars, il y a plus de deux ans, et qu'elle avait redessinée pendant le vol pour venir en Jordanie. En l'observant, son sang ne fait qu'un tour. L'espace d'une seconde, elle se paralyse, les doigts serrés sur son carnet, ne sachant pas quoi faire de ça. Quand, soudain, elle entend :

— C'est donc par le dessin que tu incarnes les sangs d'ombre et les néombres que tu vois ?

Chapitre VII

Lola est dans son appartement, posée sur la marche de sa porte-fenêtre, en train de dessiner. Antoine et Solal doivent arriver d'une minute à l'autre. Cela fait trois semaines qu'elle est rentrée d'Al Merf, et grâce à Lhu, certaines questions ont enfin trouvé une réponse. Elle a hâte de retourner dans ce petit village perdu dans le désert. Soudain, un bruit de clé dans la serrure attire son attention.

— Où est Solal ? s'étonne Lola en constatant qu'Antoine est seul.

— Il est encore avec Nour, dit-il en levant les yeux au ciel. Ils ne peuvent pas s'empêcher de s'embrasser en gloussant. Ils sont gênants. Ça m'a soûlé, donc il m'a passé la clé pour que je vienne te rejoindre. Il arrivera plus tard. Tiens, tu as changé de carnet ? remarque-t-il en s'approchant de la table basse.

Il se saisit de l'objet rectangulaire qui y est posé.

— Tu l'as dégoté où ? veut-il savoir avec un sourire. Je n'avais pas vu de Littlest Pet Shop depuis des années.

Se rendant compte que Lola ne lui répond pas, Antoine lève la tête, interloqué. Elle est concentrée sur son dessin, mais il remarque que son crayon tremble légèrement.

— Ça ne va pas ? l'interroge-t-il après un instant.

Lola s'arrête aussitôt de dessiner et pince fort ses lèvres. Un air grave s'affiche sur le visage d'Antoine lorsqu'il comprend le contenu du carnet.

— Tu veux qu'on attende Solal ? demande-t-il avec une grande douceur.

— Non, vas-y. Lis-le, réussit-elle à dire d'une voix presque inaudible, incapable de le regarder.

Antoine s'approche d'elle, lui pose un tendre baiser sur le front et lui chuchote, ses lèvres effleurant sa peau :

— Merci, mon Sunshine !

Puis, sans rien ajouter, il s'assoit sur le canapé et ouvre le carnet à la première page.

Lundi 31 août 2015

Cher journal,

Premier jour de cours sans Sol. Pourquoi faut-il que Victor l'ait changé de lycée ? Il pense que son fils travaillera mieux son bac de français et qu'il ne sera pas « distrait ». Tu te rends compte ?! Il l'a mis dans un autre lycée privé, à l'autre bout de Paris... Quel intérêt ? Déjà que j'ai un an de moins que tout le monde. Je suis encore plus seule maintenant. Et puis, il y a Julie... Nous sommes encore dans la même classe. Déjà l'année dernière, elle ne m'aimait pas. Mais je traînais avec Sol ! Il l'empêchait de se moquer de mes dessins et de moi. Là, tout a changé. Qui va me protéger ?

Jeudi 10 septembre 2015

Cher journal,

En ce moment, je fais plein de cauchemars. Je suis très fatiguée. Je continue de les dessiner et j'essaye d'inventer de nouveaux anukrati pour les détruire. C'est la seule méthode qui marche encore un peu...

Rosa me fait tout le temps la morale en me disant que je devrais sortir plus, me faire de nouveaux copains et arrêter de m'enfermer dans ma chambre...

Jeudi 24 septembre 2015

Cher journal,

Julie a fouillé mon sac et a trouvé mon carnet de dessin. Elle l'a montré à tout le monde au lycée. Depuis, les anciens amis de Solal ne m'adressent presque plus la parole... Et les filles se moquent du pull de mon père. Ils disent tous que je m'habille comme une grand-mère.

Rosa m'achète des vêtements de marque pour je sois « à la mode ». Elle pense que ça peut m'aider à me faire des amis, à me fondre dans la masse. Mais je m'en fiche. C'est le pull de mon père, personne ne peut comprendre ! Lorsque je le mets, je me sens moins seule... Je sens sa présence, il est toujours avec moi.

Mercredi 7 octobre 2015

Cher journal,

J'ai merdé, en cours de physique-chimie. Je ne sais pas ce qui m'a pris, mais j'ai expliqué au prof que si on prend de l'oxygène liquide et qu'on le mélange avec de l'eau régale et du sel, ça donne de l'oxiqudar, qui peut dissoudre le diamant si on y ajoute de l'oxyde de manganèse. Là, toute la classe m'a regardée comme si j'étais folle, et le prof m'a bien expliqué que ce que je disais était faux ! Mais c'est vrai, je te promets, mon journal. Je sais ce que je dis !

Mercredi 4 novembre 2015

Cher journal,

Je ne peux me confier qu'à toi... Je fais de plus en plus de cauchemars, et dès que je ferme les yeux, les monstres reviennent. Je ne peux plus dormir. Et je ne peux plus apporter mes carnets à l'école pour dessiner. Les pétasses (je les appelle comme ça dans ma tête) n'arrêtent pas de m'attaquer. Dès que je dessine sur mes cahiers de cours, elles m'affichent devant toute la classe. Tout le monde m'appelle « l'Anormale », et chuchote quand je passe devant eux. Il y a des filles qui m'ont carrément fuie en me voyant ce matin... Et les profs ne disent rien...

En plus, j'ai tout le temps des migraines. Et Rosa qui ne comprend rien... Elle se prend pour ma mère à me donner des leçons de morale. Mais quand je lui dis que je ne vais pas bien, elle ne m'écoute pas. Elle n'est pas ma mère !

Vendredi 20 novembre 2015

Cher journal,

Aujourd'hui, je me suis fait virer du cours de physique-chimie. J'ai recommencé à expliquer au prof qu'en mélangeant 100 g de mercure,

800 g de soufre et en incorporant du difluor, on pouvait obtenir à un moment un mélange inflammable qui s'appelle le liderfu. Rosa m'a fait la morale et m'a dit d'arrêter d'inventer des formules mathématiques saugrenues. Mais je te promets que je n'invente pas. C'est vrai ! Et quand je lui ai dit ça, elle m'a punie. Elle n'a même pas cherché à me comprendre. Mais elle ne sait pas ! Elle travaille tout le temps et rentre tard tous les soirs. Elle ne sait pas ce que je vis tous les jours en cours... Elle ne sait pas que je n'ai aucun ami, que je suis la pestiférée. À part Louise, qui est autant harcelée que moi, personne ne veut me parler. Je ne sais plus quoi faire...

Dimanche 6 décembre 2015

Au déjeuner, Victor m'a dit que je devais arrêter de m'enfermer dans un monde imaginaire, que je n'avais plus quatre ans et qu'il fallait que je grandisse. Il veut m'envoyer voir un énième psy, car il pense que je ne vais pas bien dans ma tête. Avec Sol, on l'a entendu parler à Rosa dans son bureau la semaine dernière. Il répétait en boucle que j'avais besoin d'aide et que mon cas était sérieux. Que mon monde imaginaire ne pouvait pas prendre autant de place dans ma vie. Que j'avais grandi et que je devais arrêter de croire aux monstres. Que je devais passer au-dessus de la mort de mes parents et sortir de mon délire... Je déteste Victor ! Je le hais ! Il me parle comme si j'étais stupide. Il n'est pas mon père. Il veut jouer au grand monsieur, mais il n'est personne... Sa femme n'a même pas voulu de lui... Elle a eu raison de le quitter !

Vendredi 1er janvier 2016

Je ne peux plus dormir... Je n'arrête pas de faire des cauchemars. Tous ces foutus monstres m'attaquent constamment, ils sont tout le temps là. Et rien ne marche... Ni mes anukrati ni mes amis imaginaires. Rien... Ils m'ont laissé tomber eux aussi... J'ai beau invoquer les énergies de l'Eau, du Feu, ou du Sol. Rien. Je ne peux me confier qu'à toi, mon journal. J'ai tellement peur de moi. Qui de normal peut imaginer des choses aussi ignobles que celles que je vois dans mes cauchemars ? Mais si j'en parle, Victor m'enverra chez les fous.

En plus, lundi, c'est la rentrée... Je ne sais pas comment ça va se passer... En tout cas, j'espère mieux que le premier trimestre. Pitié...

Samedi 16 janvier 2016

Cher journal,

Je vais t'avouer quelque chose, et tu seras le seul au courant. C'est d'ailleurs pour ça que je te cache. Personne ne doit te trouver.

Comme les monstres arrivent dès que je ferme les yeux, j'ai dû trouver une solution toute seule... Hier, pour pouvoir dormir, j'ai piqué un somnifère à Rosa. Et là, aucun cauchemar. Je suis tellement contente. Ce soir, je vais retenter l'expérience. Mais il ne faut pas que Rosa s'en aperçoive.

Mardi 19 janvier 2016

Cher journal,

Les somnifères arrêtent mes cauchemars. C'est fini, les monstres ne me réveillent plus ! Je peux enfin me reposer. Mais le plus dur, c'est de m'en procurer. J'ai cherché sur Internet et j'en ai trouvé. La chance que j'ai, c'est que Rosa me fait confiance et ne regarde pas mes comptes. Je suis tranquille à ce niveau-là. Seul hic, le site n'est pas français donc la livraison va mettre un peu de temps. Je vais devoir en prendre encore à Rosa en attendant.

Vendredi 29 janvier 2016

Je veux que ça s'arrête. Je veux que tout s'arrête. Lorsque j'ai dit à Rosa que je voulais changer de lycée, elle m'a dit que je faisais un caprice et a ajouté : « Tu as tellement de chance, Lola, dans ta vie. Il va falloir que tu te rendes compte de tout ce que tu as. Beaucoup d'enfants ne vivent pas dans un superbe appartement, entourés de gens qui les aiment, et n'étudient pas dans l'un des meilleurs lycées de Paris. » Si elle savait...

Lundi 1er février 2016

Aujourd'hui, sans le faire exprès, j'ai pris un carnet de dessin dans mon sac. Je ne sais pas comment j'ai pu être aussi distraite, mais cette connasse de Julie a réussi à éparpiller toutes mes affaires dans la classe. Quand elle a vu mon carnet, elle l'a ouvert et s'est foutue de mes dessins devant tout le monde. Même les élèves de la classe d'à côté sont venus voir. J'avais envie de mourir. Tout le monde se foutait de moi... Depuis, j'ai une boule à l'intérieur, qui me creuse l'estomac.

Jeudi 4 février 2016

Aide-moi, s'il te plaît, je vais devenir folle. Les cauchemars sont revenus... Pourtant, j'ai pris mon somnifère hier soir... Je vais devoir augmenter la dose.

Samedi 6 février 2016

Je suis à deux comprimés par nuit. Je t'avoue que je somnole toute la journée. J'y vois mal. J'ai mal au ventre. Ils disaient sur Internet de ne pas en prendre plus d'un par jour. Mais je m'en fous. Au moins, ça s'est arrêté. Avec deux somnifères, les cauchemars ne reviennent pas.

Vendredi 12 février 2016

Je n'en peux plus ! Hier, au lycée, ça a été horrible. Comme je dors à moitié en cours, les pétasses en ont profité pour découper mon manteau, car j'avais le même que Julie. J'ai dû dire à Rosa que j'étais tombée de vélo. En plus, elles ont écrit des mots horribles sur mes cahiers de cours : « La folle ! », « La tarée », « La menteuse ! », « Moi, l'Anormale, j'irai chez les fous ! » Je ne sais pas ce que je leur ai fait. Je ne sais pas pourquoi elles me font ça. Je ne comprends pas pourquoi elles me détestent. Je n'en peux plus de la vie. Elle ne sert à rien. Je ne sers à rien. Je serais mieux morte !

Mais malheureusement, je suis encore en vie, et Rosa m'oblige à aller à cette soirée avec Solal pour me « faire des amis et sortir »...

Samedi 13 février 2016

Cher Journal,

Hier soir, j'ai beaucoup trop bu. Je ne sais plus trop ce qui s'est passé. Je sais qu'il y avait les pétasses à la soirée. Je sais qu'elles ont parlé à ce mec, et qu'il est venu me voir. J'ai beaucoup trop bu. J'ai des marques partout sur le haut des jambes, des bleus sur les bras, sur le ventre. J'ai dû tomber. Je ne me souviens de rien. Si, peut-être d'une ou deux choses, enfin... Je sais juste que j'ai eu très chaud d'un coup. Je pense que c'est l'alcool. Je me souviens de m'être sentie très légère et euphorique. J'ai dû trop boire, c'est sûr... En tout cas, j'ai toujours envie de me laver, je me sens dégueulasse. On dirait que je pue tout le temps. J'ai envie de me gratter la peau pour enlever l'odeur. Je ne sais pas pourquoi je me sens si sale. Et j'ai très mal au ventre. Depuis que je me suis réveillée, j'ai mal au ventre. Je pense que c'est l'alcool qui me fait ça...

Lundi 15 février 2016

Tout s'arrête aujourd'hui. Je vais retrouver ma famille. Je n'en peux plus... Je te dis au revoir et te remercie d'avoir été mon plus précieux ami. Je vais rejoindre mes parents dans un monde bien meilleur que le nôtre. Le monde où je vis actuellement se portera mieux sans moi...

Je vais retrouver mes parents, et peut-être mes amis, Sam, Mat, Casi, Sta... Je ne sais pas si c'était mon imagination, s'ils n'étaient que des rêves, ou s'ils existent vraiment. Mais en tout cas, je ne reste plus sur cette Terre. Je libère cette agoïatre (comme je l'appelais quand j'étais petite) de ma présence. Je ne souffrirai plus... J'arrêterai enfin d'être malheureuse...

Je vais enfin être en paix !

Au revoir, mon cher journal.

Lola.

Chapitre VIII

Antoine referme le journal et vient s'asseoir en face de Lola, qui dessine toujours. Un long silence s'installe. Ni l'un ni l'autre ne semble vouloir le briser. Assommé par ce qu'il vient de lire, Antoine laisse son regard se perdre sur les immeubles d'en face, en jetant, de temps à autre, un coup d'œil vers Lola. Cette dernière, de son côté, garde les yeux braqués sur son carnet de dessin.

— Je suis en colère, lui avoue-t-il enfin d'une voix entrecoupée.

Sidérée par cet aveu, Lola laisse tomber son crayon, qui rebondit sur le parquet. Elle ose à peine en croire ses oreilles. L'espace d'un instant, la fureur prend possession d'elle.

Il n'est pas sérieux ? s'énerve-t-elle. *C'est moi qui suis traumatisée, pas lui !*

Elle se mord la lèvre inférieure et lève un regard sombre vers lui, prête à exploser. Mais toute son indignation retombe instantanément. Il est recroquevillé sur lui-même. Son visage est pâle. Ses traits, tirés. Ses yeux, éteints. Il serre les poings si fort que ses mains sont devenues blanches. Il a soudain l'air tellement fragile. Elle ne l'a jamais vu aussi vulnérable.

— Je suis en colère, car personne n'est intervenu, lui confie-t-il alors à mi-voix. Personne ne t'a protégée. Ça retourne l'estomac. Ça m'écœure que tu aies pu vivre ces horreurs. C'est ignoble de détruire une personne ainsi...

Il donne un coup de poing sur le sol du minuscule balcon. Lola reste stoïque, et le fixe.

— J'ai fait promettre à tout le monde de ne plus jamais parler de ce sujet, lui avoue-t-elle après un instant.

Même si elle maîtrise son timbre de voix, le tremblement de sa lèvre inférieure et sa mâchoire crispée la trahissent. Cette situation l'affecte plus qu'elle ne l'aurait voulu. Et la réaction si sincère d'Antoine la déstabilise plus encore.

— Même s'ils ont été très présents, ils ne pourront jamais vraiment comprendre..., continue-t-elle finalement. Pas même Rosa... Et avec toute la meilleure volonté, tu ne le comprendras pas non plus. Alors j'ai besoin que tu termines de lire jusqu'au bout le journal et après je te dirai tout.

Surpris par sa réaction, Antoine observe silencieusement Lola ramasser son stylo. Malgré la colère qui l'habite toujours, il décide néanmoins de taire ses émotions et rouvre simplement le carnet.

Mardi 15 août 2017

Cher journal,

Ça fait longtemps que nous ne nous sommes pas parlé, toi et moi.

Rosa m'a découverte dans ma chambre, l'estomac plein de médicaments, et je me suis réveillée à l'hôpital. Si tu avais vu son regard... Elle était tellement triste, je ne l'avais jamais vue aussi malheureuse. Sol aussi avait pleuré toutes les larmes de son corps.

Puis ils sont venus me chercher... Les gens de cet endroit ignoble. Là-bas, je vivais un cauchemar éveillé. Je me sentais enfermée. J'étouffais. Ils m'ont bourrée de médicaments, et les psys m'ont bombardée de questions. Ils voulaient savoir pourquoi je m'étais enfermée dans ce monde imaginaire. Comment je vivais la tentative échouée. Ils ne se taisaient jamais !

Mais, heureusement, il y avait madame Natédiet ! C'est la seule qui ait compris. Elle m'a comprise... Quand je lui ai tout raconté, elle a fait le lien avec mes cauchemars. À chaque fois que les pétasses me harcelaient, ça les augmentait. Et c'est pour ça que je parlais bizarrement, que mes cauchemars étaient de plus en plus violents malgré les somnifères... Elle m'a expliqué que je n'en faisais plus, car j'étais loin d'elles. Et elle a vu qu'il y avait quelque chose d'autre, que quelqu'un m'avait rendue sale. Alors j'ai parlé... Et je lui ai avoué que les pétasses avaient dit à Pierre de s'amuser avec moi... Et c'est ce qu'il a fait. Elles s'étaient foutues de moi le lundi, mais elles ne savaient pas qu'il était allé au bout... Personne ne le savait...

Quand j'ai été prête, on en a parlé à ma famille. Rosa a été anéantie... Victor s'en est mêlé... J'ai même cru qu'il allait le tuer.

Depuis ma sortie, je ne suis pas retournée au lycée, et j'ai passé mon bac de français avec un régime spécial. Puis Rosa a décidé que nous prendrions une année sabbatique (bien sûr, avec l'accord de madame Natédiet). Elle voulait m'éloigner de Paris. Elle a tout lâché pour moi. Elle a quitté son travail et m'a dit qu'on allait profiter toutes les deux. Qu'on allait claquer tout son argent sans compter ! Et c'est ce qu'on a fait. Dès août, on est allées en Amérique du Sud. On a d'abord posé nos valises en Uruguay (deux mois), puis au Brésil (cinq mois) et en Argentine (trois mois). Ensuite, on a atterri en Allemagne (quatre semaines), fait un tour en Angleterre (une semaine), et on a terminé par l'Italie (trois semaines chez Nonna et Nopinno) et l'Espagne (une semaine chez Abella). Depuis deux semaines, on est à Cannes. Sol et Victor nous ont rejointes ce week-end. On n'a pas reparlé de toute cette histoire. Je crois qu'on veut tous l'oublier. En tout cas, moi, je n'en reparlerai jamais...

Vendredi 22 septembre 2017

¡ Holà !

¡ Bienvenido a la Mercè de Barcelona !

Nous voilà chez Abella avec Sol, Rosa et Victor.

Je suis dans un nouveau lycée. Rosa l'a choisi, car mon amie Léa y est. Comme elle est aussi en terminale, Rosa a réussi à faire en sorte qu'on soit dans la même classe. Comme j'ai sauté le CM1, je n'ai qu'un an de retard. Cette fois, je n'apporte pas mes carnets. Même si madame Natédiet m'a dit de continuer à dessiner (d'après elle, c'est thérapeutique), il vaut mieux que je les cache. Je ne dirai jamais à personne ce qu'il m'est arrivé. Léa est au courant de mon internement, mais elle m'a juré de ne jamais rien dire. Je suis heureuse de l'avoir comme amie.

Nouvelle année, nouvelle vie ! Plus de cauchemars, plus de médecins, plus rien.

Vendredi 21 septembre 2018

Salut mon journal,

Je retombe sur toi par hasard, dans ma chambre chez Abella (désolée, je t'avais caché pour que Sol ne te voie pas, et je t'ai oublié... Saleté de cerveau de Dory), donc je suis obligée de te faire un petit résumé de ma vie. J'ai eu mon bac. Fini le lycée ! Je suis partie à l'École des Arts de la Sorbonne. Et depuis la rentrée, Rosa me loue un appartement. J'habite seule ! Même si elle a toujours peur pour moi, j'ai réussi à la convaincre de me faire confiance.

Rosa s'est mise à son compte, et elle a de plus en plus de clients. Notre coupure lui a servi aussi, car elle a de nouvelles inspirations grâce à tous nos voyages.

Sol est en deuxième année de licence en histoire de l'art et a commencé une chaîne de podcast. Il veut utiliser mes dessins pour des vidéos sur YouTube. Je m'amuse à mélanger plusieurs œuvres d'art. Parfois, j'ajoute à mes dessins des petits détails de mon monde imaginaire. Mais ça, je ne le dis à personne.

Vendredi 20 septembre 2019

¡Holà, mi diario íntimo!

Comme d'hab, j'ai fait ma Dory... Mais j'aime bien l'idée de t'ouvrir une fois par an. En te relisant, je mesure à quel point ma vie a changé ces dernières années, sans cauchemars... En fait, je vis une vie on ne peut plus normale. Et c'est trop bien !!!! Donc, pas grand-chose à te raconter, à part que je suis trop heureuse. La chaîne de Sol marche de mieux en mieux, et il me demande de plus en plus de dessins. Je rajoute de plus en plus mon monde dedans. C'est drôle de voir qu'il me sert comme ça, finalement.

Samedi 17 octobre 2020.

Cher journal,

Avec ces histoires de confinement, la Mercè a été annulée. Et c'est trop risqué d'aller en Italie, avec la santé fragile de Nopinno. Je passe donc exceptionnellement les vacances de la Toussaint avec Abella, et j'ai absolument besoin de te raconter une rencontre bouleversante... Antoine !

Le week-end dernier, je suis partie à Londres pour voir Sol. Vendredi, on a rejoint ses amis en boîte. Ils avaient déjà pris une bouteille de whisky (quelle idée ?!) donc je suis allée me commander un mojito au bar. Et en attendant mon verre, mon regard s'est arrêté sur un mec plutôt grand, portant un tee-shirt noir simple, mais bien coupé. Il me tournait le dos donc je n'ai pas pu voir son visage. Et je ne sais pas pourquoi, mais j'ai souri en le voyant. Puis j'ai rejoint Sol dans le carré (il s'était déjà fait harponner par une belle Londonienne).

Pendant que je dansais, j'ai cherché du regard Mister Tee-shirt noir. J'ignore pourquoi, mais j'avais envie de le voir. Je n'ai pas mis longtemps à le trouver. Il était toujours à la même place. Cette fois, je le voyais de profil. Il était vraiment canon. Il discutait avec trois filles, qui le regardaient en bavant et rigolaient à toutes ses blagues. Je ne sais pas pourquoi, mais j'avais envie qu'il les envoie balader. Et mon vœu a été exaucé. Il a décliné chacune de leurs avances. À un moment, l'un des amis de Sol est venu me parler, et j'ai dû arrêter de mater Mister Tee-shirt noir. L'autre a dû croire que j'étais sa psy, car il s'est mis à me raconter ses problèmes de couple. Je ne savais pas comment m'en sortir, donc j'ai fini d'une traite mon mojito, et j'ai pu aller m'en commander un autre en cherchant Mister Tee-shirt noir du regard. Mais il n'était plus là...

Alors que j'attendais mon nouveau verre, des doigts ont tapoté mon épaule et je me suis retournée... Tu le vois arriver, cher journal ?! Voilà ! Je suis tombée sur les yeux les plus incroyables que j'avais jamais vus ! Leur couleur était d'un bleu nuit très intense. Il avait un regard à la fois tendre et mystérieux. Des yeux en amande troublants ! Et c'est ce qu'il s'est passé... J'ai été totalement troublée.

Mais pas comme tu pourrais le croire ! Cette expérience était très étrange et naturelle à la fois. Mais le moment comique, c'est lorsqu'il m'a dit : « Tu es l'amie de Solal, c'est ça ? Je m'appelle Antoine. » Là, mon journal, tu vas comprendre que l'univers a un drôle de sens de l'humour. Depuis quelque temps, Sol est persuadé qu'un certain Antoine est « parfait pour moi », que c'est avec lui que je devrais être en couple et non avec Louis (mon copain actuel). En plus, il est sûr que je l'ai déjà rencontré durant mon enfance, ou à la Mercè de Barcelone. Il n'en démord pas. Là, il délire complet ! Si j'avais déjà rencontré cet Antoine, je m'en souviendrais…

En tout cas, désolée de te décevoir, mais il ne s'est rien passé entre nous. Il est vrai que ce week-end aurait pu être une parenthèse, un moment qui nous aurait appartenu. J'aurais pu céder et vivre cet instant offert. Mais non. Ce lien restera dans mon jardin secret : toi !

P.-S. J'ai de nouveau fait un cauchemar… Mais je n'ai pas envie d'en parler. Ça gâcherait le reste. Espérons que ce ne soit qu'un simple bug de mon cerveau…

Antoine referme le journal d'un geste lent en fixant Lola intensément.

— Merci, dit-il en posant le carnet sur le parquet. Merci de t'être enfin confiée !

En l'entendant, une larme coule au coin de l'œil droit de Lola, puis roule le long de sa joue. En la voyant s'écraser sur son carnet de dessin, sa tête se courbe. Et doucement, comme si elle s'adressait à elle-même plutôt qu'à Antoine, elle avoue :

— Je ne me suis jamais sentie normale, jusqu'à ce que je te rencontre… Alors, comment j'aurais pu te dire que j'avais créé un monde imaginaire, subi du harcèlement, un viol, et fait une tentative de suicide ? Comment j'aurais pu faire porter le poids de tout ça à quelqu'un qui me faisait ressentir tout le contraire ? lâche-t-elle en tournant son index autour de la tache que vient de former sa larme.

Antoine inspire profondément. Il a du mal à encaisser toutes ces informations.

— Je n'ai plus jamais écrit dans mon journal depuis notre rencontre, continue-t-elle. Je l'avais laissé chez Abella pour que mon passé reste derrière moi. Mais je te devais bien la vérité, donc je lui ai dit où je l'avais caché, et elle me l'a renvoyé cette semaine.

En prononçant cette phrase, elle ne peut empêcher ses mains de se contracter sur son carnet.

— J'avais besoin de me sentir normale, de tout oublier, enchaîne-t-elle, essayant de ne pas laisser ses émotions la submerger. Et c'est avec toi que j'ai découvert ça. Je sais que tu vas vouloir qu'on parle de tout ça, mais...

— Non ! la coupe Antoine.

Lola le dévisage, surprise par sa réaction.

— Après tout ce que j'ai lu, je comprends mieux ton silence, confesse-t-il alors. Je commence à bien te cerner et je sais qu'un jour, tu parleras ouvertement du sujet. Mais en attendant, j'ai envie qu'on passe à autre chose.

Il s'avance vers Lola, attrape le haut du carnet pour le lui faire poser sur le parquet, mais s'arrête dès qu'il voit son nouveau dessin.

— C'est quoi ? demande-t-il, intrigué.

— Un être Espace que j'avais imaginé enfant. Je l'avais baptisé Noti. Pour me parler, il tournait sur lui-même et envoyait des faisceaux lumineux. C'était une vraie toupie céleste ! Je ne sais pas pourquoi, mais ces derniers temps, il m'obsède.

— Il ressemble à un donut qui serait attaqué par des lasers, la charrie-t-il en faisant pivoter le carnet vers lui. Tu l'as passé au gril pour qu'il soit aussi rouge ?

— C'est ça, moque-toi ! Allez, rends-moi Noti ! rit-elle en essayant de le récupérer.

— Peut-être qu'avec ses faisceaux, il envoie des messages codés, plaisante Antoine en l'éloignant d'elle. Mais...

Il s'arrête un instant, hésitant. Lola s'immobilise aussi, le bras levé, les doigts effleurant la couverture de son carnet.

— Mais... ? répète-t-elle en arquant un sourcil.

Il referme le carnet et le repose sur le sol d'un geste lent. Puis, d'une voix incertaine, il aborde une question épineuse :

— Maintenant que tu sais qu'il y a une part de vérité dans ton monde imaginaire, quand est-ce que tu vas te décider à parler à Victor ?

En entendant le nom de Victor, Lola se renferme, et un air contrarié s'affiche sur son visage.

— Si tu as réussi à me convaincre, il le comprendra aussi, précise Antoine en la voyant s'adosser au mur derrière elle. Parle-lui !

Irritée par la tournure que prend la conversation, elle se met à taper du pied sur la marche de la porte-fenêtre. Antoine s'approche, prend les jambes de Lola entre ses bras et pose sa tête sur ses genoux. Elle s'arrête aussitôt, passe sa main dans ses cheveux et lui caresse le visage.

— Lola, reprend-il de sa voix d'avocat. Il faut que tu en parles à Victor pour qu'il te donne tous les carnets de ta mère. Rosa a gardé ton secret, comme Solal. Mais à cause de ça, elle n'a pas réussi à récupérer les carnets. Il serait peut-être temps que tu apaises la situation...

Chapitre IX

— Lola, il va te recevoir.

Le secrétaire de Victor lui désigne d'un geste de la main la porte encore fermée du bureau. Lola, les doigts crispés sur les anses de son sac, ouvre la poignée de son autre main. Dès qu'elle fait un pas, son regard est attiré par la nouvelle acquisition de Victor, une longue œuvre contemporaine recouvrant presque entièrement le mur de gauche. La lumière entrant par les trois fenêtres inonde la pièce. Il est assis devant son ordinateur, entouré d'une pile de dossiers cachant les photographies de Solal, Lola et Rosa. En s'avançant, Lola jette un coup d'œil à la bibliothèque qui se trouve derrière le canapé, où sont dissimulés les carnets de sa mère.

Si ça ne se passe pas comme prévu, il faudra que je remette discrètement en place celui que j'ai à l'appart, pense-t-elle.

Naturellement, elle se dirige à côté de la bibliothèque, ouvre un placard où trône une cafetière design et se fait couler un café allongé. Elle en prépare aussi un serré pour Victor. Puis elle s'installe en face de lui, nerveuse. Il n'a toujours pas levé les yeux sur elle. Comme à son habitude, sa barbe est impeccablement taillée. Ses cheveux épais sont coiffés avec un peu de cire pour les discipliner. Lola remarque qu'il est plus pâle que d'ordinaire, et ses sourcils froncés semblent trahir une certaine inquiétude.

— Qu'y a-t-il de si urgent, ma Lola ? demande-t-il alors de sa voix dure, tout en tapant avec force sur le clavier de son ordinateur.

— Il faut que nous reparlions de la Jordanie, répond-elle d'un ton solennel.

À ces mots, Victor laisse échapper un souffle de protestation.

— Ça ne pouvait pas attendre ce week-end ? Nous faisons entrer une nouvelle marque de prêt-à-porter dans la société et mon emploi du temps est serré.

— Non, ça ne pouvait pas attendre. J'ai vraiment besoin de te parler, sinon je vais encore me dégonfler. Et je pars à Londres ce week-end, ajoute-t-elle.

Pour la première fois depuis son arrivée, Victor lève les yeux vers elle et lui lance un regard agacé, puis reporte aussitôt son attention sur son écran. Sans se démonter, Lola attrape son sac, en sort un porte-documents confié par Lhu, et le lui tend un peu maladroitement. Il s'en saisit sans le regarder et le pose machinalement à côté de lui.

— Qu'est-ce donc ? grogne-t-il.

— Les découvertes que j'ai faites en Jordanie, explique-t-elle en tripotant sa tasse du bout des doigts. Ce n'est pas pour que tu les lises tout de suite, le prévient-elle en le voyant scruter du coin de l'œil la pochette en cuir. Il faut d'abord que je te raconte ma journée.

— Mais nous en avons déjà parlé, lui rappelle-t-il avec une certaine impatience. Tu m'as dit que tu n'avais rien trouvé d'intéressant là-bas.

— Je t'ai menti, confesse Lola, les lèvres pincées.

À ces mots, Victor arrête toutes ses activités, se redresse d'un bond, ses yeux lançant des éclairs.

— Tu recommences ? tonne-t-il avec amertume. Tu ne peux pas t'en empêcher.

— Je ne savais pas si je voulais t'en parler, lui avoue Lola, sentant la colère s'installer dans sa poitrine. Mais Rosa, Sol et Antoine m'ont convaincue du contraire. Ils m'ont dit que tu avais le droit de savoir.

— Rosa et Solal m'ont menti, eux aussi ?! crie-t-il en l'interrompant. C'est quoi cette histoire ?

— Attends, tu vas comprendre pourquoi ils m'ont couverte, essaye-t-elle de le raisonner. Je te promets que tout ça en vaut la peine !

Sans être véritablement calmé, Victor se renfonce dans sa chaise noire et se remet à taper sur son clavier.

— Raconte-moi la vraie version de ta journée. Mais j'espère que tu seras totalement honnête, ajoute-t-il, gardant la tête dans ses dossiers.

Lola hoche la tête, soulagée. Avant qu'il ne change d'avis, elle se met à lui relater l'histoire depuis son commencement, avec Guillaume, les textes, Rome, Le Caire, et enfin, son arrivée dans le village d'Al Merf. Là, elle attrape le carnet qu'elle y avait pris avec elle et explique à Victor sa rencontre avec Lhu, le nouveau texte, les informations sur la Création, sur la Destruction, puis elle en arrive aux néombres et aux sangs d'ombre. Quand Lola lui rapporte les propos de Lhu, Victor ne peut se retenir et tempête d'une voix courroucée :

— Qu'est-ce que c'est encore que ces conneries, Lola ? Cet homme est dérangé de te dire ça. Ton monde nous en a assez fait baver. Ce Lhu ne peut pas...

— J'invoque Cannes pour ce coup-là, lui lance-t-elle d'un ton sec, en serrant ses doigts sur sa tasse en terre cuite.

En entendant cela, Victor se raidit. Un air féroce s'incruste sur son visage et ses yeux deviennent plus noirs encore que du charbon.

— Cannes, répète-t-il plus froidement que jamais, sans desserrer la mâchoire. Tu viens d'utiliser Cannes...

Le moindre muscle de son corps est tendu, mais il finit par lâcher, d'une voix chargée de mécontentement :

— Raconte-moi la suite.

Elle reprend son carnet et le feuillette jusqu'à la fameuse image... Ce dessin qui a tout chamboulé. Pour se donner du courage, elle prend une grande inspiration et lui retrace alors la suite de sa journée à Al Merf...

Lola était en état de choc, toujours debout, son carnet ouvert sur son dessin. Pour la première fois, son visage exprimait exactement ce qu'elle ressentait. Ses yeux étaient écarquillés et sa bouche, grande ouverte, dans une sorte de hurlement muet. À cet instant, parler, pleurer, crier ou même respirer lui semblait impossible. Elle avait l'impression que tout en elle s'était arrêté. Que son corps s'était éteint. Elle ne pouvait rien faire d'autre que fixer le dessin.

— Ton silence est compréhensible, lui dit la voix grave et suave de Lhu. Rassure-toi, les autres êtres humains les voient, comme toi, précisa-t-il en appuyant sur les deux derniers mots. Certains les imaginent ou les décrivent, la plupart préfèrent les ignorer.

Il ment ! fut la seule pensée de Lola.

L'espace d'une seconde, ce fut l'unique idée qu'elle pût accepter. Puis elle se sentit chanceler et ses jambes lâchèrent. D'un geste vif, Lhu la rattrapa au vol et la força à se rasseoir. À cet instant, elle semblait totalement ailleurs. Mais à l'intérieur d'elle, toutes sortes d'émotions s'entremêlaient et se confondaient. C'était étouffant...

— Comment les humains auraient-ils pu inventer autant de créatures terrifiantes tout au long de leur histoire ? lui expliqua Lhu en se rasseyant près d'elle. Toutes ces créatures légendaires et mythologiques aux enveloppes effrayantes et aux intentions obscures et destructrices. Le diable et son enfer, dans la religion chrétienne, en sont le meilleur exemple. Dante s'est beaucoup inspiré de nos connaissances lorsqu'il a écrit *La Divine Comédie.*

Lhu servit une nouvelle tasse de thé à Lola et lui mit dans les mains. Sans opposer de résistance, elle la prit, mais ne but pas une goutte, trop bouleversée par ce qu'elle était en train d'entendre.

Il ment ! se répéta-t-elle.

— Et ceux qui inventent les créatures effroyables des films, des séries, des livres, des jeux vidéo... D'où penses-tu que Tolkien tient Gollum ou Morgoth, par exemple ? Qui a inspiré les artistes pour la représentation des orques dans les films de Peter Jackson ? poursuivit Lhu.

Lola entendait sa voix résonner à l'intérieur de son crâne. Les mots rebondissaient comme un écho sans fin. Mais elle ne l'écoutait plus vraiment, convaincue d'être enfermée dans une nouvelle hallucination.

Il ment ! essaya-t-elle encore de se convaincre. *Il ment ! Il ment ! Il ment !* se répéta-t-elle inlassablement, une main crispée sur la tasse en céramique.

Au même moment, une chose, froide et rugueuse, se posa sur son autre main, faisant pression sur ses jambes. Ses yeux se baissèrent avec une extrême lenteur. Là, sur ses cuisses engourdies, elle découvrit un étrange manuscrit. Sur la couverture, la même écriture, celle que Lhu avait qualifiée d'« Écriture de l'Énergie », formait un nouveau symbole indéchiffrable. Elle laissa son regard vide s'y attarder.

— Voici une preuve que d'autres les voient comme toi, expliqua alors Lhu. Les artistes qui t'ont précédée les ont aussi dessinés. Ils ont minutieusement reproduit les sangs d'ombre et les néombres qui hantaient leur esprit.

En entendant ces paroles, Lola déglutit.

Impossible...

Elle aurait voulu ouvrir ce livre pour découvrir cette « preuve ». Cependant, son corps refusait de bouger. Alors, comme s'il lisait dans ses pensées, Lhu approcha ses mains et, avec une grande délicatesse, l'ouvrit pour elle. Lola regarda sans regarder ce qui se présentait maintenant devant ses yeux. Sur une double page, dont le papyrus était abîmé, s'éparpillaient des dessins de créatures, toutes plus invraisemblables les unes que les autres et représentées de profil. Excepté une d'entre elles. Le croquis d'une sorte de triangle inversé creusé et recouvert intégralement d'épines, dont le haut se scindait en deux cubes, où prenaient place des rectangles sombres. L'artiste avait reproduit le monstre en deux dimensions, sans aucun relief. C'était la seule différence avec le dessin de Lola.

Voir cette créature surnaturelle eut l'effet d'une bombe. Quelque chose se déchira dans son esprit. Son corps fut traversé d'un violent spasme et un cri indéfinissable sortit de sa bouche de manière incontrôlable. Désormais, elle ne pouvait plus contester les propos de Lhu. Elle avait une preuve ! Un inconnu avait dessiné le même monstre qu'elle. Celui qui avait poussé M. Maidet à l'orienter vers Moreau pour son mémoire. Elle se frotta les yeux du revers de la main pour être certaine de ne pas rêver. Elle observa encore longuement le croquis, suivant des doigts ses contours, comme pour être sûre qu'il existait bel et bien. Puis, d'une main tremblante, elle tourna la page pour tomber sur de nouveaux dessins énigmatiques.

Pendant un temps qu'elle ne put quantifier, Lola feuilleta l'ouvrage, s'arrêtant sur l'ensemble des créatures terrifiantes et mystérieuses qui y étaient reproduites. Toutes étaient différentes. Plusieurs étaient figuratives et contenaient des attributs humains comme des yeux, des bouches ou des bras. D'autres ressemblaient à des animaux hideux avec des ailes, des cornes, des piques ou des griffes. Certaines avaient des particularités retrouvées chez les êtres marins, telles que des nageoires, des ailerons ou des ventouses. Quelques dessins montraient d'obscurs trous noirs, certains, des ombres floutées et sans forme. Pour d'autres encore, des jeux d'ombre et de lumière laissaient des créatures surréalistes se profiler. Des monstres constitués de figures géométriques revenaient presque à chaque page. Certains étaient croqués en noir, gris et blanc. D'autres habillés de mille et une couleurs. Quant au fond, il pouvait être uni ou recouvert de vagues déchaînées, d'orages terrifiants, ou encore de flammes dévorantes. Le dessin pouvait être travaillé, ou bien seulement ébauché. Les créatures semblaient avoir été dessinées à différentes époques, par différentes personnes, dans différents styles. Tout paraissait irréel, et en même temps, tout était réel.

Mais ce qui la frappa réellement, ce fut la similitude de ces esquisses avec ses propres dessins. Elle avait l'impression de recevoir une gifle à chaque nouvelle page. Elle éprouvait de nombreuses émotions contradictoires. Elle était à la fois fascinée, apeurée, sceptique… Mais étrangement, c'était la colère qui dominait tout ce brouhaha d'émotions. À cet instant, elle avait envie de hurler… De hurler contre toutes les personnes qui ne l'avaient pas crue. De hurler contre ses psychiatres, contre ses professeurs, contre Victor. Contre tous ceux qui l'avaient conduite à un point de non-retour quand elle avait quinze ans…

Mais les vieilles habitudes étaient plus coriaces. Alors, le silence emprisonna sa voix au fond de sa gorge. La colère fut enfermée dans une cage invisible et compressée pour se faire la plus petite possible. Progressivement, les hurlements dans sa tête se réduisirent pour ne devenir qu'un murmure à peine audible. Et un seul mot put sortir de sa bouche :

— Comment ?

Chapitre X

— Lola, où veux-tu en venir ? lui demande Victor, exaspéré, en tapant un peu plus fort sur les touches de son clavier. Tu as vu des dessins d'artistes. Et alors ? J'en ai des centaines à la maison. Et avec Solal, vous les utilisiez pour créer vos monstres. Tu as donc simplement reproduit des dessins dont tu te souvenais inconsciemment. Et par pure coïncidence, ce sont les mêmes que ceux de ces personnes.

— Laisse-moi terminer ma journée, s'il te plaît ! Tu vas comprendre pourquoi c'est important d'en parler.

Victor souffle fort, montrant toute son impatience. Mais il finit par avancer son menton carré, lui faisant signe de continuer.

— Sais-tu ce qu'est un atome de vie ? demanda Lhu en réponse à sa question.

Lola fit « non » de la tête, le regard vide.

— Très bien. Une autre question, alors. Comment les sangs d'ombre et les néombres t'apparaissent-ils ? s'intéressa-t-il d'une voix amicale.

Lola pinçait tellement les lèvres qu'elles avaient presque disparu. Elle hésitait à se confier sur ce point.

Ça n'a aucun sens ! songea-t-elle.

— Si tu veux comprendre pourquoi ils se manifestent, tu dois expliquer comment tu les perçois, indiqua-t-il devant son silence persistant.

Lola déglutit, encore incertaine de pouvoir se livrer.

Ça n'a aucun sens, tout ça...

Plongée en plein doute, elle se leva d'un bond et recommença à marcher le long du jardin. Cette fois, Lhu resta simplement assis et dit :

— Moreau les voyait dans ses cauchemars.

À ces mots, Lola sentit son souffle se couper et ses jambes redevenir cotonneuses.

Lui aussi !

— Kay Sage les voyait dans les hommes, continua-t-il. Hokusai représentait toujours les éléments afin de détruire ses idées noires. Homme très perspicace, d'ailleurs, Hokusai, précisa-t-il en agitant l'index dans les airs. Il avait bien compris que peindre les éléments était le meilleur moyen d'être tranquille.

Lola sentit sa nuque se couvrir de sueur. Elle souleva ses cheveux d'une main et s'éventa le cou avec l'autre.

— L'un des plus torturés reste Goya, enchaîna Lhu d'une voix posée. Ce fut très compliqué pour lui de faire face aux sangs d'ombre et aux néombres qui venaient lui hanter l'esprit.

Le visage blême, Lola avait de plus en plus de difficulté à respirer. Du plat de la main, elle tenta d'essuyer les grosses gouttes de sueur qui descendaient le long de sa nuque.

— Et toi, alors, comment les vois-tu ? lui demanda Lhu, dans son dos.

Se sentant de plus en plus mal, elle se rua vers son carnet pour s'éventer avec. En l'attrapant, elle crut apercevoir, du coin de l'œil, une expression amusée sur le visage de Lhu.

Il se fout de moi, pensa-t-elle l'espace d'une seconde.

Quand elle prit conscience de cela, sa colère resurgit en un éclair. Elle se retourna alors pour la déverser sur Lhu, mais s'interrompit lorsque son regard croisa le sien. Elle n'y discerna aucune once de moquerie ou de malveillance. Au contraire, l'homme avait l'air détendu et disposé à entendre ce qu'elle avait à dire.

Je dois lui parler, s'ordonna-t-elle en se redressant. *Grâce à lui, je sais que je ne suis pas seule...*

Gardant le silence encore un moment, Lola finit par se raisonner.

— Je..., commença-t-elle. Je...

Mais sa voix s'étrangla et se perdit au fond de sa gorge. Par réflexe, elle agrippa son cou et tapa le plat de sa paume contre ses clavicules. Pendant plusieurs secondes, Lhu la regarda faire ce geste, silencieux.

— Je les vois dans mes cauchemars, finit-elle par avouer dans un murmure.

— Ah, comme Moreau ou Füssli ! s'exclama-t-il avec un certain enthousiasme.

Même si le ton employé par Lhu la surprit, Lola ne fit aucun commentaire et acquiesça d'un hochement de tête.

— Et uniquement par ce biais ? voulut-il savoir ensuite.

Lola secoua la tête, mais ne lui répondit pas. Transpirant de plus en plus, elle coinça son carnet entre ses dents pour s'attacher les cheveux avec l'élastique autour de son poignet.

— La redécouverte des textes a fait vibrer tes atomes de vie, donc tu les vois forcément d'une autre manière que dans tes cauchemars, assura Lhu d'une voix confiante. Les images sont peut-être projetées par ton esprit lorsque tu es parfaitement consciente...

Cette phrase fut un tel choc que Lola laissa retomber ses cheveux et ouvrit la bouche. Son carnet rebondit sur l'herbe.

Comment il le sait ?

Déboussolée, elle prit encore quelques instants de réflexion, puis elle se rassit près de lui, prit une gorgée de thé froid, et admit :

— J'en ai vu un en étant éveillée.

— Attends, quoi ? l'interrompt Victor, furibond, prêt à se lever. Tu as eu une vision en étant éveillée ?

Le sang de Lola ne fait qu'un tour.

Merde... J'en ai trop dit. Foutu cerveau de Dory !

— Lola ! Je croyais qu'on avait dépassé le stade de tes quinze ans ! On a tous mis tes cauchemars sur le dos de tes traumatismes. Mais maintenant, tu m'apprends que tu en fais toujours, et que tu vois tes choses même quand tu es consciente, tempête-t-il en projetant sur le bureau un nuage de postillons. Je n'y crois pas ! Je n'ai pas que ça à gérer, Lola ! J'ai une signature à obtenir et une société à faire tourner. Et toi, tu m'annonces que tu vois des créatures en plein jour.

Le visage de Lola perd toutes ses couleurs. Face à ce discours, elle n'a qu'une envie : sortir du bureau et claquer la porte derrière elle. Mais elle se retient et l'écoute s'énerver contre elle en gardant le silence.

— Je ne suis plus censé te paterner comme une gamine, lance-t-il, cette fois en se levant de son imposante chaise. Je suis censé être débarrassé de ces histoires. Quand est-ce que tu vas grandir ? Quand est-ce que tu prendras les choses avec sérieux ? Je me croirais revenu à tes neuf ans, quand tu ne dormais pas, et que je devais passer mes nuits avec toi, car Rosa était épuisée. Que je restais des heures à attendre que tu t'endormes dans mes bras ! Que tous les soirs, c'était le même cinéma de monstres qui arrivaient pour te tuer...

Pour la première fois, Lola réalise le rôle que Victor a assumé après la mort de ses parents et la charge de responsabilités qui a pesé sur ses épaules. À cet instant, une seule idée lui vient à l'esprit pour ramener la conversation à un ton plus rationnel :

— Cannes !

Victor s'arrête net, le teint écarlate.

— Je te promets qu'un jour, ce mot ne fonctionnera plus avec moi ! dit-il en l'incendiant du regard et en se rassoyant sur son siège. La suite de l'histoire a intérêt à valoir le coup !

— Quatrième information ! lança Lhu d'une voix enjouée en faisant remonter son index le long de son nez. Même si l'Homme a perdu la Connaissance, il conserve des habitudes innées à l'intérieur de ses atomes de vie. Ainsi, le fonctionnement de l'ancien temps existe toujours, caché au plus profond de lui.

Lola clignait des yeux, mais semblait totalement ailleurs.

— Notre corps est composé de cellules, continua Lhu comme si de rien n'était. Lorsqu'un être meurt physiquement, celles-ci se détruisent, laissant seulement des atomes de vie.

À ces mots, Lola eut un réflexe qui la surprit elle-même. Elle se mit à scruter la peau de son avant-bras, puis commença à le triturer, se demandant où, dans son corps, pouvaient se situer les atomes de vie. En l'observant faire ce geste, Lhu posa doucement sa main sur celle de Lola et lui dit :

— Les atomes de vie sont l'essence même de ton corps, ils sont donc partout ! Lorsqu'ils sont libérés, ils se transforment, évoluent, se déposant ensuite dans le sol, dans l'eau, ou en d'autres êtres, par exemple. Chacun de ces atomes détient une mémoire de l'enveloppe dans laquelle il s'est développé précédemment. Son porteur neuf s'en imprègne. Ce nouveau lieu d'habitation est composé de différents atomes de vie, eux aussi imprégnés de réminiscences passées, similaires ou distinctes. Tout cela se mélange et crée une nouvelle vie. Puis, lorsque l'être meurt, le processus recommence. Et...

— Lola, tu me parles de palingénésie là, s'agace Victor, qui s'est remis à travailler. Mon Dieu ! Cet homme t'a bien lobotomisée ! ironise-t-il amèrement.

— Non, il m'a dit que ça s'appelait comme ça, lui répond-elle, agacée à son tour. J'allais le préciser. Donc arrête de m'interrompre, s'il te plaît !

— Néanmoins, l'atome de vie, lui, se souvient de l'ensemble de ses existences passées, poursuivit Lhu en la regardant. Le physique s'efface, mais la vie reste ! Cette dernière subsiste à travers le temps, sous bien des formes.

Il marqua une pause et prit un autre des livres qui se trouvaient devant lui.

— L'atome de vie garde tout en mémoire, que ce soient des sensations oubliées, d'anciens termes employés, et bien d'autres choses encore, expliqua-t-il en feuilletant les pages. Il peut donc se rappeler les sangs d'ombre et les néombres.

Il s'arrêta sur une page et tourna la tête vers Lola.

— D'ailleurs, comment réussis-tu à détruire les tiens ?

Elle hésita un instant, mais elle n'eut pas le temps de lui répondre et crut s'évanouir lorsqu'elle l'entendit demander :

— Grâce à tes anukrati ?

Chapitre XI

— Désolée de te déranger, Victor, dit une voix dans le dos de Lola.

Interrompue dans son histoire, cette dernière se retourne et découvre Elsa, un des bras droits de Victor.

— Salut Lola, lance cette dernière en s'approchant du bureau. Je ne savais pas que tu étais là. Victor, tu penses à appeler les Japonais pour leur faire un débrief de la réunion avec les Coréens ? C'est crucial si tu veux qu'ils investissent dans la société, assure-t-elle en lui tendant un dossier.

Victor s'en saisit et le pose par-dessus le porte-documents de Lola.

— Je sais, grommelle-t-il. Tu pars quand pour la réunion ?

— Je pars à l'hôtel dès maintenant pour tout vérifier avant leur arrivée. Louis se tient prêt pour t'y emmener dès que tu auras fini.

Pour seule réponse, Victor émet un grognement.

— Tu me remercieras en ajoutant un zéro à ma prime, le raille-t-elle en levant les yeux au ciel.

Puis elle se retourne vers Lola :

— Je suis désolée, Lola, mais comme tu le vois, on est sous pression. Il faudra qu'on aille boire un verre rapidement pour que tu me racontes tes études et ta vie, dit-elle en posant une main sur l'épaule de la jeune femme.

— Avec plaisir, répond cette dernière d'une voix enjouée. Embrasse Marie et Théo de ma part.

— Je n'y manquerai pas ! Victor, tu m'envoies un texto quand tu es en route. À tout à l'heure, lance Elsa en sortant.

Lola pose son regard sur Victor, dont la concentration se lit dans les rides creusées de son visage.

— Continue, dit-il simplement en ouvrant le dossier apporté par Elsa.

Sous le choc, Lola semblait figée, la bouche grande ouverte, les yeux exorbités.

Mais... Mais... Mais... répéta-t-elle en pensée.

— Oui, les anukrati existent bel et bien, lui apprit Lhu d'un ton neutre, comme si ce qu'il venait de dire était totalement banal. Si tu souhaites utiliser un terme plus simple, tu peux les appeler « forces augmentées ».

Lola eut l'impression de recevoir un coup de poing en pleine poitrine.

— Pensais-tu être la seule à connaître ce mot ? l'interrogea Lhu en se levant et en agitant ses jambes pour les désengourdir.

Abasourdie, Lola resta assise dans l'herbe, les bras pendants, incapable de répondre.

— Vu ton silence, tu dois essayer de trouver un sens à tout ce que tu entends depuis tout à l'heure, assura Lhu en se dirigeant vers le ruisseau, à la lisière du jardin. C'est normal ! Viens te rafraîchir les pieds, ça te fera du bien et t'aidera à remettre de l'ordre dans tes idées.

Lola ne répondit pas. À présent, son cœur battait si fort qu'il lui faisait mal. Dans un état apathique, elle suivit son conseil, ôta ses chaussures et le rejoignit. Lhu se tenait droit, le menton levé, les pieds immergés. À cet instant, il ressemblait à une icône, illuminé par les rais de soleil que le plafond de fleurs laissait passer. Sans réfléchir, Lola l'imita, et un frisson remonta le long de son corps au contact de l'eau fraîche.

— A-nu-kra-ti, répéta Lhu en détachant chaque syllabe. C'est un mot assez tranché et plutôt compliqué à prononcer. Veux-tu choisir un autre terme, comme de Vinci l'a fait pour « deskhiombrales » et « deskhiombralons » ? proposa-t-il avec bienveillance. Évite simplement « pouvoir », qui pourrait prêter à confusion.

Encaisser toutes ces informations était de plus en plus difficile pour Lola. En sentant l'eau s'écouler doucement sous sa voûte plantaire, elle n'eut qu'une envie : s'immerger entièrement et disparaître. Mais la réalité la rattrapa plus durement lorsque Lhu lui dit :

— D'ailleurs, peut-être que les termes « agoïatre », « éluni » ou « atsol » peuvent aussi t'évoquer quelque chose ?

Ces mots finirent de l'achever. Lola, les bras pendants, ouvrait et fermait la bouche, mais aucun son n'en sortait. Lhu, de son côté, ne la regardait plus. Un bruit d'éclaboussure avait attiré son attention, et il observait à présent, par-dessus son épaule, un couple d'oiseaux en train de se rafraîchir.

— Mais les humains traduisent comme ils l'entendent les énergies de la Grande Source, déclara-t-il en reportant son attention vers Lola. Si tu veux des exemples, tu peux réfléchir au klingon ou au sindarin.

Un sourire amusé s'était dessiné sur ses lèvres. Cette situation semblait le réjouir, alors que Lola était dans le flou le plus total.

— Et dire que tout est parti du grommelot[1], que les gens prenaient pour une farce, alors que c'était un langage codé. Tu connais le grommelot ? souhaita-t-il savoir.

Lola n'avait aucune envie de répondre à ses questions. À cet instant précis, elle voulait surtout qu'il arrête de lui en poser. Qu'il se taise ! Qu'elle puisse prendre une pause et remettre de l'ordre dans ses idées. Mais il ne lui en laissa pas le temps et continua d'une voix légère :

---

1. Langage fictif comique, composé de sons, utilisé dans le théâtre et la comédie pour imiter la parole sans utiliser de mots réels.

— Entendre ces termes doit te bouleverser. Si cela peut te rassurer, ils sont connus par tous les êtres humains sur Terre. Dans la majorité des cas, ceux-ci s'en souviennent seulement inconsciemment.

C'en était trop ! Elle voulut alors sortir ses pieds du ruisseau et s'éloigner de lui. Mais à peine fit-elle un pas qu'elle se sentit bancale, et sa cheville se tordit. Elle trébucha et se rattrapa comme elle put en prenant appui sur le sol. Aussitôt, elle sentit la main de Lhu l'aider à se relever.

— Allons nous installer à l'intérieur, ce sera plus sûr pour toi, lui indiqua-t-il avec un doux sourire. Avec tout ce que tu es en train d'apprendre, l'atsol Soleil est plus un ennemi qu'un allié, précisa-t-il pour faire de l'humour.

D'une main ferme, il la soutint jusqu'à l'intérieur de l'habitation et la fit s'asseoir sur l'un des coussins de sol posés devant la table basse. L'air était doux, rafraîchi par les pierres sous les tapis. Lola, toujours dans un état second, laissait ses yeux errer à travers la pièce, sans vraiment la regarder.

— Sais-tu ce qu'est une réminiscence ? l'interrogea Lhu après avoir ramené les ouvrages et leurs affaires dans la maison.

Dans un effort surhumain, Lola réussit à faire un hochement de tête.

— C'est grâce à une forme de réminiscence que les humains connaissent des termes comme « anukrati », lui assura-t-il.

Lola sentit un rire nerveux monter en elle, mais son corps, vidé de toute énergie, n'avait pas la force de réagir.

— Il existe autre chose en lien avec les atomes de vie, déclara Lhu. Une chose cachée à l'intérieur de toi. Sur Terre, c'est appelé être-lumière. Et tous les êtres humains en possèdent un.

Fatiguée de l'entendre parler, Lola baissa la tête et se la prit entre les mains, les coudes posés sur les genoux.

— Les êtres-lumières sont des réminiscences de la Connaissance, poursuivit Lhu sans tenir compte de l'attitude de Lola. Ils cherchent à la faire revenir sur Terre. Cette énergie, lorsqu'elle sera totalement éveillée, unifiera l'enveloppe charnelle et l'esprit conscient et inconscient de l'être humain. Ainsi, la Connaissance reprendra sa place dans un être entier.

En l'écoutant, Lola sentit ses mains se mettre à trembler de manière incontrôlable.

— Bien d'autres personnes sont comme toi ! lui indiqua-t-il. Les images des sangs d'ombre et des néombres sont captées par les êtres-lumières, au-delà de Terre.

En l'entendant, le fou rire naissant avait laissé place à une envie de pleurer, mais elle se força de retenir ses larmes. À cet instant, elle avait pris conscience d'une chose... Si elle commençait à pleurer, elle ne s'arrêterait jamais.

— Ton être-lumière s'exprime chaque seconde de ton existence, déclara Lhu. Cependant, ta conscience lui met des barrières et t'empêche de l'écouter. Alors, il te parle autrement ! Il te parle la nuit lorsque tu dors. Il communique avec toi dans ton sommeil. Il t'envoie des images, des mots, des indices pour décrypter ta vie. Pourquoi penses-tu que le proverbe « la nuit porte conseil » soit aussi vrai ? Mais c'est également à ce moment-là qu'il te montre les souvenirs de néombres et de sangs d'ombre. Ils t'apparaissent sous la forme de cauchemars. Et...

— Conneries ! intervient Victor avec irritation. Je comprends que tu aies envie d'y croire. C'est logique, avec tout ce qu'il t'est arrivé. Mais ce n'est pas mon cas ! Un être-lumière, des atomes de vie, des néombres et des sangs d'ombre qui existeraient dans nos souvenirs... C'est absurde !

C'est étrange, mais tu es resté muet quand j'ai parlé des mots « anukrati », « agoïatre » et « éluni », s'agace Lola intérieurement.

Elle s'apprête à lui lancer cette phrase en pleine figure, mais s'interrompt, comprenant que Victor vient de se servir d'une fausse excuse. Elle le regarde alors, les yeux grands ouverts, stupéfaite. C'est la première fois qu'elle le voit fuir un sujet.

— On fait tous des cauchemars, s'exaspère-t-il. C'est trop facile de les utiliser pour te manipuler. Cet homme cherche juste à attirer les gens naïfs comme toi et à en faire ses marionnettes.

— Tu te trompes. Écoute, j'ai des exemples, lui dit-elle pour appuyer son discours. Est-ce que tu t'es déjà retrouvé face à une personne que tu pensais connaître ? Comme si c'était une vieille connaissance, alors que vos chemins se croisaient pour la première fois ? As-tu déjà eu un coup de foudre amoureux, ou même amical ?

Victor secoue la tête de gauche à droite, montrant toute son exaspération devant la crédulité de Lola.

— Oui, bien sûr, assure-t-il. On a tous ressenti ça un jour. Mais ce sont des impressions, Lola. Rien n'est lié à ton être-lumière imaginaire ou à tes atomes de vie. C'est ce que te racontent les religions. Ou alors, ce sont des personnes en manque de reconnaissance qui veulent absolument trouver des choses paranormales là où tout est parfaitement normal. Ce sont des mensonges pour te faire croire à quelque chose que la science n'explique pas encore.

— Je vois que tu es toujours réticent, dit-elle, gardant son calme. Je vais continuer, ça te fera peut-être changer d'avis.

— Tous les êtres vivants détiennent un être-lumière qui les relie à la Connaissance de la Grande Source, lui apprit Lhu. Certains en ont un plus développé que d'autres. Ceux-là essayent souvent de voir au-delà des limites du monde. Ils s'efforcent de comprendre ce qui les entoure, mais aussi de déchiffrer les mystères de la Grande Source. C'est le cas des artistes, par exemple. Ils le font de manière inconsciente, mais ils utilisent leur être-lumière à travers leur art. Même si tu as entendu beaucoup de noms, peu de personnes ont eu directement accès aux informations sur la Connaissance.

Comme s'il était déconnecté de son corps amorphe, le cerveau de Lola se mit à s'activer, cherchant tous les signes que les artistes auraient pu, inconsciemment, placer dans leurs œuvres.

— Ainsi, ils peuvent mieux capter les messages qu'ils reçoivent par l'intermédiaire des réminiscences de la Connaissance. D'ailleurs, les personnes dont l'être-lumière est plus évolué aident les autres à s'éveiller, déclara-t-il. C'est grâce à elles que tous les êtres pourront acquérir simultanément la Connaissance.

Il s'arrêta quelques secondes, le temps de prendre une gorgée de thé. Lola se sentait de plus en plus fébrile. Un nombre incalculable d'exemples lui revinrent en mémoire. Des phrases qu'elle avait entendues, des réflexions qu'elle avait lues, des choses qu'elle avait vues. Mais toutes ses pensées s'évanouirent lorsqu'elle entendit Lhu ajouter :

— Mais ce sont les enfants qui détiennent la plus grande part de vérité.

Sur le moment, Lola se sentit visée. Sans qu'elle s'y attende, les larmes recommencèrent à lui brouiller la vue.

— Les enfants disposent de l'être-lumière le plus éveillé chez l'espèce humaine, souligna Lhu. Ils sont connectés. Ils voient des choses avec leur regard neuf. Cependant, avec le temps, l'enfant qui s'exprime se replie sur lui-même. Les humains enferment leur être-lumière à l'intérieur d'eux, sous une couche de conscience et de pensées, pour entrer dans le moule. Et c'est ainsi que...

— Mais qu'est-ce que viennent foutre les enfants ici ? s'emporte Victor, ne comprenant pas pourquoi Lola lui raconte tout ça.

Cette dernière lâche un long soupir.

— Je sais que tu as du mal à me comprendre, concède-t-elle d'une voix qui se veut maîtrisée. Mais essaye d'ouvrir un peu ton esprit, au lieu de camper sur tes positions. Regarde papa ! Il devait y croire un minimum pour dessiner toutes mes créatures.

À peine a-t-elle prononcé cette phrase qu'elle se rend compte qu'elle est allée trop loin en citant son père. De rage, Victor devient écarlate et abat son poing fermé sur le bureau avec une telle force qu'il manque de renverser sa tasse.

— Ne mêle pas ton...

— Cannes ! l'arrête-t-elle d'un ton sévère en levant sa main devant elle. Tu dois me laisser finir, tu me l'as promis. Tu as toujours été très fier d'être un homme de parole. Ne commence pas à te faire mentir aujourd'hui !

Les yeux de Victor s'assombrissent encore un peu plus. À cet instant, s'il pouvait la transpercer de son regard il le ferait sans hésiter. Alors, pour tenter d'apaiser la situation, Lola lui dit :

— Je veux bien passer cette étape sur l'être-lumière, si tu me promets de me laisser continuer.

— Que tu es entêtée ! Comme ta mère, siffle-t-il, la mâchoire serrée et les bras croisés sur sa poitrine bien gonflée. D'accord ! Je fais semblant d'y croire, et toi, tu en viens au fait !

— Cinquième information ! Tous les êtres vivants, et donc tous les êtres humains, possèdent des forces, et même, pour certains, des anukrati[1], lui apprit Lhu en remontant ses lunettes invisibles.

Cette phrase eut sur Lola le même effet que si elle avait reçu un verre d'eau glacée en pleine figure.

Hein ? ne put-elle s'empêcher de penser en relevant la tête. *Mais il débloque, là !*

— Toi, ta famille, tes amis et le reste des êtres vivants sur Terre en ont, confirma-t-il d'un ton rieur en voyant son expression.

1. Voir la définition dans le glossaire en fin d'ouvrage.

Comment est-ce possible ?

Lola était au comble de l'étonnement.

— Seulement, avec la perte de la Connaissance, les Hommes ignorent aujourd'hui comment les utiliser.

Non, non ! Le reste je veux bien, mais là il va trop loin, se dit-elle avec fermeté.

Lola secoua la tête, affichant un air hébété.

— Il faut que tu saches qu'avant la coupure, les humains créaient et détruisaient en parfait équilibre, malgré les affrontements qui sévissaient déjà depuis deux milliards d'années entre la Destruction et la Création, continua Lhu. Pour cela, ils utilisaient leurs forces et leurs anukrati, qui leur étaient innés.

Lola, en proie à un débat intérieur, ne savait plus quoi penser.

C'est absurde. Et pourtant... Non, c'est absurde, se répétait-elle comme pour s'en convaincre.

— Grâce à leurs atomes de vie, ils détenaient des forces et des anukrati qu'ils développaient, poursuivit Lhu avec engouement. Tout dépendait de leur élément et de leur branche.

Lola se raidit, sidérée. Elle laissa tomber le petit ramequin qu'elle tenait entre ses doigts. Le thé se déversa sur le tapis. Mais elle ne ramassa pas le contenant. Deux mots tournaient en boucle dans sa tête :

Éléments... Branches...

Chapitre XII

— C'est bien gentil, ton histoire, dit Victor en fermant son ordinateur, mais elle aurait pu attendre un autre jour.

Lola blêmit.

— S'il te plaît, Victor, écoute-moi jusqu'au bout.

— Lola, s'impatiente-t-il en rangeant ses dossiers dans une mallette en cuir. Restons raisonnables ! Les branches et les éléments n'existent pas. Tu es une femme aux origines française, espagnole et italienne. Moi, je suis un Grec qui a les pieds bien sur terre, contrairement à toi ! Et tu devrais en prendre un peu de la graine. Tiens, récupère ça, dit-il en lui tendant le porte-documents.

Dépitée, Lola s'en saisit.

Il doit m'écouter, pense-t-elle. *Il doit me croire.*

— Louis, je suis prêt, nous pouvons y aller, dit Victor au téléphone. Lola, si tu veux rester ici, fais comme chez toi, lui indique-t-il, le portable toujours pendu à l'oreille.

Sans attendre de réponse, il se dirige vers la sortie de son bureau. Sur le moment, Lola ne réagit pas. Puis, comme réveillée en sursaut, elle attrape son sac et crie en le rejoignant :

— Je viens avec toi ! Je dois finir cette histoire, s'il te plaît.

— J'ai déjà fait beaucoup d'efforts en t'écoutant jusqu'à maintenant, dit-il sombrement en plaçant sa main entre eux. Là, j'ai une réunion de la plus haute importance, alors tu me raconteras la suite plus tard.

Lola ouvre la bouche pour invoquer Cannes, mais Victor, devinant ses intentions, la coupe et lui propose :

— Attends-moi ici, j'en ai pour deux heures, trois, grand maximum. Va voir Lounis pour qu'il te fasse une présentation des dernières créations de la collection pour homme Arnaud B., si ça te dit.

Comprenant que discuter ne servira à rien, Lola souffle d'agacement et répond en maugréant :

— Très bien ! Je vais t'attendre.

D'un pas lent, elle repart dans le bureau, se fait couler un nouveau café et s'installe dans le canapé. Là, elle attrape l'un des carnets de sa mère dans la bibliothèque. Rapidement, elle réalise qu'elle ne l'avait jamais regardé et s'attarde un peu plus sur chaque page. Soudain, elle tombe sur une liste de mots qu'elle reconnaît immédiatement.

— Oh, mais c'est vrai ?! s'exclame-t-elle.

— Sixième information ! dit Lhu en faisant remonter son index le long de l'arête de son nez. Les forces d'un être lui sont innées et il lui est impossible de les créer. Elles existent déjà en lui, à l'état latent. Plus il grandit, plus elles croissent, et elles s'activent au moment où il atteint son cercle de fluide.

Lola avait à peine conscience de ce qu'il était en train de lui dire. Elle avait l'impression que plus Lhu lui donnait d'explications, plus son esprit s'embrumait.

Éléments... Branches... continuait-elle de répéter en boucle.

— Il existe des forces communes à tous les êtres, poursuivit Lhu, semblant ne pas prêter attention à l'état de Lola. Il y a aussi celles qui sont propres aux éléments et celles qui sont propres aux branches. Mais depuis la perte de la Connaissance, les Hommes sont dans l'incapacité de combler leurs propres failles, et donc d'utiliser ces forces. Et...

— Ça existe vraiment, les branches ? demanda Lola d'une voix blanche.

Parler sembla lui coûter un effort titanesque, et les mots sortirent lentement de sa bouche. Sans répondre à sa question, Lhu se leva et récupéra un nouvel ouvrage dans la bibliothèque derrière lui.

— Oui ! Les êtres vivants se divisent en six éléments, expliqua-t-il, les mêmes que ceux des néombres et des sangs d'ombre. Et les éléments se divisent aussi en branches.

— Est-ce qu'il en existe six pour chaque élément ? s'enquit Lola, essayant de forcer sa voix.

En son for intérieur, elle souhaitait qu'il la contredise. Mais Lhu ne semblait pas disposé à lui donner tort :

— Oui, c'est le chiffre exact. Impressionnant, ton être-lumière ! s'exclama-t-il, l'œil brillant. Il t'a transmis de nombreuses informations.

J'avais raison..., s'entendit-elle penser en déglutissant. *J'avais raison pour ça aussi.*

— Est-ce que tu connais les branches de l'Eau, par exemple ? l'interrogea-t-il avec une joie non dissimulée.

Lola essayait de garder un minimum les pieds dans la réalité. Mais chaque nouvelle question de Lhu la replongeait dans le doute. Elle n'était pas sûre d'avoir la réponse exacte, mais au plus profond d'elle-même, elle avait toujours ressenti qu'une partie de la vérité se dissimulait dans son monde d'enfant. Alors, pour en avoir le cœur net, elle décida de jouer le jeu, se redressa et répondit :

— Je crois qu'il y a la branche Mer, la branche... Coquillage. Et la branche Glace, ça, c'est sûr !

Elle s'arrêta une seconde, fouillant dans sa mémoire.

— Ah, oui ! s'exclama-t-elle, les souvenirs lui revenant. Écume, Algue et Branchie.

— Exactement ! approuva Lhu avec son désormais familier claquement de doigts, qui résonna dans la tête de Lola comme un écho. Félicitations, tu as tout bon.

Hein ? J'ai vraiment raison ? s'étonna-t-elle tout de même.

— Et y a-t-il dans ton entourage une personne de l'élément Eau ? continua-t-il, enjoué.

— Oui, ma tante, bégaya Lola en clignant des yeux. Je disais qu'elle était issue de la branche Glace.

— Une branche qui s'adapte facilement et rapidement aux changements. Elle doit cristalliser toutes les informations dans son cerveau pour ensuite les réutiliser, en déduisit Lhu.

Lola acquiesça d'un signe de tête, surprise par la justesse de l'information.

— Et les autres membres de ta famille ? lui demanda-t-il.

— Mon meilleur ami, que je considère comme mon frère, est mixte. Air et Sol.

— Quel mélange ! s'exclama Lhu. Ses parents doivent être séparés aujourd'hui ?

Lola le regarda, stupéfaite.

— Comment le savez-vous ?

— Même si les éléments contraires s'attirent, leur coexistence harmonieuse est généralement de courte durée, lui apprit Lhu. Lequel des deux est parti ?

— Sa mère.

— Elle devait être de l'élément Air, sûrement de la branche Vent, pour partir en laissant son fils, supposa Lhu. En toute logique, c'est l'être Sol qui a eu la garde de ton ami et l'a élevé.

Les yeux de Lola s'arrondirent un peu plus.

— On peut savoir ça à partir des éléments ? s'étonna-t-elle en criant presque.

— Évidemment ! En plus de déterminer les forces et les anukrati, les éléments et les branches nous renseignent sur les émotions, ainsi que sur le caractère.

Tous les sentiments mitigés de Lola s'étaient désormais envolés. Elle ne ressentait plus que de l'émerveillement face à tout ce que Lhu lui apprenait.

— Et le père de ton ami est de quelle branche ? lui demanda-t-il.

— Métal.

— Oh ! Ce doit être un homme inflexible et droit dans ses bottes. Ce sont souvent les plus durs, mais aussi les plus loyaux. Des valeurs sûres, les métaux. Et tes parents ?

Le visage de Lola s'assombrit aussitôt. Lhu étira son bras et posa sa main sur la sienne.

— Quel âge avais-tu quand ils t'ont quittée ? lui demanda-t-il alors d'une voix douce.

— Quatre ans, déglutit Lola, la gorge sèche.

— Et quel âge avais-tu quand tes cauchemars ont commencé ?

— Quatre ans, répondit-elle dans un murmure presque inaudible.

Lhu se leva, ouvrit l'une des portes derrière elle et entra dans la cuisine. Lola entendit le bruit de la vaisselle se mélanger aux chants des oiseaux qui voletaient dans le jardin. Lhu revint quelques minutes après avec un nouveau plateau rempli de thé fumant et débordant de nourriture. À peine Lola eut-elle bu une gorgée du liquide qu'elle ne put retenir ses larmes de couler le long de ses joues. Toute la tristesse qu'elle avait emmagasinée depuis tant d'années était en train de se déverser.

La sonnerie de son téléphone la sort de ses souvenirs.

— Je suis toujours au bureau de ton père, Sol, dit-elle en décrochant.

— Je t'appelais justement pour ça, ma petite chose, comment ça se passe ? Ça va ?

En l'entendant renifler, il ne lui laisse même pas le temps de répondre et s'énerve :

— Ce n'est pas vrai, il est chiant... Il pourrait faire preuve de compassion pour une fois dans sa vie. Je passe te chercher, on va prendre un verre.

— Non, Sol, je ne pleure pas à cause de ton père, lui dit-elle précipitamment. Je pleure pour autre chose.

— Pour quoi ?

— J'ai découvert un nouveau truc sur ma mère, je t'appelle dès que j'ai fini avec ton père pour qu'on en parle ?

— OK ! Mais tu me promets que ça va ?

— T'inquiète ! À toute, Sol.

À peine ont-ils raccroché que Lola se replonge dans ses souvenirs.

Après avoir pleuré toutes les larmes de son corps et mangé, Lola s'était enfin calmée. Lhu reprit alors la conversation là où ils l'avaient laissée et voulut savoir :

— Comment utilisais-tu tes forces et tes anukrati ?

— Je..., hésita-t-elle. Je ne le sais pas vraiment. Je n'y ai jamais réfléchi. Ça m'est toujours venu naturellement, finit-elle par avouer en regardant ses pieds.

— Ton instinct s'exprimait à travers ton être-lumière, précisa Lhu. D'ailleurs, il serait intéressant de voir ce qu'il t'a appris depuis ton enfance. Pour toi, à quel élément est associée la force de Vol ?

Les yeux de Lola se mirent à briller. La situation la ravissait plus qu'elle ne se l'avouait.

— À l'Air, répondit-elle sans hésiter, ayant retrouvé de l'énergie.

— Tu es tombée dans le piège, la charria-t-il. Il y en a un autre.

Lola arqua un sourcil, puis un large sourire s'étira sur ses lèvres.

— Ah, oui ! L'Espace. Mais, dans mon imagination, seules certaines branches Air et Espace avaient la capacité de voler. Les autres flottaient simplement ou lévitaient.

— Impressionnant ! s'exclama Lhu en levant les mains en l'air. C'est exact, seules certaines branches peuvent voler. Ton être-lumière est très éveillé, c'est remarquable.

Ces mots firent rougir Lola jusqu'aux oreilles.

— Par curiosité, l'Invisibilité est bien utilisée par l'Air et l'Eau ? demanda-t-elle. Ainsi que par tous les êtres Esprit ?

— Pour le dernier point, tu te trompes. Les êtres Esprit ont le fonctionnement inverse. Ils utilisent une force commune à leur élément, celle de la Substantification de la Matière, qui leur offre la capacité de matérialiser n'importe quelle enveloppe charnelle à leur guise.

— C'est celle que la Création a utilisée pour créer son corps ? s'exclama-t-elle en se redressant.

— Exactement, confirma Lhu avec un claquement de doigts. Mais pour le compléter, elle y a associé d'autres forces et anukrati.

— Et la Dépossession d'une Émotion est une force Esprit ? voulut savoir Lola. Je me souviens que seuls les êtres Esprit peuvent manipuler les émotions.

Lhu hocha la tête avec un sourire et dit :

— Tout comme la Compréhension Intuitive ou la Déformation de la Réalité, par exemple.

— Et la Lumière Nucléaire ? s'enthousiasma-t-elle. Ou la Fusion Nucléaire ? C'est bien l'Espace ?

— Oui ! Et à ton avis, quel élément pour la Combustion des Gaz d'une Étoile et la Réflexion de la Lumière d'une Étoile ?

— Espace aussi, assura-t-elle.

— Manqué ! s'amusa Lhu. Air, de la branche Gaz.

— Ah bon ?

— Eh oui ! Les deux sont des forces de destruction et sont donc associées à l'Air. Et est-ce que tu sais pour la Régénération des Cellules ?

Ignorant la réponse, Lola réfléchit, fouillant dans sa mémoire pour voir si elle avait déjà utilisé une telle force. Mais rien ne lui vint. Alors, peu convaincue, elle tenta :

— Sol ?

— Manqué !

— Hum... Esprit ?

— Encore manqué.

— Eau ?

— Tu pourras citer les six éléments un à un, ce sera toujours en partie juste et en partie faux, s'amusa Lhu. Cette force est commune à tous les êtres vivants.

En l'entendant, Lola ne put s'empêcher de sourire.

— On a donc tous des forces et des anukrati !

— Comment ça « on » ? lui demanda-t-il, curieux.

— Il n'y a pas que les humains, pas vrai ? Je..., hésita-t-elle en se mordillant la lèvre. Par exemple, l'exocet est un poisson mixte Eau et Air, et il peut voler pendant quelques secondes. L'écureuil planeur, un être mixte Air et Sol, aussi. Les aigrettes du pissenlit, Air et Sol, peuvent voler.

— En effet. Et les humains issus de l'élément Air le peuvent aussi, indiqua Lhu, mais c'est une force très technique à maîtriser sans la Connaissance.

Lola sourit jusqu'aux oreilles, comprenant qu'elle avait raison pour ça aussi.

— Comment fait-on pour utiliser nos forces et nos anukrati dans la vraie vie ? voulut-elle savoir.

— Il faut que ton fluide fonctionne comme une boucle, comme un cercle.

— Mon fluide ?

— Oui, c'est une énergie impalpable. Pour les humains, elle circule dans le corps grâce au sang.

— Et comment peut-on l'activer ?

— Elle est déjà activée grâce à tes atomes de vie. Cependant, son cercle est endommagé.

— Comment ça ? demanda-t-elle, perdue.

— À cause de nos failles, nous sommes incapables d'utiliser nos forces et nos anukrati.

— Ah bon ? s'étonna encore Lola.

— Si tu as des failles, cela signifie que ton corps est désordonné. La circulation de toute chose est donc interrompue, et tes forces sont dans l'incapacité de se diffuser correctement ou de s'activer.

— Et comment fait-on pour combler nos failles quand nous en avons conscience ? demanda-t-elle, intriguée et fascinée. On retire le poignard, et hop, tout redevient normal ?

— « Poignard », répète Lhu d'une voix lente. Ta souffrance est grande pour que tu imagines qu'une telle arme est enfoncée dans tes failles.

Ses propres mots frappèrent Lola de plein fouet.

— Soigner une blessure seule est impossible, expliqua Lhu. Sauf si tu te penses supérieure à cette dernière... Pour retirer une tumeur, tu as besoin d'un chirurgien. C'est pareil pour les failles de l'esprit, tu as besoin d'aide.

— Et quand nos failles sont comblées, on peut utiliser nos forces ?

— Oui !

— C'est aussi simple que ça ? s'étonna-t-elle, confuse.

— Oui. Cependant, tu les exploiteras qu'au minimum de leur capacité.

— Ah bon ? Et pourquoi ?

— Septième information ! dit-il en remontant ses lunettes invisibles. Tu pourras utiliser tes forces à leur maximum uniquement lorsque la Connaissance sera rendue à l'ensemble des êtres vivants.

— Et quand reviendra-t-elle, la Connaissance ? voulut savoir Lola, espérant pouvoir se servir de ses forces.

— Nous l'ignorons.

— Ça aussi ? lâcha-t-elle, déçue.

Lhu haussa les épaules avec un petit sourire et déclara :

— Le moment exact est indéfinissable. Mais pour t'aider à patienter jusque-là, un secret va t'être confié...

Lhu marqua une pause, faisant encore monter le suspense. À présent, Lola se contenait comme elle pouvait, impatiente qu'il lui dévoile ce secret.

— Comme nous en avons parlé, certains êtres humains réussissent à combler leurs failles et à utiliser leurs forces à petite échelle.

Lola hocha rapidement la tête, les yeux brillants.

— L'un d'eux savait lire le message des étoiles grâce à sa force de Vision du Positionnement des Astres, et il nous l'a transmis.

Il laissa un nouveau blanc s'installer. Lola, pendue à ses lèvres, se redressa sur son coussin de sol.

— Un seul être humain pourra récupérer la Connaissance, après un événement inimaginable...

Chapitre XIII

— C'est bon, me revoilà. Tu...

Victor s'interrompt en apercevant le carnet que Lola tient dans sa main.

Et merde..., pense-t-elle, voyant le visage de Victor se tordre de colère.

— Tu n'as pas..., commence-t-il d'une voix courroucée.

— Je les avais déjà consultés, avoue-t-elle en le coupant. Je suis venue en prendre un chaque semaine depuis mon retour d'Égypte, pour le lire et récupérer des informations.

Pour Victor, dont le teint devient écarlate, cet aveu a le même effet qu'une bombe.

— Tu te fous de moi ? hurle-t-il, consterné, s'étouffant presque. Si je ne les ai pas rendus à Rosa, c'est pour une bonne raison.

— Si je n'avais pas fait ça, je n'aurais jamais su que maman avait raison ! lance-t-elle d'une voix forte.

Elle se lève d'un bond et prend le porte-documents, qu'elle ouvre. Elle en tire une feuille sur laquelle est représenté un poignard et la tend à Victor d'une main mal assurée. Ce dernier s'en saisit en jetant un coup d'œil féroce à Lola, qu'elle fait semblant de ne pas voir, et la parcourt. Son expression reste impassible, jusqu'au moment où son regard se pose sur le nom d'Howard Carter.

— Comme je te l'ai dit tout à l'heure, il n'y a pas que les artistes qui sont allés à Al Merf, lui explique-t-elle, en tapotant de ses doigts le porte-documents. Il y a aussi de grands noms scientifiques, des chercheurs, des ingénieurs, et j'en passe. Plusieurs ont écrit des résumés de recherches et de découvertes qu'ils ont faites à partir des documents trouvés dans ce village. Mais ils ont choisi d'attendre le retour de la Connaissance pour que tout leur Savoir se révèle aux yeux du monde. Comme tu viens de le voir, Carter a marqué la même théorie que maman soixante-dix avant elle. Et tu peux voir qu'il y a le mot « éluni » inscrit. Si tu compares les deux théories, tu retrouveras les mêmes calculs et les mêmes conclusions.

Victor se laisse tomber dans le fauteuil en cuir installé à côté du canapé.

— J'ai eu la chance d'avoir accès à un petit nombre d'écrits, enchaîne Lola en se rasseyant à sa place. Dedans, il y a des dates, des calculs, des équations, des théories. Tous sont en lien avec le Savoir d'Al Merf et avec plusieurs autres mythologies du monde.

Victor reste silencieux, ayant soudain perdu son allure si confiante. Il est pâle, et des gouttes de sueur perlent sur sa peau hâlée. C'est la première fois que Lola le voit aussi décontenancé.

— Lola, c'est... c'est... Non, je ne peux pas y croire, se reprend-il en secouant la tête et en lui rendant la feuille.

— Je vais finir ma journée avec Lhu. Ça ne sera pas long, je te le promets.

Ghawth fit sonner le talkie-walkie de Lola pour lui indiquer qu'il était 14 h 45, mais elle venait de faire une découverte plus que surprenante :

— Maman avait raison ! s'écria-t-elle, ignorant l'appel. Lorsque j'étais enfant, elle essayait de décrypter tout ce que je disais. Dans l'un de ses carnets, elle raconte qu'un jour, j'ai décrit ce que je voyais sur une carte postale représentant des objets du musée de l'Or de Lima. Elle s'est rendu compte que mes indications étaient étonnamment pointues et pouvaient être cohérentes.

— Es-tu au courant que les objets de l'Empire inca sont en réalité des répliques d'objets datant du troisième millénaire avant notre ère ? l'interrogea Lhu.

— Moi non, mais maman l'avait compris ! assura Lola avec aplomb. Je ne sais pas comment elle en était arrivée à cette conclusion, mais elle m'avait présenté un tas d'objets datant de l'Antiquité. Elle notait ceux que je disais étrangers et ceux qui n'avaient pas d'intérêt.

Lola attrapa son sac et en sortit un autre de ses carnets, celui qu'elle avait apporté en Égypte.

— Voyez le poignard de Toutankhamon, dit-elle en lui montrant le dessin de l'arme qu'elle avait réalisé. Il est composé d'un fer issu de météorites.

— La lame du couteau est en firsalte, précisa Lhu en levant l'index dans les airs.

Elle s'immobilisa, pensant rêver.

— Qu'avait découvert ta mère grâce à tes mots ? demanda Lhu sans relever son expression sidérée.

Cette dernière se racla la gorge et prit une inspiration saccadée.

— Elle avait compris que le fer de… le firsalte, se reprit-elle d'une voix chevrotante, détenait des forces que les humains n'avaient pas pu s'expliquer. Elle en a déduit que ces métaux étaient d'origine extraterrestre ! Qu'ils avaient été amenés par des astéroïdes et que, je ne sais par quel miracle, je pouvais le sentir !

— Intéressant, car ces découvertes ont été rendues publiques récemment, confirma-t-il, les mains jointes en accent circonflexe au niveau de son bas-ventre. Ta mère avait vu juste. Mais d'autres avaient élaboré ces théories avant elle.

Lhu attrapa alors un livre sous une pile d'autres ouvrages et se mit à le feuilleter. Soudain, il s'arrêta sur une page et la mit sous les yeux de Lola. Elle resta bouche bée en découvrant un dessin du poignard de Toutankhamon.

— C'est un des carnets personnels d'Howard Carter. Il avait compris que certains objets de la tombe du pharaon venaient… de l'au-delà, dit Lhu avec un clin d'œil. Nous avons été bien embêtés lorsqu'il est décédé, et nous avons été obligés de faire disparaître plusieurs de ses recherches qui étaient légèrement… compromettantes.

Lola déglutit, se rappelant les rumeurs autour du tombeau maudit de Toutankhamon.

— En tout cas, sur cette page, Carter explique que l'eau « s'enfuit au contact du poignard ». Nous en avons conclu que c'était bien du firsalte, déclara Lhu en tapotant le dessin de son index. C'est un fer très rare sur Terre.

— Les Égyptiens ont eu raison de s'en servir pour forger la lame du poignard, assura Lola. Le firsalte a la propriété de repousser les liquides d'un corps… Un coup de cette arme est donc presque automatiquement fatal. Même si je pense que c'est du gâchis de l'utiliser comme moyen de destruction…

Elle s'arrêta net, prenant conscience de ses propres paroles. Mais elle n'eut pas le temps de dire un mot que Lhu enchaîna :

— C'est un fer aux propriétés incroyables, dont la principale est d'influencer les marées. D'ailleurs, une anecdote qui te fera sourire. La légende de Moïse oublie de préciser que son bâton était fait de firsalte, et que c'est ainsi qu'il a pu scinder la mer en deux.

Les yeux de Lola s'écarquillèrent tellement qu'elle sentit une douleur dans ses paupières.

— Tiens, regarde par toi-même, dit-il en prenant une pile de petits cahiers posés sur la table basse et en la lui tendant. Voilà d'autres découvertes faites par des archéologues et des scientifiques. Nous les avons récupérées, plus ou moins avec leur accord, et nous avons pu faire des associations avec nos connaissances des métaux de la Grande Source.

— Je t'épargne la liste de ces métaux, elle est dans le porte-documents, dit Lola à un Victor dont le visage avait retrouvé des couleurs. Mais maman avait raison de faire des recherches sur ce que je disais.

Elle se tait, attendant de voir sa réaction. Mais, à son plus grand étonnement, il lui dit simplement :

— Continue.

Dans le changement de sa voix, Lola sent les certitudes de Victor s'ébrécher.

— Ça pourrait être une incroyable coïncidence s'il n'y avait que ces éléments, poursuit-elle, mais ce n'est pas le cas.

Elle rouvre le carnet qu'elle feuilletait avant son arrivée et lui tend en disant :

— Tiens, regarde. Elle avait aussi dressé une liste des forces de mes amis imaginaires et les comparait avec des choses que l'on connaissait sur Terre. En t'attendant, je me suis rappelé qu'elle me posait beaucoup de questions sur les forces que j'inventais pour les humains, les animaux ou les plantes. Comme quand elle me demandait ce qu'une plante utilisait lorsqu'elle n'avait plus de soleil pour se nourrir.

— La sèble !

Victor, qui s'est levé pour se préparer un nouveau café, tourne le dos à Lola.

Hein, quoi ? s'étonne-t-elle, dans la plus grande confusion. *Comment il sait ça ?*

— Lorsqu'on est allés en Grèce, en 2006, il y a eu un violent orage, et tu n'as pas arrêté de dire à Solal d'utiliser la sèble dans son sang pour manger ou boire puisqu'il n'y avait plus de soleil, assure Victor en avalant d'une traite le café serré qu'il vient de se faire couler. Tu parlais évidemment de la sève.

Non, non, c'était bien la sèble, ne peut s'empêcher de penser Lola. *C'est la réunion entre la sève brute, la sève élaborée et la sève exsudée.*

— Tu lui disais aussi d'utiliser sa force de Latex pour l'aider à cicatriser ou pour former une barrière protectrice autour de lui quand il tombait de vélo, dit-il en se retournant. Cette année-là, j'avais même dû te promettre que je ne ferais aucun mal à ta tante pour que tu me lâches la grappe pendant la finale de la Coupe du monde. Tu t'inquiétais parce que j'étais Sol et elle, Eau.

Ah bon ? Je disais ça, moi ? s'étonne-t-elle intérieurement, ayant totalement oublié cet été-là.

— Mais ce n'est pas le sujet, souffle Victor. J'ai réfléchi dans la voiture. Et je me suis souvenu que ta mère, grâce à ton bla-bla incessant, avait aussi fait d'autres recherches. Elle avait mis en parallèle plusieurs mythologies et faits scientifiques. Je dois t'avouer que ça ressemble étrangement à tout ce que tu viens de me raconter.

Lola souffle, soulagée.

— J'allais en arriver là, lui dit-elle. C'est pour ça qu'il fallait que je me rende à Al Merf ! Je me suis rendu compte que tous les textes étaient étroitement liés à d'autres mythologies que maman avait étudiées.

— Ghawth s'impatiente, s'amusa Lhu en entendant le talkie-walkie sonner pour la deuxième fois.

Lola fit la sourde oreille, frustrée de devoir déjà partir.

— Ta mère avait donc relié la théorie des bulles univers, basée sur celle de l'inflation cosmique, avec la cosmologie hindouiste selon laquelle l'Univers serait cyclique ?

Comment a-t-il fait pour formuler cette phrase sans bugger ? se demanda Lola tout en le regardant empiler des livres sur le bureau, où prenaient place un ordinateur et une imprimante.

Il s'arrêta et tourna la tête vers elle, l'interrogeant silencieusement de ses yeux gris.

— Oui, elle disait que nous vivions dans le même Univers, mais qu'il était divisé en bulles, répondit-elle quand elle prit conscience qu'il lui avait posé une question. Elle pensait qu'il y avait, dans les bulles, des galaxies et des systèmes solaires comme le nôtre, mais avec des mondes à des stades d'évolution différents. Elle avait développé cette théorie en observant la nature et les diverses extinctions de masse sur Terre. J'ai mis les textes et ses théories en parallèle avant de venir dans votre village, expliqua-t-elle en rangeant ses affaires dans son sac. Vos textes parlent de Cercles, ce qui pourrait correspondre aux bulles. J'ai examiné les recherches de ma mère et continué à les pousser plus loin. Je me suis interrogée sur la possible connexion entre le changement de l'accélération et de la décélération de l'Univers et le moment où votre Grande Source aurait engendré la Création et la Destruction.

— Théories intéressantes, même si tu effleures à peine la surface des choses, dit-il en faisant une énième photocopie. Pour t'en apprendre un peu plus, Terre est une agoïatre qui fait bien partie du système atsolaire du Soleil, dans la galaxie Iliove, dont la Voie lactée est une traduction créée par la Création Incarnée. Mais notre Cercle, Téah Mani, a été créé au temps de la Grande Source.

Lola le regarda avec des yeux émerveillés, mais cet état s'évanouit lorsque son talkie-walkie sonna pour la troisième fois.

— Tu vas pouvoir y aller ! dit Lhu en se retournant. Les découvertes de ta mère t'ont permis d'acquérir des textes en plus, ajouta-t-il avec un clin d'œil tout en rangeant la nouvelle pile de feuilles volantes encore chaudes dans un porte-documents en cuir. Ces textes te donneront la possibilité de mettre les mythologies du monde en lien avec celle des Cercles. Néanmoins, ce sont des prêts. Tu devras revenir ici pour nous les rendre dès que ton travail sera achevé.

Lola fixa le porte-documents qu'il lui tendait. Elle se sentait comme une enfant au matin de Noël.

— Certaines feuilles sont des définitions, ajouta-t-il en tapotant du bout des doigts le haut du dossier en cuir. Tu trouveras celles portant sur les sangs d'ombre et les néombres, celle de la Destruction et celle de la Création. Dans les autres pages, tu trouveras un extrait évoquant le fonctionnement des êtres vivants, le texte intitulé « La Création de la Grande Source », que tu as lu tout à l'heure, ainsi que quelques définitions succinctes des agoïatres, des êtres-lumières et des êtres-éléments.

— Y a-t-il un passage expliquant la fin de la mythologie ? voulut-elle savoir en rangeant tout ça dans son sac.

— De la fin de la mythologie ?

— Oui, sur le rétablissement de l'équité par la Création, indiqua-t-elle.

À ces mots, un large sourire se dessina sur le visage de Lhu.

— Comme nous sommes coupés de la Connaissance, nous ignorons où en sont la Création et la Destruction dans le retour de l'équité, lui apprit-il. Nous avons seulement la certitude que, si la Lumière avait été détruite, nous serions déjà tous au courant.

— Ah, d'accord... souffla Lola, ne pouvant cacher une pointe de déception.

Mais celle-ci fut aussitôt balayée lorsqu'elle entendit Lhu lui dire :

— Bien que de nombreuses informations nous manquent, les théories développées par d'illustres scientifiques tels qu'Einstein, Dmitri Mendeleïev, Marie Curie, Nicolas Tesla et d'autres sont extrêmement précieuses. Lis-les attentivement, car elles peuvent nous aider à approfondir la compréhension du monde qui nous entoure.

Lola sentit son cœur bondir de joie dans sa poitrine et en bégaya de reconnaissance :

— Merci infiniment !

— Nous allons devoir y aller. Si Ghawth fait sonner une quatrième fois ton talkie-walkie, nous aurons des ennuis, s'amusa-t-il.

Lola hocha la tête et lui emboîta le pas.

Lorsqu'ils sortirent dans la chaleur étouffante, elle eut un léger mouvement de surprise. À présent, le village grouillait de vie. Plusieurs personnes nettoyaient les habitations, d'autres échangeaient des objets entre les différentes maisons, et des groupes récoltaient les graines ou les baies des plantes. Lola rattrapa Lhu, qui arpentait déjà l'allée et saluait chaque homme et chaque femme qui croisait son regard. Lola l'imita, notant que tous étaient habillés du même vêtement que Lhu.

— Lorsque je vous dis de venir, vous venez ! dit une voix rêche dans son dos dès qu'ils arrivèrent à l'entrée du village.

Prise par surprise, Lola fit volte-face et tomba sur Ghawth, posté devant la première maison, les bras croisés sur sa poitrine et un air mécontent sur son visage. Un autre homme se tenait à ses côtés, vêtu d'un habit semblable à celui de Lhu, mais dans les tons verts rappelant le cactus. Il arborait un large sourire, ses grands yeux verts en amande la fixant intensément. Lola lui rendit son sourire, un peu gênée.

— Soyez indulgent ! dit Lhu à Ghawth. Lola était juste curieuse d'en apprendre plus. Et Lhéié vous a tenu compagnie en attendant.

— J'ai fait une promesse à sa tante, grogna Ghawth. Et je suis un homme de parole. Nous devons être à 17 heures à son hôtel.

— Très bien. Elle est tout à vous, s'amusa Lhu en envoyant un clin d'œil à Lola.

Après l'avoir remercié chaleureusement pour cette journée et lui avoir dit au revoir, Lola s'apprêta à monter dans la voiture quand quelque chose l'interpella.

— Jusqu'à maintenant, je ne comprenais pourquoi votre village, cette Connaissance, et même cette mythologie étaient restés secrets, avoua-t-elle en se retournant vers Lhu. Mais maintenant que j'ai passé la journée avec vous, je comprends mieux...

— Comment ça ?

Du bout de ses doigts, Lola caressa le tissu de son sac, indécise.

— Votre village détient des informations précieuses, qui aideraient beaucoup de monde. Mais comme vous l'avez laissé entendre, les hommes ne sont pas encore prêts... Je ne souhaite pas que vous soyez pollués par tous les curieux, ceux qui cherchent le buzz, les complotistes ou des personnes mal intentionnées après la publication de mes recherches..., expliqua-t-elle alors.

Elle inspira profondément et finit par proposer à Lhu :

— Si vous préférez, je peux garder toutes ces découvertes pour moi et ne citer que les textes de Botticelli et de Moreau en reprenant mon sujet initial...

— Tu serais prête à passer à côté de la révélation d'une nouvelle manière de penser et de théories scientifiques inédites pour nous ? voulut-il savoir avec bienveillance.

— Oui, si c'est votre souhait, je le ferai.

— Ton attention est très touchante, lui expliqua-t-il, une émotion dans la voix. Cependant, tu peux utiliser ces informations en évitant de nous mentionner ou de parler d'Al Merf.

— Comment ça ? s'étonna-t-elle.

— Ceux qui sont passés avant toi ont réussi à évoquer notre Savoir sans révéler notre présence ici. Pour cela, ces derniers ont trouvé une solution qui a parfaitement fonctionné.

— Laquelle ?

— Dis simplement la vérité ! déclara-t-il avec amusement. Dis que tu as découvert ces textes grâce aux artistes, dans des carnets de fouilles archéologiques, puis dans d'anciens recueils. Cependant, efface toute trace de ce village. Et, avec un peu d'habileté, tu pourras facilement faire disparaître ce voyage de ta vie...

— Et c'est ce que j'ai fait. Sauf aujourd'hui où j'ai décidé de t'en parler, finit Lola en tendant le porte-documents à Victor. J'ai fait disparaître Al Merf de mon mémoire. Maintenant que tu sais tout ça, tu peux enfin lire les textes. Prends tout le temps nécessaire. Je ne suis pas pressée, ajoute-t-elle au moment où il pose son regard sur la première feuille.

Chapitre XIV

Pendant que Victor lit attentivement chaque page, Lola ouvre la fenêtre du bureau et allume une cigarette. Elle ne peut pas le regarder. Elle n'y arrive pas... Alors, elle fixe un pigeon gras picorant les dernières miettes d'un croissant sur la table d'une brasserie de l'autre côté de la rue. Soudain, une boule de fureur se loge dans sa poitrine. Elle se dit que Victor va revenir sur ses propos. Tendue, elle tire sur sa cigarette. Lui, le grand Victor, n'acceptera pas d'avoir eu tort durant toutes ces années. Il trouvera n'importe quel prétexte pour la contredire. Il rejettera les documents, les découvertes scientifiques, les définitions, et tout ce qui touche de près ou de loin à la Connaissance...

En un clin d'œil, elle sent cette colère se répandre dans tout son corps. Son sang cogne contre ses tempes. Sa mâchoire se crispe. Elle se prépare fermement à cet instant. Ce moment où Victor, le cartésien, lui dira qu'il ne croit pas au monde inventé par une enfant ! La colère qu'elle a emprisonnée dans sa poitrine durant tant d'années va enfin servir à quelque chose. Elle va lui faire comprendre que...

— Je te demande pardon, dit une voix anéantie.

Prise de court, Lola laisse tomber sa cigarette par la fenêtre et se tourne vers Victor, complètement abasourdie.

— Je suis vraiment désolé, reprend-il d'une voix submergée par l'émotion. Pardonne-moi... S'il te plaît...

Il se tait. Lola le regarde, choquée. Son visage est meurtri, et il est si vulnérable qu'elle ne le reconnaît pas. S'étant préparée à un tout autre scénario, elle ignore, à présent, quelle attitude adopter.

— Ma Lola ! Je me suis tellement trompé, continue-t-il, les lèvres tremblantes. Je te le promets, si j'avais eu connaissance de tous ces textes, je n'aurais jamais réagi ainsi. Rosa a pris ta défense un nombre incalculable de fois ! Et pourtant, j'ai persisté à lui dire que tu étais désorientée par tout ce que tu vivais. Jamais...

Il s'interrompt et place son poing fermé devant sa bouche.

— Jamais je n'aurais pu imaginer que tes propos étaient justes, poursuit-il d'une voix brisée. Je ne peux pas croire qu'on aurait pu éviter tout ça, souffle-t-il, abattu.

Lola reste sans voix, prise de court par cette réaction. Elle s'attendait à tout... Sauf à des excuses. Une larme se met à rouler le long de sa joue.

— Est-ce que tu penses que tu auras un jour la force de me pardonner toutes mes erreurs ? lui demande-t-il.

Cette question la déstabilise totalement. Elle est incapable de prononcer le moindre mot. Sans réfléchir, elle se lève, s'assoit sur l'accoudoir du fauteuil de Victor et explose en sanglots dans ses bras.

Après plusieurs minutes, Lola se calme enfin. Alors, Victor relâche doucement son étreinte et essuie, de sa grande main rêche, les joues de Lola.

— Je sais que tu m'as protégée toute mon enfance en me cachant que maman avait été persécutée au travail, lui avoue-t-elle à demi-mot. Que ses collègues l'avaient mise au placard, que ses recherches n'avaient pas été prises au sérieux.

— Qui... qui t'a parlé de ça ? lui demande Victor d'une voix atone en se redressant. Qui a osé te révéler les choses horribles qu'elle a vécues ?

— Je..., hésite-t-elle.

Lola se lève et récupère un carnet bleu dans la bibliothèque. En le voyant, Victor se raidit.

— J'ai aussi lu celui-là..., confesse-t-elle en l'ouvrant. Elle y parle du harcèlement que lui ont fait subir les autres chercheurs, et de la manière dont ce Thomas Sauchet a essayé de détruire sa carrière.

— Le monde a toujours été injuste pour les femmes visionnaires, reconnaît Victor. Dans les années 1990, soit leurs théories étaient volées, soit elles étaient rejetées sans même avoir été écoutées. Ta présence a donné la force à Anna de supporter tout ça.

Il prend le carnet des mains de Lola et le feuillette.

— Lorsque tu as commencé à parler, elle s'est intéressée à ton monde imaginaire, poursuit-il en s'arrêtant sur une page consacrée aux idées de Lola. Ensuite, elle a fait des recherches sur les mots que tu inventais. Elle croyait dur comme fer que tu nous révélais une vérité cachée. Que tu comprenais des choses que les adultes ne pouvaient pas voir. Elle faisait de plus en plus de recherches. Mais personne ne la croyait. Et un jour, elle...

Il s'interrompt. Une vague de doute remonte à la surface. Il s'apprête à avouer à Lola un obscur secret caché pendant presque de vingt ans.

— Anna est tombée en dépression à cause de ces histoires, reprend-il. Elle te poussait de plus en plus à rentrer dans ce monde. C'en était même dangereux pour toi. Elle... elle t'aimait plus que tout, mais elle voulait trouver des réponses. C'était devenu une obsession. Alors, pour tenter de la sauver, ton père a accepté de faire ce reportage photo en l'emmenant avec lui aux Bahamas, pour lui changer les idées. Pour l'éloigner de toi et l'aider à retrouver la raison. C'était le voyage de la dernière chance. Si elle ne se ressaisissait pas, ton père aurait été obligé de prendre des décisions radicales, malgré son amour pour elle. Mais il n'a pas eu à le faire...

La voix de Victor est éteinte. Lola ne l'a jamais vu aussi vulnérable, aussi... humain. Il semble soulagé, comme délesté d'un poids.

— Mais toutes ses recherches inachevées trouvent des réponses dans ces documents, dit-elle alors en reniflant bruyamment. C'est arrivé tard, mais maman avait raison, et je vais pouvoir remettre son nom à sa juste place grâce à Lhu.

Lola appuie fort ses doigts sur le porte-documents posé sur les genoux de Victor. Ce dernier le fixe sans rien dire. Puis, d'un mouvement rapide, il prend son portable dans sa poche. Lola le regarde alors reprendre son allure d'homme d'affaires autoritaire tandis qu'il parle au téléphone.

— Mon ami, je pense que les textes que j'ai sous les yeux peuvent t'intéresser, dit-il à son interlocuteur.

Mais qu'est-ce qu'il fait ? s'apeure Lola.

— Où es-tu actuellement ? Chez toi ? Très bien ! Puis-je venir te voir avec notre amie commune ? Parfait. Nous serons là d'ici... quinze minutes, je pense.

Puis Victor raccroche et compose un nouveau numéro.

— Louis, dit-il en parlant maintenant à son chauffeur, j'ai besoin de la voiture pour que vous me rameniez à l'adresse d'hier soir.

Hein ? Mais il est devenu fou ?! J'ai dit que les recherches devaient rester cachées...

Victor se tourne vers Lola, dont le visage est rouge de colère.

— Je sais que tu ne dois pas divulguer tes découvertes, mais la personne chez qui nous allons sera plus que ravie d'en prendre connaissance, précise Victor d'une voix bienveillante en tirant vers lui le porte-documents et en se levant. Promis, nous ne lui indiquerons pas la source de ces textes. Et il n'en parlera à personne, tu as ma parole. Je sais déjà comment le convaincre !

Confortablement installée à côté de Victor à l'arrière de la luxueuse voiture, Lola assiste à un spectacle à la fois inédit et déroutant. D'habitude si réservé, Victor semble libéré d'un poids et lui raconte, depuis vingt minutes, tout un tas d'anecdotes sur sa jeunesse avec Alessandro. C'est la première fois que Lola le voit se livrer sans aucune retenue. Soudain, le véhicule s'arrête devant un immeuble qu'elle reconnaît aussitôt.

— Hein ? s'exclame-t-elle, sidérée. Mais, comment ?

— Tu vas comprendre, lui répond-il avec un sourire chaleureux.

Après avoir sonné à l'interphone et pris l'ascenseur dans le plus grand des silences, ils arrivent au cinquième étage. Là, un homme d'une grande élégance les attend sur le palier.

— Je suis vraiment heureux de vous revoir, ma chère Lola, assure Guillaume.

En voyant Lola plongée dans la plus grande confusion, Victor esquisse un sourire.

— Comme tu dois te le rappeler, je t'ai souvent parlé d'un de mes amis qui m'avait inspiré l'achat de nombreuses œuvres symbolistes, explique-t-il en entrant dans l'appartement. Le voilà ! Le monde est petit, n'est-ce pas, Guillaume ?

Ce dernier hoche la tête d'un mouvement gracieux.

— J'ai appris hier soir que tu le connaissais bien, continua Victor en se dirigeant vers le salon et en s'adressant à Lola, et que vous travailliez sur un projet encore secret.

Une fois confortablement installé dans un des fauteuils de Guillaume, leurs verres remplis de vin blanc, Victor explique à leur hôte :

— Lola a fait des découvertes assez surprenantes. Cependant, elle n'osait pas te les montrer, car leur provenance et leur contenu doivent encore rester confidentiels. Tu sais aussi bien que moi que les riches collectionneurs préfèrent garder l'anonymat lorsqu'ils détiennent des documents acquis de manière douteuse..., ment-il à Guillaume en lui tendant le porte-documents qu'il avait toujours avec lui. Elle est donc venue me voir avant pour me demander conseil.

Victor se tourne vers Lola en lui adressant un clin d'œil discret. Cette dernière, soulagée, baisse la tête pour réprimer un rire. Elle ne s'attendait pas à un mensonge aussi crédible.

Pendant un long moment, Guillaume lit attentivement les feuilles volantes, une expression concentrée sur son visage. Fascinée par son élégance, Lola le regarde passer sa main dans ses cheveux blancs parfaitement peignés, puis, dans un mouvement aérien, poser ses doigts sur sa joue. En prenant connaissance des textes, ses traits délicats exprimant toute sa surprise, il finit par dire :

— Ma chère Lola, Victor m'avait toujours parlé de sa fille adoptive comme d'un esprit brillant.

En entendant cette phrase, Lola fixe Victor avec de grands yeux.

Brillant ? répète-t-elle mentalement, stupéfaite.

— Notre première rencontre et les échanges qui ont suivi n'ont fait que le confirmer, continue Guillaume. En revanche, j'étais loin de me douter que vous feriez de telles découvertes à votre si jeune âge !

Lola rosit, gênée par tant de compliments.

— Ces textes nous apprennent l'existence d'une civilisation qui nous est encore inconnue ! reprend-il. Ces écrits et ces définitions nous racontent une histoire philosophique, modérée, presque utopiste, dirais-je ! Et ces théories scientifiques apportent une nouvelle dimension, presque impensable. Qu'en penses-tu, mon cher Victor ?

— Je pense que l'avis de Lola sera bien plus pertinent que le mien, assure solennellement ce dernier.

Lola reste bouche bée. D'habitude, Victor a toujours un avis sur tout et aime le partager avec son auditoire. Le plus souvent, ses arguments construits laissent ses interlocuteurs sans voix. Mais, cette fois, il lui permet de s'exprimer librement.

— Je..., bégaye-t-elle, prise de court. Je pense... Depuis le début, je pensais que nous nous trouvions face à une mythologie oubliée plutôt qu'à une simple façon de penser. Mais après, je suis arrivée à la conclusion que cette mythologie n'est pas aussi fictive qu'on pourrait le croire, finit-elle par dire.

Le visage de Guillaume marque aussitôt la surprise.

— Je m'explique, continue-t-elle. Cette mythologie a traversé les âges ! Depuis toujours, les hommes étudient les astres de toutes les manières possibles. Il y a toujours eu ce mystère autour des énergies, que ce soit dans les enseignements du tao, du bouddhisme, des mythologies égyptienne, grecque, nordique, mais aussi des religions monothéistes, de l'alchimie, ou encore de l'astronomie. Et je pourrais vous en citer bien plus. Mais il existe un seul lien entre eux : tous parlent d'un fluide, d'une énergie, de quelque chose de plus grand, d'invisible, d'obscur, de méconnu, de mystérieux. D'une force qui domine. Et dans les documents, tout cela serait réuni en une seule et même chose... La Connaissance !

Guillaume affiche un air concentré et sérieux sur son visage.

— Je ne vous parle même pas de la grande question scientifique qui passionne le monde entier depuis la nuit des temps, et qui pourrait enfin trouver une réponse. Nous pourrions enfin comprendre quelle est notre place dans l'Univers, continue Lola. Par exemple, si vous prenez l'hindouisme, certaines légendes comme celle de Brahmā sont extrêmement proches de nos trouvailles scientifiques actuelles. La Connaissance pourrait expliquer ces connexions. Elle pourrait nous expliquer notre fonctionnement !

Guillaume l'écoute attentivement, un sourire intéressé figé sur ses lèvres. Victor, lui, essaye comme il peut de gérer ses émotions. Pendant son discours, Lola a la même voix passionnée et énergique que sa mère. Mais elle a les mimiques d'Alessandro, et place quelques gestes théâtraux au parfait moment pour appuyer ses paroles.

— Ce collectionneur m'a transmis énormément d'informations, ment-elle pour reprendre l'excuse de Victor. Et même si ça paraît utopique et invraisemblable, je pense que nous devons garder à l'esprit qu'il est possible qu'il existe une Connaissance qui serait aujourd'hui perdue...

Guillaume reste silencieux quelques secondes, méditant chaque mot prononcé par Lola.

— Vos propos sont intrigants, ma chère ! confie-t-il. Continuez vos recherches, et essayez de prouver la véracité de ce que vous avancez. En tout cas, cela m'intéresserait si vous réussissiez à démontrer que cette mythologie n'est pas aussi mythologique que cela, renchérit-il avec une pointe de malice.

Il boit une gorgée de son vin et ajoute avec fierté :

— Ma chère, votre nom marquera l'Histoire ! C'est certain ! Et maintenant, voyons comment le public réagira lorsque votre mémoire sera enfin révélé au grand jour...

Chapitre XV

Une enclume ! Son corps était une enclume. Immobile, glacé, pétrifié. Elle sentait le sol sous elle. Aucune chaleur, aucune sensation ne s'en dégageait. Il n'était ni dur ni froid… Il était comme dépossédé de vie.

Des bruits sourds, comme des voix, se faisaient entendre autour d'elle. Des mots étranges étaient prononcés, mais ils ne semblaient pas lui être adressés. Elle voulait leur parler. Mais une douleur abominable l'étouffait. Elle avait l'impression que de l'eau se déversait dans son corps et la noyait sans qu'elle puisse réellement mourir. L'air à l'intérieur d'elle semblait s'embraser, ses os, fondre et ses entrailles, se consumer. Elle voulait hurler. Mais sa voix était emprisonnée. Elle sentait une lame la dépecer, laissant son cœur battre à l'air libre…

Or, une chose, pire encore que la terrible douleur physique, la torturait… Son âme ! Son âme semblait se déchirer en plusieurs morceaux. Elle la sentait se faire dévorer…

Ses paupières étaient closes. Elle peinait à les ouvrir. Des filaments de lumière s'échappaient d'une chose blanche et venaient se poser sur son visage, sur sa poitrine, sur ses yeux. Elle sentait un filet d'eau glaciale transpercer chaque parcelle de son corps, comme une aiguille essayant de recoudre deux morceaux de peau trop éloignés. Cette chose blanche la torturait avec une telle lenteur que même la mort ne semblait jamais venir…

Lola se réveille en hurlant, terrorisée. Tremblant de tous ses membres, elle veut aller mettre le pull de son père. Mais son corps refuse de bouger. Des spasmes la traversent de haut en bas. Ses jambes et ses bras sont totalement engourdis par des fourmillements. Son cœur bat la chamade. Des gouttes de sueur perlent sur son front et descendent le long de son nez. Elle sent, avec sa langue, les marques de ses dents à l'intérieur de ses joues. D'épuisement, sa tête s'écroule lourdement sur ses oreillers, et elle n'a même plus l'énergie de la repositionner correctement. Ses paupières sont de plus en plus lourdes. Elle sent ses veines se gonfler sur son front et la peau de ses tempes frotter, par à-coups, le lin de la taie d'oreiller. Ses mains agrippent difficilement sa couette, qu'elle remonte dans un effort surhumain. Ses paupières se ferment. Elle saisit la médaille de sa mère entre ses doigts. Elle a l'impression d'être en train de mourir… Puis son esprit arrête de lutter. Elle sombre…

Ce matin, Colette vient frapper chez elle, son regard vert empreint d'une tristesse que Lola ne lui connaît pas. Habituellement, elle est d'une grande coquetterie dès qu'elle franchit le pas de sa porte. Aujourd'hui, elle est habillée d'une robe de chambre en soie bleue, les bigoudis encore sur sa tête. D'une voix atone, elle prononce juste ces quelques mots :

— Robert est mort !

Puis, plus rien. Lola reste pétrifiée par la nouvelle. Gratouille était plus qu'un chat… Elle a l'impression d'avoir perdu un ami. Sa journée commence ainsi… Par la mort d'un ami.

Le reste de son jeudi se déroule normalement : cours, déjeuner avec Solal, recherches à la bibliothèque. Elle doit la poursuivre en rejoignant ses amis vers 18 h 30. Cependant, elle ne va pas les retrouver tout de suite. Depuis son cauchemar, Lola est inquiète, comme si un danger la guettait. En plus, après la mort de Gratouille, elle n'a qu'une envie : faire une pause avec une personne qui la comprend !

Son vœu est exaucé. En arrivant en bas de son immeuble, elle aperçoit Andreï, assis à l'endroit habituel. Ses yeux sont d'une grande tristesse, plus que d'habitude.

Qui lui a encore mal parlé ? s'irrite aussitôt Lola.

— Salut Andreï ! dit-elle à voix haute. Tu as une petite mine aujourd'hui... Qui t'a chamboulé ?

— Personne ! lui répond-il en se raclant la gorge. Tout va bien !

Lola recule ses épaules, sachant pertinemment que son ami lui ment.

— Tu es sûr que tout va bien ? insiste-t-elle en fronçant les sourcils.

— *Da !* Sûr de sûr !

Comme elle, lorsque Andreï n'est pas en état de parler, il s'enferme dans le silence. C'est un réflexe qu'il a pris à la suite des agressions qu'il a subies à l'orphelinat, commises par plusieurs de ses tuteurs.

— OK ! renonce Lola en lui tendant une cigarette, sachant qu'il se confiera lorsqu'il sera prêt.

— Tu n'as pas l'air heureux ce soir. Tes problèmes sont revenus ? la questionne Andreï d'une voix fatiguée.

— J'ai fait un nouveau cauchemar. Mais surtout, Gratouille est mo...

Sa voix se brise, l'empêchant de terminer sa phrase.

— Journée pourrie ! rage-t-elle.

— Ah ! Les journées où tout la vie s'effondre..., dit-il en hochant la tête. Mais tu es pas seule ! L'amoureux, la famille, les amis... Moi, j'ai rien de tout ça pour mes journées pourries..., poursuit-il avec de petits yeux.

Le cœur de Lola se serre aussitôt.

— Tu m'as, moi, répond-elle d'une douce voix. Je suis désolée de me plaindre auprès de toi...

— Je..., hésite-t-il.

Il se tait, tirant de grandes bouffées sur sa cigarette. Voyant son attitude étrange, Lola ne peut s'empêcher de lui faire la réflexion :

— Tu ne vas pas bien aujourd'hui. Tu ne peux pas me dire le contraire.

— Tu es mon amie ! souffle-t-il alors.

— Oui, toi aussi, répond-elle sans vraiment comprendre où il veut en venir.

— Promets-moi quelque chose, s'il te plaît.

Devant la solennité de sa phrase, Lola lui lance un regard suspect.

— Sois heureux, car tu as tout pour toi, assure-t-il en se raclant la gorge. Antoine t'aime, tes amis et ta famille t'aiment. Tu es belle, jeune et rayan… rayonnante, pardon.

La voix d'Andreï se transforme en un murmure pressant.

— Tu as fait des découvertes incroyables et tu es ma plus belle rencontre.

Il se racle bruyamment la gorge.

— Andreï, je ne comprends pas… Tu n'as vraiment pas l'air dans ton assiette. Dis-moi ce qui ne va pas ! S'il te plaît…, l'implore-t-elle en prenant ses mains rugueuses entre les siennes.

Andreï baisse la tête.

— Tu vas trouver un travail, sortir de la rue, essaye-t-elle de le réconforter. Et, dans dix ans, lorsque nous parlerons de cette période, tu pourras être fier de toi, fier de t'en être sorti.

Andreï hausse les épaules.

— Je ne sais pas où je serai dans dix ans.

— Tu n'as toujours pas de nouvelles pour ta carte de séjour ? lui demande-t-elle, soucieuse.

Andreï secoue la tête pour dire « non ».

— Tu en as parlé à Antoine comme je te l'ai conseillé ? l'interroge-t-elle.

Andreï secoue encore la tête de droite à gauche et se racle plusieurs fois la gorge.

— Il faut que tu lui en parles, le presse-t-elle en prenant son téléphone. Il sera très heureux de t'aider.

Au même moment, un message d'Antoine, lui indiquant qu'il est arrivé à Paris-Nord et qu'il se dirige vers la place de l'École-Militaire, s'affiche sur son écran.

— D'ailleurs, je vais lui dire de venir nous rejoindre pour que vous en parliez dès maintenant. Je ne vais pas aller à ma soirée, ajoute-t-elle d'un ton catégorique. Je vais rester avec toi.

— *Nu !* Tu vas voir tes amis, tu passeras une très bonne soirée, la coupe-t-il un peu sèchement.

— Je n'ai pas trop envie d'aller à la routine du jeudi soir, souffle alors Lola. Boire, resto, puis reboire, pour rentrer finalement vers 1 heure ou 2 heures du matin. Je préfère être avec toi. Je vais appeler Antoine, il va s'occuper de toi. Il m'a dit qu'il se renseignerait auprès d'un de ses potes avocat et qu'il pourrait t'aider bénévolement.

— Je n'aime pas la pitié ! lance-t-il d'une voix bourrue en se renfermant sur lui-même.

— Et moi, je n'aime pas les gens orgueilleux, lui répond-elle avec irritation.

Aussitôt, elle regrette son emportement, connaissant la vraie raison qui pousse son ami à refuser son aide.

— Andreï, reprend-elle d'une voix plus douce. Je sais que tu te sens plus en sécurité dans la rue, même si je ne le comprends pas. Mais là, on parle de ta carte de séjour. Il faut que tu acceptes mon aide, tu ne peux pas rester dans cette situation.

Andreï demeure silencieux, écrasant le filtre de sa cigarette entre ses ongles jaunis.

— Tu seras renvoyé dans ton pays, insiste-t-elle pour essayer de lui faire prendre conscience de la situation. Et on sait très bien ce que tu as subi là-bas...

Il ne lui répond pas, préférant souffler sa fumée, le regard dans le vide. L'espace d'un instant, elle a envie de s'énerver contre lui, de le secouer pour le faire réagir, pour qu'il parle, qu'il exprime ce qu'il ressent. Mais elle sait qu'il restera silencieux.

— Tu es réellement têtu, lui fait-elle remarquer en allumant une seconde cigarette et en lui tendant son paquet. Mais, cette fois, je ne peux pas te laisser seul. Je vais t'aider, que tu le veuilles ou non, lui assure-t-elle.

Du coin de l'œil, elle voit un sourire se dessiner sur les lèvres de son ami. Mais elle n'insiste pas, et fume sa cigarette avec lui en silence. Soudain, elle sent une tape sur son épaule.

— Tu vas pas rester avec moi ! Oust, va voir tes amis ! dit-il en lui redonnant un petit coup d'épaule pour qu'elle s'en aille.

— Tu me soûles ! râle-t-elle en lui rendant son coup. Ça va, tu as gagné. J'y vais. Mais demain, je m'occupe de toi. Je comptais louper les cours, comme Antoine a pris sa journée. Il appellera son pote pour qu'on trouve une solution à tes problèmes. Il faut qu'on évite qu'ils te renvoient là-bas.

— Tu peux éviter d'en parler devant tes amis ?

— Oui, évidemment.

— *Da*, alors on se verra demain. Juste, tu pourrais donner une autre cigarette, *te rog*[1] ?

Lola lui offre son paquet et finit par s'éloigner, le cœur serré. Mais à peine a-t-elle fait quelques pas qu'elle se retourne en disant :

— Ah oui ! Sol va passer prendre des affaires à l'appart. Si tu as besoin de quoi que ce soit, demande-lui.

— *Da, da !* Allez, bonne soirée !

Avec une étrange boule au ventre, Lola tourne les talons et prend la direction de la bouche de métro la plus proche.

Elle arrive finalement place de l'École-Militaire et retrouve Antoine, qui est déjà assis avec une dizaine de leurs amis à la terrasse d'un bar. La nuit n'est pas encore tombée sur Paris et l'éclipse vient à peine de commencer. Plusieurs verres trônent sur les tables et les cendriers sont presque tous pleins. Elle s'assoit à côté d'Antoine, fait un bonjour général et boit une gorgée du blanc qu'il lui a commandé avant son arrivée. Le goût du vin l'écœure immédiatement, et elle avale le liquide avec grande difficulté.

---

1. S'il te plaît.

Tout en triturant le bord de son verre, elle écoute d'une oreille distraite les différentes conversations, l'esprit ailleurs.

— Vous avez vu le dernier film de Scorsese ? demande alors Sarah.

— Non, mais je pense y aller demain, répond Léa.

— Je viendrai avec toi après le tarot chez Nico. Je ne l'ai pas vu non plus..., dit Nour en prenant une gorgée de bière. Solal sera avec moi.

— On se joindra à vous, dit Antoine en passant le bras autour de l'épaule de Lola. Ça fait une éternité qu'on ne s'est pas fait un ciné.

Lola esquisse un sourire. Ce soir, elle n'a qu'une envie... Aller se coucher !

Soudain, son portable vibre et un texto de Guillaume s'affiche sur son écran. Voir son nom apparaître l'étonne, car elle n'a pas eu de ses nouvelles depuis leur visite avec Victor, il y a une quinzaine de jours. À la première lecture de son message, Lola ne comprend pas. Elle lit une seconde fois. Et, comme si son cerveau en saisissait enfin le sens, son souffle se coupe...

Chapitre XVI

« *Ma chère Lola, je n'imagine même pas dans quel état vous devez être... Le comportement de votre professeur est inqualifiable. Le terme "honteux" n'est pas suffisant pour décrire cet acte inconcevable. Voler les recherches de son étudiante pour en retirer toute la gloire. Je ferai ce que je pourrai pour vous épauler. Sachez bien que je démentirai toute information me reliant à cette affaire ! Tenez-moi au courant du déroulé de cette histoire. Affectueusement. Guillaume.* »

Les yeux rivés sur son écran, Lola est pétrifiée. Elle n'arrive plus à réfléchir. Les mots de Guillaume résonnent en boucle dans son cerveau.

— Tu es bizarre... Tout va bien ? lui demande Antoine d'une voix soucieuse en lui caressant la joue.

Totalement sonnée, Lola a l'impression que son cœur va lâcher.

— Sunshine ? s'inquiète-t-il en posant ses doigts sur sa nuque et en voyant son visage livide.

Trop consternée pour parler, Lola lui tend finalement son téléphone. Dans l'incompréhension, Antoine s'en saisit et lit alors attentivement le message de Guillaume. Soudain, son regard s'assombrit et, d'une voix tonitruante, il s'écrie :

— C'est une blague !

Tous leurs amis s'arrêtent de parler et les fixent, surpris.

— Dis-moi que c'est une blague ! continue Antoine, révolté, en lui mettant le téléphone sous le nez.

Sans attendre, il empoigne son propre portable et tape le nom de Jean Maidet sur Internet. Là, il découvre, outré, une série d'articles. Le professeur fait les gros titres : « *Un chercheur découvre une mythologie oubliée* » ; « *Jean Maidet ou l'homme qui révolutionne le XXI*e *siècle !* » ; « *Un professeur de la Sorbonne peut-il éclairer notre monde moderne avec une Connaissance mystérieuse ?* » ; « *Une nouvelle mythologie expliquerait-elle la vie au-delà de la Terre ?* » ; « *La théorie de l'Univers inflammatoire déjà connue depuis plusieurs centaines d'années ?* » ; « *Jean Maidet ou l'homme qui réconcilie mythologie et science* » ; « *Les plus grandes mythologies expliquées par Jean Maidet* ».

Antoine reste muet. Tout comme Lola. Elle ne peut rien dire. Elle a envie de rire et de pleurer en même temps. Elle pense à une mauvaise farce, à une caméra cachée. Et pourtant, elle sait que c'est la vérité... Que M. Maidet vient de lui voler ses recherches !

— Nous allons réunir des témoins et des preuves, s'insurge d'un coup Antoine. Ta famille, tes amis, Guillaume, tes billets d'avion, les e-mails. Tout prouve que c'est ton travail.

— Tu nous expliques ? demande alors Léa à Antoine.

Sans perdre une seconde, il raconte à leurs amis toute la situation. De son côté, Lola est incapable de prononcer le moindre mot. Elle n'arrive même pas à pleurer. Son corps est totalement vide. Après les explications d'Antoine, ses amis la fixent, sidérés. Un silence pesant s'installe. Puis, comme si quelqu'un les avait tous piqués en même temps, ils se mettent à parler.

— C'est scandaleux ! s'écrie Hugo.

— Mais qui ose faire ça ? renchérit Naël.

— Tu pourras facilement prouver que c'est toi qui as fait ces découvertes, dit Nour à une Lola toujours amorphe.

Elle les entend alors parler d'elle, de sa vie, de son professeur, du comportement honteux, lâche, petit, minable... Mais elle est incapable de prendre part à la conversation agitée autour d'elle. À cet instant, elle se sent spectatrice du film de sa vie. Une boule de colère se loge à l'intérieur de sa poitrine. La cage invisible qui la contient est en train de se fissurer. Si elle ouvre la bouche, elle craint d'exploser.

— Tu as des gens qui peuvent témoigner que ce sont tes recherches, affirme Nour avec confiance. Antoine, Solal, Rosa et aussi ton ami SDF, je ne sais plus comment il s'appelle, mais Solal m'a dit que tu lui disais tout.

— Andreï, entend-elle Antoine répondre.

Ce nom réveille Lola en sursaut. La colère se calme instantanément. Elle saisit alors le poignet d'Antoine, qui se tourne vers elle.

— Aide Andreï avec sa carte de séjour, s'il te plaît, lui dit-elle d'une voix épuisée.

Ce dernier la dévisage, confus. Soudain, son regard se transforme.

— Andreï ? s'étonne-t-il. Ce n'est pas la priorité. On parle de toi, là. Je me doute que le choc est violent, mais changer de sujet ne fera pas disparaître la trahison de ton prof.

— Je sais. Mais j'ai besoin que tu t'occupes d'Andreï, s'il te plaît ! reprend-elle, tendue. Appelle ton pote avocat pour les droits des étrangers.

Antoine change aussitôt d'attitude. Son visage se ferme complètement.

— On va pas le déranger maintenant, il est sur une affaire plus importante, lui répond-il. Et on s'en fiche un peu là, ce n'est pas le sujet, s'agace-t-il, semblant d'un coup embarrassé. Tu réalises que ton prof t'a volé tes recherches ? Tu te rends compte de la gravité de la situation ?

Lola reste sans voix pendant quelques secondes, sentant sa colère reprendre sa place. Elle prend soudain conscience que ce n'est pas la première fois qu'Antoine change de sujet lorsqu'elle parle d'aider Andreï.

— Antoine ! Tu ne peux pas l'aider ou tu ne veux pas l'aider ? demande-t-elle d'un ton suspicieux.

L'entêtement de Lola semble le mettre de plus en plus mal à l'aise.

— C'est toi qui veux le sauver ! Moi, je m'en fous, répond-il d'une voix pressée. Et tu as d'autres chats à fouetter. Ton avenir vient de t'être dérobé par un foutu connard malhonnête, lui rappelle-t-il.

— Je lui ai promis qu'on allait l'aider, que je n'allais pas le laisser repartir là-bas, s'énerve-t-elle. Je lui ai même parlé de ton pote. Je lui ai dit que demain matin, on se verrait tous les trois pour chercher une solution.

— Putain, Lola, j'ai dit que j'allais appeler mon pote pour te faire plaisir. Je m'en fous un peu de toute cette histoire avec Andreï. Et là, on est sur le vol de Maidet, s'obstine Antoine sèchement.

Lola n'en revient pas, écœurée par l'attitude d'Antoine. La boule dans son ventre grossit un peu plus.

— Il est bien plus important que n'importe quel bout de papier, siffle-t-elle, les dents serrées. C'est mon ami !

— C'est un SDF ! s'exclame-t-il, levant les bras en l'air. Arrête de croire que vous êtes amis.

Choquée, Lola se sent défaillir sur sa chaise et se retient d'une main à la table.

— Lola, tu es sous le choc de ce qu'a fait Maidet, dit Antoine comme pour se dédouaner. Tu devrais rentrer à l'appart, te faire couler un bain et te vider l'esprit. Mon Sunshine, tu es plus importante qu'Andreï, tu dois penser à toi et non à ce pauvre homme qui, soyons honnêtes, ne fera rien de sa vie… On sait tous comment ça va se terminer.

— Comment ça ?

— Tu sais. Il va finir par abuser des aides si on lui obtient la nationalité française. Comme tous les autres…

— Mais t'es sérieux ?! s'énerve-t-elle en haussant le ton. C'est quoi cette mentalité de merde ?

— Lola, calme-toi ! On est en public, souligne Antoine en regardant, gêné, leurs amis autour de la table. Si tu veux péter un câble, fais-le pour de vrais sujets, comme le vol de ton connard de prof !

Lola, furibonde, se lève d'un coup, salue froidement ses amis et lance à Antoine avec colère :

— Sérieux, Antoine ?! Tu me dégoûtes à penser comme ça... Va dormir chez Sol ce week-end ! Moi, je ne veux plus te voir !

À ces mots, elle tourne les talons et sort rapidement du bar.

À peine a-t-elle fait quelques pas que plusieurs textos de la part de Solal s'affichent sur l'écran de son téléphone.

« URGENT »

« Pourquoi Andreï vient de me dire au revoir ?! »

« Pourquoi tu ne m'as pas dit qu'il était expulsé ? »

« Antoine ne peut rien faire ? »

« Comment tu vas ? »

« Comment tu te sens ? »

« Pourquoi tu n'es pas restée avec lui pour la soirée ? »

« Il est tout triste, ça me déchire le cœur ! »

« Je peux t'appeler ? »

La photo de Solal s'affiche aussitôt sur son portable. Mais Lola ne peut pas décrocher. Maintenant, elle comprend l'attitude d'Andreï. Tout cela était lié à son expulsion. Il lui a menti pour la protéger. Et l'homme qu'elle aime ne veut pas le défendre et se comporte comme le dernier des connards...

Dépassée par les événements, elle se rend compte qu'elle est en train de perdre Andreï. Cette situation lui est inconcevable. Gratouille est mort. La cage se fissure. Son travail lui a été arraché par une personne de confiance. La fureur prend de plus en plus de place à l'intérieur de sa poitrine. Antoine lui a montré un tout autre visage. Elle ne peut pas supporter de perdre quelqu'un d'autre aujourd'hui. Elle le refuse.

Soudain, une main lui attrape le bras. Surprise, elle fait volte-face. Pensant que c'est Antoine, elle ouvre la bouche, prête à exploser. Or, elle s'interrompt instantanément. Ce n'est pas lui qui se tient devant elle, mais un inconnu d'une quarantaine d'années, qui la fixe intensément de ses grands yeux bleus, presque transparents. Son visage, d'un blanc cadavérique, est entouré d'une barbe fournie et de longs cheveux en bataille, accentuant l'effet désincarné de son regard.

— Ils... Ils ont be... besoin de toi ! bégaye-t-il d'une voix lugubre en triturant nerveusement le bracelet noir de sa vieille montre. Ils ont besoin de... de toi tout... tout entière !

Prononcer cette phrase lui a demandé un effort de concentration important. Il la regarde avec une certaine fierté, se retourne rapidement et part sans rien ajouter.

À cet instant, la cage invisible cède. La fureur prend possession de Lola. Sans comprendre pourquoi, elle fonce vers l'homme, lui attrape l'épaule et le retourne violemment. Cependant, elle ne maîtrise pas sa force et le pousse un peu trop brutalement. Ce dernier perd l'équilibre et tombe à la renverse sur le béton.

Stupéfaits, plusieurs passants se précipitent pour l'aider à se relever. Lola, elle, le regarde avec des éclairs dans les yeux. Ses lèvres remuent un instant sans produire le moindre son. Puis, d'un coup, elle perd le contrôle et se met à hurler :

— PERSONNE N'A BESOIN DE MOI ! PERSONNE NE PEUT COMPTER SUR MOI ! MON AMI (sa voix se brise sur ce mot) NE PEUT PAS COMPTER SUR MOI ! ALORS, ALLEZ VOUS FAIRE VOIR AVEC VOS « ILS ONT BESOIN DE TOI » !

Là, tout ce qu'elle avait gardé au fond d'elle se déverse. Elle hurle à pleins poumons ! Elle hurle qu'elle ne peut aider personne. Qu'elle ne peut rien faire pour changer les choses. Antoine, ses amis, Andreï, la mort de ses parents, de Gratouille, ses quinze ans, les gens malhonnêtes, ses cauchemars, les hallucinations, la vérité d'Al Merf révélée trop tard...

Elle enchaîne sur tout et n'importe quoi. La fureur lui fait totalement perdre pied. Elle ne s'entend même plus parler. Et tout y passe. La Covid-19, le dérèglement climatique, les JT qui ressassent toujours les mêmes mauvaises nouvelles, les guerres inutiles, la souffrance du monde, les injustices, les violences, le système dépassé. Le monde dépassé… Elle hurle sur l'homme à terre sans plus pouvoir s'arrêter, devant le regard ahuri des passants. Personne n'intervient. Personne ne dit rien. Tout le monde a les yeux rivés sur cette brune qui a perdu l'esprit…

Une ombre dans son dos la fixe. Elle sent son regard la transpercer. Mais elle ne veut pas se retourner. Ses yeux sont braqués sur l'individu à terre. Elle lui hurle encore :

— ET SI JE NE SUIS PAS ENTIÈRE, ALORS, COMMENT PUIS-JE L'ÊTRE ? HEIN ?! RÉPONDEZ-MOI ! QUI SUIS-JE ? DITES-MOI ! POURQUOI VOUS RESTEZ MUET ? PARLEZ ! MAIS PARLEZ, PUTAIN !

Lola a du mal à reprendre son souffle. La rage l'épuise, la vide de toute son énergie. La bouche grande ouverte, elle s'apprête à reprendre ses hurlements lorsque, soudain, l'homme au sol s'adresse à quelqu'un derrière elle, d'une voix parfaitement fluide :

— Tu es satisfait ? Elle s'est enfin mise en colère. On peut arrêter de la faire souffrir, maintenant ?

Pendant une fraction de seconde, Lola reste pétrifiée. Puis, d'un mouvement vif, elle se retourne. Un rayon de soleil que l'éclipse n'a encore pas obstrué se reflète sur la fenêtre d'un immeuble, l'aveuglant quelques secondes. Elle place sa main en visière pour protéger ses yeux du rayon de lumière. Sa vision redevient nette… Son cœur s'arrête… Lui ?

ARC 4

— Tu es bien conscient que, lorsqu'elle découvrira ton rôle, ses sentiments pour toi changeront.

— Je sais. Elle se sentira trahie... Notamment quand elle comprendra que je suis la source de ses cauchemars et de ses visions.

— Et pour Rome ? Là encore, elle se sentira trahie lorsqu'elle apprendra que tu as tout orchestré.

— Elle devait le rencontrer. Je l'ai volontairement poussée dans ses bras. Je voulais qu'il lui offre le cadeau que je n'aurais jamais pu lui offrir... C'est un être Feu, il n'y avait que lui qui pouvait lui rendre ce que cet homme lui avait arraché et détruire, grâce à son élément, le bouclier qui la maintenait prisonnière de son passé.

— Même si ton geste est honorable, tu étais le seul à avoir le droit de l'approcher. Interagir avec elle lui était interdit. La limite qu'il a dépassée va amener les Impartiaux à réagir...

— Je lui ai promis qu'il ne serait pas inquiété. J'assumerai ce choix.

— Tu verras ce point-là avec Casiteg et Vestagu. Ce sont les mieux placés pour t'aider. Et pour ce qui s'est passé ensuite ?

— Pourquoi penses-tu que je l'ai quittée ? Inconsciemment, Solal avait enfin trouvé un moyen d'invoquer les énergies des éléments, et je ne pouvais plus provoquer de cauchemars... J'ai donc dû trouver une parade... Pietro a d'abord refusé de lui envoyer les messages. Mais lorsque je lui ai expliqué que c'était la seule solution pour l'aider, il a fini par accepter. Ainsi, j'ai pu la quitter. Son voyage en Égypte s'est avéré l'occasion parfaite pour lui envoyer la vision du drapeau. Cependant, j'ai dû revenir dans sa vie pour pouvoir la surveiller. J'ai utilisé ma mère humaine comme excuse pour justifier ma présence.

— Tu penses que toutes ses failles seront comblées ?

— Elle les a déjà comblées. Une en me parlant de son passé. Une lorsque Rosa a appris la vérité. Une en se réconciliant avec Victor. Une en faisant l'amour avec Pietro. Une en acceptant d'utiliser les énergies des Âmes Lumière grâce à Solal. Et une en acceptant ce que tu lui as dit... Que son monde n'était pas si imaginaire qu'elle le croyait !

— Et maintenant ? Comment comptes-tu faire pour la libérer et qu'elle redevienne elle-même ?

— Je vais déclencher un ultime cauchemar. Puis elle commencera sa matinée avec une mauvaise nouvelle. J'ai exceptionnellement insufflé la Connaissance au chat de sa voisine. Je lui ai exposé la situation et je lui ai montré sa tumeur. Pour m'aider, il a donc décidé de se détruire au matin du jour de l'éclipse, le 20 avril. Grâce à la Connaissance, il ne souffrira pas.

— Ensuite ?

— Je provoquerai une première trahison. Tellement douloureuse que cet acte lui déchirera le cœur. Depuis son voyage à Rome, j'ai intensifié la jalousie et l'envie dans l'esprit de son professeur, M. Maidet. Les sentiments de cet homme déconnecté s'amplifieront jusqu'à ce qu'il commette l'irréparable... Il lui volera ses découvertes pour sa propre gloire !

— Il pourrait aussi ignorer ces émotions controversées et passer au-dessus.

— Ça serait le meilleur scénario pour lui. Mais ce n'est qu'un humain... Il les volera à coup sûr, et cette traîtrise ouvrira une énorme brèche, qui me permettra alors d'actionner une ultime trahison, qui réunira son ami Andreï, Solal et moi... Toi, tu entreras en jeu pour ce dernier chapitre, mais uniquement après sa transformation.

— Explique-toi.

— Andreï sera expulsé. J'ai missionné quelqu'un pour cela. Connaissant l'amour que cet homme porte à Lola, il n'aura pas le courage de lui avouer son expulsion. Je ferai en sorte que Solal passe à l'appartement en son absence. Il faut qu'elle l'apprenne par lui, et uniquement par lui.

— Elle sera anéantie...

— C'est le but. De mon côté, je m'opposerai à apporter mon aide dans cette affaire. Mais seulement pour la mettre en colère. Je ne veux pas qu'il retourne dans son pays. Accueille-le à Al Merf et enseigne-lui la Connaissance.

— Une maison lui sera préparée, et il recevra tout ce dont il aura besoin. Ton plan semble minutieusement réfléchi.

— J'ai eu vingt-trois ans pour le concevoir. Je n'ai eu de cesse d'étudier tous les chemins possibles pour l'amener précisément à cet instant-là. Elle a bifurqué à de nombreuses reprises, et j'ai cru ne jamais y arriver. Solal m'a mis des bâtons dans les roues plusieurs fois. Mais le plus dur, c'était Victor ! Chaque fois, il la faisait dévier... Il voulait tellement la protéger. Ça a été un véritable casse-tête.

— Leur réconciliation est une bonne chose. Tu as bien fait. Elle doit quitter cette agoïatre en étant en bons termes avec les personnes qu'elle aime. Elle est presque prête.

— Et pourtant, il reste un point sombre... Ils sont de plus en plus proches.

— En faisant évoluer son être-lumière à Al Merf, c'était prévisible. Mais les Âmes Lumières les ralentissent ! À toi de les détourner au bon moment.

— Pour y parvenir, je vais avoir besoin que tu obtiennes pour les autres êtres Espace... la Fissure du Temps !

Chapitre I

Le cœur battant à tout rompre, Lola dévisage Antoine sans comprendre.

Qu'est-ce qu'il se passe ? se demande-t-elle, plongée dans la plus grande confusion.

Mais elle n'ose pas poser la question à voix haute. Elle reste là, perdue, regardant tour à tour Antoine et l'homme à terre.

Ça n'a pas de sens, se dit-elle, totalement dépassée par la situation.

Autour d'elle, Lola entend le brouhaha des passants attroupés. Mais leurs chuchotements ne l'intéressent pas. Toute son attention est focalisée sur Antoine et sur cette histoire absurde.

— Qu'est-ce qu'il se passe ? finit-elle par lui demander, sentant son front se couvrir de sueur.

Pendant plusieurs secondes, elle attend sa réponse avec une certaine anxiété. Mais rien… Antoine reste silencieux. Alors, tout en s'avançant d'un pas, elle lui redemande, la mâchoire serrée, en détachant chaque syllabe :

— Qu'est-ce qu'il se passe ?

Comme si c'était une blague de mauvais goût, les rôles s'inversent. C'est maintenant la bouche d'Antoine qui reste close. Les yeux braqués sur lui, elle sent l'incompréhension laisser place à la colère.

— Réponds-moi ! ordonne-t-elle d'une voix forte. Qu'est-ce qu'il se passe ?

Devant son silence, elle s'avance encore un peu plus, les mains crispées et, sans pouvoir se retenir, elle hurle :

— PUTAIN, IL SE PASSE QUOI, LÀ ? ALLEZ ! VAS-Y ! PARLE ! DIS-MOI QUI JE SUIS !

En entendant sa dernière phrase, Lola se tait, les yeux exorbités comme si elle venait de recevoir un uppercut dans le ventre. Et c'est à ce moment-là que la voix chaude d'Antoine lui répond :

— Tu es enfin prête !

Décontenancée, Lola le regarde sans comprendre. Elle sent quelque chose monter en elle. Une chose incontrôlable qui secoue son corps. Un léger tic déforme sa bouche. D'un coup, elle explose de rire. Un rire nerveux, fort, irrépressible. Elle rit, car elle croit à une mauvaise blague. Elle rit, car sa journée s'est déroulée comme un mauvais film. Sa vie est devenue un mauvais film. Elle rit, car toute cette situation n'a aucun sens. Ce qu'il vient de dire n'a aucun sens. Elle n'est prête à rien. Tout ça est absurde. Puis, soudain, elle se tait.

Comme s'il attendait ce silence, Antoine fait un pas vers elle. Apeurée, Lola fait un bond sur le côté, les mains en position de défense. Mais ce dernier la contourne d'un pas souple et continue sa route vers le centre de la place, fendant la foule, qui le laisse docilement passer. Puis, arrivé sur le terre-plein en béton, il s'immobilise.

Ses vêtements s'éclairent d'une lumière intense. Son long manteau, son sweat gris en molleton et son pantalon cigarette sombre disparaissent. À la place, un haut d'un blanc très singulier ainsi qu'un bas de la même couleur le recouvrent entièrement, laissant simplement sa tête et ses mains visibles. Petit à petit, la lumière diminue jusqu'à devenir un fin halo entourant son corps.

Sur les terrasses des cafés, toutes les conversations ont cessé. Les piétons, totalement stupéfaits, ont stoppé leur marche pour l'observer, plusieurs filment la scène avec leur téléphone. Aucune voiture ne démarre alors que les feux tricolores sont verts. Sur la place, tout le monde semble figé devant ce spectacle surréaliste.

D'un geste, Antoine tend son bras vers Lola, lui faisant signe d'approcher. Encore sous le choc, elle reste figée quelques secondes. Puis, prenant conscience qu'il l'attend, elle secoue la tête en signe de refus et fait un mouvement pour se retourner. Mais son corps en décide autrement. Contre sa volonté, ses jambes se mettent à faire un pas, puis un autre, et encore un autre dans sa direction. Son corps se meut seul, comme contrôlé par une force inconnue. Elle a beau essayer de résister, de faire demi-tour, toutes ses tentatives échouent. L'ensemble de ses muscles se met alors à trembler, lui donnant une curieuse démarche saccadée. Mais ses jambes continuent d'avancer.

À quelques pas d'Antoine, elle s'immobilise d'un coup, comme si un mur invisible la bloquait. Terrifiée, elle jette des coups d'œil autour d'elle, espérant que quelqu'un agira enfin. Mais personne ne semble vouloir s'interposer. Alors, malgré la peur qui lui ronge les entrailles, elle plante son regard dans le sien.

Au même moment, Antoine lève une main et fait un mouvement dans les airs. Comme seul moyen de défense, Lola place son bras au niveau de son visage, s'attendant au pire. Mais Antoine ne semble pas vouloir lui faire de mal et continue d'exécuter des gestes étranges avec son index. Puis il replace son bras le long de son corps.

Pendant d'interminables secondes, elle attend, la boule au ventre. Puis, d'un coup, deux « C » symétriques s'illuminent juste en face d'Antoine.

— Le symbole de la Connaissance va réveiller ta véritable nature, lui explique-t-il d'un ton solennel. Tu n'as pas un être-lumière comme les autres. Tu es différente ! La Connaissance peut enfin revenir à ton esprit. Elle peut enfin unir ton Tout.

Son timbre de voix, d'ordinaire calme et posé, a changé. Il est bien plus vibrant et plus grave qu'auparavant, donnant l'impression de sortir directement de ses poumons sans passer par sa gorge.

Lola est terrifiée, mais son corps refuse obstinément de faire le moindre mouvement.

Soudain, comme animés par une force invisible, les deux « C » illuminés se mettent à bouger, se placent l'un au-dessus de l'autre, s'aimantent et finissent par s'entrecroiser. Lorsqu'un ovale allongé apparaît à leur jonction, ils s'immobilisent. Pendant un instant, ce mystérieux symbole reste statique, flottant dans les airs. Puis, comme si une main invisible le poussait, il s'approche lentement de Lola. Cette dernière essaye désespérément de reculer, de faire un pas sur le côté pour l'éviter. Mais son corps refuse catégoriquement de bouger. Elle regarde frénétiquement autour d'elle, mais encore une fois, tout le monde l'observe sans intervenir.

Pitié, réveillez-moi de ce cauchemar..., supplie-t-elle intérieurement.

Le symbole continue d'avancer, jusqu'à s'infiltrer en elle. Aussitôt, une sensation de froid l'envahit, et ses jambes se mettent à vibrer. Puis, telle une serrure qui se verrouille, toute la partie inférieure de son corps se paralyse. Ses muscles arrêtent de trembler. Elle les sent se raidir et se contracter. Ensuite, comme aspiré vers l'arrière, son ventre rentre sous ses côtes, lui coupant le souffle. Elle tente d'arrondir son dos. Mais impossible... Toute sa colonne vertébrale reste bloquée. Lentement, comme si une main invisible lui relevait le menton, sa tête se penche en arrière. Sa gorge se contracte. Tous les muscles de son visage se tendent. Elle a l'impression que son corps est sur le point de se briser !

Mais, brusquement, tout se relâche. C'est alors qu'une agréable chaleur la traverse de bas en haut. En quelques secondes, elle se répand, de manière homogène, dans l'ensemble de son corps. Telle une tornade, elle s'empare de ses membres, chassant toutes ses hésitations, la libérant totalement de l'obscurité ayant embrumé son esprit durant si longtemps. Antoine recule de quelques pas, se mêlant à la foule, la laissant seule au cœur de la place.

Une légère brise la caresse, finissant par l'encercler de manière hélicoïdale. Elle devient alors le centre d'une spirale de lumière stationnaire autour d'elle. Les autres individus présents ne la ressentent pas. Au contact de cet air, une force foudroyante entre dans sa cage thoracique, balayant le vide dans son esprit. Son estomac se noue violemment, provoquant une impression d'étouffement, et un vrombissement s'arrache de son ventre. Son cœur se soulève brutalement dans sa poitrine, entraînant une explosion à l'intérieur de son corps. Mais, malgré cette douleur fulgurante, Lola ne s'oppose pas au retour de la Connaissance dans son esprit.

Autour d'elle, tout tourbillonne. La poussière transparente a laissé place à une couleur blanche éclatante qui l'entoure entièrement.

Les personnes attroupées s'agitent, apeurées et choquées par cette scène surréaliste. Mais elle n'y prête aucune attention. Elle a l'impression de retrouver quelque chose d'oublié, d'enfoui au plus profond d'elle.

D'un coup, la mémoire lui revient, le brouillard dans son esprit se dissipe, et tout s'éclaire enfin. D'innombrables souvenirs et sentiments se bousculent dans sa tête. Un flot d'informations s'engouffrent en elle à toute vitesse. À cet instant, toute la Connaissance passée, sa création, sa matérialisation, la Grande Source dans son ensemble, ses connexions avec tous les êtres vivants refont surface. Mais aussi, la Destruction... Le déséquilibre et toutes ses conséquences. Tout lui réapparaît comme une évidence.

Des picotements se déchaînent alors dans ses mains. De minuscules ondes électriques surgissent, provoquant de microscopiques étincelles sur ses paumes et entre ses doigts. Son énergie reprend enfin sa place. Ses particules se chargent en électricité, l'alimentant et la ravivant, amplifiant sa véritable essence. Une sensation de puissance et de légèreté s'installe à l'intérieur d'elle. Chaque neurone et chaque cellule reçoit, en même temps, des milliers de minuscules décharges électriques. Tout ce qu'elle contient au plus profond d'elle finit par exploser hors de son enveloppe charnelle, comme un ouragan.

C'est alors que ses vêtements s'illuminent. Puis une lumière tendre et suave les masque entièrement. Progressivement, ils cèdent leur place à un drapé de lumière blanche, d'une telle pureté que son éclat est à la fois envoûtant et vivifiant. Ce nouveau vêtement se pose précieusement sur sa peau, et une énergie flamboyante s'en libère.

De petits points, d'une multitude de couleurs pâles, se mettent à scintiller, donnant l'impression qu'une nuée d'étoiles s'est accrochée au drapé. Celui-ci s'éclaire alors un peu plus, développant son aura d'une blancheur absolue autour d'elle, éblouissant durant quelques secondes les personnes à proximité. Matérialisant son énergie, ce halo de lumière vibre intensément, ondulant comme une vague paisible tout autour de son corps.

Instinctivement, comme si son esprit voulait canaliser cette puissance, ses paupières se ferment, et une nouvelle secousse envahit tout son corps. Sous le choc, ses yeux se rouvrent. Ses iris ont perdu leur couleur miel. À présent, un blanc magnifique s'y concentre, tout aussi étincelant que celui de son aura. Cette nuance si flamboyante se parsème de minuscules points bleutés, presque cristallins, comme si le plus pur des ciels s'y était installé. Un cercle, d'un noir intense et impénétrable, les entoure, intensifiant le contraste avec ses yeux blancs. Ses pupilles, du même noir que le cercle, accentuent encore un peu plus cet effet. À cet instant, son regard irradie de mille feux.

Petit à petit, la poussière lumineuse qui l'encercle s'atténue, la laissant enfin apparaître entièrement aux yeux de tous. Elle se tient debout, immobile. Son habit scintille comme une pluie d'étoiles en plein jour. Son visage est d'une couleur ocre, comme si le sol originel, dénué de toute impureté, la recouvrait. Sur son cou gracieux tombent de longs cheveux d'un noir insondable, vibrant à la même intensité que l'anneau de ses yeux. Ils se soulèvent et ondulent comme un nuage délicatement porté par un vent précieux. Leur aspect, plus brillant encore que la soie, est d'une grande finesse. Sa bouche, d'un bleu reprenant la couleur abyssale des profondeurs marines, laisse entrevoir des dents blanc nacré, telles des perles, et le début d'une langue écumeuse. Son aura rayonne autour d'elle, enveloppant chaque spectateur de sa présence captivante.

Même si son apparence semble paisible aux yeux de tous, à l'intérieur, une grande panique l'inonde. Elle a la sensation d'avoir été brutalement réveillée d'un long rêve sans y avoir été préparée. Son esprit n'arrive pas à accepter ce changement radical. Il n'est plus dissocié de sa véritable énergie... Il est de nouveau entier... Elle est redevenue la Création Incarnée !

Chapitre II

Elle tourne lentement la tête de gauche à droite, observant toutes les personnes qui l'encerclent. Un flot d'informations décousu l'envahit chaque fois qu'elle pose son regard sur un être. Ses créations, sa vie, les chemins qu'il a empruntés, les choix qu'il a effectués, ses connexions avec les autres… Tout cela lui apparaît en même temps, créant des interférences dans son esprit.

D'autres informations étonnantes lui parviennent. Elle sent l'énergie des arbres autour de la place vibrer intensément. Celle des insectes regroupés sur les branches et entre les feuilles des végétaux. Celle des oiseaux posés sur les gouttières ou sur les rebords des fenêtres des immeubles. Celle des chiens, des chats, des rongeurs massés entre les jambes des humains… Tous sont rassemblés et l'observent. C'en est suffocant !

Soudain, elle prend conscience que son énergie puissante lui apporte de nouvelles couleurs, une vision éclaircie du monde. Effrayée, elle secoue la tête, mais rien ne change. Elle a beau se frotter les yeux et cligner des paupières, son ancienne vision ne réapparaît pas.

Sur sa droite, elle sent une énergie s'approcher. Elle fait volte-face, et à peine a-t-elle posé son regard sur Antoine que son esprit recommence à s'embrouiller, lui transmettant un grand nombre d'informations sur lui. N'arrivant pas à se maîtriser, ses yeux se mettent à brûler. Sa bouche s'assèche et une quinte de toux la prend, faisant descendre une douleur déplaisante dans sa poitrine.

Que ça s'arrête ! supplie-t-elle en pensée.

Ignorant comment réagir face à cette situation invraisemblable, elle ferme ses paupières, crispant son visage.

— N'oppose pas de résistance à ce qui t'est communiqué, lui dit alors Antoine d'une voix toujours aussi profonde. Ne cherche pas à contrôler les renseignements qui te viennent, tu ne le peux pas encore.

Elle ne veut pas l'entendre ni l'écouter. Elle plaque ses mains sur ses oreilles.

Que ça s'arrête ! se répète-t-elle, désespérée.

Au moment où elle pense cela, un liquide, plus opaque que des larmes, se répand sous ses yeux clos. Et comme par enchantement, la sensation de brûlure s'estompe. La douleur diminue, pour ne devenir qu'un picotement désagréable. Tout se calme alors.

Pendant un instant, elle garde les paupières fermées, anticipant le retour de la douleur. Mais, s'apercevant que rien ne se passe, elle rouvre les yeux avec prudence. À son grand soulagement, sa vue est redevenue normale. Plus d'informations, plus de nouvelles couleurs... Tout est comme avant !

— Ton regard est redevenu celui de Lola, lui explique Antoine en la voyant cligner des yeux d'un air dérouté. Pour te protéger, ton esprit a réactivé ton ancienne vision. Ta vision humaine.

Se rendant compte qu'il se tient maintenant à ses côtés, elle sent une colère froide se loger dans sa poitrine.

— Je sais que tu es déstabilisée. On le serait tous à ta place, lui assure-t-il de sa voix profonde. Mais je suis là pour ça... Pour t'expliquer qui tu es !

Sentant la colère grandir, elle entrouvre la bouche pour lui ordonner de partir. Mais aucun mot ne sort. Pendant une fraction de seconde, elle reste pétrifiée.

Ma voix..., pense-t-elle, apeurée. *Ma voix a disparu.*

Espérant se tromper, elle essaye de nouveau de parler. Mais rien... Elle s'attrape alors la gorge et la serre entre ses mains tremblantes.

— Ta voix va revenir, la rassure Antoine. Tout va bien. C'est la peur qui l'emprisonne. Si tu relâches un peu la pression, tu verras, elle se libérera.

Remarquant que son drapé et son aura se mettent aussi à trembler, il insiste :

— Ne laisse pas la peur prendre le dessus. Tu dois la laisser couler.

Découragée, elle retente de produire un son pour lui répondre. Mais toujours rien...

Antoine fait un pas dans sa direction, une main tendue vers elle. Angoissée, elle tente de reculer. Mais son corps reste immobile. Elle baisse aussitôt les yeux et découvre, horrifiée, que ses jambes ont disparu...

Non..., se dit-elle, sous le choc.

Pourtant, elle se tient debout, droite, comme si elle était plantée sur deux jambes bien solides. Mais c'est une tout autre sensation qui prend place sous son drapé. Quelque chose la tient en lévitation au-dessus du sol, l'empêchant de toucher directement le béton froid.

C'est un cauchemar !

La panique l'envahit aussitôt. Sa respiration s'accélère. Elle veut crier, hurler ! Elle veut récupérer son ancien corps, son ancienne voix, son ancienne vie... Son drapé tremble de plus en plus. Elle entend la foule s'agiter autour d'elle. Elle a l'impression de ne plus rien contrôler. D'être prisonnière d'un corps qu'elle ne peut pas maîtriser. La toux revient. La brûlure dans ses yeux se répand dans son crâne. Elle crispe ses paupières, essayant de réactiver le liquide. Mais cette fois, sans succès...

Constatant qu'elle est en train de perdre le contrôle, Antoine s'adresse à un homme derrière lui. Aucune parole n'est audible. Seules leurs auras lumineuses changent de couleur durant la discussion. Puis, sans un mot, Antoine claque deux fois des doigts.

Immédiatement, elle sent une étrange sensation la soulever du sol. Terrifiée, elle garde les yeux clos. Son corps semble s'être dispersé, et elle a maintenant l'impression de s'être transformée en un filet de poussière emporté par le vent. Puis, après quelques secondes, la sensation s'estompe doucement et son corps redevient normal. Tout est silencieux autour d'elle. Plus aucun bruit, plus d'agitation. Alors, avec appréhension, elle s'autorise à ouvrir les yeux. Lorsque ses paupières se soulèvent, la place de l'École-Militaire a disparu.

Chapitre III

Elle regarde tout autour d'elle, désorientée. Sur la table basse trône une pile de textes. Une montagne de livres et de documents encombre le bar. L'odeur de son parfum flotte encore dans l'air, se mêlant à celle du café froid laissé dans le grand mug posé sur l'évier. Se retrouver dans ce lieu familier la rassure légèrement. Cependant, cet apaisement est de courte durée…

Comment suis-je arrivée là ?

Un bruit dans la pièce d'à côté attire son attention. Antoine sort de sa chambre, tenant le pull crème entre ses mains. Au moment où il le lui tend, elle recule d'un pas et manque de s'entraver dans sa table basse. Confuse, elle baisse les yeux et découvre alors deux pieds appuyés sur le parquet froid. Elle remue les orteils, comme pour vérifier que ce sont bien les siens. Les voyant bouger, les larmes lui montent aux yeux.

— Ton enveloppe charnelle s'adapte à tes désirs, lui précise Antoine, la main toujours tendue vers elle. Cette dernière a compris l'importance des pieds pour ton esprit. En tout cas, tant que nous serons sur Terre, tu les garderas… Tiens ! Mets le pull, ça va t'aider un peu, lui conseille-t-il ensuite en approchant lentement le vêtement vers elle.

Pendant plusieurs secondes, elle reste statique. Puis, d'un geste rapide, elle lui arrache le pull des mains et se recule précipitamment. Pour la rassurer, Antoine s'éloigne aussi, les mains en l'air. Voyant qu'il est à une distance suffisante, elle décontracte ses épaules et s'autorise à baisser le regard vers le vêtement. Celui-ci semble différent. Elle a l'impression de le découvrir pour la première fois.

C'est bizarre, se dit-elle en l'enfilant. *On dirait qu'il a gardé l'énergie de papa...*

Le pull est doux et chaud, et la laine fait légèrement pression sur son drapé. Comme pour enlacer le vêtement, elle croise ses bras autour d'elle et frotte ses mains contre la matière rêche.

— Les autres êtres fissurent notre temps, lui dit Antoine, la sortant de ses pensées. Personne, sur la place de l'École-Militaire, ne remarquera notre absence.

Ils fissurent notre temps ? répète-t-elle, perdue. *Mais qu'est-ce qu'il raconte ?*

En voyant l'incompréhension sur son visage, Antoine dirige son regard vers la fenêtre. Elle l'imite, perplexe. En observant le ciel, elle aperçoit, au loin, un hélicoptère. Elle reconnaît le logo d'une grande chaîne nationale sur la porte. Il se dirige certainement vers le 7e arrondissement pour retransmettre en direct les événements qui s'y sont déroulés ces dernières minutes. Lorsqu'elle se rend compte que l'hélicoptère reste figé entre les nuages, ses yeux s'arrondissent.

Le temps est arrêté ? s'écrie-t-elle mentalement, sidérée. *Ils ont arrêté le temps ?*

— Ce n'est pas lui qui avance au ralenti, c'est notre temps qui est accéléré, lui explique alors Antoine comme s'il lisait dans ses pensées. Fissurer le Temps modifie notre temps à nous, et non celui des autres. Ceux qui sont en train de le fissurer ont aussi leur temps modifié.

Elle garde les yeux braqués sur l'appareil, dont le mouvement des hélices est presque imperceptible.

Mais de quoi il parle ? Qui fissure le temps ? se demande-t-elle, plongée dans la plus grande confusion.

Tout à coup, elle remarque, effarée, que la taille de l'hélicoptère et des immeubles semble s'être allongée.

— Les êtres qui se trouvent sur la place de l'École-Militaire sont en train d'étirer notre espace-temps et le leur, poursuit Antoine en la voyant se frotter les paupières à plusieurs reprises. C'est pour cela que les immeubles te paraissent allongés. C'est la force de Fissurer le Temps qui produit cet effet.

En entendant le mot « force », elle déglutit.

— Ils le fissurent durant dix secondes exactement, ils ne peuvent pas faire mieux, précise-t-il ensuite. Mais ça nous laisse tout de même quelques minutes ensemble.

Qu'est-ce qu'il raconte ? s'agace-t-elle, dépassée par toute cette situation. *Il délire ! Ralentir et accélérer le temps. Le fissurer.*

— Ça doit te paraître fou, souligne-t-il en la tirant de ses pensées tourmentées. Mais tout te reviendra au fur et à mesure, je te le promets. Dès que tu seras un peu plus calme, nous irons rejoindre les autres sur la place.

Mais lâche-moi avec tes autres ! s'énerve-t-elle en pensée. *Je n'ai pas envie de les rejoindre.*

— Et nous te ferons quitter Terre.

Lorsqu'elle entend ces mots, son sang ne fait qu'un tour. D'un mouvement, elle se tourne vers lui avec un regard sombre.

— Quitter la T..., commence-t-elle pour protester contre cette idée inconcevable.

Sa main agrippe immédiatement sa gorge et ses doigts l'enserrent. Sa voix est réapparue. Mais celle-ci est bien différente de celle de Lola. Elle est à présent d'une grande douceur, d'un calme et d'une fraîcheur agréables à entendre.

Ma voix s'est transformée..., constate-t-elle avec affolement.

À cet instant, elle a envie de pleurer toutes les larmes de son corps. Mais ses yeux restent secs. Tout semble bloqué à l'intérieur d'elle.

— Oui, ta voix a aussi évolué, Lilu, indique Antoine.

Le mot « Lilu » résonne en écho dans son crâne, comme si elle le connaissait déjà. Comme si elle l'avait seulement oublié. Son visage se tord de stupéfaction et de colère.

Je m'appelle Lola, a-t-elle envie de lui crier.

Mais elle se retient, de peur d'entendre une nouvelle fois sa voix modifiée.

— Lilumpena est la dénomination que ton enveloppe charnelle s'est attribuée, lui explique Antoine comme si tout était normal. Ton énergie de Création n'a pas de dénomination à proprement parler, les êtres peuvent te nommer comme ils le veulent. Moi, je t'appellerai Lilu.

Elle a du mal à respirer. Elle a besoin d'air. Ayant retrouvé ses jambes, elle se précipite vers la porte-fenêtre, qu'elle ouvre en grand. Là, elle aspire de grandes bouffées. Mais le vent, lui aussi, semble figé.

C'est une putain de blague ! crie-t-elle en pensée.

Les battements de son cœur s'accélèrent. Sa respiration devient sifflante.

— Fissurer le Temps a un impact sur notre perception des éléments également, lui apprend Antoine d'une voix maîtrisée.

Tais-toi ! hurle-t-elle, sentant la colère grandir dans son ventre. *Disparais de ma vue ! De mon appartement ! De ma vie !*

À peine a-t-elle pensé cela que sa cage thoracique se contracte, comme si des dizaines de mains invisibles la compressaient toutes en même temps, la vidant de son énergie. Son appartement semble rétrécir, les murs, se rapprocher de plus en plus. Suffocante, elle monte sur le garde-corps de son balcon et inspire le plus fort possible. Mais plus elle essaye d'aspirer l'air, plus elle a l'impression d'en manquer…

— Qu'est-ce qu'il se passe ? articule-t-elle avec difficulté.

Un long silence se fait.

— Je ne pouvais pas contrôler ta colère seul, lui avoue Antoine. J'ai dû utiliser un paramière.

— Un quoi ? demande Lilu, à bout de souffle.

Sans réponse de sa part, elle scrute alors son appartement par-dessus son épaule, cherchant un objet inhabituel. Or, tout semble normal.

— Tu ne l'as pas remarqué, mais la Connaissance reste en retrait depuis notre arrivée ici, lui fait-il réaliser. Plus ta colère grandit, plus ton aura s'affaiblit...

Confuse, elle lève les mains et découvre un fil translucide à la place de l'épais halo qui rayonnait autour d'elle quelques instants auparavant.

Mais qu'est-ce qu'il m'a fait ? panique-t-elle, sentant son sang battre dans ses tempes.

Devant son incompréhension, Antoine retrousse la manche droite de son vêtement et laisse apparaître un tatouage au niveau de son poignet.

C'est quoi ce truc ? se demande-t-elle en le voyant poser ses doigts dessus.

Elle plisse les yeux pour essayer de mieux le discerner, mais une voix hilare et métallique se met à résonner dans toute la pièce, la faisant pousser un petit cri :

« J'ai créé un paramière ! J'ai réussi l'exploit de reconstituer une création de l'Ombre ayant pour fonction d'amenuiser et de détruire les énergies de notre Création Incarnée. Tu te rends compte de ma prouesse ? C'est l'une de mes inventions les plus complexes. Je suis un être exceptionnel, se vante la voix avec un rire tonitruant. Personne ne peut reproduire les créations de l'Ombre mieux que moi ! »

La voix mystérieuse s'éteint. Lilu regarde tout autour d'elle, totalement perdue.

Cette voix... Je la connais, s'entend-elle penser.

— C'est un extrait d'une conversation que j'ai eue avec Matles, lui explique alors Antoine en remettant sa manche. Ou Mat, si tu préfères, ajoute-t-il après un instant.

En entendant ce nom, elle écarquille les yeux, osant à peine y croire.

Mat existe...

— Oui, Lilu, ils existent tous, eux aussi, précise-t-il. Tes amis imaginaires sont bien réels. Ce sont des Âmes Lumières, comme moi.

Ces dernières paroles ont l'effet d'une bombe.

— Où est-il ? Où est Mat ? veut-elle alors savoir.

Antoine redevient silencieux.

— Putain, mais s'il a créé ce paratruc, il doit être ici ! s'énerve-t-elle.

— Non, il me l'a donné il y a longtemps, sous forme de fils, et je les ai glissés dans le pull d'Alessandro... Je me suis douté que tu utiliserais un jour ce vêtement pour te réconforter, j'ai donc placé les fils de paramière dedans.

D'un geste vif, elle tente d'ôter la laine. Maintenant qu'Antoine lui a fait cette révélation, elle sent le vêtement amenuiser ses forces.

— À tes quinze ans, tu as fini par le mettre, continue-t-il. Le paramière t'a aidée à contrôler tes forces. C'est pour ça que tu avais besoin de le revêtir après chaque cauchemar.

Écœurée, Lilu tente par tous les moyens d'ôter le pull. Mais elle a beau s'agiter dans tous les sens, tous ses efforts échouent.

— Enlève-le-moi ! lui ordonne-t-elle d'une voix retentissante.

— Je ne peux pas... Une autre Âme Lumière le pourrait, mais pas moi. Toi, tu pourras t'en défaire dès que tu auras libéré ta véritable énergie de Lumière, lui explique-t-il alors.

— Tu veux que je sois cette Lumière dont parlent les textes de Lhu, mais il a tort. Tu as tort. Je suis Lola ! s'insurge-t-elle. Je m'appelle Lola. Je suis en plein cauchemar...

Folle de rage, elle se tourne pour attraper un livre sur les étagères de la bibliothèque et le lancer. Or, au moment où ses doigts touchent l'objet, ils passent à travers. L'espace d'une seconde, elle s'immobilise, stupéfaite. Mais la fureur reprend rapidement possession d'elle. Alors, elle avance de nouveau sa main pour tenter de s'en saisir, mais, encore une fois, ses doigts le traversent.

— Tu ne peux pas détruire, lui rappelle Antoine d'une voix neutre. Si tu essayes de prendre un objet avec une volonté de destruction, ton enveloppe charnelle s'y opposera naturellement.

Mais c'est un cauchemar ! hurle-t-elle en pensée.

Déterminée à le contredire, elle cherche à attraper la lyre offerte par Victor. Mais ses doigts ne peuvent pas la toucher non plus.

Alors, elle essaye avec tous les objets qui lui tombent sous la main. Mais en vain...

Épuisée, Lilu s'appuie sur la table basse afin de reprendre son souffle. Là, sous ses doigts crispés, elle ressent l'énergie du bois en train d'étouffer sous le vernis. Effrayée, elle retire instantanément ses mains.

Il est encore en vie... Comment est-ce possible ? se demande-t-elle, un frisson glacé remontant le long de sa colonne vertébrale.

— Je sais... C'est un choc, précise Antoine en voyant son expression de terreur. L'énergie du bois de la table est à l'agonie, mais il est toujours vivant. Les humains ne savent plus comment utiliser un bois de construction sans l'étouffer. La Connaissance peut le leur enseigner. Tu pourras leur apprendre. En tant que Créat...

— Tais-toi ! le coupe-t-elle, furieuse.

Sa colère est si grande que ses lèvres se tordent momentanément. Puis un cri perçant sort de sa bouche, et elle se met à hurler sur Antoine :

— Je ne suis pas cette Création ! Je ne crée pas des cercles, ni des galaxies, ni des systèmes atsolaires. J'ignore comment créer des astres, des satellites et des planètes, des agoïatres ou des êtres-éléments[1]. Ça n'a aucun sens ! Je suis juste Lola ! Je ne détruis pas les sangs d'ombre et les néombres...

Elle s'arrête, essoufflée.

Je suis juste Lola !

1. Voir la définition dans le glossaire en fin d'ouvrage.

CHAPITRE IV

Depuis quelques secondes, Lilu est livide.

Je suis Lola..., se répète-t-elle, comme pour se convaincre.

— Tu dois les détruire ! lui affirme alors Antoine, brisant le silence pesant qui s'était installé. Tu dois détruire les sangs d'ombre et les néombres pour rétablir l'équité de la Grande Source.

Tais-toi ! lui ordonne-t-elle dans sa tête, incapable de prononcer ces mots à haute voix.

Pour se contenir, elle commence à arpenter son appartement, évitant soigneusement d'entrer en contact avec sa table basse.

— Ils arrivent ! lâche-t-il en la voyant dans tous ses états. Le symbole de protection autour de Terre s'est affaibli et tes vibrations sont passées à travers. C'est pour ça que tu dois quitter Terre. Si nous déplaçons tes vibrations, nous détournerons leur trajectoire.

Lilu secoue la tête dans tous les sens, refusant de croire ses propos.

Tais-toi ! se répète-t-elle.

— Lilu ! Ils vont venir sur l'agoïatre ! insiste-t-il, se rendant compte que la convaincre sera moins facile qu'il ne le pensait. Maintenant que tu es de retour, ils vont l'attaquer.

En l'entendant, elle sent son cœur faire un bond dans sa poitrine.

Tais-toi !

— Comme Terre est déconnectée de la Grande Source, nous n'avons aucun moyen de savoir quel élément destructeur réagit ! précise-t-il d'une voix pressée. Tous peuvent l'attaquer.

Tais-toi ! hurle-t-elle en s'agrippant la gorge et en appuyant ses doigts sur le creux entre ses clavicules.

— Je dois t'exfiltrer dans les plus brefs délais en utilisant l'éclipse. Et lorsque nous serons sur l'agoïatre Ulipane...

Tais-toi ! éclate-t-elle, le visage crispé.

Cette fois, son hurlement ne reste pas à l'intérieur d'elle. Elle voit les mots s'écrire distinctement sous ses paupières, descendre le long de sa nuque comme un filet d'eau froide, et se loger dans sa poitrine. Là, sa cage thoracique se met à vibrer et, sans qu'elle s'y attende, une puissante onde explose hors de son enveloppe, criant le plus fort possible les mots :

« Tais-toi ! »

Sa voix est si forte qu'elle et Antoine se bouchent les oreilles. Un craquement se fait entendre au niveau des vitres de son appartement.

Antoine, étourdi par la force de l'onde qu'il vient de recevoir, a du mal à reprendre ses esprits. Il vacille, sonné. Tout à coup, il prend conscience de la gravité de la situation. Le paramière n'est pas assez puissant. L'onde-hurlante a réussi à s'échapper du corps de Lilu... La Fissure du Temps empêche encore le verre d'exploser, mais dès que la force s'arrêtera, l'onde se déploiera dans tout le 5e arrondissement, causant de lourds dégâts.

Totalement dépassé, Antoine repose ses yeux sur Lilu. Affolée, cette dernière touche frénétiquement son buste, essayant de comprendre ce qu'il vient de se passer. Quelque chose est sorti de sa poitrine en vibrant intensément. Une onde puissante qui a hurlé ses mots. Sa voix était d'une froideur à glacer le sang. Elle n'aurait jamais cru être capable de produire un son si violent...

C'est moi qui ai fait ça ?

À cet instant, elle prend conscience que l'énergie bouillonnant à l'intérieur de son corps peut être un véritable danger si elle n'apprend pas à la contrôler. D'un coup, quelque chose entre dans son buste, remonte le long de sa colonne vertébrale jusqu'à son crâne. Là, elle entend :

« Lilu, je t'en prie, écoute-moi ! Nous devons y aller immédiatement ! »

Elle relève la tête, choquée. Antoine lui a parlé à travers une onde-de-pensée. Mais son timbre était différent. Il était sépulcral et chaud. Entendre cette voix l'interpelle, et une sorte de souvenir confus lui revient en mémoire. L'image floue d'un être qu'elle a rencontré il y a bien longtemps.

Je te connais, toi aussi ! réalise-t-elle, déstabilisée.

L'espace d'une seconde, une pensée resurgit. Comme si son cerveau s'était mis sur pause et que tous ses doutes s'étaient volatilisés comme par enchantement.

Je te connais, et je t'ai sauvé ! ajoute-t-elle après un instant.

— Nous devons y aller ! lui dit Antoine, cette fois-ci à voix haute et en reprenant son timbre habituel. Si je pouvais, je t'aurais exfiltrée sans te révéler ta véritable nature pour ne pas te mettre en danger. Mais j'étais obligé de te rendre la Connaissance…

Ses paroles la ramènent à la réalité. Lilu secoue vivement la tête et lui dit d'une voix forte :

— Je veux rester sur Terre avec des gens que je connais, dans un monde que je connais. Je ne sais rien de là-haut ! Je ne connais que des théories… Des théories que ma mère a écrites dans un carnet. Des théories que des scientifiques ont imaginées et écrites sur des feuilles volantes. Ne me demande pas de te suivre aveuglément dans un lieu que je ne connais pas, avec des gens que je ne connais pas, s'obstine-t-elle.

Antoine prend une grande inspiration.

— Je comprends, mais…

Il se tait et regarde autour de lui. Ses yeux s'arrêtent sur l'un des carnets posés sur le bar. Alors, il s'en empare et l'ouvre sur Noti.

— Je ne suis pas imaginaire ! affirme-t-il en tournant le dessin vers elle. Je suis bien réel.

Lilu le dévisage, n'en croyant pas ses oreilles.

Mais il est fou ?!

— Ma véritable appellation est Anenoti, explique-t-il, le doigt appuyé sur le dessin. Je suis un être Espace, de la branche Rayon.

Je suis un descendant de l'énergie de la Grande Source, créé sur l'agoïatre Aplum, prenant place dans le Cercle de Balsu. Tu me connais ! répète-t-il en serrant la mâchoire. Si tu dessinais Noti si souvent ces derniers temps, c'était parce que ton être-lumière me voyait. Il voyait ma véritable forme. Il me reconnaissait !

Face à de telles révélations, Lilu reste sans voix. Elle a l'impression que sa vie est un puzzle immense dont toutes les pièces ont été mélangées. Soudain, une information lui apparaît, comme une évidence.

— Tu mens, dit-elle avec aplomb. J'ai lu, dans les textes de Lhu, que les êtres Espace et Esprit ne pouvaient pas vivre sur Terre. Cette agoïatre en est à son cinquième stade, celui du Sol. Donc ni les êtres Espace ni les êtres Esprit ne peuvent y venir.

— Un être m'a incarné dans un corps humain lorsque tu es arrivée sur Terre, il y a 2 368 ans, lui apprend-il. Mes atomes de vie sont restés concentrés chaque fois que tu te régénérais. Mais je suis une exception ! D'autres sont venus dans tes vies précédentes. Comme moi, ils gardaient la Connaissance. Quand tu mourais, ils devaient se détruire. Et chaque fois que tu te réincarnais, quarante-deux nouveaux êtres, dont trente-six d'une même branche, étaient envoyés de là-haut.

Lilu attrape son visage entre ses mains, ne sachant plus quoi penser.

— Tu mens, gémit-elle.

— Non ! J'ai parlé des autres, tout à l'heure, ceux qui fissurent le temps en ce moment même. Ce sont les protecteurs de ta vie en tant que Lola. Ils appartiennent à la branche Rayon, comme moi. Et nous avons tous un point commun… Nous sommes d'anciens alebsuncias.

Sous le choc, elle se fige.

Des alebsuncias…

— Nous avons tous perdu notre âme à cause du sang d'ombre Kapsires, raconte-t-il. Et nous avons tous fait un geste impardonnable… Nous avons détruit pour détruire. La première destruction d'un alebsuncia est celle de sa famille... J'ai donc détruit la mienne... continue-t-il d'une voix meurtrie.

En prenant conscience de l'acte épouvantable exécuté par Antoine lorsqu'il était Anenoti, le cœur de Lilu se serre. Au fur et à mesure de ses explications, la colère diminue pour laisser place à la tristesse.

— Mais tu m'as rendu mon âme. C'était la première fois que je te voyais. Tu étais... incroyable ! souffle-t-il avec une pointe de fascination. Avec l'aide des Âmes Lumières Feu, comme Luasmi, tu as détruit le Kapsires... Grâce à toi, la destruction de ma famille a permis l'anéantissement de ce sang d'ombre.

Étrangement, elle a l'impression de se souvenir de cette tragédie. Des voix résonnent en écho dans sa tête. Des murmures qu'elle connaît, mais qu'elle avait oubliés. Elle sent les émotions la submerger. Elle a l'impression de se retrouver projetée à l'instant même où elle a décidé de recréer l'âme d'Antoine.

Je l'ai sauvé ! se remémore-t-elle, peinée. *Je les ai tous sauvés.*

Elle déglutit, déchirée par toutes ces confidences. Elle sent le pull relâcher peu à peu la pression.

— Depuis cet instant, je me suis donné pour mission de t'aider à rétablir l'équité dans les Cercles. Je t'ai suivie à chacune de tes vies depuis ton arrivée sur Terre. Je suis le seul à ne jamais m'être détruit. Ça m'a permis de te guider et de t'envoyer des souvenirs précis. Si tu te rappelles le mot alebsuncia, c'est parce que je te l'ai envoyé quand tu avais quatre ans...

Elle arrête de l'écouter.

Non ! s'écrie-t-elle.

D'un coup, le dégoût prend place à l'intérieur de sa cage thoracique. Pendant une fraction de seconde, elle manque de s'évanouir, mais sa rage la maintient debout. Et dans un accès de fureur, elle hurle :

— Tu savais tout !

Chapitre V

— Tu le savais ? lui redemande Lilu, les dents serrées.

Les lèvres d'Antoine se mettent à trembler. Ce simple geste lui donne raison. Elle encaisse le choc, essayant de toutes ses forces de ne pas s'évanouir. Sa poitrine se contracte. Elle a l'impression qu'il vient de lui arracher le cœur.

— Comment... comment as-tu pu me mentir ainsi ? tempête-t-elle, scandalisée. Comment as-tu pu faire semblant de tout découvrir ce jour-là ? Tu me dégoûtes ! Tu n'es qu'une ordure.

Elle sent la colère prendre de plus en plus de place, ses mots devenir de plus en plus noirs à mesure qu'elle les prononce.

— Tu m'as regardée être harcelée, avaler des somnifères, subir les moqueries, les coups bas, les violences orales, tu savais ce que ce mec m'a fait ! Et toi, tu m'as laissée seule ?! Tu... Tu... Tu es...

Lilu s'étouffe, n'arrivant plus à dire le moindre mot. Elle sent le paramière lui ôter toutes ses forces. Plus la colère monte en elle et plus elle les perd. Son cœur bat si fort qu'il lui fait horriblement mal.

— Toutes mes excuses ne serviront à rien, reconnaît Antoine en secouant la tête. Mais je n'avais pas le droit d'intervenir. Lors de ta précédente vie, je t'ai poussée à bout, et je me suis montré trop tôt... À cause de moi, tu...

— Tais... toi ! Je... ne veux pl... plus t'en... tendre, réussit-elle à articuler tant bien que mal.

— Alors, je vais arrêter de te parler et je vais te montrer..., souffle-t-il en s'approchant d'elle.

Son bras droit allongé, il dévoile le fameux tatouage aperçu quelques minutes auparavant. Deux « C » cyan entrecroisés, l'un au-dessus de l'autre, se dessinent sur sa peau. Ce symbole est similaire à celui qui lui avait transmis la Connaissance un peu plus tôt.

— Le symbole de la Connaissance, lui indique-t-il d'un ton didactique. C'est toi qui l'as créé. Quand on le touche, la Connaissance se canalise à l'intérieur. Ainsi, apprendre la vie et le fonctionnement d'un être devient plus facile et plus rapide. Pose tes doigts sur l'ovale entre les deux cercles, et tu verras.

En signe de refus, Lilu recule, contractant ses doigts sur son pull.

— Je n'ai pas envie de te forcer à regarder ta vie, dit-il en se rapprochant et en tendant un peu plus le bras vers elle. Alors, pose ta main, s'il te plaît.

— Tais... toi ! Dé... gage ! s'essouffle-t-elle.

— Je suis désolé, Lilu, mais je n'ai plus le temps...

D'un geste rapide, Antoine lui attrape la main et la force à poser son index sur les deux « C ». Sans qu'elle ait le temps de se débattre, le symbole s'active et, subitement, des images sont projetées dans son esprit comme un film en accéléré. Le film de sa vie ! Elle voit toutes les scènes défiler à travers le regard d'Antoine. Les pièces du puzzle s'imbriquent enfin. Tout lui est révélé ! C'était si évident... Elle entend des voix, découvre des êtres, en reconnaît d'autres. Les souvenirs s'enchaînent pour s'arrêter au moment de sa transformation. L'image s'estompe. Puis, plus rien. Tout devient noir.

Pendant un instant, Lilu reste de marbre, incapable de parler, le regard dans le vide. Toute son existence vient de défiler devant ses yeux en une fraction de seconde. Pourtant, ses pensées sont focalisées sur une seule image. Elle lève enfin la tête, les yeux embués.

— Tu lui as parlé ? lui demande-t-elle, confuse, un sanglot coincé au fond de la gorge.

Il fait un léger hochement de tête.

— J'ai augmenté l'être-lumière de Mme Natédiet pour qu'elle se rende compte qu'il y avait autre chose. Je n'avais pas prévu qu'un humain te fasse ça, lui explique-t-il. Je ne pouvais pas le laisser s'en sortir indemne… Et comme tu l'as vu, je n'ai pas abandonné Andreï non plus.

Lilu sent les larmes lui picoter les yeux. Pour les retenir, elle se mord l'intérieur des joues. Mais, étrangement, elle ne ressent aucune douleur. Au contraire, elle a l'impression de croquer dans une barbe à papa écumeuse. Elle ouvre la bouche, troublée par cette sensation.

— Tu ne peux pas faire de mal à ta propre enveloppe charnelle, lui indique Antoine en la voyant toucher ses joues du bout des doigts. Tu es la Création, lui rappelle-t-il en laissant un sourire s'esquisser sur ses lèvres.

Pour la première fois depuis le début de cette conversation, elle ne réagit pas. Constatant qu'une brèche s'ouvre, Antoine s'y engouffre sans hésiter.

— La Grande Source a besoin de toi pour rétablir l'équité, assure-t-il alors. D'autres âmes deviennent des alebsuncias et détruisent leurs familles, car elles ne peuvent plus penser ou ressentir. Des êtres se font décimer par les sangs d'ombre et les néombres. Il faut que nous partions pour avoir une chance de rétablir l'équité.

Il s'interrompt et tourne son regard inquiet vers l'extérieur. Les immeubles ne sont presque plus étirés et l'hélicoptère a presque disparu derrière les toits.

— Les autres ont besoin de moi, reprend-il. Les immeubles sont extrêmement proches de leur taille normale. Cela signifie qu'ils ne peuvent presque plus fissurer notre temps.

Lilu déglutit. Tous ces bouleversements ont éparpillé ses repères, et elle a du mal à se retrouver dans la multitude de sentiments qui s'entrechoquent en elle. Malgré tout, elle réalise qu'elle n'a pas le choix, qu'elle doit le suivre.

— D'accord, lâche-t-elle alors dans un chuchotement à peine audible.

Avec un soulagement non dissimulé, Antoine s'approche et plante son regard dans celui de Lilu. Ces yeux qui l'ont tant troublée le jour de leur rencontre dans ce bar londonien... Ils ont gardé cette intensité. Mais aujourd'hui, elle y perçoit autre chose. Une chose impossible à observer sans la Connaissance : son âme ! Dans son regard se confondent l'amour éprouvé à son égard, la joie de la retrouver enfin, et le respect à l'égard de la Création Incarnée. Cependant, la peur et l'inquiétude se cachent derrière ces émotions joyeuses. Ses sentiments sont similaires à ceux des humains, à ceux qu'elle éprouve... Plus intensément grâce à la Connaissance ! Mais le fond reste le même. Il éprouve des émotions qu'elle connaît. Le voir ainsi la rassure. Il y a du Antoine en cet étranger. En cet Anenoti.

Il caresse de ses mains le visage de Lilu, libérant une tendre chaleur sur ses joues. Étrangement, elle ne se dégage pas de son emprise et laisse sa peau contre la sienne.

— Maintenant, tu vas pouvoir te remémorer une force pour te déplacer. Tu vas apprendre à te servir de la Dématérialisation des Cellules, murmure-t-il. Concentre ton attention uniquement sur elle ! Tu pourras dématérialiser l'ensemble de tes cellules en même temps et les matérialiser à l'endroit que je t'indiquerai. Demande à ton esprit de se souvenir exclusivement de cette force pour le moment. Si tu fais confiance à la Connaissance, le pull n'opposera aucune résistance.

— Comment je l'active ? demande-t-elle d'une voix inquiète.

Un sourire s'étire sur la bouche d'Antoine, qui lui répond :

— Tu verras, c'est comme respirer, c'est évident.

Il laisse un blanc s'installer, lui caressant la joue du pouce.

— On va se rematérialiser sur la place de l'École-Militaire, à l'endroit exact où l'on se tenait tout à l'heure. Visualise précisément ce lieu et demande à ton esprit d'y envoyer ton enveloppe charnelle. Est-ce que tu te sens prête ?

— Non... Mais on va faire comme si..., soupire-t-elle.

Avec tristesse, Lilu s'arrête quelques secondes pour observer une dernière fois son appartement, s'évertuant à mémoriser chaque recoin de la pièce. Puis, dès qu'elle se sent enfin prête, elle prend une profonde inspiration, ferme les yeux et visualise la place de l'École-Militaire.

Elle se concentre alors sur la force indiquée et les mots « Dématérialisation des Cellules » s'inscrivent dans sa tête. À son grand étonnement, son corps semble savoir naturellement utiliser cette force. À peine a-t-elle fait ce constat que l'étrange sensation de flottement réapparaît, la soulevant de nouveau dans les airs. Dès qu'elle sent son enveloppe entière, elle ouvre les paupières. Aussi surprenant que cela puisse lui paraître, elle a parfaitement réussi à utiliser sa force. Elle est à l'endroit exact où elle se tenait au moment de sa transformation.

Antoine se matérialise d'un coup à ses côtés. Autour d'eux, les trente-six êtres Rayon fissurent toujours le temps. Ils ont tous gardé leur apparence humaine. Cependant, leurs auras brillent intensément.

Lilu n'arrête pas de cligner des paupières, encore déstabilisée par cette dématérialisation. C'est alors que ses yeux lui permettent d'observer une chose inouïe. En sa présence, les énergies des êtres autour d'elle se courbent. Leurs enveloppes charnelles sont restées droites, seules leurs auras lumineuses ont bougé. Pour les remercier, l'aura de Lilu les imite naturellement et se courbe à son tour. Stupéfaite par cette réaction involontaire, Lilu scrute son drapé, essayant de comprendre ce qu'il vient de se passer.

Attendri par l'expression sur son visage, Antoine pose sa main sur son épaule et lui dit :

— Maintenant que nous sommes tous réunis, nous allons partir et utiliser, cette fois, la Migration des Cellules.

En l'entendant, une phrase de Lhu lui revient en mémoire, comme un boomerang.

— Il faut qu'on attende un peu, dit-elle d'une voix précipitée en se tournant vers Antoine, qui s'éloigne déjà vers les autres êtres Espace. Je dois faire une dernière chose. C'est très important !

— Lilu, nous n'avons plus le temps, déclare-t-il avec sérieux. L'éclipse est une alliée, mais aussi un danger. C'est pour cela que ton départ de Terre doit se faire d'urgence, afin que la Destruction et les affrontements qui la suivent n'atteignent pas les humains. Nous devons détourner leur trajectoire en changeant de lieu ! Et...

Chapitre VI

Soudain, une violente bourrasque balaye la place de l'École-Militaire, interrompant la conversation entre Lilu et Antoine. Déstabilisés par la puissance de l'air, les êtres Espace cessent aussitôt de Fissurer le Temps. La foule, agglutinée à l'entrée de l'avenue de La Bourdonnais, est alors brutalement projetée au sol.

Un vent de panique s'empare des humains, qui ont repris leurs esprits et s'enfuient à toute allure. Au milieu des cris de panique et des aboiements assourdissants, Lilu regarde autour d'elle, le cœur battant. Entre la poussière et l'agitation, ses yeux tombent sur une femme, allongée, à moitié piétinée. Sans réfléchir, elle se précipite vers elle pour l'aider à se relever. Mais malgré ses efforts, la femme reste à terre, semblant collée au béton. Effarée, elle réalise que l'inconnue est emprisonnée dans un amas de liquide d'une couleur sinistre, qui s'est asséché et s'est transformé en une sorte de boue rigide imperméable. Elle lève la tête pour demander de l'aide, mais s'arrête net. Toutes les personnes et les animaux qui ont été projetés au sol n'ont pas eu le temps de se relever et tentent, eux aussi, de se dégager de ce bourbier. Seuls les êtres Espace, Antoine et elle sont épargnés.

Au centre de l'espace tourbillonnant engendré par la rafale, une silhouette colossale surgit, dépassant en taille et en masse tout humain. S'appuyant sur des ventouses gluantes, ses lamelles souples se contorsionnent à chaque pas, tels des tentacules exécutant une danse macabre. Emprisonné en leur centre, un liquide nébuleux heurte les parois dans un écho assourdissant. Au-dessus de ces lamelles translucides se dressent quatre amas sphériques déformés par des filaments visqueux, cachant des cavités abyssales où se forment d'innombrables cloques, laissant entrevoir une multitude d'épines menaçantes, dressées comme des dards.

En voyant cette créature, le sang de Lilu se fige dans ses veines et une sensation de froid, partant de ses pieds, remonte jusqu'à la pointe de son crâne.

Elle est réelle ! se dit-elle, terrorisée.

À peine a-t-elle pensé cela qu'elle sent une main la tirer en arrière et l'éloigner fermement de la femme au sol. Troublée, Lilu pose ses yeux sur Antoine, qui la met face à lui pour lui faire tourner le dos à la créature.

— C'est un néombre miroir. Porachné ! lui annonce-t-il alors d'une voix étonnamment posée. Il découle du sang d'ombre M.E.S.A.F.E. Eau, donc il réagit pour détruire l'élément Feu.

Désorientée par ces informations, Lilu tourne la tête pour observer par-dessus son épaule la créature abjecte qu'est Porachné. Mais Antoine la force à le regarder de nouveau.

— Écoute-moi ! Les autres et moi n'avons pas de Feu, car nous sommes des êtres Espace, alors il est centré sur toi. Souviens-toi du texte de Lhu, ton Feu s'est concentré dans tes yeux...

— Mais pou..., le coupe-t-elle.

Antoine plaque sa main sur sa bouche, lui faisant « non » de la tête.

— Ne parle pas ! À cause de ta forme humaine, la chaleur de ta voix a aussi concentré le Feu dans ta bouche, et tu pourrais déclencher son mimétisme.

Son mimétisme ?

Un silence de mort s'abat sur la place. Personne n'ose bouger. Pendant d'interminables secondes, rien ne se passe... Mais, d'un coup, un bruit répugnant se fait entendre. Comme si quelque chose de visqueux s'ouvrait avec une extrême lenteur. Lui tournant toujours le dos, Lilu met quelques instants à comprendre que ce son provient des énormes cloques de Porachné. Ces dernières sont en train d'éclater, dévoilant leurs épines aiguisées. En entendant ce bruit, Lilu sent son estomac se soulever. Et elle n'est pas la seule. De nombreux humains, écœurés, sont pris de nausées. Certains poussent des cris d'effroi pendant que d'autres tentent désespérément de se libérer de la boue.

Tout à coup, trois vibrations-explosantes s'échappent et prononcent distinctement des mots, comme si des haut-parleurs les diffusaient sur la place :

« Destruction des êtres Espace ! »
« Destruction des humains ! »
« Destruction de Terre ! »

Les sons matérialisés sont sinistres et le ton, cinglant. Plus personne n'ose faire le moindre geste ou le moindre bruit pour éviter que la créature ne bouge.

— Putain, il a réagi juste avec deux mots..., s'agace Antoine.

Se sentant dépassée par tous ces événements, Lilu sent les larmes lui monter aux yeux.

— Souviens-toi des définitions d'Al Merf ! enchaîne-t-il rapidement. Ces choses sont comme des robots ! Elles ne pensent pas, elles réagissent juste à des actes. Là, c'est à ton Feu. Si la brûlure dans tes yeux revient, Porachné s'attaquera à toi, ou à toute autre forme de chaleur alentour.

À ces mots, Lilu refoule, comme elle peut, ses larmes.

— Tout à l'heure, quand tu t'es énervée, tu as hurlé les noms de Solal, d'Andreï ou le mien, continue Antoine d'une voix précipitée. Dans l'air, tu as laissé des traces de ces mots, il pourra les utiliser contre toi à tout moment. Mais ne l'écoute surtout pas ! dit-il en serrant un peu plus fort ses doigts sur son drapé.

Qu'est-ce que j'ai fait, gémit-elle, vivant un cauchemar éveillé.

Aussitôt, des vibrations-de-destruction envahissent la place de l'École-Militaire.

— Merde, des néombres multiples, souffle Antoine en recevant les vibrations de plein fouet.

En l'entendant, Lilu ne peut s'empêcher de tourner la tête. Dans la pénombre de l'ouverture, seules des mâchoires démesurées, dévoilant des crochets sanguinolents, se font voir. Puis, en un éclair, la totalité de leur tête, sans yeux et prenant la forme d'un petit ovale étiré, émerge totalement. Animées par leurs huit pattes, fusionnant avec leur corps et se terminant par trois énormes harpes ensanglantées, elles bondissent avec fureur sur la place de l'École-Militaire, se figeant aux côtés de Porachné. Face à la vision cauchemardesque de ces nouvelles menaces, Lilu se met à trembler comme une feuille, saisie par l'effroi.

— Les arakhynos découlent du sang d'ombre M.E.S.A.F.E. Sol, lui dit Antoine en pressant ses doigts sur son drapé pour ramener l'attention de Lilu vers lui. Tu dois absolument rester silencieuse, car ils réagissent pour détruire l'élément Eau. Comme il se concentre dans ta bouche, c'est ta voix qui les déclenchera. Surtout, ne parle pas, ne crie pas et évite de penser trop fort...

De penser trop fort ? se répète-t-elle, perdue.

À peine a-t-elle prononcé mentalement ces mots, que les arakhynos projettent des vibrations-de-destruction et s'élancent vers elle, les mâchoires grandes ouvertes. Aussitôt, les êtres Rayon ripostent et s'engagent dans un combat sans merci.

La place de l'École-Militaire se retrouve tout à coup plongée au milieu d'un affrontement bouillonnant. Lilu, qui tourne le dos à la scène, entend des bruits écœurants, des cris, des explosions. Une odeur nauséabonde de chair brûlée se répand, lui soulevant l'estomac. Un hurlement sur sa gauche lui fait tourner la tête, et ses yeux s'arrêtent sur l'un des êtres Espace écrasé par un arakhynos. Le néombre est sur le point de le démembrer quand, soudain, la créature se disloque. Stupéfaite, Lilu tourne un peu plus la tête et tombe sur l'homme bégayant qui lui a parlé juste avant sa transformation. Son attention est déjà portée sur un nouvel arakhynos. À l'aide de ses doigts allongés comme des rayons, il propulse à la vitesse de la lumière la poussière stagnant dans l'air. Cette dernière, devenant une onde irradiante, s'enflamme instantanément. En atteignant le néombre, elle entre dans son enveloppe en le brûlant, puis disloque de l'intérieur les membranes et ses pattes en plusieurs petits morceaux.

La force des Poussières Filantes, souffle Lilu, aussi fascinée que pétrifiée.

Aussitôt, de nouvelles vibrations-de-destruction sortent du passage, et une deuxième vague d'arakhynos apparaît, bien plus importante que la première.

— Ne les regarde pas ! ordonne Antoine en secouant doucement Lilu. Ta peur les multiplie. L'Eau se trouve dans ta bouche, dans ta gorge, mais aussi dans ta poitrine. Tes émotions sont trop fortes. Elles augmentent tes pensées, qui sont à la limite de se matérialiser en ondes...

Horrifiée, Lilu plaque ses doigts sur ses lèvres, faisant gicler de l'eau.

— Regarde-moi, lui dit-il d'une voix plus calme en posant sa main sur sa joue. Les Âmes Lumières ne devraient pas tarder. Ils arrêteront l'affrontement.

Lilu hoche la tête en essayant tant bien que mal de se maîtriser. Sur le côté, un être Rayon lâche un cri de souffrance. Du coin de l'œil, elle aperçoit un grand coup de mâchoire lui tailler le torse. En voyant le sang jaillir, son estomac se retourne. Dans son dos, elle entend d'autres hurlements, des démembrements et des bruits de chair qu'on déchiquette. Terrorisée, elle crispe ses paupières le plus fort possible, priant intérieurement pour que toute cette horreur cesse.

Puis, d'un coup, Antoine la projette au sol et s'élance. Sonnée, elle relève la tête, ouvre les yeux et découvre le charnier qu'est devenue la place de l'École-Militaire... Tous les êtres Espace ont été détruits. Même dans ses pires cauchemars, elle n'aurait jamais imaginé une telle boucherie. Toute tremblante, Lilu rampe sur le dos, tentant de s'éloigner, incapable de détourner les yeux de cette affreuse scène. Elle a envie de sombrer, de s'écrouler. Mais la vision d'un être l'en empêche...

Antoine est maintenant cerné par une trentaine d'arakhynos. Il regarde tout autour de lui, essayant d'évaluer son angle d'attaque. Puis, d'un mouvement vif, il joint les deux mains au niveau de son buste et donne une impulsion de ses doigts entremêlés. Autour de lui, un cylindre de plasma d'un bleu sombre et profond, ondulant légèrement, se forme.

Le Scurê ! souffle Lilu en écarquillant les yeux devant l'anukrato qu'Antoine vient de matérialiser.

Sa pensée déclenche aussitôt les arakhynos, qui se précipitent dans sa direction. Au moment où leurs mâchoires vont l'atteindre, Antoine intervient. Il tourne ses mains de quatre-vingt-dix degrés vers la gauche. Une Vibration-de-Choc en sort et propulse le cylindre autour de lui, brûlant les premiers arakhynos. Immédiatement, ses mains reprennent leur position initiale et un bouclier se reconstitue. Il recommence, en donnant cette fois une impulsion vers la droite. De nouveau, le bouclier se propage en direction des néombres. Il répète ainsi ces gestes, jusqu'à ce que toutes les créatures soient détruites.

Se retrouvant seul, Antoine s'élance vers Porachné et lui envoie une salve de Rayons Cosmiques. Le néombre les reçoit de plein fouet et vacille, mais ses ventouses, fermement accrochées au béton, le retiennent. Instinctivement, il se redresse et fléchit le bas de son corps flasque, appuyant ses crampons sur le ciment. Puis, le centre gaufré d'une de ses lamelles s'ouvre et crache un geyser de liquide nébuleux en direction de l'être Rayon.

Le geyser se heurte au Scurê d'Antoine, qui avait repris sa posture de défense, et commence à le pétrifier, le faisant devenir aussi dur que de la pierre. Lilu souffle, soulagée de voir l'être Rayon maîtriser aussi aisément cet affrontement.

Mais ce soulagement est de courte durée. Une dizaine d'arakhynos, sortant du passage, se ruent déjà sur lui, et, de leurs mâchoires, rompent le bouclier. Alors qu'il est sans défense, d'autres bondissent sur Antoine, le mettant à terre. Leurs crocs plantés dans son corps, ils finissent par le briser intégralement.

Face à la scène cauchemardesque qui se déroule sous ses yeux, Lilu reste tétanisée. Elle ne souhaite qu'une chose : sauver Antoine des mâchoires de ces monstres.

Arrêtez ! hurle-t-elle mentalement, sa bouche close incapable de matérialiser le moindre mot.

Tout à coup, elle sent une compression à l'intérieur de son buste. Sa cage thoracique se rétracte, puis se relâche presque immédiatement. C'est alors qu'une vibration se détache de sa poitrine et, telle une onde sur un étang, se déploie en sphère tout autour. Au moment où elle atteint les arakhynos, ces derniers sont propulsés au loin et se retrouvent à terre, près de Porachné. La rafale souffle aussi les humains. Certains perdent même l'équilibre, les chevilles toujours emprisonnées dans la boue.

Choquée par la puissance de sa vibration, Lilu touche frénétiquement sa poitrine de ses mains tremblantes.

— Une Vibration-de-Choc..., réalise-t-elle.

À peine a-t-elle prononcé ces mots qu'une force invisible la heurte de plein fouet, la faisant tomber à la renverse, et une douleur brûlante se diffuse dans son corps.

Des vibrations-de-destruction ! comprend-elle, la tête sur le béton.

Sonnée et nauséeuse, Lilu se redresse avec difficulté et voit avec effroi les arakhynos bondir vers elle. Paniquée, elle veut s'enfuir.

Mais c'est déjà trop tard. Un néombre, la mâchoire grande ouverte, s'apprête à la démembrer. Dans un réflexe désespéré, elle se protège le visage de ses bras en priant :

Qu'une force s'active...

Chapitre VII

Lilu sent une bourrasque brûlante la balayer et l'éjecter violemment au loin, la faisant rouler sur le béton. Secouée, elle reste quelques secondes étendue sur le sol, haletante. Puis, comme si la mémoire lui revenait d'un coup, elle se retourne d'un mouvement brusque pour faire face aux arakhynos. Mais, à son plus grand soulagement, ils ont tous disparu.

J'ai réussi, souffle-t-elle en décontractant légèrement ses épaules.

Mais un gémissement attire son attention, et son sang se glace dès qu'elle en découvre la source. Antoine est à moitié relevé.

C'est lui qui m'a sauvée, comprend-elle en voyant ses mains jointes au niveau de son buste.

La vision de son corps couvert de plaies béantes déclenche en elle une tristesse si forte qu'elle sent revenir la brûlure dans ses yeux. Lilu, la tête entre ses mains, serre les dents le plus fort possible pour s'empêcher de pousser un cri.

Non ! s'ordonne-t-elle.

En s'entendant hurler, elle regarde immédiatement l'ouverture sombre. Pendant quelques secondes, elle attend, immobile. Mais aucune vibration-de-destruction ne s'échappe du néombre ou du passage. Tremblante, elle prend appui sur le sol et se relève.

Ils sont peut-être tous détruits, s'entend-elle penser en posant ensuite son regard sur Porachné. *Tant que le Feu ne s'activera pas, il ne bougera pas*, suppose-t-elle, la respiration sifflante.

Mais aussitôt, elle se raidit. Quelque chose de froid vient d'entrer dans son buste et remonte maintenant le long de sa colonne vertébrale.

« Aide-moi. » traduit naturellement son esprit.

En entendant ces mots, Lilu se tourne vers Antoine, gisant au sol. Des spasmes le traversent violemment, soulevant son corps. Elle reste un instant pétrifiée, trop choquée pour agir. Mais une nouvelle onde entre dans sa poitrine.

« Aide-moi », répète-t-il encore.

Dans un élan de courage, elle décide de le rejoindre. Pas après pas, anticipant le moindre mouvement de Porachné, elle s'avance vers le corps agonisant de l'être Rayon.

Lorsqu'elle arrive enfin à sa hauteur, elle se baisse lentement. Une mare de sang opaque entoure son enveloppe charnelle, dont la respiration est de plus en plus saccadée.

Dans un geste d'affection, elle pose sa main gracile sur le visage de l'être Rayon. Sa joue est glacée. Cette sensation apeure Lilu, qui presse involontairement ses doigts contre la peau d'Antoine.

— Aide-m... moi...

Entendre sa voix épuisée lui déchire le cœur.

— Aide-moi à... par... part... partir, lui demande-t-il.

Pour elle, cette phrase a le même effet qu'une bombe. Dans sa tête, quelque chose se brise.

Il ne peut pas me demander ça ! se dit-elle, choquée et dévastée à la fois.

Elle se lève brusquement. Sans qu'elle puisse la maîtriser, la colère déferle dans sa poitrine et les mots sortent en flots :

— Tu n'as pas le droit de me demander ça. Je ne peux pas. Je ne peux pas t'aider à te détruire. Non, non, non ! Tu ne peux pas me demander ça ! refuse-t-elle en secouant vigoureusement la tête.

Tout à coup, elle se tait, le bras crispé.

Merde, merde, merde !

Plusieurs vibrations-de-destruction s'échappent maintenant du passage et la heurtent de plein fouet, la faisant chanceler.

Il y en a d'autres, gémit-elle.

Et là, une nouvelle vague d'arakhynos sort de l'ouverture sombre et fond déjà vers elle. Paralysée par la peur, son drapé et son aura recommencent à trembler, et elle sent ses yeux brûler. Sa vue se brouille et la place de l'École-Militaire se fond soudain en un tourbillon de couleurs indéfinissables.

Je n'y arriverai pas...

À cet instant, le corps toujours soulevé par des spasmes, Antoine lève son bras dans un ultime effort, et abat sa main le plus violemment possible sur le béton. Une secousse fait trembler la place et se répand jusqu'aux néombres. Ces derniers, qui s'apprêtaient à bondir sur Lilu, se disloquent instantanément.

Terrifiée, elle regarde tour à tour Antoine et le passage, ignorant le moment où d'autres arakhynos passeront à l'attaque. Mais rien ne se passe.

Soudain, trois ondes-de-demande entrent dans son buste et remontent jusqu'à son crâne :

« Tu dois m'aider à partir. »

« Je ne peux pas le faire, car je dois reprendre ma véritable apparence pour ça. »

« Et ça mettrait tous les humains en danger. »

Lilu sent un frisson glacé la parcourir. À travers les ondes, la souffrance d'Antoine n'existe pas. Seule sa voix claire, équanime, chaude et sépulcrale résonne.

L'idée de le détruire lui donne envie de vomir. Dévastée, elle plonge son regard dans le sien, cherchant une échappatoire quelconque.

Ils ne le détruiront pas, comprend-elle alors avec effroi. *Il n'est pas Eau...*

Aussitôt, ses yeux se remplissent de larmes. Elle prend une grande inspiration et relève la tête pour les empêcher de couler. Si une larme entre en contact avec le béton, elle entraînera une réaction de la part des néombres encore regroupés dans le passage.

Alors, dans un effort considérable, elle se force à s'agenouiller à côté de l'être Rayon, résignée à accéder à sa demande.

Quelle force peut m'aider à détruire un être Espace ? s'interroge-t-elle.

Presque instantanément, une boule de chaleur se loge dans la paume de sa main. Son esprit a naturellement répondu à sa question en activant une force que Lhu avait ramenée à sa mémoire.

La Combustion des Gaz d'une Étoile !

Et, pour éviter de changer d'avis, Lilu pose sa main sur le buste d'Antoine d'un geste rapide. Là, une douce chaleur se dégage de ses doigts et se diffuse dans la poitrine de l'être Rayon. En quelques secondes, l'air contenu dans son corps se consume. Et, dans un ultime tremblement, le souffle de vie s'échappe de l'enveloppe charnelle d'Antoine.

Chapitre VIII

Les secondes semblent s'écouler au ralenti. Lilu tient fermement la poitrine froide et asséchée d'Antoine. Elle sent un liquide chaud, d'un gris plus étincelant que l'argent, descendre le long de son nez et lui brouiller la vue. Il est plus opaque que les larmes, plus épais que le sang… Elle est affligée par sa destruction, ainsi que par celle des autres êtres Espace. Elle se retrouve seule, dans une enveloppe charnelle qu'elle ne connaît pas, à devoir contrôler une énergie d'une puissance phénoménale. Toute cette situation la dépasse complètement.

Soudain, un bruit assourdissant transperce l'air. Lilu relève aussitôt la tête et découvre plusieurs hélicoptères volant au-dessus de la place.

— Ne vous en mêlez pas ! crie-t-elle, comprenant que la situation est en train de dégénérer.

Mais, ne pouvant l'entendre, les militaires tirent des rafales sur le néombre. Lilu baisse le regard sur Porachné et constate avec effroi que les balles n'ont aucun effet sur lui.

En réaction au Feu provoqué par les projectiles, Porachné envoie un geyser de son liquide nébuleux vers le ciel. Un grand bruit résonne et, sous les yeux effarés de Lilu, l'un des hélicoptères commence à tomber. La queue de l'appareil a été touchée, et le pilote n'a aucun moyen de dévier la machine, qui entame alors sa chute. Des hurlements de panique envahissent la place de l'École-Militaire. Les humains et les animaux emprisonnés tentent désespérément de se libérer de la masse sèche. Mais en vain.

— Arrête de tomber ! hurle-t-elle, affolée.

Instinctivement, cette phrase enclenche sa force de Manipulation des Particules. Comme possédée, sa main droite se tend seule vers l'appareil en chute libre et, à l'intérieur de sa paume, les particules de l'hélicoptère se condensent. Mais pas seulement. Celles des militaires, des objets en métal, de l'électronique, des batteries et du feu qui consume l'arrière de l'appareil aussi. La force arrête celui-ci à environ deux mètres du sol. Mais Lilu n'a pas le temps de relâcher la pression. Plusieurs vibrations-de-destruction la heurtent déjà violemment, l'ébranlant.

Aussitôt, elle tourne la tête et découvre une nouvelle vague d'arakhynos sortant du portail, la mâchoire grande ouverte.

C'est pas vrai, ils se multiplient encore..., réalise-t-elle.

Sentant son bras s'alourdir, elle reporte son attention sur les militaires étourdis et leur ordonne d'une voix forte :

— Sautez !

Sans attendre, les hommes et les femmes se jettent hors de l'hélicoptère, tombant sur la foule embourbée. À peine le dernier militaire est-il sorti de l'appareil que Lilu lance son bras en direction des néombres, projetant l'engin vers eux. Aussitôt, des hurlements stridents fendent l'air. Avec effarement, Lilu voit les cinq militaires, toujours connectés à sa force, être propulsés en même temps que l'appareil.

En un mouvement, elle brise le lien qui les associait à sa main droite et les rattache à sa main gauche, les arrêtant en plein vol. L'hélicoptère, lui, continue sa route et vient s'écraser lourdement sur les arakhynos, qui s'élançaient déjà vers elle. Dans une puissante explosion, tous les néombres présents sur la place sont réduits en cendres. Seul Porachné, vacillant sur ses crampons, survit à la déflagration.

Lilu a réussi. En un instant, l'adrénaline retombe et une vive douleur transperce son épaule droite. Une longue barre de métal, projetée par l'explosion, est plantée profondément dans sa chair. Instinctivement, elle la retire à l'aide de sa main droite. Étonnamment, aucune goutte de sang ne coule. Là, sa peau se met à chatoyer, puis la plaie cicatrise comme par enchantement, les chairs se ressoudant parfaitement. Seul son pull reste troué, son drapé s'étant naturellement refermé là où il avait été déchiré.

La Régénération des Cellules, se dit-elle stupéfaite. *Merci, Lhu.*

Des gémissements attirent alors son attention. Elle lève les yeux et tombe sur les cinq humains flottant dans les airs, toujours connectés à sa force. L'un d'entre eux saigne abondamment, un morceau de métal perforant son bas-ventre. Une autre frappe son uniforme, essayant d'éteindre un début de flamme. Sans attendre, Lilu baisse son bras afin de les déposer à terre et de les délivrer. Mais à peine a-t-elle commencé ce mouvement qu'un geyser nébuleux les entoure totalement.

À cet instant, Lilu n'arrive plus à respirer, son visage est déformé par la terreur. Ses yeux sont braqués sur l'espace vide où se tenaient les militaires quelques secondes avant leur disparition. Les textes de Lhu racontaient les dégâts provoqués par les destructions inutiles des sangs d'ombre et des néombres. Mais la réalité est bien pire ! À présent, elle prend conscience que chaque action, chaque pensée, chaque émotion peut entraîner une réaction. Le moindre mouvement peut conduire à la mort d'un être...

Je ne vais pas m'en sortir...

Paniquée, elle se retourne pour s'enfuir. Mais son regard s'arrête sur les humains, prisonniers de la boue. Ces derniers sont encore plus effrayés qu'elle. En les voyant là, à la merci du néombre, la brûlure dans ses yeux réapparaît, lui faisant pousser un hurlement de douleur.

Dans son dos, elle entend une détonation assourdissante, suivie d'un bourdonnement. Avec une rapidité qu'elle ignorait posséder, elle s'écarte d'un bond et tombe en arrière, se retrouvant étalée sur le béton froid. Livide, elle se rend compte qu'elle a évité de justesse une nouvelle attaque de Porachné. Mais l'expression de son visage change d'un coup, et elle fait volte-face, découvrant que la boue qu'elle vient d'esquiver étouffe maintenant les humains qui se tenaient derrière elle. Leurs cris de panique suffocants se mêlent au sifflement du vent.

En voyant ce nouveau massacre, une colère noire s'empare d'elle. Se ressaisissant, elle se lève d'un bond, déterminée à affronter les néombres. Refusant de céder à la peur, elle canalise cette colère, la laissant grandir en elle et l'envahir, puisant dans cette émotion pour acquérir une plus grande puissance.

Quelle force peut détruire les arakhynos ? se demande-t-elle alors.

Sentant son énergie s'accroître, de nouvelles vibrations-de-destruction la heurtent, et presque aussitôt une vague d'arakhynos, encore plus menaçante, émerge. À une vitesse folle, ils se précipitent dans sa direction, la mâchoire grande ouverte, les crochets sanguinolents en avant, prêts à la démembrer.

En une fraction de seconde, un puissant souffle lui traverse le corps. Une de ses forces augmentées se charge en énergie et s'active alors naturellement au centre de sa poitrine. En un éclair, son bras droit se lève vers les néombres, et une légère impulsion fait onduler ses mains. Immobilisés en plein élan, les arakhynos sont projetés brutalement dans les airs. Elle sent une étrange chaleur dans ses doigts et prend rapidement conscience que son anukrato[1] de Possession des Particules vient de s'enclencher. À son grand soulagement, elle le maîtrise parfaitement, ressentant l'ensemble des particules composant ses adversaires. Suspendus à quelques mètres du sol, ces derniers tentent de se défaire de son emprise, cherchant à briser les chaînes invisibles qui les dominent. Durant un court instant, elle les observe, laissant sa colère l'envahir un peu plus.

1. Voir la définition dans le glossaire en fin d'ouvrage.

Brusquement, elle referme son poing, si intensément que ses ongles s'enfoncent dans sa chair, qui devient aussi moelleuse que du coton. Dès cet instant, l'anukrato se concentre au cœur de sa paume, rassemblant toutes les particules connectées aux arakhynos. Soudain, les néombres multiples se rétrécissent sur eux-mêmes. Leurs mâchoires et leurs pattes se replient. Leurs ovales fusionnent. Et en quelques secondes, ils finissent par former une sphère parfaitement lisse.

Dès qu'elle sent que les particules sont devenues complètement globeuses, Lilu relâche toute la pression contenue dans sa main. Ses doigts se décontractent et s'écartent. Et, subitement, les arakhynos explosent dans une puissante vibration, se détruisant totalement.

Un picotement désagréable parcourt sa main. Son bras droit s'engourdit. Sa tête la lance, floutant sa vision. Son énergie, dominée par les émotions fortes, s'est condensée durant quelques instants, et le contrecoup s'annonce violent. Mais malgré le choc subi par son corps, elle ne peut s'arrêter.

Tout étourdie de douleur, elle se retient de gémir ou de crier pour ne pas provoquer une nouvelle arrivée d'arakhynos. Elle doit rapidement saisir la chance qui lui est offerte… Porachné est seul !

Pour ne pas sombrer, elle pose son regard sur la créature cauchemardesque et, comme elle l'a fait pour les arakhynos, sonde son esprit :

Quelle force peut détruire Porachné ?

Cette fois, une force plus facile à maîtriser apparaît. La Coagulation des Fluides ! Aussitôt, son bras gauche se contracte le long de son corps. Sur son avant-bras, une pique solide prend forme. Elle est du même gris que celui qui coulait de son nez quelques instants auparavant. L'arme s'allonge, prenant l'apparence d'un javelot d'un blanc cristallin. Lorsqu'elle est suffisamment longue, Lilu la projette de toutes ses forces en direction du néombre. La pique se décroche et fend l'air comme un fouet.

Mais au même moment, une des cloques de Porachné éclate et une vibration-explosante résonne au-delà de la place :

« SOLAL ! »

En entendant ce prénom, Lilu stoppe net la lance, qui a déjà commencé à transpercer la membrane du néombre. Un liquide nébuleux coule hors de son enveloppe flasque. En dessous, le sol se dessèche, prenant un aspect boueux. Curieusement, l'arme n'est pas affectée par le fluide de Porachné. Elle reste suspendue dans les airs, toujours connectée à l'esprit de Lilu.

Mais la matérialisation de ce prénom l'a pétrifiée, muselant son esprit. La colère l'a aidée à détruire les néombres. Cependant, la peur a l'effet contraire... Elle la paralyse. Elle ignore si Solal va bien, et aucune réponse ne vient la soulager. La crainte lui fait perdre pied. Elle sent le pull s'activer et aspirer de nouveau ses forces. Ses membres s'alourdissent et son bras cède, pendant mollement contre son drapé. La pique disparaît, le liquide du néombre cesse de se répandre et la membrane se referme.

Libéré, Porachné relâche une nouvelle vibration-explosante :

« Destruction des humains pour destruction Création ! »

En entendant ces mots, toutes les personnes autour d'elle perdent la raison et essayent de se sauver. En vain. Totalement dépassée par la situation, Lilu ne sait plus comment agir.

Ça va être un massacre..., comprend-elle, défaite.

C'est alors qu'une grande vibration se propage sur l'ensemble de la place de l'École-Militaire et se matérialise en un son perçant. Porachné s'immobilise, comme si une corde invisible l'avait ligoté et bloquait le moindre de ses mouvements. L'atmosphère prend subitement un arrière-goût métallique, donnant l'impression que l'air s'est transformé en une barre de fer. Le bruit finit par matérialiser des mots, et une voix profonde s'exclame, sur un ton ironique :

— Nous aussi, nous avons envie de détruire !

Chapitre IX

Les yeux écarquillés, Lilu fixe maintenant une imposante silhouette verticale, plus grande et plus large que les humains.

Lui ? s'étonne-t-elle en reconnaissant la membrane monumentale tissée de fils d'or gris.

— Tu te souviens de moi ? s'amuse Matles en faisant s'entrechoquer les piques fines argentées de sa bouche.

Lilu acquiesce timidement, impressionnée par sa taille colossale. Elle réalise que les larges crevasses sur son corps sont plus nombreuses que dans ses souvenirs d'enfance. En l'examinant attentivement, elle remarque que les longues et épaisses barres cylindriques en étain sont désormais visibles sous sa membrane creusée. Elle constate également que certains des petits barreaux cannelés en mercure semblent avoir disparu.

— Oh ! Mais tu portes mon paramière, s'exclame-t-il en riant, la tirant de sa contemplation. Tu n'entendras donc pas la Connaissance te parler de ta plus belle création !

Le voyant rouler jusqu'à elle à l'aide des roues en cuivre situées sous son corps, elle se raidit, ignorant ses intentions.

— Excuse-moi pour l'attente, continue-t-il, mais nous étions occupés avec d'autres néombres…

Presque aussitôt, la réalité revient la frapper. Alors qu'elle se tourne vers Porachné, toujours immobile, l'être Métal éclate de rire.

— Laisse-le ! Il ne bougera pas tant que tu ne l'attaqueras pas. J'ai orienté ses réactions sur moi. En tant qu'être Sol, il ne peut pas me détruire.

Matles tend l'une de ses imposantes barres torsadées en argent vers Porachné en précisant :

— Évite juste d'avoir peur, ça pourrait réactiver ses réactions et provoquer de nouveaux dégâts. En tout cas, plus qu'il n'y en a déjà.

Pendant qu'il parle, l'être Métal lance un objet de forme ellipsoïdale sur le béton.

— Il s'agit d'un onitru[1], indique-t-il, très pratique pour se déplacer d'agoïatre en agoïatre.

Lilu fixe cet objet énigmatique pendant que Matles l'active en faisant claquer deux de ses petits barreaux cannelés. L'onitru se met aussitôt à tournoyer sur lui-même, donnant à l'air au-dessus de lui une teinte légèrement bleutée. Après quelques instants, il se comprime et forme une ouverture ovale. Les particules s'électromagnétisent et s'élargissent, fusionnant finalement avec le béton. Soudain, elles se déchargent, créant une faille. La teinte bleutée s'estompe progressivement, dévoilant un passage.

— Voici l'agoïatre Ulipane ! lui indique Matles en faisant tourner ses six yeux en forme de cubes posés au sommet de son corps. Un être de la branche Nuage, Irfoa, l'a remplie d'un brouillard d'advection pour que les êtres de là-bas ne voient pas Terre.

Intriguée, Lilu observe la masse nuageuse blanche et tressaille en remarquant des mouvements à l'intérieur. Des silhouettes se dessinent alors dans l'ouverture de l'onitru.

— Ce sont les autres qui arrivent ! la prévient Matles. Ils ont eu la drôle d'envie de ressembler à des humains. Quelle idée !

À peine a-t-il fini sa phrase que deux êtres surgissent et se placent à côté d'elle. La peau de l'un est d'un bleu cristallin presque transparent et émet une lueur éthérée, tandis que celle de l'autre est d'un vert similaire à celui du bambou. Lilu les observe avec curiosité, sans arriver à les identifier.

— Vous n'êtes que deux ? s'étonne Matles en faisant encore une fois tourbillonner ses yeux. Où sont Astella, Rhyniza, Anlore,

1. Voir la définition dans le glossaire en fin d'ouvrage.

Puphulas, Luasmi et Taos ? Nous avons besoin d'eux ici. Et où sont passés Casiteg et Vestagu ?

— Ils sont toujours occupés avec les néombres, répond l'être à la peau cristalline.

Sa voix abyssale, semblable au son d'un océan calme et profond, surprend Lilu.

— Vous n'avez pas encore fini de les détruire ? rétorque Matles dans un fort rire métallique. Je vous avais prévenu que prendre une apparence humaine vous affaiblirait !

— Tu sais parfaitement pourquoi nous avons fait ça ! répond l'autre être avec rigueur. Samoletya est là, c'est le principal.

Sam ! s'exclame Lilu en faisant le rapprochement.

À peine a-t-elle pensé cela que des vibrations-de-destruction résonnent. Sonnée, elle se bouche les oreilles pour atténuer le bruit assourdissant.

— Ah, les voilà ! rit Matles, faisant claquer plusieurs de ses petits barreaux cannelés entre eux. Samoletya, retire-lui le paramière pendant que je m'occupe des arakhynos.

Terrifiée, Lilu lève la tête, mais son regard s'arrête sur un immense mur de tiges qui s'est dressé devant elle, bloquant sa vision des néombres. À côté de celui-ci se tient l'être vert, les bras écartés en croix.

— Phylaton te protège. Il va aussi protéger les humains, la rassure Samoletya en s'avançant vers elle.

Phylaton, c'est Phyphy ! réalise-t-elle.

D'un geste sûr, ce dernier déploie une autre barrière de Plantes Protectrices autour des humains, contraignant les arakhynos à focaliser leur attention sur Matles, désormais hors du champ de vision de Lilu. Aussitôt, des bruits de déchirure et de métal se font entendre derrière le bouclier végétal.

Il n'est pas Esprit, réalise-t-elle, affolée. *Il va se faire tuer...*

— Ne t'inquiète pas pour lui, dit Samoletya en voyant l'expression sur son visage. Il sait parfaitement détruire les néombres de tout élément. Je vais t'ôter le paramière pour libérer tes énergies et te permettre de détruire Porachné, ajoute-t-il en avançant vers elle, les mains en avant.

Malgré la confusion qui embrouille son esprit, Lilu décide néanmoins de le laisser s'approcher. Avec précaution, il retire le pull qui la recouvre et le lance au loin. À la vue du vêtement jeté comme un vulgaire chiffon, son cœur se serre. Dans un réflexe, elle fait un pas en direction du pull, mais la main de l'être Eau l'arrête.

Sans un mot, il se tourne ensuite vers Phylaton, et l'air entre eux se met à onduler. Instantanément, la barrière de Plantes Protectrices disparaît. Lilu retient son souffle, craignant de voir Matles pris au piège des néombres. Mais à son grand soulagement, il semble parfaitement maîtriser l'affrontement, détruisant les arakhynos un par un avec une aisance déconcertante.

Grâce à l'une de ses longues barres torsadées, il lance d'étranges billes sur le béton. Celles-ci pénètrent les néombres, les immobilisent, avant de fusionner leurs ovales et de causer leur destruction complète. Lilu reste sans voix, essayant de comprendre comment ces mystérieuses billes réussissent à reproduire l'anukrato qu'elle avait elle-même utilisé quelques minutes auparavant.

— Mon invention a copié la Possession des Particules grâce aux résidus de ta force augmentée qui stagnaient dans l'air, s'amuse Matles en voyant ses yeux écarquillés. Ingénieux, n'est-ce pas ?!

Lilu acquiesce d'un hochement de tête, à la fois fascinée et déroutée.

— J'ai encore des réserves de libopes[1], dit-il en envoyant une nouvelle salve de billes. Je vais m'occuper des arakhynos, mais je te laisse Porachné.

Se sentant en confiance, Lilu pose de nouveau son regard sur le néombre et repose aussitôt la question.

Quelle force peut détruire Porachné ?

À sa grande surprise, ce n'est pas la même force qui s'active, mais l'anukrato de Liquéfaction des Minéraux qui se concentre désormais dans sa main gauche. Sans réfléchir, Lilu la tend vers Porachné. Et à peine a-t-elle tourné sa paume vers le goudron que sa peau commence à la picoter.

---

1. Voir la définition dans le glossaire en fin d'ouvrage.

En un instant, des dizaines de piques de béton s'allongent sous les ventouses de la créature, s'élèvent du sol comme des stalagmites, et se mettent à la transpercer. Le liquide nébuleux coule à flots, mais le béton absorbe chaque goutte. Puis, d'un coup sec, Lilu tourne sa paume vers le ciel et les piques se figent, certaines restant suspendues, d'autres perforant l'enveloppe de Porachné. La membrane du néombre se referme dessus sans pouvoir les pétrifier ou les dissoudre. Lilu agite alors rapidement ses doigts, faisant trembler toutes les pointes en même temps, créant des centaines de petites Vibrations-de-Choc. Peu à peu, la membrane de Porachné se désintègre, jusqu'à ce qu'il ne reste qu'une masse desséchée flottant dans les airs. D'un coup, Lilu projette son bras vers l'arrière, au-dessus de sa tête, faisant ainsi exploser les derniers résidus du néombre.

Elle reste figée, les yeux braqués sur l'espace vide où se tenait un instant plus tôt le néombre miroir. Une vague de fatigue et de confusion l'envahit. Elle sent son corps relâcher la pression. Mais tous ses muscles se crispent lorsqu'elle entend des cris de panique. Elle lève la tête et découvre avec horreur une vague d'arakhynos détruisant les plantes protectrices qui entouraient les humains encore embourbés. À ses côtés, Phylaton tente de reconstruire la barrière, mais les néombres sont trop nombreux.

Le voyant dépassé, Lilu tend directement la main vers les arakhynos, espérant invoquer la Possession de Particules pour les neutraliser. Mais, malgré ses efforts, rien ne se produit.

— Il ne va pas falloir traîner, dit Matles comme s'il s'adressait à quelqu'un.

À peine a-t-il fini sa phrase que trois formes se matérialisent devant l'ouverture. Étrangement, les néombres s'immobilisent, arrêtant net leurs destructions.

Troublée, Lilu regarde fixement les nouveaux êtres. Deux d'entre eux lui ressemblent physiquement. L'un est d'une blancheur éclatante, tandis que l'autre est d'une noirceur intense.

Le troisième être se distingue avec sa peau combinant harmonieusement le bleu et le rose.

— Voici les deux êtres Ethsel, Vestagu et Casiteg, ainsi que Taos, un être Esprit, lance Matles en les désignant à l'aide de ses barres torsadées.

En reconnaissant Casiteg et Vestagu, Lilu se sent rassurée. Mais sa tranquillité est de courte durée. Une douleur intense la traverse de bas en haut, et un hurlement retentissant s'échappe de sa bouche.

— La Connaissance ! indique Samoletya aux autres. Sans le pull, elle se déchaîne.

Lilu, suffocante, entrevoit du coin de l'œil Phylaton créer des tresses de tiges mouvantes pour lui remettre le pull crème. Dès que le tissu effleure sa peau, son corps se raidit instinctivement, et une puissante Vibrations-de-Choc émane de son dos, repoussant violemment le vêtement et détruisant les tresses en un instant. Ses pupilles s'embrasent de nouveau, et sans qu'elle puisse le contrôler, son bras se tend vers le pull. Elle sent alors le bout de ses doigts se consumer, quand, soudain, le vêtement s'enflamme.

— Nous nous occupons de Lilu, dit Samoletya en voyant Taos s'approcher d'elle.

L'être Esprit s'arrête net et se retourne vers Casiteg :

— Je m'occupe des néombres sur Terre. Je te laisse les autres.

Toujours positionné devant le portail, l'être à la peau éclatante acquiesce.

Taos agit rapidement et envoie un Champ Magnétique Répulsif, repoussant les arakhynos. Mais les néombres se relèvent aussitôt et bondissent de nouveau vers les humains pour les démembrer. Taos s'interpose alors, les détruisant un à un.

De son côté, Lilu ne peut détacher ses yeux embrasés des flammes qui dévorent le pull. Les fils de paramière résistent, alimentant le feu qui ne cesse de croître, sous les regards terrifiés des humains prisonniers de la boue.

Pourquoi j'ai fait ça ? gémit-elle devant l'horreur qu'elle a provoquée.

Dans son dos, un rire métallique retentit, et Matles roule jusqu'au brasier. Fasciné, il observe le paramière qui se débat contre les flammes.

— Pourquoi cette attente ? lui demande Phylaton avec mécontentement.

Dans un éclat de rire grinçant, Matles l'ignore et observe cette jouissante lutte encore quelques secondes, avant de laisser tomber un nouvel onitru, qui s'ouvre aussitôt sur un lieu inconnu. À peine ce nouveau portail est-il matérialisé que des flammes de lave s'en échappent et soufflent un air vicié et étouffant sur la place de l'École-Militaire.

— Détruisez-moi ça ! leur ordonne Matles.

Comme si elles lui obéissaient, les flammes s'enroulent autour du pull tels des serpents. Le vêtement résiste et se tord dans tous les sens.

— Ne laisse pas Lilu ressentir cette destruction ! déclare Samoletya en direction de Matles.

Ce dernier s'esclaffe de nouveau et fait claquer une paire de ses barreaux cannelés entre eux, à deux reprises. Aussitôt, l'onitru tournoie et disparaît en aspirant les flammes et le pull dans un étrange bourdonnement semblable à celui d'une ruche en pleine activité. À présent, la place n'est plus menacée par le paramière ni par les néombres... Taos a détruit à lui seul tous les arakhynos qui avaient envahi la place.

— Tu vois, Matles, même en ayant une apparence humaine, il est possible de détruire les néombres ! provoque-t-il l'être Métal.

— Un être Esprit qui détruit du Sol, c'est toujours plus simple, lui répond ce dernier dans un rire aigre. Voyons voir comment Casiteg terminera cet affrontement.

Lilu, toujours à terre, reporte son attention sur Vestagu et Casiteg. Malgré l'agitation, les néombres de l'autre côté de l'ouverture n'ont pas bougé, leurs réactions fixées sur les êtres Ethsel.

D'un mouvement, Casiteg propulse une Vague Déferlante dans le passage pour attirer les arakhynos hors de celui-ci. Un long silence s'installe, puis des vibrations-de-destruction éclatent soudainement. Étourdie par la puissance des sons, Lilu se replie sur le sol, les doigts crispés sur ses oreilles. En revanche, Casiteg semble imperturbable et lève ses mains étincelantes de part et d'autre de son corps. En un instant, celles-ci s'illuminent et se parsèment d'éclairs. Son énergie se charge le plus longtemps possible, se préparant à l'assaut des néombres.

Les arakhynos surgissent du portail en trombe, se précipitant vers lui. Arrivés à sa hauteur, plusieurs font un bond pour le renverser. C'est à ce moment précis que Casiteg fait claquer ses mains, libérant une puissante Vibrations-de-Choc qui se propage en demi-cercle, terrassant toutes les créatures sur son passage. Lorsqu'elle atteint l'ouverture, la vibration continue à l'intérieur, détruisant tous les assaillants qui s'apprêtaient encore à envahir la Terre. L'affrontement est enfin terminé, laissant un trou sombre et vide.

Sans un mot, Casiteg inspire profondément et se connecte à Vestagu pour se ressourcer. Il reste immobile pendant de longues secondes, jusqu'à se sentir suffisamment renforcé. Puis il lève les mains au niveau de son buste, fléchit le bas de son corps et rapproche lentement ses bras l'un de l'autre. Sa force de Neutralisation d'un Passage Cosmique enclenchée, il referme progressivement le trou. Au moment où ses paumes se touchent, le portail disparaît entièrement, laissant réapparaître l'avenue de La Bourdonnais dans son intégralité.

Pendant ce temps, Vestagu effectue de petits mouvements circulaires avec son poignet, et sa force des Fentes Cosmiques s'active. Les restes des corps des êtres Espace démembrés, d'Antoine et des arakhynos électrocutés ou disloqués s'évanouissent dans des interstices sombres. Rien ne subsiste. Toute trace de l'affrontement a maintenant disparu.

CHAPITRE X

Sur la place de l'École-Militaire, un silence pesant s'est installé, encore imprégné de peur. Tous les humains et autres êtres vivants sont en état de choc. Toujours allongée sur le béton, Lilu sent leurs angoisses et leurs pensées l'assaillir de toutes parts. Comme si son esprit voulait la protéger, elle s'enfonce peu à peu dans un état second, se déconnectant progressivement de la réalité.

C'est alors qu'une étrange sensation fourmille le long de son corps. Ses yeux entrouverts aperçoivent alors son trench et ses bagues réapparaître comme par magie. Seule son aura brille encore d'une intense chaleur.

Un peu plus loin, elle perçoit du mouvement et voit une forme blanche s'avancer vers elle. Arrivé à sa hauteur, Casiteg se baisse et pose sa main près de son visage, évitant soigneusement de la toucher.

— Lilu, ressaisis-toi et attrape ma main pour éviter que ton esprit ne sombre, lui dit-il tendrement. Je t'ai rendu ton apparence humaine pour t'aider.

Il parle d'une voix immaculée et crémeuse. Celle qui parvient aux oreilles comme une douce brise à la surface de l'eau. Celle qu'il est facile d'écouter et qui prodigue toujours de bons conseils. Pourtant, à cet instant, Lilu est incapable de suivre ses conseils. Son esprit n'a aucune emprise sur son corps. Elle essaye tant bien que mal de lever les doigts vers lui, mais ces derniers semblent inertes.

— Il faut que cela vienne de toi, continue Casiteg, approchant un peu plus sa main. Ton enveloppe charnelle doit comprendre que ton esprit la contrôle, qu'ils ne font qu'un !

Lilu veut gémir, mais sa voix se perd dans sa gorge.

— Si tu n'arrives pas à bouger, alors essaye de poser ton regard dans le mien, insiste-t-il avec une extrême douceur.

Elle tente de se faire violence par tous les moyens, mais rien ne se passe. Son corps refuse obstinément de bouger, même son regard reste figé.

De son côté, Vestagu s'agite, sachant pertinemment qu'ils doivent quitter Terre le plus rapidement possible. Perdant patience, il s'apprête à s'avancer vers elle, mais s'arrête net. Dans un effort surhumain, Lilu a enfin réussi à lever la tête vers Casiteg.

Dès qu'elle plonge son regard dans les yeux noirs de l'être Ethsel, une énergie nouvelle s'insinue dans son corps et l'inonde totalement. La tête lourde, elle prend appui sur le béton et s'assoit.

— Grâce à mon anukrato de Possession de l'Esprit, je me suis infiltré dans le tien et je contrôle les données qu'il reçoit, lui explique-t-il alors. Ainsi, tu auras un peu de répit.

Il tend sa main vers Lilu, qui l'attrape docilement, et l'aide à se relever. Pendant plusieurs secondes, elle reste statique, le regard dans le vide, avant de réussir à retrouver l'usage de la parole.

— Mais, comment ? lui demande-t-elle, la bouche pâteuse.

Elle pose ses doigts sur sa gorge, confuse. Sa voix est toujours celle de Lilu. Seule son enveloppe charnelle est redevenue Lola.

— Tu l'as oublié, mais je suis un être Ethsel, tout comme Vestagu, lui répond-il en désignant l'autre être, qui se tient à présent près de lui. Nous sommes les deux seuls êtres de la Grande Source créés à partir de l'ethsel concentré. Tu nous as créés après le déséquilibre, spécialement pour toi, afin que nous t'aidions. C'est pour cela que j'arrive à maîtriser ton esprit. Tu réapprendras à nous connaître avec le temps, tu n'as pas besoin d'en savoir plus pour l'instant.

Lilu acquiesce d'un léger signe de tête et se tourne vers Vestagu, qui affiche un air sévère, ses grands yeux d'un blanc éclatant fixés sur elle. Elle détourne rapidement le regard, mal à l'aise.

— C'est bon, je sens que ton corps et ton esprit sont enfin équilibrés, lui indique Casiteg. Nous allons pouvoir te rendre ta véritable enveloppe charnelle. Il est préférable de le faire tant que tu es sur Terre, car plus tard, le choc serait trop brutal.

Il adresse alors un signe à Vestagu, qui se place juste en face de Lilu. Elle les observe avec inquiétude.

— Je ne serai plus jamais Lola ?

— Je suis désolé, mais tu dois laisser la vie de Lola ici. Tu le sais, au fond de toi, souligne Casiteg. Tu dois nous faire confiance. Tu avais bien confiance en Casi et en Sta... Et c'est nous, Lilu.

Comme pour Matles, ses souvenirs d'enfance étaient incomplets. Bien que leurs corps soient différents, les couleurs sont restées exactement les mêmes. Leurs membranes, d'un blanc éclatant pour Casiteg et d'un noir intense pour Vestagu, recouvrent leurs enveloppes charnelles. Le drapé qui les enveloppe est similaire, celui de Vestagu dans un blanc étincelant rappelant les yeux de Lilu, tandis que celui de Casiteg est d'un noir enivrant faisant écho à la couleur de ses cheveux.

Vestagu approche sa main droite vers la tête de Lilu avec raideur et s'arrête près de son front. Sans la toucher, sa paume dégage une douce chaleur qui s'infiltre sous sa peau. Au même moment, Casiteg avance délicatement sa main gauche au niveau de son bas-ventre et libère un air d'une vive fraîcheur. Une sensation de sérénité l'envahit alors, et l'apparence de Lilu reprend sa place. Durant quelques secondes, les deux êtres Ethsel maintiennent cette position.

Lorsqu'ils la sentent enfin équilibrée, ils ôtent leurs mains et s'éloignent d'elle pour la laisser respirer. Appréhendant de ressentir de nouveau tout le chaos environnant, Lilu n'ose pas regarder autour d'elle. Elle garde les yeux fermés, se concentrant sur sa respiration.

— Notre présence sur Terre a suffisamment mis les humains en danger. Partons rapidement ! prévient Phylaton de sa voix rigide.

Sans comprendre ses paroles, Lilu ouvre les yeux. Comme si quelqu'un l'avait giflée pour qu'elle se réveille, elle prend conscience de toute l'agitation autour d'elle. Plusieurs personnes, toujours emprisonnées dans la boue, ont sorti leur portable pour filmer la scène qui se déroule sous leurs regards ahuris. Les hélicoptères militaires ou appartenant à la presse tournent maintenant au-dessus de la place de l'École-Militaire, dans un bruit assourdissant.

— En effet, notre présence sur Terre n'est plus utile, confirme Casiteg. Laissons les humains retrouver leur vie sans nous.

Samoletya, Phylaton et Matles acquiescent à ces paroles et, sans attendre, s'engouffrent dans le passage créé par l'onitru, rejoignant Ulipane. Au moment où Lilu s'apprête à les suivre, Casiteg l'arrête d'un geste de la main et lance en direction des autres :

— Il est préférable que Lilu, Vestagu et moi partions de notre côté. Il lui reste encore quelque chose à faire.

Pendant un instant, elle reste statique, plongée dans la plus grande confusion. Puis, soudain, ses yeux s'arrondissent.

J'avais oublié ça...

De son côté, Matles a déjà fait claquer deux fois deux barres torsadées, faisant tournoyer l'onitru. Reprenant sa forme d'origine, l'objet fait disparaître le passage, puis se désintègre sous les yeux toujours stupéfaits des humains.

— Nous t'offrons quelques minutes pour lui délivrer ton message, indique Casiteg d'un air solennel malgré l'onctuosité de sa voix. Vestagu va fissurer votre temps. De mon côté, je m'occuperai des humains. Je vais aussi apaiser ton cœur des souffrances de l'affrontement le temps que tu lui parles. Lilu, choisis bien cette personne, car tu ne reviendras pas sur Terre avant un long moment.

Elle acquiesce d'un signe de tête et se met à regarder tout autour d'elle, cherchant désespérément Solal...

Chapitre XI

Dans sa course effrénée, Solal repense à l'image de Lola métamorphosée. Il ne la reconnaît plus. Pourtant, la vidéo que Nour lui avait envoyée montrait clairement son amie. Et dès qu'il a reçu la notification du *Monde* annonçant des événements inexplicables à Paris, il s'est précipité pour attraper un vélo et pédaler aussi rapidement que possible vers la place de l'École Militaire. Après son voyage à Al Merf, il se doutait que Lola était liée à des êtres spirituels. Ceux qui ressentaient les énergies de la Connaissance. Il supposait que son amie était une guide, une messagère. Mais en aucun cas il n'aurait pu imaginer un tel scénario.

En moins de cinq minutes, il débarque essoufflé sur la place des Invalides et lâche son vélo. La foule agglutinée l'empêche de s'approcher plus près de la place. Difficilement, il se fraye un chemin, se faufilant au milieu des personnes rassemblées. Puis il arrive enfin au barrage de police.

— Monsieur, vous ne passez pas ! lui dit un agent avec fermeté.

— Mais, c'est mon amie qui est là-bas, explique Solal, hors d'haleine. Et ma copine...

— C'est trop dangereux ! le coupe l'homme en croisant les bras sur son gilet pare-balles. Nous ne savons pas ce qu'il se passe. Vous ne pouvez...

— SOLAL ! l'interrompt une voix cinglante qui résonne dans tout le 7e arrondissement.

Le sang de Solal se glace en entendant son prénom prononcé par une voix aussi effrayante. Prises de panique, les personnes attroupées derrière le barrage commencent à hurler et à se bousculer. Solal profite de cette confusion pour sauter par-dessus la barrière. Les agents essayent de le rattraper, mais un nouveau cri terrifiant hurle :

— Destruction des humains pour destruction Création !

Complètement dépassées par les événements, les forces de l'ordre ne prêtent plus aucune attention à lui. Solal longe alors les immeubles, guettant le moindre mouvement suspect. Tout à coup, il entend un rire métallique et se plaque aussitôt contre une porte cochère, tremblant de tous ses membres.

Durant un moment, Solal entend encore de forts rires métalliques, de l'agitation, des hurlements de panique, ainsi qu'un cri de douleur déchirant. Une odeur étouffante et viciée lui donne un haut-le-cœur. Puis, plus rien. Un silence de plomb s'abat sur l'avenue de Tourville, déserte. Pendant de longues minutes, Solal reste immobile, ignorant ce qu'il est advenu de son amie. Soudain, il sent quelque chose d'étrange dans sa tête, comme si une présence l'appelait. Sans réfléchir, il sort du renfoncement où il se trouve et se dirige vers la place d'un pas rapide. Il se fraye un chemin entre les personnes encore prisonnières de la boue sèche, manquant de trébucher sur un homme à moitié allongé sur le sol.

Lorsque ses yeux se posent enfin sur son amie, il reste bouche bée. Son drapé scintillant est éblouissant, sans être aveuglant. Il ne peut détacher ses yeux de ces cristaux lumineux. Au moment où leurs regards se croisent, son souffle se coupe. Seules les sensations de bien-être et de félicité le font vibrer, s'emparant de lui avec douceur.

En l'apercevant, Lilu sourit et dévoile ses dents nacrées, provoquant involontairement de nouvelles sensations chez les humains qui l'entourent. Tous ressentent alors une chaleur envoûtante et paisible couler à l'intérieur de leur corps. Solal ne fait pas exception. Il n'arrive plus à réfléchir et se laisse totalement imprégner par cette émotion de joie décuplée.

Sans savoir ce qu'elle vient de créer chez eux, Lilu s'avance doucement vers son ami.

Il faudrait que l'on puisse discuter tous les deux sans être dérangés, songe-t-elle.

— Utilise ta force de Projection dans les Mondes Primitifs, lui dit alors Casiteg comme s'il lisait dans ses pensées. Et demande Ebdïon, un des mondes originels. Il sera parfait pour ce que tu souhaites faire.

Lilu se retourne en penchant la tête, doutant encore de ses capacités à invoquer une telle force.

— Fais-moi confiance et laisse la Connaissance te guider, lui répond l'être Ethsel avec un sourire qui laisse entrevoir ses dents blanches, de la même couleur que sa membrane.

Lilu acquiesce d'un hochement de tête et ferme les paupières. Comme pour la Dématérialisation des Cellules, les mots « Projection dans les Mondes Primitifs » s'inscrivent dans sa tête. Presque aussitôt, elle sent une puissante énergie se diffuser dans tout son corps, et la force s'active naturellement.

De son côté, Solal se balance d'une jambe sur l'autre. Il ne sait pas quelle attitude adopter, et mille et une questions se bousculent dans sa tête. Mais toutes ses pensées s'arrêtent net lorsqu'il sent ses jambes s'alourdir subitement et se raidir. Une vague de panique l'envahit alors que son corps semble aspiré par le béton. Au moment où il pousse un cri, son enveloppe charnelle retrouve sa légèreté et sa masse normale. La sensation oppressive disparaît, le laissant désorienté après cette expérience troublante. Il lève la tête et là, sous son regard ahuri, il découvre qu'il se tient désormais dans un endroit totalement différent de la place de l'École-Militaire.

Aussi décontenancé qu'émerveillé, il se frotte les yeux, pensant rêver. D'immenses bandes de plasma l'entourent du sol au plafond. Leur étrange couleur lui rappelle l'indigo, mais en bien plus crémeux et onctueux. À l'intérieur de ces bandes, de nombreux hexaèdres jaunes, magenta et cyan s'entrechoquent et fusionnent pour ensuite se séparer. Flottant lentement autour d'eux, ces figures donnent l'impression d'exécuter un ballet parfaitement synchronisé.

Découvrant en même temps que Solal ce lieu plus que déroutant, Lilu se demande :

C'est quoi cet endroit ?

Elle sursaute lorsqu'une voix fluide lui répond.

« Ce lieu est la matérialisation du monde Ebdïon. »

Surprise, Lilu regarde tout autour d'elle, cherchant la personne qui vient de lui parler.

« Ce monde primitif est l'une des premières créations de la Grande Source, où les premiers êtres Esprit se sont développés, continue la mystérieuse voix. C'est un endroit où le physique, la pensée et les émotions n'ont aucune emprise sur l'esprit. Ta liberté est totale. Imagine ce que tu souhaites, crée sans limites. Pose-toi toutes les questions que tu désires, ton mental n'opposera aucune résistance à croire ce qui t'est transmis. »

— Tu as entendu ? demande-t-elle, troublée, en se retournant vers Solal.

Ce dernier blêmit en entendant la voix originelle de Lilu.

— Quoi ? finit-il par dire en passant une main dans ses cheveux.

— La voix.

— La voix ? Quelle voix ? l'interroge-t-il, perdu. Lola, je...

Il se tait, prenant conscience qu'il s'adresse à elle comme s'il parlait à son amie.

— Qui es-tu exactement ? bégaye-t-il alors, plongé dans le flou le plus total.

Lilu laisse un blanc s'installer. Ne sachant pas comment lui avouer la vérité, elle pince ses lèvres d'eau, faisant gicler quelques gouttes d'écume de sa bouche. En les voyant s'écraser sur les bandes de plasma, Solal ouvre grand les yeux.

— La Création Incarnée matérialisée par la Grande Source, finit-elle par lui dire d'une voix chevrotante.

Solal ouvre encore plus grand les yeux.

— Quoi ? s'exclame-t-il dans un cri. Attends, tu es… Tu es…

Ayant du mal à encaisser le choc, il se tait. Puis, en prenant conscience de la véritable identité de son amie, il hurle :

— Tu es la Création ! Tu es la Création des textes de Lhu ?

À peine a-t-il posé cette question que les textes s'inscrivent distinctement dans l'esprit de Lilu.

— Toute cette mythologie parlait donc de toi ?! continue-t-il de s'exclamer. C'est hallucinant ! C'est… C'est totalement fou ! dit-il en attrapant sa tête entre ses mains. Tu n'es pas qu'une humaine avec des dons ? Mais…

Il s'interrompt, les sourcils froncés.

— Mais pourquoi personne ne l'a compris avant ? reprend-il, confus. Tu es allée à Al Merf, ils auraient dû savoir que c'était toi, la Création… Ou alors ils le savaient, mais ils ne t'ont rien dit…, déduit-il en enfonçant les mains dans ses poches.

Lilu n'a pas le temps de lui répondre que la voix réapparaît.

« La déconnexion subie par Terre empêche la compréhension de la Grande Source. Tout ce qu'il vient de se produire dépasse l'être humain, et aucun d'entre eux ne pouvait savoir que tu étais l'Entité de Création. »

Encore une fois, Lilu regarde tout autour d'elle.

— Et là, tu l'as entendue ?

Solal a un mouvement de recul, puis secoue la tête de gauche à droite.

— Je n'ai rien entendu, déclare-t-il, jetant de petits coups d'œil autour de lui, pas rassuré.

Mais qui me parle ? s'interroge-t-elle en comprenant que la voix ne s'adresse qu'à elle.

Aussitôt, la voix mystérieuse revient.

« La Connaissance de la Grande Source te transmettant tous les Savoirs dont tu as besoin. »

Pendant un instant, cette information la laisse sans voix. Puis elle s'écrie :

— La Connaissance ?

Solal la dévisage, pensant qu'elle a perdu l'esprit.

— Sol, j'entends la Connaissance ! lui apprend-elle en tapotant son index sur sa tempe.

— Tu es sûre que ça va ? s'inquiète-t-il en plissant le front.

— Sol, la Connaissance me parle. C'est elle, la voix que j'entends.

Solal la scrute de haut en bas, de plus en plus perdu.

— Elle est magnifique, continue Lilu, émerveillée. Elle ne ressemble à rien de ce qu'on a pu entendre dans nos vies...

Solal reste un instant plongé dans la plus grande confusion, et soudain :

— Tu entends la Connaissance ?! réalise-t-il en s'étranglant à moitié.

Lilu acquiesce avec de petits hochements de tête.

— Quoi ? Mais c'est fou ! s'exclame-t-il, les bras ouverts. J'aimerais tellement l'entendre aussi ! Tu imagines tout ce qu'on pourrait apprendre tous les deux... On saurait tout. On pourrait poser toutes les questions du monde et on connaîtrait les réponses. Mais...

Il s'immobilise en baissant la tête et gratte l'une des bandes de plasma du sol d'Ebdïon du bout de sa chaussure.

— Mais comme Lhu l'a dit, un seul humain pourra obtenir la Connaissance après un événement inimaginable, souffle-t-il, ne pouvant cacher une pointe de déception dans sa voix. Et après ce qu'il vient de se passer, j'imagine que c'est toi, l'élue...

Une étincelle s'allume dans les yeux de Lilu.

— Quoi ? demande-t-il, intrigué.

— Sol, je ne suis pas humaine...

— Et ?

Lilu, un sourire en coin, attend un peu avant de lui demander :

— Ça te dirait de recevoir la Connaissance ?

CHAPITRE XII

Ne s'attendant pas à une telle proposition, Solal reste sans voix. Il la regarde, clignant des yeux. Puis, comme s'il venait de recevoir une décharge électrique, il s'écrie :

— Lola...

Il s'arrête, plaquant une main sur ses lèvres.

— Tu peux m'appeler Lilu, Lilumpena, Lola, petite chose, Dory, ou par n'importe quel autre nom, le rassure-t-elle en souriant. C'est à toi de choisir.

Étonné par sa réponse, il la dévisage d'un drôle d'air.

— Hum... réfléchit-il alors. C'est beau Liluma, Lilumpa... Non, non, se reprend-il en agitant les bras. Oh putain, c'est moi qui deviens Dory.

— Li-lum-pe-na, articule-t-elle en détachant chaque syllabe. Mais retiens Lilu, ce sera plus simple.

— Je vais essayer Lol... Lilu, pardon. C'est perturbant... Tu changes d'apparence, de voix, et maintenant de prénom.

— Je suis aussi perdue que toi, avoue-t-elle. Mais la Connaissance devrait m'aider à comprendre. Et si tu acceptes que je te l'insuffle, ce sera peut-être plus simple pour toi aussi.

— Tu pourrais vraiment m'offrir la Connaissance ? Celle que nous avons lue dans les écrits mythologiques ?

À peine a-t-il dit ces mots que la Connaissance s'adresse à Lilu.

« Plus précisément, la Connaissance qui relie tous les êtres de la Grande Source, celle qui permet de comprendre chaque chose. Celle qui se souvient de la création de la Source d'Énergie, de son évolution, de son expansion. Celle qui apporte également des réponses sur toi-même, sur ce que tu es au plus profond de toi, ainsi que sur les connexions avec les autres êtres. La manière dont ils vivent, créent et détruisent. Mais aussi leur développement et leurs échanges au sein de la Grande Source. Les forces qui les animent, les connexions qu'ils déploient entre eux, la place de chacun en équité avec ce qui les entoure. »

— Tout ça ?! ne peut s'empêcher de dire Lilu à haute voix, les yeux levés vers le ciel.

— Quoi, « tout ça » ? demande Solal en haussant les sourcils.

Lilu, réalisant que son ami n'a entendu aucune des explications, lui répète mot pour mot les paroles de la Connaissance.

— Ça a l'air très vaste..., siffle-t-il, impressionné. Ça donne presque le tournis, toutes ces informations.

— Ça oui ! rit-elle.

Écouter son rire laisse Solal sans voix, il n'a jamais entendu quelque chose de semblable. Ce son joyeux résonne comme un rire d'enfant, tout en étant léger comme la caresse affectueuse d'une maman.

— En la possédant, tu comprendras vraiment tout ce que cette Connaissance implique et matérialise, continue-t-elle.

— Pourquoi moi ? réagit-il, confus. À part le fait que l'on se connaît depuis notre naissance, tu n'as aucune raison valable de me choisir, moi, ajoute-t-il en appuyant sur le dernier mot.

— Rosa ne conviendrait pas totalement, dit-elle avec un haussement d'épaules. Et Victor, n'en parlons pas. C'est toi que je choisis.

— Je ne te parle pas de Rosa ou de mon père, mais des autres, insiste-t-il. Regarde toutes les personnes spirituelles qui peuplent la Terre actuellement. Elles sont plus compétentes que moi pour détenir la Connaissance. Si l'on se base sur les découvertes d'Anna, tous ces scientifiques qui repoussent les limites méritent plus que moi de la recevoir...

— Même si certains êtres sur Terre sont plus éveillés, c'est toi qui m'as guidée quand j'étais Lola, déclare-t-elle avec assurance. Et tu as grandi avec mon monde imaginaire...

— Qui n'est pas si imaginaire que ça..., lui fait-il remarquer en balayant Ebdïon des yeux.

Au même moment, une secousse fait trembler le sol.

— Mais qu'est-ce qu'il se passe ? s'inquiète Solal en regardant tout autour de lui.

Lilu sent quelque chose de froid remonter le long de sa colonne vertébrale.

— Vestagu trouve qu'on prend trop de temps, lui explique-t-elle après que son esprit a traduit l'onde-de-demande de l'être Ethsel. Il veut que tu prennes rapidement ta décision.

Solal dévisage Lilu, sidéré.

— Il ne manque pas d'air, ton Vesta-chose, s'agace-t-il. On ne se connaît pas, et il veut que je prenne, comme ça, une décision qui changera radicalement le cours de ma vie.

Lilu affiche un sourire en coin et lui lance :

— Tu ne l'aimes toujours pas, Ve-STA-gu.

— Comment ça ? Je ne le connais pas...

Il se tait, bouche bée.

— Ton Vesta-machin, c'est Sta ?! s'exclame-t-il alors.

Lilu acquiesce d'un mouvement de tête, le regard pétillant.

— Mais ils existent, eux aussi ? s'enthousiasme-t-il. Casi, Mat, Toss, Sam, Stella et tous les autres ?

Lilu hoche plusieurs fois la tête.

— Hein ? Mais c'est incroyable, cette histoire !

Une nouvelle secousse, un peu plus forte, l'interrompt encore.

— Oh, ça va ! Il a toujours aussi mauvais caractère, ronchonne Solal.

— Fissurer le Temps lui demande beaucoup d'énergie, et il doit en garder pour notre départ de Terre, lui explique-t-elle en traduisant l'onde que Vestagu vient de lui envoyer.

Le cœur de Solal fait un bond dans sa poitrine.

— On va partir de Terre ?

— Je. Je vais partir, le corrige-t-elle, attristée. Toi, tu resteras sur Terre pour y ramener la Connaissance, si tu acceptes de la recevoir.

À ces mots, Solal a l'impression que son cœur tombe comme une pierre dans sa poitrine.

— Quoi ? s'écrie-t-il. Tu vas partir ? Tu vas me laisser seul ?

En la voyant détourner le regard, Solal sent la colère monter.

— Non, non et non ! Tu ne peux pas partir ! lui ordonne-t-il. Si je refuse la Connaissance, tu seras obligée de rester. Donc mon choix est fait, je n'en veux pas.

Lilu se raidit et veut le faire changer d'avis, mais s'arrête d'un coup, le souffle coupé.

— Qu'est-ce qu'il y a ? demande-t-il en voyant l'expression sur le visage de son amie, ignorant que la Connaissance est en train de lui parler.

Les yeux de Lilu se voilent, acceptant difficilement la nouvelle information qu'elle vient de recevoir.

— Lol... Lilu ? se reprend-il en posant sa main sur l'épaule de son amie.

Il pousse un petit cri lorsque ses doigts entrent en contact avec son drapé. Ce dernier est à la fois glacial et brûlant.

— Si tu refuses la Connaissance, dit-elle d'une voix blanche, tu oublieras, comme tous les êtres humains, mon existence et l'ensemble des découvertes de ces derniers mois. Ce sera comme si je n'avais jamais existé.

Solal affiche aussitôt une expression d'horreur.

— Je ne me souviendrai plus du tout de toi ? demande-t-il, sentant les battements de son cœur s'accélérer.

— Non. Tu n'auras pas le droit. Mais sache que, moi, je me souviendrai toujours de toi. Tu seras toujours en moi.

En l'entendant, les larmes emplissent les yeux de Solal.

— Et si je l'accepte ? veut-il savoir d'une voix éteinte. Je me souviendrai de toi ?

— Oui, mais..., hésite-t-elle. Mais tu seras le seul qui gardera en mémoire les événements passés, ainsi que mon existence en tant que Lola et en tant que Création. Le reste des êtres humains m'oubliera complètement. Ton père, ma tante, nos familles, nos amis... Plus personne ne se souviendra de moi.

— Mais moi, si ! rétorque-t-il en lui attrapant les deux épaules et en plantant son regard dans le sien. Et si la Terre retrouve la Connaissance, les autres se rappelleront aussi.

Elle redevient silencieuse. Son expression change de nouveau, comme si elle était saisie d'une brusque angoisse.

— Les autres se souviendront bien de toi lorsque la Terre retrouvera la Connaissance ? lui demande-t-il, pressant son drapé entre ses doigts.

Lilu inspire fort et, par réflexe, se mord l'intérieur des joues. La sensation de croquer dans une barbe à papa écumeuse revient.

— Sol…, souffle-t-elle alors. À moins que tu ne trouves une solution dans les prochaines années, la Connaissance ne reviendra pas sur Terre avant un très long moment. Son retour doit se faire lentement pour ne pas brusquer les esprits des êtres coupés. Certains, dont l'être-lumière est plus éveillé, seront plus simples à convaincre. Mais la plupart des humains ne supporteront pas d'être bousculés. Pour prendre tout le temps nécessaire, tu seras obligé d'utiliser la Renaissance des Cellules et de passer de vie en vie.

— Dès que j'aurai la Connaissance, elle me donnera des solutions pour que la Terre se reconnecte à la Grande Source, affirme-t-il en frappant du poing dans sa main.

Lilu détourne le regard.

— La Connaissance apporte seulement des réponses à tes questions, continue-t-elle, répétant ce qu'elle vient d'entendre. Cependant, si les réponses lui sont inconnues, elle ne peut pas faire d'hypothèses ou donner de fausses explications. Elle reste simplement muette.

Solal la dévisage avec de grands yeux.

— Quoi ?! s'exclame-t-il. Elle ne pourra pas m'aider ? Je pensais que la Connaissance savait tout.

— La Connaissance a toutes les réponses, mais elle ne peut pas apporter de solutions à un problème. Elle communique sur le passé, sur ce qui existe, et non sur l'avenir. Voilà la différence, précise Lilu.

— Mais comment je vais faire, moi ? Ça sera horrible de voir vieillir Rosa et papa et de ne pas pouvoir leur dire que tu existes. Ou même Antoine…

Pour Lilu, entendre ce prénom a le même effet que recevoir un coup de poignard dans le cœur.

— Il va se trouver une autre nana sous mes yeux, alors que c'est toi, son Sun…

— Sol ! ne peut-elle se retenir de crier.

Il blêmit, confus. Pendant quelques instants, il l'observe tandis qu'elle appuie fort sa main dans le creux de ses clavicules, les yeux levés vers le ciel pour retenir ses larmes. Malgré l'apaisement apporté par Casiteg, la souffrance de la perte d'Antoine demeure présente. L'une de ses larmes, d'un rouge incandescent où se dessinent des reflets dorés, s'échappe, roule sur sa joue et s'écrase sur le sol d'Ebdïon. À son contact, les bandes violettes se contractent et se transforment, recréant la place de l'École-Militaire. Mais celle-ci est vide, sans aucune voiture, sans la foule.

— C'est Sta qui a fait ça ? lui demande Solal, se sentant propulsé dans le décor d'un film dont ils seraient les seuls protagonistes.

Sans répondre, Lilu s'approche de son ami, prend sa main dans la sienne et murmure :

— Il faut que je te dise quelque chose…

Elle lui résume alors le rôle d'Antoine dans sa vie, ainsi que sa véritable identité. Puis elle en vient à l'affrontement. Lorsqu'elle annonce à Solal le sort tragique de son ami, ce dernier ne le supporte pas.

— Non ! hurle-t-il en dégageant sa main et en se reculant. Je ne te crois pas. Il ne peut…

Ses jambes vacillent sous son poids et il trébuche en arrière. Lilu se précipite pour l'aider à se relever. Au moment où ses doigts entrent en contact avec sa peau, Solal sent une décharge électrique se propager dans son bras. Il agrippe le drapé de Lilu et le sert fort, le visage déformé par la colère.

— Ils l'ont tué ! Ces choses l'ont tué !

Lilu acquiesce d'un petit signe de tête. Comme s'il avait reçu un shoot d'adrénaline, Solal se lève d'un bond et dit d'une voix déterminée :

— Donne-moi cette Connaissance !

Chapitre XIII

Ils se tiennent l'un en face de l'autre, immobiles. Durant quelques secondes, Lilu apprend auprès de la Connaissance la méthode pour insuffler cette énergie à Solal. Ce dernier, toujours sous le choc de la mort d'Antoine, la fixe, une vague de colère logée au creux de l'estomac.

— Es-tu prêt ? lui demande-t-elle en plantant son regard étincelant dans le sien.

Il prend une grande inspiration et hoche la tête, décidé. Lilu dessine alors douze petits « C » du bout de ses doigts. Doucement, les lettres miroirs se placent l'une au-dessus de l'autre et s'entrecroisent pour créer six nouveaux symboles de la Connaissance, chacun ayant une couleur différente.

Les signes brillent intensément et s'avancent lentement vers Solal, puis pénètrent dans son enveloppe charnelle. Un dans sa jambe droite, un autre dans sa jambe gauche, un dans chaque bras, un au centre de son front et le dernier au milieu de sa cage thoracique. C'est alors que tout son corps se met à vibrer, tandis que la Connaissance brise une à une les chaînes qui emprisonnaient son esprit, le libérant totalement. Pendant un bref instant, ses muscles se contractent puis se relâchent, et une sensation électrique le traverse de bas en haut, ancrant fermement le Savoir en lui. À la différence de Lilu, aucune transformation physique n'est visible. Mais à l'intérieur, tout est bouleversé.

Solal reste un moment sous le choc, la bouche grande ouverte, les yeux écarquillés.

— Comment tu te sens ? lui demande-t-elle avec crainte.

Sur le coup, il ne répond rien. Il sent une essence impalpable, et pourtant bien réelle, se diffuser dans l'ensemble de son enveloppe charnelle. Et d'un coup, sa voix résonne en écho dans Ebdïon :

— C'est fou ! Je la ressens. Elle se diffuse partout, c'est vraiment étrange.

Fasciné, il tapote frénétiquement son corps pour s'assurer qu'il ne rêve pas.

— Mais... elle ne me parle pas encore, s'étonne-t-il. Comment je peux l'activer ?

Au même instant, son poignet droit le démange. Par réflexe, il baisse les yeux et y découvre, stupéfait, un tatouage représentant deux « C » entrecroisés. Machinalement, il examine son poignet gauche et, là, un autre symbole se dévoile. Ses yeux passent alors d'un poignet à l'autre.

— Qu'est-ce que c'est ? demande-t-il à Lilu en levant le bras et en posant son index sur le double « C » pour le lui montrer.

À peine a-t-il posé la question qu'il fait un bond en arrière, surpris par les mots qu'il entend à présent dans sa tête.

« Le symbole des Cercles de la Connaissance canalise le Savoir et en régule le flux pour permettre une meilleure écoute des informations transmises. »

Solal ôte ses doigts du symbole et regarde tout autour de lui en espérant apercevoir quelqu'un qui pourrait lui donner une explication rationnelle sur cette voix. Mais, ne voyant personne, la curiosité finit par l'emporter, et il repose son index à l'intersection des deux ovales en demandant :

— Pourquoi les Cercles de la Connaissance sont-ils de deux couleurs différentes ?

« Les couleurs des Cercles symbolisent les éléments. Le cercle orange en haut matérialise l'Air, le cercle vert en bas représente le Sol. »

Solal retire son doigt et frôle le contour des deux « C », fasciné. Il prend alors conscience qu'une énergie ancienne, sans âge, s'exprime naturellement à l'intérieur de lui. Et obtenir des données fluides et compréhensibles en réponse à chacune de ses questions le laisse béat d'admiration. Il passe la main dans ses cheveux, quand soudain, il interrompt son geste, ahuri.

— Mais comment c'est possible ? s'écrie-t-il, les doigts encore plongés dans ses boucles.

— Qu'est-ce que tu as ?

En comprenant ce qu'il vient de se produire, les yeux de Solal s'arrondissent et sa bouche s'ouvre grand.

— Lilu ! J'ai cessé de respirer et... et... et..., bégaye-t-il sous l'effet de la découverte. Et mes poumons ont créé de l'air tout seuls.

Solal se touche la poitrine, émerveillé.

— Je peux respirer sans respirer ! s'exclame-t-il.

— Celle-là, tu ne me l'avais jamais faite, rit-elle.

— Mais attends, tu ne te rends pas compte ! Je sens de l'air dans mes poumons sans avoir inspiré, s'écrie-t-il, médusé. Comment c'est possible ?

Sans attendre que son amie lui réponde, il pose les doigts sur les deux « C ».

« Tu es de la branche Végétal, lui explique alors la Connaissance. Si l'air vient à te manquer, ta peau développe l'oxygène à l'intérieur de tes poumons, telle une fleur. Si tu souhaites te réchauffer, absorbe la lumière du soleil, telles les tiges d'une plante. Pour te refroidir, absorbe l'eau, telles les racines d'un arbre. »

Lilu l'observe avec tendresse. Son ami est si expressif qu'il n'a pas besoin de parler. Son enchantement se lit sur l'ensemble des traits de son visage.

« Il y a également six branches chez les êtres Air, continue la Connaissance. Tu fais partie de la branche Arc-en-Ciel. Les jours où la pluie rencontre le soleil sont ceux où tes forces et tes anukrati sont au maximum de leur puissance. Comme Terre se développe à partir de la beauté, toutes tes émotions seront décuplées lorsque ce sentiment sera stimulé. »

— C'est incroyable ! siffle-t-il, médusé.

« En revanche, le Feu détruit l'Air. Les jours de grande chaleur, utilise le symbole de protection pour éviter d'être consumé par l'atsol Soleil. »

— Le symbole de protection ? l'interroge-t-il.

« Celui sur ton poignet gauche, lui indique alors la Connaissance. Le symbole de protection a été créé par la Création Incarnée, c'est le même qui englobe Terre depuis sa déconnexion. Il représente la réunion des six éléments, qui s'entrecroisent dans un parfait équilibre. Il crée une barrière autour d'un être ou d'une agoïatre, et permet d'absorber toutes les vibrations pouvant être captées par la Destruction et ses créations. Pourtant, une faille existe… Au moment des éclipses, la Lune ou le Soleil cachent la croix et ouvrent un passage permettant aux énergies de se diffuser à travers la Grande Source. »

— C'est pour ça que les néombres sont venus aujourd'hui, déduit Solal pour lui-même.

Il tourne son regard vers Lilu pour lui raconter ce qu'il vient d'entendre, mais cette dernière l'arrête d'un geste de la main.

— J'ai entendu la même chose que toi, précise-t-elle. Comme tu as posé les questions à voix haute, la Connaissance a aussi répondu de mon côté.

— On sait maintenant que c'est à cause de l'éclipse que le symbole de protection de Terre a été fragilisé et qu'ils sont arrivés jusqu'ici, dit-il machinalement.

— Je pense que tu devras faire bien attention à ces périodes-là, le met-elle en garde. Antoine…

Sa gorge se noue en prononçant ce prénom.

— Il m'avait assuré que mon départ les détournerait, reprend-elle difficilement. Mais j'ai peur que cela ne les retienne pas indéfiniment.

— Et comment je pourrai les arrêter s'ils viennent ? l'interroge-t-il, les poils de ses bras dressés.

— Tu les repousseras avec tes forces et tes anukrati.

— J'en ai vraiment ? s'étonne Solal.

Lilu acquiesce d'un signe de la tête.

— Oui, mais il va falloir que tu trouves un endroit discret pour apprendre à les utiliser.

— Et pourquoi pas ici ? propose-t-il, balayant de sa main la place de l'École Militaire vide.

— La force de Projection dans les Mondes Primitifs n'est commune qu'aux êtres Esprit… Il est extrêmement rare que d'autres êtres éléments[1] puissent la posséder. En tant qu'être mixte Sol et Air, tu as d'autres forces et anukrati. Mais pas celle-ci.

— D'accord, je vais devoir trouver un endroit rapidement si je veux apprendre à utiliser mes forces pour détruire les…

Solal s'interrompt, une idée lui ayant traversé l'esprit.

— Je me demandais…, commence-t-il, les sourcils froncés. As-tu essayé de leur créer des sentiments ou des émotions ?

En voyant l'expression interloquée de Lilu, il précise :

— As-tu essayé de créer des émotions chez les néombres et les sangs d'ombre pour leur faire ressentir quelque chose ? Ça pourrait peut-être éviter les destructions… Leur donner une âme, ou un semblant d'âme.

Lilu le scrute en arquant un sourcil.

— Je ne sais pas si ça a été fait…

— Tu pourrais créer une faille, comme Antoine en a créé une en toi, suggère-t-il alors. Et ensuite, faire en sorte que des émotions leur soient insufflées. Ou du moins une émotion.

— C'est une idée à laquelle il faut réfléchir.

Une onde-d'appel fait une nouvelle fois trembler Ebdïon et traverse le corps de Lilu.

— Vestagu ne va plus tenir très longtemps… Nous allons devoir nous quitter.

Solal a l'impression qu'elle vient de lui arracher le cœur. Ses yeux s'embuent aussitôt.

— Prends soin de notre famille, et en particulier de Rosa, s'il te plaît, lui demande-t-elle en s'approchant de lui. Elle n'aura aucun souvenir de moi, mais elle fera toujours partie de votre vie,

1. Voir la définition dans le glossaire en fin d'ouvrage.

à Victor et toi, souffle-t-elle, attristée. Veille aussi sur nos amis. Ils auront besoin de toi, même s'ils ne comprendront pas pourquoi.

Solal fait un petit hochement de tête, évitant de croiser son regard pour ne pas éclater en sanglots.

— Ce n'est pas définitif, ajoute-t-elle en le prenant dans ses bras. Dès que la Connaissance sera revenue sur Terre, on se retrouvera.

La serrant fort, Solal ne peut empêcher une larme de couler. Pour éviter d'être submergé par l'émotion, il se balance d'une jambe sur l'autre, l'entraînant avec lui.

— Tu vas me manquer, petite chose, murmure-t-il doucement en la faisant tanguer un peu plus.

— Rah, mais arrête ! Tu vas me donner le mal de mer, rit-elle en se dégageant de son étreinte. Toi aussi, tu vas me manquer.

Sentant également les larmes monter, elle détourne le regard et dit d'une voix basse :

— Allez, c'est le moment, allons-nous-en d'ici...

— Attends, l'interrompt-il, j'ai une dernière question avant qu'on ne parte.

— Vas-y !

— Comment faire revenir la Connaissance sur Terre ? demande-t-il alors en appuyant sur son poignet droit.

Il attend quelques instants, le doigt enfoncé entre les deux ovales, mais aucune réponse ne semble venir.

— Il fallait que j'essaye, dit-il en haussant les épaules.

Lilu, amusée, acquiesce d'un sourire et cligne deux fois des yeux rapidement, faisant ainsi disparaître Ebdïon.

La sensation de lourdeur réapparaît et Solal se sent, de nouveau, aspiré par le béton. Et en moins d'une seconde, les deux amis se retrouvent instantanément au milieu d'une foule immobile.

— Bonjour Solal, dit Casiteg de sa voix immaculée. Lilu t'a offert un merveilleux cadeau. Je suis certain qu'elle a fait le bon choix.

Solal, intimidé, rougit jusqu'aux oreilles et passe sa main dans ses cheveux.

— Vestagu, tu n'auras pas la force de détruire la boue et d'utiliser la Perte de Mémoire, lance-t-il à l'autre être Ethsel. Sors Aumore pour les libérer.

Sans un mot, Vestagu arrête sa force de Fissurer le Temps. Aussitôt, le vacarme des hélicoptères et l'agitation frémissante reprennent. Solal et Lilu regardent tout autour d'eux, sonnés. Puis, l'être Ethsel pose une main au niveau de son bas-ventre et en tire une épée. À la vue de cet objet, Lilu se fige. Sa longue et fine lame de base carrée, sans pointe et sans tranchant, est argentée, comme ses larmes. Son bout aplati et carré est d'un noir profond, intense, imitant celui de ses cheveux. Son pommeau imposant et élégant scintille de points lumineux, comme son drapé. Sa fascination pour cet objet se mêle à une frayeur inexplicable.

L'épée de Moreau..., souffle-t-elle.

Sans lui laisser le temps de poser la moindre question, Vestagu plante l'épée dans la boue, libérant des vibrations. Ces dernières se déploient et brisent la masse sèche, la scindant en plusieurs morceaux, délivrant immédiatement tous les humains emprisonnés. Sous leurs yeux ahuris, l'être Ethsel tourne l'épée d'un geste vif, et une seconde vague de vibrations s'active, soulevant les fragments de boue et les transformant en poussière. En quelques secondes, il ne reste plus rien du passage de Porachné.

— Mon doudou ! crie Nour en sortant du bar, fendant la foule d'humains et se jetant dans les bras de Solal. J'ai eu tellement peur...

Ce dernier cligne des yeux, mais semble totalement ailleurs. Voyant son état hagard, Lilu s'apprête à venir à son secours, mais une main se pose sur son épaule, l'arrêtant dans son élan.

— Nous devons y aller, lui dit Casiteg en pointant Vestagu, qui a déjà le bras levé, prêt à enclencher sa force.

Avant qu'elle ne puisse lui répondre, une femme âgée d'une quarantaine d'années se met à crier d'une voix perçante :

— Qu'allez-vous nous faire ? Vous n'allez pas trafiquer nos cerveaux ?

Surpris, Vestagu interrompt son geste et se tourne vers elle. En voyant son visage inquiet et ses yeux exorbités derrière ses lunettes, il lui lance un regard sévère. Cette dernière pâlit, terrifiée.

— Cette force augmentée est totalement indolore, je vous en fais la promesse, intervient alors Casiteg d'une voix extrêmement douce pour rassurer la foule. Une boule d'énergie se développera, ayant pour fonction d'effacer votre mémoire à court terme, détruisant ces événements et l'existence de la Création de vos souvenirs.

Un brouhaha s'élève parmi les humains. L'inquiétude et l'incompréhension s'emparent d'eux. Prise de panique, la femme reprend alors la parole, en hurlant pour se faire entendre de tous.

— Comment être sûrs que vous ne nous manipulerez pas ? Vous pourriez très bien nous enlever d'autres souvenirs importants pour nous pervertir l'esprit. On ne sait pas qui vous êtes.

Vestagu, excédé par la réaction des humains, perd patience. Au moment où il s'apprête à leur répondre, il est interrompu par une voix tendre et réconfortante.

— Nous n'avons aucun intérêt à vous priver d'autres instants de votre vie.

Cette fois, ce n'est pas Casiteg qui s'est exprimé, mais Lilu, qui s'approche de la femme, ses iris d'un blanc pur ayant retrouvé leur place. Son aura s'est intensifiée, adoucissant l'air alentour.

— Plongez votre regard dans le mien, lui demande-t-elle.

Cette dernière s'avance d'un pas, avec méfiance, et relève lentement les yeux. Lorsque son regard croise enfin celui de Lilu, un immense soulagement l'imprègne, faisant disparaître tous ses doutes. Prenant conscience de l'importance de cet acte, elle baisse la tête en signe d'excuse. En voyant cela, plus personne n'ose prononcer la moindre parole.

Lilu prend alors une grande inspiration et balaye la place du regard. Tous les bâtiments autour de la place de l'École-Militaire la ramènent à de nombreux souvenirs en tant que Lola. Les cafés où elle a souvent flâné, la rue Cler, où elle a habité avec Rosa, la large avenue de La Bourdonnais la menant sur les quais, la tour Eiffel, dont la pointe dépasse... Et encore une multitude de détails qu'elle imprègne dans sa mémoire.

Puis elle se tourne une ultime fois vers Solal, Nour toujours accrochée à son bras, et lui adresse un sourire, que ce dernier lui rend avec une grande tristesse. Elle dirige alors son regard vers Vestagu, en murmurant :

— Tu peux y aller.

Sans attendre, l'être Ethsel plie son bras droit, sa paume tournée vers le ciel. Une boule de plasma apparaît, voletant au-dessus de sa main. Elle scintille, propageant autour d'elle de minuscules ondes électriques qui s'entrechoquent doucement sur la peau noire de Vestagu. Cette boule se remplit de lumière et brille tel un petit soleil blanc au creux de ses doigts.

Puis, son énergie se concentre à l'intérieur de cette sphère, et l'être soulève délicatement sa main en direction du ciel. Dans le plasma, les particules condensées spiralent et se gonflent. Quand son bras est entièrement levé, la boule se détache et s'envole juste au-dessus de lui. Sa taille augmente au fur et à mesure de son ascension, devenant de plus en plus imposante. Au moment où la sphère surplombe intégralement Paris, ses proportions sont telles que le ciel de la capitale est rempli d'ondes électromagnétiques. Elles s'agrippent à toutes les surfaces solides qu'elles trouvent, provoquant des décharges électriques bleutées. Vestagu ferme son poing d'un coup sec, faisant éclater la boule dans une grande vibration, et propageant les ondes dans toute la ville. Ces dernières s'infiltrent dans les humains. Mais pas seulement. Les écrans de télévision, les portables, les ordinateurs, tous les objets électroniques ayant répandu la nouvelle se brouillent subitement. Les énergies créent des interférences, effaçant toute trace de la Création Incarnée et des derniers instants. Enfin lorsque l'ensemble du pays est inondé, les ondes électromagnétiques se propagent dans toute l'Europe, et finissent par englober Terre dans son ensemble.

Avant que les effets de l'anukrato ne commencent à se dissiper, Casiteg envoie une onde-de-lieu à Lilu. Sans un bruit, les trois êtres se dématérialisent d'un coup, quittant ainsi Terre.

Sous le choc, Solal reste immobile, au milieu d'une foule qui se disperse rapidement dans la fraîcheur de Paris. La vie reprend son cours comme si rien ne s'était passé. Ils ont tous oublié... Lola... Lilu... Tout a disparu.

Chapitre XIV

À présent, Solal se retrouve seul, complètement perdu. N'étant plus dans Ebdïon, la Connaissance bouillonne à l'intérieur de son corps, risquant de se déchaîner à tout instant. Ressentir cette présence impalpable lui fait prendre conscience qu'il ne rêve pas... Que tout ce qu'il vit est bel et bien réel.

— Doudou, qu'est-ce que tu fais ? lui crie au loin une voix guillerette.

Il se retourne d'un mouvement brusque et tombe sur Nour et ses amis qui lui font signe. Ils ont repris leur place autour de la table remplie de verres de vin et de bière, comme si de rien n'était. Deux chaises vides séparent Sarah et Mathilde, là où Lola et Antoine se tenaient quelques minutes plus tôt. La réalité frappe Solal de plein fouet. Antoine est détruit. Lola n'existe plus. Elle est redevenue la Création Incarnée. Tout vient de changer. Sa vie ne sera plus jamais la même...

Ses amis lui adressent toujours de grands gestes, mais faire comme si tout était normal est au-dessus de ses forces. Alors, sans réfléchir, il se met à courir le plus vite possible en direction de chez lui, les larmes coulant sur ses joues en feu.

À présent, il ne comprend plus pourquoi il a accepté cette Connaissance. Cela lui semble un fardeau impossible à porter.

Pourquoi m'a-t-elle mis dans cette situation ? pense-t-il. *Il y a tellement d'êtres plus aptes que moi à remplir cette mission... Et puis, comment je vais pouvoir la mener à bien en étant seul ? Où je vais trouver de l'ai...*

Son pied entre en contact avec le bord du trottoir, le faisant inévitablement trébucher. Il se retrouve à moitié allongé sur le béton froid, les paumes ensanglantées, le visage mouillé de larmes. Se relever lui semble impossible...

Tout à coup, une main lui attrape fermement l'épaule et le force à se tourner. Surpris, il tombe nez à nez avec un inconnu. Pourtant, ce dernier lui semble familier. Son aura, plus développée que celles des autres humains, l'aveugle quelques instants, l'empêchant d'observer son visage.

— Notre amie commune n'a pas réfléchi aux conséquences de son choix, lui dit-il alors de sa voix chaude, légèrement voilée.

Solal entrouvre la bouche, mais aucun son n'en sort. Il se sent comme magnétisé par cet individu. L'effet qu'il produit chez lui est particulièrement déroutant.

— Peut-être qu'instinctivement, elle savait que je serais là pour t'aider ? lui affirme l'homme en haussant son sourcil fendu. Et puisque tu ouvres la bouche comme un poisson hors de l'eau, j'en déduis que tu as déjà compris que je me souviens de Lola, devenue Lilu.

Solal, confus, le regarde avec de grands yeux.

— Allez, relève-toi ! lui ordonne l'homme en lui tendant la main. Terre ne peut pas retrouver la Connaissance si tu restes allongé sur ce trottoir.

Solal l'attrape sans dire un mot. En le touchant, il comprend à présent ce que son amie a ressenti à Rome.

Enfin sur ses deux jambes, Solal se frotte les mains, couvertes de sang et de graviers.

— Avant que nous ne nous mettions en quête du point zéro, lui dit l'homme en s'essuyant la main dans un mouchoir pour ne pas abîmer son costume de facture italienne, nous...

— Du point zéro ? l'interrompt Solal, retrouvant sa voix.

— Oui. Le point de création, mais aussi de destruction naturelle d'une agoïatre. Mais je te l'expliquerai plus tard. Tu vas d'abord apprendre à utiliser les énergies. Heureusement pour moi, tu n'es pas un être Eau, cela aurait été un peu plus compliqué, dit-il avec un air malicieux. Rentrons chez toi et voyons comment tu gères cette Connaissance.

— Vous n'êtes pas simplement le gardien des clés, n'est-ce pas ? Qui êtes-vous vraiment ? demande Solal, plongé dans le flou le plus total.

— Un être Feu incarné sur Terre il y a presque vingt-trois ans afin de veiller sur la Création, explique Pietro avec un sourire fondant.

— Alors, je ne suis pas seul ? souffle Solal, soulagé.

— Non, nous étions quarante-deux. Malheureusement, les trente-six êtres Rayon ont tous été détruits, ainsi qu'Anenoti, qui représentait l'élément Espace.

En entendant le véritable prénom d'Antoine, Solal sent sa gorge se serrer.

— Nous ne sommes plus que cinq pour représenter les éléments, poursuit-il. Il faut que nous contactions les quatre autres le plus rapidement possible. Nous avons peu de temps...

— Pourquoi ?

— Lilu l'ignorait, mais le bouclier de protection est trop affaibli. Si la Connaissance ne revient pas sur Terre dans les prochaines années, tous les êtres vivants de l'agoïatre seront détruits par l'ultime création de l'Ombre...

Glossaire

Définitions

AGOÏATRE [agcjatʀ] ; n. f. : planète accueillant des êtres vivants.

ALEBSUNCIA [alɛpsɛ̃sja] ; n. m. : être vivant dont l'âme est détruite par un sang d'ombre. Suite à cette destruction, il perd sa capacité de réflexion ou toute forme d'émotions et réagit comme un néombre, c'est-à-dire qu'il détruit pour détruire.

ANUKRATO [plu : Anukrati] ; [anykʀato] n. m : force qui a évolué avec le temps et a augmenté sa puissance.

ÉLUNI [elyni] ; n. f. : satellite gravitant autour des planètes ou des agoïatres.

ÊTRES-ÉLÉMENTS [ɛtʁ‿elemɑ̃] ; n. m. : tous les êtres vivants qui se créent, se développent et se détruisent dans la Grande Source. Ces êtres s'organisent en six éléments fondamentaux : l'Eau, l'Air, le Feu, la Terre, l'Espace et l'Esprit. Chaque élément se subdivise ensuite en six branches distinctes, formant ainsi une structure complexe et interconnectée.

FIRSALTE [fiʁsalt] ; n. m. :
| Définition générale : fer se trouvant dans le noyau d'une éluni.
| Création du firsalte : lorsqu'une éluni se détruit, ses métaux se dispersent dans la Grande Source. Habituellement, le firsalte se désagrège, mais dans certains cas exceptionnels, il peut survivre et être projeté au loin, atterrissant sur d'autres agoïatres.

| Propriété du firsalte : influencer les marées. Le firsalte possède une force répulsive lorsqu'il s'approche ou entre en contact avec des liquides, notamment les molécules d'eau. Une petite quantité de firsalte peut provoquer la division d'une rivière, et même une petite quantité peut avoir un impact sur de vastes étendues d'eau. Contenu en quantité suffisante dans le noyau d'une éluni, il peut influencer les eaux d'une agoïatre même située à plusieurs centaines de milliers de kilomètres de distance.

LIBOPE [libɔp] ; n. f. : Sphère créée par Matles, fabriquée à partir d'un métal doté d'une capacité d'absorption des particules de force et d'anukrati. Ce métal a été combiné avec un liquide ayant une propriété remarquable : il peut copier et cristalliser les particules de n'importe quel gaz avec lequel il entre en contact. L'activation de la libope survient lorsque les particules d'air absorbées sont éjectées, déclenchant automatiquement la force ou l'anukrato copié.

NÉOMBRE/DESKHIOMBRALON [dèskjòmbralô] ; n. m. :
| Nom attribué à ces énergies de destruction lors de leur création.
| Naissance : créations émanant des énergies des deskhiombrales/sangs d'ombre. Peuvent être créés à partir d'un seul deskhiombrale ou alors de la réunion de plusieurs deskhiombrales.
| Procédé de destruction : énergies de destruction dénuées de toute forme de conscience, composées de Plein et dépourvues d'émotions. Par conséquent, elles ne possèdent aucun moyen de réfléchir à leurs actions et sont uniquement dans la réaction face aux actes des êtres vivants.
| Nombre : impossible à déterminer.
| Forme : toutes différentes.
| Catégories et Branches : Unique, Miroir, Multiple...
| Fonction actuelle : détruire pour détruire.

ONITRU [ɔnitʁy] ; n. m. : Objet ellipsoïdal créé par Matles à partir du métal valeru, doté d'une conductivité thermique et électrique exceptionnelle, ainsi que d'une capacité d'absorption de la lumière. Il peut être activé en libérant un gaz combustible qui chauffe l'air environnant. Lorsque l'Onitru est activé, les particules environnantes se condensent et s'électromagnétisent, donnant à l'air une teinte bleutée.

Une fois toutes les particules au-dessus de l'Onitru capturées, elles se déchargent subitement, créant une faille spatiale. Pour matérialiser un lieu de l'autre côté de cette ouverture, les coordonnées précises doivent être introduites au préalable.

PARAMIÈRE [paramj зя] ; n. m. : Sphère de destruction dont le rôle est de détruire et d'atténuer les forces et anukrati de la Création Incarnée. Ces sphères ont été reproduites en trente-six objets par Matles dans le but de gérer et contrôler les forces et anukrati de destruction données à la Lumière suite à un déséquilibre. La forme et la taille peuvent être modifiées pour s'agrandir, se diviser ou s'élargir selon les besoins de l'utilisateur. Chaque objet a été confié à une Âme Lumière spécifique.

SANG D'OMBRE/DESKHIOMBRALE [dèskjòmbral] n. m. :
| Nom attribué à ces énergies lors de leur création.
| Naissance : créations émanant directement du cœur de l'Entité Destructrice.
| Procédé de destruction : énergies de destruction dénuées de toute forme de conscience, composées de Plein et dépourvues d'émotions. Par conséquent, elles ne possèdent aucun moyen de réfléchir à leurs actions et sont uniquement dans la réaction face aux actes des êtres vivants.
| Nombre : 666.
| Forme : toutes différentes.
| Catégories et Branches : Unique.
| Fonction actuelle : détruire pour détruire.

Entités

CRÉATION/LUMIÈRE
| Nom attribué à l'essence pure de Création lors de sa conception par la Grande Source.
| Naissance : première Entité Primordiale créée à partir d'une particule de chaque être vivant dans la Grande Source. Se compose uniquement de vide.
| Appellation : aucune appellation spécifique. Chaque être vivant nomme cette énergie comme il le souhaite. Certains noms reviennent

régulièrement : Création Incarnée, Entité Primordiale, Lumière, Énergie Créatrice, Début, Balance Créatrice, Lilumpena, Lilu.
| Fonction : créatrice de toute chose. Reprend le premier rôle de la Grande Source.
| Capacité : Création – Esprit – Conscience – Sentiments – Enveloppe Charnelle – Communication avec les êtres vivants.
| Forme(s) : d'abord énergie pure de Création, puis s'est incarnée dans une enveloppe charnelle.
| Forces et anukrati : possède toutes les forces et tous les anukrati de création. Les forces et anukrati de destruction lui ont été confiés après le déséquilibre de la Grande Source. Elle devra donc s'en défaire lorsque l'équité sera rétablie.
| Fonction après le déséquilibre : Détruire les créations de la Destruction.

DESTRUCTION/OMBRE
| Nom attribué à l'essence pure de Destruction lors de sa conception par la Grande Source.
| Naissance : seconde Entité Primordiale créée à partir des forces de destruction concentrée par la Grande Source. Se compose uniquement de Plein.
| Appellation : Aucune appellation spécifique. Chaque être vivant nomme cette énergie comme il le souhaite. Certains noms reviennent régulièrement : Destruction, Entité Primordiale, Ombre, Énergie Destructrice, Fin, Balance Destructrice, le Plein.
| Fonction : destructrice de toute chose. Reprend le second rôle de la Grande Source.
| Procédé de destruction : réaction instinctive face aux actions ou émotions des êtres ; Incapacité de réfléchir ou de faire preuve de discernement face à un acte ⇒ réponse immédiate et impulsive aux agissements des êtres vivants.
| Capacité : Destruction – Instinct.
| Forme(s) : énergie pure de Destruction uniquement.
| Forces et anukrati : possède tous les forces et anukrati de destruction.
| Fonction actuelle : détruire pour détruire.

Forces et anukrati

CHAMP MAGNÉTIQUE RÉPULSIF : force de destruction ; force principalement Sol, mais pouvant être commune à tous les êtres vivants. Un Champ Magnétique Répulsif est un type de champ magnétique qui exerce une force de répulsion sur un matériau magnétique ou sur toute autre particule réagissant aux champs magnétiques. Cette force repousse les particules magnétiques au lieu de les attirer.

COAGULATION DES FLUIDES : force de destruction ; force de l'élément Sol.
Le fluide contenu à l'intérieur de l'enveloppe corporelle d'un être vivant peut subir une séparation, qui se déroule en deux étapes. Dans la première étape, les cellules et le plasma se séparent. Dans la deuxième étape, le plasma se divise également en deux parties distinctes : le fluide d'un côté et les autres éléments de l'autre. Le fluide sera alors considéré comme un intrus et sera repoussé hors de l'enveloppe charnelle de l'être. Force généralement utilisée contre les empoisonnements.

COMBUSTION DES GAZ D'UNE ÉTOILE : force de destruction ; force de l'élément Air.
Réaction chimique qui se produit entre les gaz d'une étoile et un oxydant. Lorsqu'un gaz entre en contact avec un comburant en quantité suffisante, cela crée une réaction chimique de combustion. Cette force est souvent utilisée lorsque des poches de gaz provenant d'autres astres environnants se forment et entourent l'étoile. Cependant, cette combustion est irréversible. Une fois que tous les gaz ont été consumés et ont fini de brûler, l'étoile ne peut pas les recréer.

DÉMATÉRIALISATION DES CELLULES : force de création ; commune à tous les éléments.
Force permettant de se déplacer dans un lieu ou sur toute la surface d'une agoïatre. Un être peut utiliser cette force de déplacement autant qu'il le souhaite. Un être puissant a même la possibilité de déplacer d'autres êtres. Cependant, cette force n'est utilisable que sur la surface d'une agoïatre. Pour se déplacer au-delà, il est nécessaire de détenir l'anukrato de Migration des Cellules.

FENTE COSMIQUE : force de création ; force de l'élément Espace. Capacité de créer des fissures ou des petites crevasses à la surface d'une matière solide, permettant d'envoyer un objet ou un être à travers elles vers un autre endroit.

FISSURER LE TEMPS : force de création ; force de l'élément Espace.
Force permettant d'accélérer le temps d'un ou plusieurs êtres en étirant leur espace-temps. Lorsque le temps s'accélère et s'écoule plus rapidement, l'espace a tendance à s'étirer. À l'inverse, lorsque l'espace se rétrécit, le temps s'étire et s'écoule plus lentement. Cependant, la Fissure du Temps est unidirectionnelle, et signifie que seuls les êtres concernés sont affectés par la modification de leur espace-temps. Le reste de la Grande Source ne sera pas impacté par l'utilisation de cette force.

LIQUÉFACTION DES MINÉRAUX : anukrato de destruction ; anukrato de l'élément Sol :
Force augmentée qui agit en compressant d'abord le minéral, le divisant en deux parties distinctes : les particules semi-liquéfiées et les résidus non liquéfiés. Ensuite, l'être augmente brusquement sa pression pour provoquer une migration massive des particules, entraînant ainsi une liquéfaction complète. Lorsque le liquide refroidit à des températures ambiantes, des cristaux se forment automatiquement et le liquide se solidifie à nouveau.

MANIPULATION DES PARTICULES : force de création ; commune à tous les éléments.
Force permettant de contrôler de manière quasi totale les particules préexistantes dans un être vivant. Cette capacité offre la possibilité de contrôler les mouvements des particules à l'échelle microscopique sur le plan physique.

NEUTRALISATION D'UN PASSAGE COSMIQUE : force de destruction ; force de l'élément Espace.
Force permettant de créer une réaction entre l'espace intersidéral (le cosmos) et l'endroit où le passage est ouvert. L'inflammation, la compression et les réactions entre les différents gaz contribuent à stabiliser et

à sceller le passage, empêchant ainsi tout transfert indésirable d'énergie cosmique à travers celui-ci.

PERTE DE MÉMOIRE : anukrato de destruction ; anukrato de l'élément Espace.
Force augmentée visant à effacer un souvenir dans le système de pensées d'un être. Lorsque ces énergies entrent en contact avec un ou plusieurs êtres, elles remontent jusqu'à leur cerveau ou leur système de pensées et inhibent les derniers instants du souvenir, empêchant ainsi leur propagation dans le reste du système de pensées.

PLANTE PROTECTRICE : force de création ; force de l'élément Sol.
Tiges de plantes malléables étant contrôlées et déplacées en fonction de la volonté d'un autre être.

POSSESSION DE L'ESPRIT : anukrato de destruction ; anukrato de l'élément Esprit.
Force augmentée qui permet à un être de se substituer à l'esprit d'un autre être en occupant son corps, sans que le propriétaire original le quitte. La possession est toujours temporaire et discontinue, et l'esprit possesseur peut utiliser celui-ci comme le sien, sans restriction ni trouble de conscience. Quant à l'esprit possédé, il est libre d'intervenir ou de refuser tout mouvement. L'esprit possesseur acquiert toutes les énergies, forces et anukrati de l'individu possédé, selon l'intensité et la puissance de l'esprit possesseur.

POSSESSION DES PARTICULES : anukrato de destruction ; anukrato de l'élément Esprit.
Force augmentée qui permet à un être de prendre possession des particules d'un autre être vivant à l'échelle subatomique. Contrairement à d'autres formes de possession, la Possession des Particules ne nécessite aucunement le consentement de l'individu dont les particules sont possédées.

POUSSIÈRE FILANTE : force de destruction ; force de l'élément Espace.

Force utilisant les grains de poussière stagnants qui sont propulsés à la vitesse de la lumière. À de telles vitesses, la poussière se concentre et forme une onde lumineuse. Le frottement intense de l'air à haute vitesse entraîne une élévation rapide de la température et une combustion de la poussière, créant une traînée brillante composée de gaz chauds et de particules incandescentes. Lors de la collision avec un obstacle, les grains de poussière s'infiltrent à l'intérieur. Ce processus entraîne la fragmentation de la cible, en agissant de manière similaire à l'intérieur de celle-ci.

PROJECTION DANS UN MONDE PRIMITIF : force de création ; force de l'élément Esprit.
En ayant connaissance de la densité énergétique détruite et l'emplacement précis du monde primitif, il est possible de reproduire son énergie en permettant aux fluctuations quantiques de son champ électromagnétique de traverser le monde actuel. Quel que soit le monde qui est matérialisé, il oscillera toujours en raison de la compression de ses particules et de la force qui les pousse l'une vers l'autre (expliquant notamment les observations de Solal qui le voyait sous la forme de bandes mouvantes).

RÉGÉNÉRATION DES CELLULES : force de création ; commune à tous les éléments.
Force se présentant sous divers aspects et évolue de manière spécifique à chaque être. Offrant la capacité de régénérer l'enveloppe corporelle, elle ressource les cellules et en augmente la production de particules protectrices et réparatrices, ce qui retarde ou accélère la division cellulaire. Ce processus permet de rajeunir les cellules, de les vieillir, de les ramener à leur état initial, de changer leur sexe ou même de les guérir.

SCURE : anukrato de destruction ; anukrato de l'élément Espace.
Force augmentée qui découle de la force de Solidification d'un Gaz, permettant de matérialiser et de solidifier certains gaz présents dans le cœur d'une étoile. Le Scurê solidifie le scûre, un gaz libéré par des astéroïdes, et donne naissance à une protection qui peut prendre différentes formes. Cette protection peut servir à la fois de bouclier défensif et d'arme.

VAGUE DÉFERLANTE : force de destruction ; force des éléments Eau et Air.
Vague où l'onde de force transportée par la houle dans la mer se transforme en un rouleau à la surface de l'eau. Les vagues peuvent être provoquées par l'effet du vent, ou être générées par la rencontre de masses d'eau en mouvement avec une remontée des fonds marins. Elles ont pour effet d'interagir avec leur environnement en renversant des cibles, les faisant basculer, les secouant ou les sonnant afin d'étourdir un autre être. Plus la puissance de la vague augmente, plus elle peut causer des dégâts importants.

VIBRATION-DE-CHOC : force de destruction ; commune à tous les éléments.
Vibration des molécules avec les oscillations brèves et intenses qui se propagent rapidement à travers un milieu. Elles sont générées par une concentration soudaine d'énergie mécanique en un court laps de temps, tel qu'une explosion.

Composition et mise en pages
Nord Compo à Villeneuve-d'Ascq

Achevé d'imprimer en janvier 2024
sur les presses de la Nouvelle Imprimerie Laballery
58500 Clamecy
Dépôt légal : janvier 2024
N° d'impression : 401396

Imprimé en France

La Nouvelle Imprimerie Laballery est titulaire de la marque Imprim'Vert®